College Princess

Das Buch

Mein Name ist Zoe Davis. Ich bin 19 Jahre alt und frischgebackene Studentin am Dawson-Elite-College. Wenn das kein Jackpot ist. Aber Moment, wo sind die hilfsbereiten, fleißigen Studenten abgeblieben, von denen man immer hört? Partys, Alkohol und Intrigen beherrschen den Alltag von Londons renommiertester Lehranstalt. Als ich in die Obhut eines gewissen Dorian gegeben werde, der sich als anmaßender, aber leider zum Sterben gut aussehender Neffe des Direktors entpuppt, will ich nur noch eins: Mich von ihm abkapseln und in Ruhe lernen.

Leider habe ich ein ausgesprochenes Talent dafür, in Schwierigkeiten zu geraten, und für meine gibt es sogar einen Namen: Dorian Wilde!

Miranda J. Fox

College Princess

Roman

Deutsche Erstausgabe Oktober 2018

Umschlagsgestaltung © Kopainski Artwork
Lektorat: Lilian R. Franke

Facebook: Miranda J. Fox
www.mirandajfox.com

Impressum:
Thomas Wiens, Rinchnacher Weg 20, 10318 Berlin
mirandajfox@outlook.com
Facebook: Miranda J. Fox
www.mirandajfox.com

Als College können in Großbritannien sowohl eine Schule als auch eine Hochschule oder
Universität verstanden werden. Dieser Roman spielt an einer fiktiven Eliteuniversität in London.

Kapitel
1

Dorian

Ich starrte meinen Vater an, unfähig zu begreifen, was er da von mir verlangte. Ich, Dorian Wilde, Sohn des einflussreichsten Mannes Londons sollte mein drittes Jahr auf der renommiertesten Universität damit verbringen, Babysitter für irgendeine Provinz-Tussi zu spielen? Da hatte ich echt Besseres zu tun! Wie zum Beispiel für die Schwimmmeisterschaft zu trainieren, meinen Pflichten als Präsident unserer Studentenverbindung nachzugehen oder – wie wäre es damit? – zu *lernen*!

Wer zum Henker war diese Zoe Davis überhaupt, die Montag ihr Studium beginnen würde? Wo hatte er sie aufgegabelt? Und seit wann interessierte sich mein egozentrischer Vater für die Mittelschicht?

„Das wäre dann alles, Sohn. Du kannst wegtreten.“ Dads Stimme durchschnitt die Grabesstille seines Arbeitszimmers wie eine Sense.

Fast wäre ich zusammengezuckt. Nachdem ich meinem Alten ungefähr eine Million Gründe aufgezählt hatte, warum er gefälligst einen Deppen von der Uni mit dieser Sache beauftragen sollte, musste ich kurzzeitig in eine Art Schock verfallen sein. Meine Einwände hatten absolut nichts gebracht. Als hätte ich mit einer Wand diskutiert. Eine Wand, die zurückgepfeffert hatte, dass ich gefälligst nicht vergessen sollte, wer der Herr im Haus war, und dass ich als Präsident meiner Studentenverbindung gewisse Verpflichtungen hätte.

Denen kam ich auch mit dem größten Vergnügen nach, aber nur für Studenten, die sich einen Platz in meinem Club auch verdient hatten, so, wie es die Tradition seit Jahrhunderten verlangte, nicht für Fremde.

Doch jeder weitere Einwand wäre wie ein unbedeutender, winziger Tropfen auf einem heißen Stein gewesen. Meinem Vater würde nicht das weltberühmte 5-Sterne-Hotel *The Wilde London* gehören, wenn er sich so einfach von etwas abbringen lassen würde. Hatte er damals auch nicht getan, als ihm alle davon abgeraten hatten, das marode Gebäude zu übernehmen, in dem jetzt, 20 Jahre später, die mächtigsten und reichsten Menschen der Welt logierten. Nein, Oliver Wilde konnte man nichts ausreden.

Dank ihm stand unser Familienname als Synonym für Einfluss und Macht. Endgültig unantastbar machte uns aber die Tatsache, dass Londons Eliteuniversität von Dads Bruder, Onkel Hektor, geleitet wurde. Jeder, der Rang und Namen hatte, schickte seine Kinder auf das *Dawson College*: Politiker, Staatsanwälte, Promis, Immobilienhaie, einfach alle. Die Wildes besaßen neben dem luxuriösesten Hotel also auch die angesehenste Universität des Vereinigten Königreichs. Zusammen waren die Gebrüder Wilde ein unschlagbares Duo, das London wie die Mafia beherrschte.

Wer war ich, dass ich allen Ernstes dachte, meinem Vater Paroli bieten zu können?

Ich merkte, wie die Ader an meiner linken Schläfe heftig zu pochen begann, und unterdrückte den Impuls, meine Finger darauf zu pressen. *Sohn.* Wie ich es hasste, wenn er mich so nannte. Ich hatte einen verfickten Namen! Noch mehr hasste ich es, wenn mir jemand Befehle erteilte. Als Präsident des *Dawson-Clubs* war ich es nicht gewohnt, Order entgegenzunehmen. Wenn überhaupt, war *ich* derjenige, der Anweisungen gab oder von seinen Mitgliedern um Erlaubnis gefragt wurde. Dank der Stellung meines Onkels konnten wir Wilde-Sprösslinge – wozu auch mein Cousin Jamie und meine Cousine Amanda gehörten – praktisch tun und lassen, was wir wollten.

Normalerweise.

Gerade fühlte ich mich so hilflos wie ein Kleinkind, dem die geistige Reife fehlte, sich gegen einen Erwachsenen durchzusetzen.

„Du meinst das also wirklich ernst." Jeder weitere Widerstand war in etwa so sinnvoll, wie mich gegen eine Dampfwalze stemmen zu wollen. Dad hatte

alten Wohnungseinrichtung zu verkaufen und das neue Haus möbliert anzumieten, was den Umzug recht unkompliziert gestaltet hatte. Meine Zimmereinrichtung hatte ich komplett mitgenommen, Dad sein Schlafzimmer, alles andere hatten wir von den Vormietern übernommen.

Dass unser möbliertes Haus nicht aus Designerstücken bestand, dürfte klar sein. Mit Dads neuem Gehalt und meinem Stipendium, das neben den Studiengebühren auch Wohnkosten und Lebensunterhalt abdeckte, hatten wir aber zum ersten Mal genügend Geld in der Haushaltskasse, um uns nach und nach neue Möbel kaufen zu können.

Irgendwann würde ich mir auch ein neues Auto zulegen. Meinen gebrechlichen, blauen Audi, der wie ein Häufchen Elend vor unserem Mini-Grundstück parkte, konnte ich langsam nicht mehr sehen. Mein Auto war eine Beleidigung für alle Fahrzeuge. Es hatte so viele Macken, dass es von Glück sagen konnte, aus Metall zu bestehen. Wäre es ein Mensch gewesen, hätte man diesen Sarg auf Rädern, den ich zum 17. Geburtstag geschenkt bekommen hatte, längst in die Klapsmühle gesteckt.

Aber noch tat er seinen Job, und der war für heute, mich lebend zur Uni zu bringen. Von *sicher* konnte bei dieser Blechbüchse wahrlich keine Rede sein.

Um mich vorab mit dem gigantischen Gelände vertraut zu machen, hatte ich meinen zukünftigen Campus schon vergangene Woche besucht. Der Anblick des riesigen Palastes, der jetzt vor mir aufragte und sich fälschlicherweise Universität nannte, war trotzdem wieder überwältigend. Unmöglich, dass ich mich jemals an dieses majestätische Wunderwerk gewöhnen würde. Ich fühlte mich von den spitzen Türmen, der großen Kuppel, die in der Mitte des verwinkelten Gebäudes aufragte, und der gepflegten Parkanlage mit ihren gestutzten Buchsbäumen und bunten Blumenbeeten regelrecht erschlagen.

Selbst jetzt, da ich unmittelbar davorstand, wollte mir nicht in den Schädel, wie ich als Mittelklasseschülerin so viel Glück hatte haben können, auf *dem* Elitecollege schlechthin zu landen. Und dann hatte ich auch noch ein Vollstipendium bekommen, das nicht nur alle Kosten für das Studium abdeckte, sondern zudem ein großzügiges Taschengeld beinhaltete. So musste ich nicht nebenbei jobben gehen und konnte mich voll und ganz aufs Lernen konzentrieren. Das war bestimmt ein Traum, aus dem ich jeden Moment gewaltsam herausgerissen werden würde.

Zumindest fühlte es sich wie ein Traum an, als ich mein Gepäck aus dem Kofferraum hievte, vorsichtig die gebrechliche Autotür zumachte, damit sie nicht abfiel, und über den Parkplatz zum Campus-Eingang lief, der in Form eines zweiflügligen, massiven Tores vor mir aufragte.

Ich brauchte mehrere Minuten, um das gepflegte Hochschulgelände zu überqueren, dessen Anblick mich selbst bei den kühlen Temperaturen erwärmte.

Für Touristen und Schaulustige endete der Ausflug am Haupteingang.

Ohne einen elektronischen Studentenausweis kam man am Türscanner nicht vorbei und damit weder ins Hauptgebäude noch auf das Privatgelände dahinter, dessen meterhohe Mauern vor neugierigen Blicken schützten. Meinen Ausweis hatte ich letzte Woche per Post bekommen. Zusammen mit einer Broschüre, die so dick war, dass sie eher die Bezeichnung *Wälzer* verdient hätte. Zudem hatte ein Schreiben beigelegen, in dem gestanden hatte, dass ich heute um 9 Uhr im Büro des Rektors erscheinen sollte.

Unter den wachsamen Blicken des Pförtners, der einige Meter weiter in seinem Häuschen Gebäck verdrückte, hielt ich meinen Ausweis unter den Scanner. Ich brauchte mehrere Anläufe, weil ich ihn zuerst falsch herum hielt, aber schließlich ertönte ein Summen und die Eingangstür des Jahrhunderte alten Gebäudes schwang auf.

Ich betrat die Universität meiner Träume und bekam den Mund vor Staunen nicht mehr zu. Auf der Homepage hatte ich ja schon einen Eindruck vom Innenleben des Colleges bekommen – sogar Y-ouTube-Videos hatte ich mir angesehen –, aber die wurden dem Original in keiner Weise gerecht.

Der braune Parkettboden im Foyer bestand aus kunstvollen, filigranen Mustern und ging fließend in cremefarbene Wände über, die wiederum in eine dunkelbraune Stuckdecke mündeten. Diese musste bestimmt 10 Meter hoch sein und wurde nur noch von der gigantischen, runden Steintreppe übertroffen, die in die zweite Etage führte. Überall waren Gänge, offene und verschlossene Räume, Nischen mit Sitzgelegenheiten und Durchbrüche, die was-weiß-ich wohin führten. Von den prächtigen Deckengemälden, die ich sonst nur aus Kirchen kannte, den Kronleuchtern und Skulpturen in den Ecken gar nicht zu reden.

Für jemanden wie mich, der Kunstgeschichte studierte, war die Universität das reinste Schlaraffenland. Die Geschichten, die in den alten Mauern steckten, warteten nur darauf, von mir ergründet zu werden.

Irgendwann schaffte ich es, mich von dem sagenhaften Anblick loszureißen, und klappte den Mund zu. Wenn ich die Wände weiterhin wie eine Gestörte anglotzte, kam ich noch zu spät zu meiner ersten Vorlesung – von meinem Termin mit dem Universitätsleiter ganz zu schweigen. Vor Aufregung und Begeisterung ganz hibbelig zog ich den Campusplan aus der Tasche, faltete das Papier auseinander und suchte nach dem Sekretariat. Laut der Karte musste ich die Treppe hoch, einen langen Gang hinunter gehen und dann die erste Tür links nehmen.

Mit einem unterdrückten Grinsen setzte ich mich in Bewegung. Wenn diese Akademie nicht das Abenteuer war, nach dem ich mich schon mein ganzes Leben lang gesehnt hatte, dann wusste ich es auch nicht. Aufmerksam sah ich mich um, saugte alles in mich auf, was mir auf dem Weg begegnete.

Dabei fiel mir auf, dass es keine einheitlichen Uniformen gab, sich der Kleidungsstil der Studenten aber sehr ähnelte. Die Jungs trugen hauptsächlich Stoffhosen. Löchrige Jeans und ausgefranste Shirts suchte ich hier vergeblich. Manche waren so adrett gekleidet, dass man denken könnte, sie würden einen Staatsball besuchen. Selbst diejenigen, die „legerer" angezogen waren, mussten von einem Stylisten ausgestattet worden sein. Hemden, Krawatten und Sakkos gehörten hier offenbar zum guten Ton.

Bei den Mädchen sah es nicht anders aus: Dunkle Röcke mit knielangen, karierten Strümpfen, helle Hosen, Kleider und Blusen dominierten das Gesamtbild. Der weitläufige, breite Gang im 2. Stock war ein architektonisches Meisterwerk. Mehrere Meter über mir schwebte eine gewölbte, in goldenen Kacheln unterteilte Decke. Zu meiner Rechten wurde die Wand von riesigen Fenstern beherrscht, die sich von beeindruckenden Säulen unterbrochen aneinanderreihten und zarte Lichtstrahlen in den sonst eher schwach beleuchteten Gang ließen. So wurde ich alle zwei Schritte von Sonnenstrahlen getroffen, die meine rechte Wange wärmten.

Zwei Mädchen mit auffälligen silbernen Broschen an den Blusen kamen mir entgegen. Bevor ich einen genaueren Blick darauf werfen konnte, waren die kichernden Freundinnen auch schon wieder an mir vorbei.

Unwillkürlich sah ich an mir herab. Hatten sie wegen meines Outfits gelacht oder wegen meiner Frisur? Ich fand mein kariertes, knielanges Kleid mit dem breiten, weißen Kragen eigentlich ganz schick. Auch meine zwei geflochtenen Zöpfe, die mir seitlich über die Schultern fielen und bis zum Becken reichten. Oder war das zu festlich? Ich hatte mich eben anpassen wollen.

Meine Überlegungen endeten abrupt, als ich um die Ecke bog und mit einer granitharten Mauer kollidierte. Erschrocken prallte ich zurück, auf bestem Wege, über meinen Koffer zu stolpern und unliebsame Bekanntschaft mit dem polierten Fußboden zu machen. Eine hervorschnellende Hand, die mich fast schon schmerzhaft am Unterarm packte, verhinderte die Katastrophe. Nur, seit wann hatten Mauern Arme?

„Kannst du nicht aufpassen?", fuhr mich eine tiefe, klangvolle Stimme an, die trotz ihrer Schärfe wie eine warme Sommerbrise über mich hinwegwehte.

Blinzelnd schaute ich von besagter Hand, die mich genauso schnell wieder losließ, zu einem Jungen auf, der deutlich über einen Meter achtzig war.

Das Handy, das er mit der anderen Hand an sein Ohr drückte, sagte mir, dass er telefonierte.

„Sorry, ich … hatte es eilig“, stotterte ich von unserem Zusammenstoß überrumpelt.

Die vermeintliche Mauer bedachte mich mit einem anmaßend abschätzigen Blick, der mir sofort sauer aufstieß. „Ganz offensichtlich!“

Was war das denn für ein Arsch? Als ob ich keine anderen Hobbys hätte, als mutwillig in Leute reinzurennen! Doch meine gewohnte Schlagfertigkeit ging in dem Moment flöten, als ich sein Gesicht sah.

Heilige Scheiße! Der Junge sah gut aus. Verdammt gut sogar. Wie ein Zeitschriftenmodel, das hier definitiv nichts zu suchen hatte, weil es all die Studentinnen mit seiner bloßen Anwesenheit vom Lernen abhalten musste. Sein dunkelbraunes, volles Haar war modisch frisiert. Die Haarspitzen waren einen Tick heller als seine restliche Mähne, als hätte die Sonne sie ausgeblichen.

Das Auffälligste an ihm waren seine dunklen, von dichten Wimpern umrahmten Augen und die ausgeprägten Wangenknochen. Okay, seine geschwungenen Lippen waren auch ein ziemlicher Hingucker, und da wir schon mal dabei waren: Welcher Junge in *dem* Alter hatte bitte schon *so* einen athletischen Körper? Unter dem dunkelgrauen Rollkragenpullover – der nebenbei bemerkt pervers hochwertig aussah und mehr gekostet haben musste als mein Schrottauto – zeichneten sich erkennbar Muskeln ab.

Dabei wirkte mein Gegenüber keineswegs aufgepumpt, eher schlank und trainiert. Der Junge war wunderschön – falls man so ein Wort bei einem Jungen überhaupt verwendete –, gleichzeitig strahlte er eine Dominanz aus, die in mir das Bedürfnis weckte, rückwärtsgehend Abstand zwischen uns bringen zu wollen.

Für einen Moment schien die Zeit stillzustehen. Ich hatte den Eindruck, dass er mich genauso fasziniert musterte wie ich ihn. Dann fiel mein Blick auf die Brosche an seinem Pullover, die der der Mädchen verdammt ähnelte. Stirnrunzelnd betrachtete ich das Schmuckstück näher, das fast so groß wie meine Faust war. Die silberne Brosche sah wertvoll aus, funkelte in einem Licht, das es in dem schummrigen Gang überhaupt nicht gab, und hatte ein goldenes, eingraviertes D in der Mitte.

„Warte mal kurz", sprach der Junge ins Telefon und senkte dann betont langsam die Hand. Ich schaute wieder in sein engelsgleiches Gesicht, das mindestens so außergewöhnlich war wie sein Brustschmuck.

Weniger außergewöhnlich war sein Blick, der jetzt genervte Züge annahm. „Hast du noch nie einen Jungen gesehen oder warum glotzt du so?"

Bitte? Im Bruchteil einer Sekunde schäumte Wut in mir hoch, spülte meine Faszination für diesen Kerl wie eine heiße Welle davon. Wie konnte er nur so anmaßend sein und davon ausgehen, dass *er* mich so aus der Fassung gebracht hatte? Das war natürlich der Fall, aber das spielte keine Rolle.

Wenn er dachte, dass seine Frage mich einschüchterte oder verlegen machte, hatte er sich geschnitten. Jungs neigten dazu, uns Mädchen zu dominieren, weil wir ihnen körperlich unterlegen waren. Wie gut, dass ich in meinem Leben schon genug Kumpels gehabt hatte, um zu wissen, wie ich männlicher Arroganz entgegenwirken konnte.

„Tut mir leid. Ich war nur so fasziniert von deiner entzückenden Brosche“, sagte ich betont freundlich. „Gibt’s die auch für Jungs?“

Ich hätte schwören können, dass die Person am anderen Ende des Telefons lachte, und ging, ohne seine Antwort abzuwarten, um das Großmaul herum. Kopfschüttelnd klopfte ich an die Bürotür und wurde Augenblicke später hereingebeten.

Keine Ahnung warum, aber bevor ich hineinging, warf ich noch einen Blick über die Schulter. Der Braunhaarige hatte sich zu mir umgedreht und sah mir mit einem Ausdruck absoluten Unglaubens nach. Als könnte er nicht wahrhaben, dass ich mich über *ihn* lustig gemacht hatte.

Zugegeben. Sich gleich am ersten Tag Feinde zu machen, war nicht die beste Taktik, um hier Anklang zu finden. Besonders Studenten waren auf soziale Kontakte angewiesen. Man unterstützte sich in Lerngruppen, arbeitete mit möglichst fähigen Projektpartnern zusammen und ließ den stressigen

Schultag abends mit seinen Kommilitonen in der Studenten-Bar ausklingen. Aber verdammt, sein dämlicher Gesichtsausdruck war göttlich!

„Ms. Davis", begrüßte ein hochgewachsener Mann mich, nachdem ich die Tür hinter mir geschlossen hatte. Ich schätzte ihn auf Anfang bis Mitte Fünfzig. „Ich habe Sie schon erwartet."

Professor Wilde sah genauso adrett aus wie auf den Bildern der Homepage, und wie nicht anders zu erwarten residierte der dunkelhaarige Universitätsleiter in einem prächtigen Büro. Durch das halbrunde Fenster, das sich fast über die gesamte linke Bürowand erstreckte, hatte man einen fabelhaften Ausblick auf das Schulgelände. Im Vorbeigehen erhaschte ich einen Blick auf eine gepflegte Parkanlage, ein Rugbyfeld und sogar einen See. Wahnsinn, wie groß das Grundstück war!

Ehrfürchtig wandte ich den Blick vom Fenster ab und ging auf den schokoladenbraunen Mahagoni-Schreibtisch zu, der inmitten des großzügig geschnittenen Zimmers thronte und ja mal der Hammer war.

Wenn ich ab sofort jedes Pfund sparen würde, konnte ich mir in 50 Jahren vielleicht auch so ein Ding leisten.

Professor Wilde stand auf, beugte sich vor und reichte mir über den wuchtigen Tisch hinweg die Hand. Sein Händedruck war fest, sein Lächeln sympathisch. Allerdings täuschte es nicht über die geballte Autorität in seinem Blick hinweg. Ein Wort von ihm und meine Karriere an dieser Uni wäre beendet, bevor sie überhaupt angefangen hatte. Dementsprechend pumpte mein Herz, als er mir jetzt den freien Platz auf dem Chesterfield-Sessel anbot.

Eine Audienz beim Universitätsleiter persönlich. Musste ich mir deswegen Sorgen machen? Ich konnte mir jedenfalls wichtigere Aufgaben für einen Rektor vorstellen, als jeden einzelnen neuen Studenten in seinem Büro willkommen zu heißen. Aber so hatte es in dem beigefügten Schreiben gestanden. Hier war ich also. Die Nerven zum Zerreißen gespannt.

„Es ist mir eine Ehre, Professor Dr. Wilde“, sagte ich kleinlaut und setzte mich in dem weichen Ledersessel kerzengerade hin. Der Schulleiter nahm wieder Platz, und ich stellte meine Tasche und den Koffer neben mir ab.

Kleine Lachfältchen erschienen um seine Augen. „Verzichten wir auf die Förmlichkeiten. Du kannst mich Hektor nennen. Oder Mr. Wilde, wenn du dich damit wohler fühlst.“ Ähm. Das würde ich garantiert *nicht* tun. Ich war doch nicht lebensmüde. „Es gibt keinen Grund, sich vor mir zu fürchten. Ich biete dir sogar meine Unterstützung an“, fuhr der Schulleiter fort, dessen brauner Anzug maßgeschneidert sein musste, so perfekt wie er saß.

Er wies auf einen Stapel Bücher auf dem Schreibtisch, der mir schon beim Reinkommen aufgefallen war. „Die sind für dich. Ich dachte mir, ich erspare dir das Ausfüllen ellenlanger Anträge und stelle dir die wichtigsten Bücher gleich zur Verfügung. Dein Schulwechsel erfolgte ja recht kurzfristig. Kunstgeschichte war das, richtig?"

„Ähm, ja, ich … vielen Dank", stammelte ich. Jetzt war ich mir aber sicher, dass ich träumte! Es konnte unmöglich real sein, dass der Rektor mir Bücher im Wert von mehreren hundert Pfund zur Verfügung stellte. Kostenlos! Schulbücher waren in meinem Stipendium nämlich nicht enthalten. Seinen zuckenden Lippen nach zu urteilen, musste mir die Verwirrung darüber deutlich ins Gesicht geschrieben stehen. Aber wie konnte ich *nicht* verwirrt sein? So eine Vorzugsbehandlung war doch nicht normal.

„Mein Bruder bat mich, ein Auge auf dich zu haben, aber du verstehst sicher, dass ich ein viel beschäftigter Mann bin, der sich nicht auch noch um die Belange einzelner Studenten kümmern kann. Ganz abgesehen davon, dass deine Kommilitonen bestimmt nicht erfreut wären, wenn herauskäme, dass ich dich begünstige. Um der Bitte meines Bruders nachzukommen, möchte ich dir deshalb jemanden ans Herz legen, der sich in diesen Mauern wie in seiner eigenen Westentasche auskennt und dir mit

Rat und Tat zur Seite stehen kann. Einen Tutor sozusagen." Sein Blick schwenkte zur Bürotür, und ich zuckte leicht zusammen, als er die Stimme erhob und nach einem Dorian rief.

Die Tür hinter mir ging auf und jemand betrat das Büro.

Oh, Scheiße! So leer wie der Gang gewesen war, konnte das nur eine Person sein! Mit versteinerter Miene wandte ich mich um ... und da spazierte tatsachlich der unverschämte Junge von eben ins Arbeitszimmer. *Nicht er!*, dachte ich bestürzt und drehte mich wie eingerostet und nicht geölt wieder zum Schulleiter um. Dieser nickte dem Jungen zu, der links von mir zum Stehen kam und jetzt wie ein bedrohlicher Berg neben mir aufragte.

„Darf ich vorstellen? Dorian Wilde, mein Neffe. Er ist der Sohn von Oliver Wilde, dem Chef deines Vaters. Er wird dich durch das Studienjahr begleiten und dir bei Schwierigkeiten unter die Arme greifen."

Mein Herz fing an zu stottern. Das war jetzt nicht wahr! Ich hatte mich nicht ernsthaft mit dem Neffen des Rektors angelegt! Es kostete mich große Überwindung, meinen steifen Körper überhaupt zu bewegen, aber irgendwie schaffte ich es, den Jungen anzusehen und ihm sogar meine Hand zu reichen. Sie zitterte leicht.

„Zoe Davis. Sehr erfreut."

Charmant lächelte Dorian zurück, nahm meine Hand ... und hauchte einen Kuss darauf.

Ich erstarrte, als seine kissenweichen Lippen auf meiner Haut landeten und irgendetwas mit mir anstellten. Was sollte *das* denn? Und warum sandte sein Kuss ein Kribbeln aus, das bis in meine Zehenspitzen ausstrahlte? Mehr über meine körperliche Reaktion als über die altmodische Begrüßungsform erschrocken, wollte ich meine Hand zurückziehen, doch Dorian hielt sie eisern fest … und lächelte mich überlegen an. Ich erschauderte. Wenn das mal keine Kampfansage war!

Entrüstet sah ich zu Professor Wilde, aber dem schien die eisige Stimmung zwischen Dorian und mir überhaupt nicht aufzufallen. Zufrieden sah er von einem zum anderen. „Ich sehe schon, ihr zwei werdet euch blendend verstehen. Nun …"

Endlich gab Dorian meine Hand frei. Warnend blitzte es in seinen Augen auf, als ich sie hastig zurückzog. Dass er dabei unentwegt lächelte, war einfach nur gruselig! Litt er an einer gespaltenen Persönlichkeit? Ich hatte nicht mal gewusst, dass man finster und gleichzeitig charmant gucken konnte.

„Dann gebe ich dich jetzt in Dorians Obhut. Er wird dir dein Zimmer und alle wichtigen Räumlichkeiten zeigen. Willkommen in *Dawson*."

Hilflos sah ich von Professor Wilde zu seinem Neffen, dessen freundliches Mienenspiel in dem Moment erlosch, als sich der Schulleiter von uns abwandte. Entschuldigung? Konnte ich dabei vielleicht auch ein Wörtchen mitreden? Diesem Schauspieler

Ohne auf mich zu warten, ging Dorian los, sodass ich entweder wie bestellt und nicht abgeholt im Gang zurückbleiben oder ihm wie ein Dackel hinterhertrotten musste. Ich entschied mich für Letzteres, aber nur, weil ich so schnell wie möglich diese Bücher loswerden wollte. Vorsichtig stapelte ich sie auf den Kofferdeckel, schulterte meine Tasche und zog das Gepäckstück mit der tröstenden Vorstellung hinter mir her, wie ich Dorian die Bücher nacheinander an den Kopf schleuderte.

Der Rundgang mit Mr. Unfreundlich dauerte eine halbe Stunde. Er zeigte mir die Mensa, diverse Aufenthaltsräume, navigierte mich über eine gewundene Treppe zu den Lesesälen, ließ mich einen Blick ins schuleigene Museum werfen – ja, so was gab es hier tatsächlich –, überquerte mit mir den Innenhof, zeigte mir die Toiletten, den Gebäudeabschnitt mit den Studentenzimmern, und schließlich das Herzstück der Uni: Die Bibliothek, die unter einer gewaltigen, runden Kuppel lag.

Dorian sprach nur das Nötigste mit mir, warf mir hier und da Informationshäppchen zu, immer mit dem Verweis, dass ich die Geschichte der Universität gefälligst selbst nachschlagen sollte. Gut, so direkt sagte er es nicht, aber seinem gelangweilten Ton war anzuhören, wie wenig er dieser Führung abgewinnen konnte.

Da waren wir schon mal zwei, immerhin musste ich die ganze Zeit einen tonnenschweren Koffer hinter mir herziehen. Stolz wie ich war, machte ich keinen Mucks, obwohl mir vor Anstrengung jeden Moment die Arme abfallen mussten. War es Zufall, dass Dorian mir mein Zimmer erst am Ende der Führung zeigte? Wohl kaum. Er war ein Arschloch, das hatte ich schon in der ersten Sekunde durchschaut. Mich die Bücher quer durch die Uni schleppen zu lassen, war wohl seine kindische Art, sich für den Spruch mit der Brosche zu rächen.

„Merk dir die Tür, durch die wir jetzt gehen", wies er mich an, als wir vor einem vergoldeten, massiven Eingang stehen blieben. Im ersten Moment war ich einfach nur baff, dann rief ich mir in Erinnerung, dass die horrenden Studiengebühren jährlich Millionen von Pfund in *Dawsons* Kasse spülen mussten. Da war schon mal eine vergoldete Tür drin. „Wir betreten jetzt den Westflügel. Der Bereich ist nur den *D-Club*-Mitgliedern vorbehalten. Wir wohnen, lernen und schlafen hier."

Wie in Zeitlupe drehte ich den Kopf zu Dorian. „Wie jetzt? Wir haben unseren eigenen Wohnflügel?"

Er öffnete die Tür, ging hindurch und hielt sie mir mit einem genervten Blick auf. „Ich hatte immer angenommen, dass sie beim Auswahlverfahren einen gewissen Intelligenzquotienten voraussetzen, aber offenbar muss ich dir das Wort *eigen* erst erklären."

Dorian setzte zum Sprechen an, als hielt er mich tatsächlich für so unterbelichtet, doch ich ignorierte seinen Seitenhieb und kam ihm mit der Frage zuvor: „Was ist das für ein Club? Warum bin ich Mitglied in einer Studentenverbindung, von der ich nichts weiß? Muss man sich dafür nicht erst bewerben?"

„Der *D-Club,* ausgeschrieben *Dawson Club,* ist mehr als eine gewöhnliche Studentenverbindung", erklärte er und deutete auf seine Brosche. „Aber das wirst du noch früh genug erfahren. Und warum du bei uns Mitglied bist, würde ich auch gern wissen. Mein Vater hat darauf bestanden. Gott allein weiß warum!" Ungeduldig winkte er mich durch die Tür, und ich folgte seiner Aufforderung betont langsam.

Als er die wuchtige Tür hinter uns zufallen ließ, schien das gesamte Gebäude zu erzittern, inklusive mir. Automatisch warf ich Dorian einen tadelnden Blick zu – ich konnte Menschen, die wertvolle Dinge nicht schätzten oder nachlässig behandelten, nicht ausstehen –, doch er sah es nicht, weil er sich schon wieder abgewandt hatte und den Gang entlangmarschierte.

Dieser Teil des Schlosses war irgendwie gruselig – zumindest mit *ihm* an meiner Seite. Waren uns vorhin noch Studenten und Professoren über den Weg gelaufen, hallten unsere Schritte jetzt einsam in den

Gängen wider. Wo waren die anderen Clubmitglieder? So groß wie der Westflügel war, konnte man hier mühelos einhundert Leute unterbringen. Stattdessen herrschte hier Grabkammer-Feeling vom Feinsten.

Mit Dorians langen Beinen Schritt zu halten und gleichzeitig einen schweren Koffer hinter sich herzuziehen, war gar nicht so einfach. Ich schnaufte wie eine 80-Jährige. „Kann man da noch aussteigen? Ich hab nämlich keine Lust, einem Club beizutreten, in dem *du* Präsident bist", ließ ich atemlos verlauten. Die Bücher waren aber auch schwer!

„Nur, wenn du nachts auf dem Hof schlafen willst. Die Studienplätze sind genau auf die Zimmeranzahl abgestimmt. Es gibt keinen anderen Platz für dich." Dorian blieb stehen und wartete, bis ich zu ihm aufgeschlossen hatte. Ich würde ja sagen, dass es Rücksichtnahme war, aber nein, wahrscheinlich wollte er sich nur an meinen Qualen ergötzen. „Aber du kannst dich gern bei meinem Onkel beschweren. Vielleicht verlegt er dich ja auf eine andere Uni." Was ihn, seinem feindseligen Blick nach zu urteilen, ungemein erfreuen würde.

Schnaubend blickte ich in sein fein geschnittenes Gesicht und wollte es ihm einfach nur zerkratzen. Dorian hatte kein Recht, so gut auszusehen, wobei er vermutlich nur einer von vielen reichen Schönlingen hier war. Würde man das Aussehen eines Menschen nach seinem Charakter gestalten, müsste er ein Dasein als fette, warzige Kröte fristen. Dabei kannte ich ihn gerade mal eine halbe Stunde. Wer wusste, welche fiesen Charakterzüge er sonst noch aufzuweisen hatte. Na ja, war mir auch egal. Ich wollte einfach nur in mein Zimmer und diesen Idioten loswerden.

„Ich will jetzt mein Zimmer sehen", verlangte ich mit einem gebieterischen Blick.

Ich hatte zwar noch immer keine Ahnung, womit ich die zweifelhafte Ehre verdient hatte, vom Neffen des Schulleiters betreut zu werden, aber das räumte mir auch gewisse Freiheiten Dorian gegenüber ein. Allein die Tatsache, dass er in den sauren Apfel biss und sich meiner annahm, sagte mir, dass er seinen Onkel entweder zu sehr fürchtete oder respektierte, um sich ihm zu verweigern. Oder seinen Vater, der das Ganze ja offenbar eingefädelt hatte. Demzufolge würde Dorian alles daransetzen, dass ich mich nicht über ihn beschwerte.

„Hier entlang."

Ich biss die Zähne zusammen und folgte dem Idioten, der wieder losgegangen war und automatisch voraussetzte, dass ich ihm ergeben hinterherdackelte.

Jetzt, da ich wusste, wer sein Onkel war, zweifelte ich keine Sekunde daran, dass Dorian einen hohen Stellenwert bei den Studenten genoss. Das sah man schon an seiner erhabenen Körperhaltung … und seinem *kotzbrockigen* Auftreten.

„Du erkennst die Mitglieder unseres Clubs übrigens an unseren Broschen“, erklärte Dorian, der vor mir herlief.

Ich machte mir erst gar nicht die Mühe, ihm zu antworten, und schwieg. Ich war ohnehin viel zu sehr von meiner Umgebung abgelenkt. Was in diesem Gebäudeabschnitt an deckenhohen Fenstern fehlte, machten die wunderschönen Wandgemälde wett, um die sich wahrscheinlich jedes Museum reißen würde. Historische und prominente Personen, die im Laufe der Jahrhunderte hier studiert hatten, waren auf kostbaren Leinwänden porträtiert. Allen voran der Gründer der Akademie: Alexander Dawson.

Diesmal trödelte ich absichtlich, während ich Dorian folgte. Wenn er meinte, wie eine Rakete durch die Gänge flitzen zu müssen, bitte schön. Ich hetzte ihm garantiert nicht hinterher. Wir bogen um die Ecke und gelangten in einen schmaleren Gang, auf dessen rechter Seite sich in großzügigen Abständen Zimmer aneinanderreihten. Am Ende des Flurs führte eine Wendeltreppe in die nächste Etage, ansonsten gab es noch eine Tür auf der linken Seite. Gleich vor dem ersten Zimmer blieb Dorian stehen und wartete mit mahlenden Kiefern darauf, dass ich zu ihm aufholte.

„Das hier sind die Mädchenzimmer. Der Duschraum befindet sich auf der rechten Seite. Die Treppe führt zur Jungenetage, dort sieht es identisch aus.

Das hier“, sagte er und drückte die Tür auf, „ist dein Zimmer.“

Ein Blick ins Innere und meine schlechte Laune verpuffte.

Das Zimmer war doppelt so groß wie meins zu Hause. Auch hier floss wieder dunkelbraune und beige Farbe wie Schokolade von den Wänden. Der braune Parkettboden war so dunkel, dass er auch als schwarz durchgehen könnte. Was mir jedoch die Sprache verschlug, waren die hochwertigen Möbelstücke, die ich selbst in einer Elite-Universität wie *Dawson* nicht erwartet hätte. Wir waren hier schließlich in einer Lehranstalt, nicht in einem 5-Sterne-Hotel!

Im Grunde war das Inventar nicht anders als in gewöhnlichen Studentenzimmern: Ein Einzelbett in der Ecke, ein Schreibtisch mit einer Pinnwand darüber, ein wuchtiger Schrank neben der Tür und eine Kommode mit Wandspiegel. Was das Zimmer so besonders machte, war das edle Holz, aus dem die Möbel gefertigt waren: Kunstvoll geschnitztes Mahagoni mit goldverzierten Rändern. Allein das Gestell des Bettes sah einfach nur *wow* aus! Darin würde ich niemals ruhigen Gewissens schlafen können. Wer kam im Falle einer Sachbeschädigung überhaupt für den Schaden auf? Die Zimmereinrichtung sah wertvoller aus als unser komplettes Haus!

Alles in diesem Raum strahlte Wohlstand aus, selbst die verzierte Tischlampe. Die anderen Studentenzimmer hatte ich bei unserem Rundgang zwar nicht von innen gesehen, aber ich bezweifelte, dass sie auch nur ansatzweise so erlesen waren wie das hier. Nein, dieser Luxus war bestimmt nur dem *Dawson Club* vorbehalten, was auch immer ihn so besonders machte.

Als mein Blick an den traumhaften, seidenen Vorhängen hängenblieb, deren dunkelgrüner, geraffter Stoff in einem goldenen Saum endete, stand für mich fest, dass die Bezeichnung Studentenzimmer eine grenzenlose Beleidigung für so viel Luxus war. Königliches Gemach traf es wohl eher.

Vor lauter Staunen hatte ich gar nicht gemerkt, dass meine Füße mich ins Zimmer getragen hatten. Jetzt drehte ich mich ungläubig zu Dorian um, der mit der Schulter am Türrahmen lehnte und zutiefst gelangweilt wirkte.

„*Das* ist mein Zimmer? Meins ganz allein?"

Der dunkelhaarige Schönling starrte mich an, als hätte ich nicht mehr alle Tassen im Schrank. „Nein, du teilst es dir mit zwei Unsichtbaren. Sie sitzen auf dem Bett, du kannst sie bloß nicht sehen."

Mein begeistertes Lächeln erstarb. „Kannst du mal aufhören, so dämliche Antworten zu geben?"

„Klar, wenn du aufhörst, so dämliche Fragen zu stellen."

Okay, tief durchatmen, Zoe. Den Neffen des Schulleiters zu töten, macht sich nicht so gut im Führungszeugnis, beschwor ich mich. Dorians Kommentare waren eine

Zerreißprobe für meine Nerven. Ein gewisses Maß an Sarkasmus konnte ich ja ertragen, aber bei diesem Jungen reichte schon ein Blick in sein schmerzlich perfektes Gesicht und sofort wollte ich ihm an die Gurgel.

Da es mir in den Händen juckte, ihn mit den Büchern zu erschlagen, hievte ich sie vom Koffer auf den Tisch und fragte: „Bist du immer so ein Kotzbrocken oder ist das was Persönliches?“

Aus dem Augenwinkel sah ich, wie Dorian mit den Schultern zuckte. Meine Beleidung prallte an ihm wie Wassertropfen an einer Regenjacke ab. „Nicht direkt. Es ist mehr die Tatsache, dass du nicht hierher passt.“

Ich wandte mich ihm zu. „Tja, wie es der Zufall will, bin ich auch nicht gerade scharf auf deine Gesellschaft. Von mir aus können wir den Deal unserer Väter aufheben und jeder geht seiner eigenen Wege. Dann muss ich deine Visage nicht mehr ertragen und du musst nicht mehr meinen Aufpasser spielen.“

Ganz kurz zuckten seine Mundwinkel, und ich hätte mir die Augen auskratzen können, weil ich an seinen geschwungenen Lippen hängenblieb. Wie er da am Türrahmen lehnte, die durchtrainierten Arme vor der Brust verschränkt, schien er das Wort Sexappeal überhaupt erst erfunden zu haben. Das und maßlose Arroganz. War es pervers, dass mich diese Mischung gleichermaßen abstieß wie anzog?

Warum war das eigentlich so? Warum übten schlimme Jungs eine so viel größere Faszination auf uns Mädchen aus als die netten von nebenan? Damit schossen wir uns doch selbst ins Knie.

Da Dorian nicht antwortete, zog ich auffordernd eine Braue hoch. Sein Blick war starr auf mich gerichtet, als wollte er auf diese Weise mein Innerstes aufwirbeln und so einen Einblick in meine Gedanken- und Gefühlswelt erhaschen. Das konnte er schön knicken. Von diesem Großmaul ließ ich mir garantiert nicht in die Karten gucken!

Ganz unerwartet ließ er die Arme fallen, drückte sich von der Tür ab und kam zu mir. Stumm forderte ich meine Beine auf, gefälligst an Ort und Stelle zu bleiben, doch sie gehorchten mir nicht. Wie ein ängstliches Reh wich ich vor Dorian zurück und vermittelte ihm damit wahrscheinlich genau die Art von Macht, an der sich Jungs wie er aufgeilten.

Meine Kniekehlen stießen gegen die Bettkante und ich stoppte abrupt. Auf einmal wirkte Dorian nicht mehr belustigt. Seine Augen verengten sich zu Schlitzen und er beugte sich so dicht zu mir herunter, dass ich in seinem rechten Auge einen grünen Fleck erkennen konnte. Faszinierend. So etwas hatte ich noch nie gesehen.

Aber erlaubte ihm dieser einzigartige Makel, mir so dicht auf die Pelle zu rücken? Ich glaube nicht! Sein Atem kitzelte auf meinem Gesicht, so nahe war er mir gekommen.

„Was weißt du über den Deal? Warum setzt mein Vater alle Hebel in Bewegung, um ausgerechnet eine wie dich auf unsere Uni zu holen?"

„Was soll das heißen, eine wie *mich*?", fragte ich erbost.

Doch Dorian sah es offenbar unter seiner Würde an, sich mir zu erklären. „Beantworte meine Frage!", verlangte er, wobei es in seinen Augen gebieterisch aufblitzte.

„Spinnst du? Hör auf, mir Befehle zu erteilen!", wurde ich lauter. „Wenn du mir nicht sofort von der Pelle rückst, trete ich dir in deine mikroskopisch kleinen Eier! Wie wär's damit?"

Ich betete, dass Dorian das Zittern in meiner Stimme nicht wahrnahm. Ich war so schon viel zu nervös in seiner Nähe. Andererseits konnte eine wackelige Stimme auch ein Ausdruck von Ärger sein. Wie oft hatte ich schon aus Wut oder Frust in mein Kopfkissen geflennt? Aber seine Augen! Diese funkelnden, schwarzen Onyxe … vielleicht schlotterten meine Stimmbänder ja aus einem völlig anderen Grund.

Eine endlose Sekunde lang rührte Dorian sich nicht von der Stelle, ragte wie die imposanten Skulpturen in der Eingangshalle vor mir auf. Ich bildete mir ein, wie sein Blick kurz auf meine Lippen fiel, dann schnalzte er mit der Zunge und kam mit einem spöttischen Gesichtsausdruck wieder hoch.

„Du und welche Armee?"

„Verschwinde jetzt!“, verlangte ich atemlos. „Ich weiß nicht, warum dein Vater mir diese Chance gegeben hat, aber ich werde das ganz sicher nicht mit dir erörtern. Wie du schon sagtest, ist das jetzt *mein* Zimmer, also mach, dass du rauskommst. Am besten auf Nimmerwiedersehen!“

Erstaunlicherweise drehte Dorian sich um, vergrub die Hände in den Hosentaschen und schlenderte anmutig wie eine Raubkatze zur Tür. Auf der Schwelle wandte er sich noch einmal halb zu mir um, und sein makelloses Profil traf mich wie ein Schlag. Er sah aus wie ein Engel. Nein, wie ein Racheengel. Dunkel, mächtig, erhaben. „So gern ich dir diesen Wunsch auch erfüllen würde, aber daraus wird nichts. Der *D-Club* versammelt sich um 20 Uhr im Gemeinschaftsraum. Ich erwarte von dir, dass du dort sein wirst.“

Wie gern hätte ich etwas Spitzes erwidert oder diese *freundliche* Einladung abgelehnt, aber sein vollkommenes Erscheinungsbild verschlug mir die Sprache. Und als ich sie wiederfand, waren Dorians hallende Schritte längst verklungen. Zurück ließ er den Duft eines Parfüms, das so herrlich erfrischend und doch maskulin roch, dass es mit meinen Sinnen spielte und verbotenes Kopfkino in mir heraufbeschwor.

Kapitel
2

Meine erste Amtshandlung bestand darin, gründlich das Zimmer zu lüften. Dorians Parfüm war an Herrlichkeit kaum zu übertreffen. Ein Grund mehr, es aus meinem Zimmer zu verbannen. Ich hatte an Dorian nichts toll zu finden! Weder seinen Duft, noch seinen Körper. Oder diesen außergewöhnlichen Fleck in seinem Auge.

Nachdem der einströmende Sauerstoff seinen Geruch neutralisiert hatte, packte ich meinen Koffer aus. Viel hatte ich nicht mitgenommen. Nur das Nötigste, um damit bis zum Wochenende auszukommen.

Das klang vielleicht bescheuert, aber ein Teil von mir zweifelte auch jetzt noch an der Realität. Was, wenn ich das alles nur träumte? Oder schlimmer: Wenn ich mit meinem Schrottauto einen Unfall gebaut hatte und im Koma lag? Das kam mir wahrscheinlicher vor als hier zu sein. Womöglich überzeugte mich ja eine Nacht in diesem königlichen Bett von der Echtheit meiner Situation. Und sollte diese Universität morgen tatsächlich noch existieren und nicht nur eine Ausgeburt meiner Fantasie sein, würde ich meine restlichen Klamotten einfach hierher umsiedeln.

Um Duschzeug, Handtücher und Bettwäsche brauchte ich mich nicht zu kümmern. Die wurden mir laut Broschüre von der Akademie zur Verfügung gestellt. Ich fischte den Stunden- und Campusplan aus meiner Schultasche, warf mich aufs Bett, breitete die Unterlagen auf meinem Schoß aus und lokalisierte mit ihrer Hilfe meinen heutigen Hörsaal. In einer Stunde fing die Vorlesung an, allerdings lag der Raum am anderen Ende des Gebäudes, lange konnte ich also nicht herumtrödeln.

Das einzig Gute, das mir die Begegnung mit Dorian gebracht hatte, war, dass mein Herz jetzt nicht mehr so wild pumpte. Dieser Typ hatte mich so aufgeregt, dass meine Nervosität komplett verflogen war. Jetzt war ich einfach nur auf meine erste Unterrichtsstunde gespannt und was es mit diesem *Dawson Club* auf sich hatte.

Einige Zeit später machte ich mich mit dem Campusplan bewaffnet zum Hörsaal auf, wobei es im Westflügel so still war, dass jeder meiner Schritte wie ein Feuerwerk in meinen Ohren klang. Neben meinem Zimmer gab es noch drei weitere, demnach mussten wir vier Mädchen im *D-Club* sein. Wenn ich Dorian glauben durfte und es in der zweiten Etage identisch aussah, waren wir also insgesamt acht Personen. Ganz schön viel Platz für so wenige Menschen.

Ich hätte ja vermutet, dass es sich bei den Clubmitgliedern um die Söhne und Töchter hochrangiger

Regierungsmitglieder oder Konzernchefs handelte, aber da so ziemlich jedes Kind auf dieser Uni von einflussreichen Eltern abstammte, musste noch etwas anderes dahinterstecken. Besonders würde mich ja interessieren, was ich hier verloren hatte.

Der detaillierte Campusplan führte mich zielsicher zum Hörsaal. Selbstverständlich handelte es sich dabei nicht um einen herkömmlichen Saal, sondern um einen, wie man ihn nur in Hogwarts erwarten würde … oder eben hier. Unser Dozent wartete bereits hinter seinem hölzernen Pult, als wir Studenten wie Ameisen in den Saal strömten. So weit so gut. Auch die halbkreisförmige Anordnung der Sitzbänke und die verschiedenen Ebenen, auf denen sie standen, waren gewöhnlich. Alles andere als gewöhnlich waren dagegen die Kronleuchter, die von der stuckverzierten Decke hingen, die lückenlos gefüllten Bücherregale, die jeden Flecken Wand bedeckten oder die edel geschnitzten Sitzbänke.

Mir war ja schon vorher klar gewesen, dass ich durch den Verzug einiges an Lernstoff nachzuholen hatte, aber es erschreckte mich trotzdem, wie wenig ich von dem verstand, was unser Dozent in den 90 Minuten von sich gab. Wir waren bei Modul 2 – *Kunstgeschichte des Mittelalters* – und analysierten die Malerei und Architektur verschiedenster Epochen. Wenn ich nicht den Anschluss verlieren wollte, musste ich mir so schnell wie möglich die Grundlagen der Kunstgeschichte aneignen. Anderenfalls würde ich schon am ersten Trimester kläglich scheitern.

Als die Vorlesung zu Ende war, zwang ich meine tauben Beine in die Höhe und schloss mich dem allgemeinen Trott in Richtung Saalausgang an. Hatte ich zumindest vorgehabt, denn auf halbem Weg rief unser Dozent mich zu sich. Stirnrunzelnd änderte ich die Richtung und ging zu ihm. Woher zum Henker kannte er meinen Namen?

Ohne eine Erklärung abzugeben, reichte Professor Furlong mir eine Liste mit den Themen, die ich bis nächste Woche nacharbeiten sollte. Dann klappte er seinen Aktenkoffer zu und schlurfte aus dem Saal. Einfach so.

Das Papier in der Hand starrte ich ihm verwirrt nach. Musste ich das verstehen? Warum mir neben dem Schulleiter jetzt auch noch die Dozenten unter die Arme griffen? Mir war natürlich klar, dass Dorians Onkel dahintersteckte, aber das machte es nicht leichter zu begreifen.

Nach der Vorlesung hatte ich eine Freistunde.

Über Umwege schlenderte ich zum Speisesaal und kehrte an jene Orte zurück, die mich vorhin so begeistert hatten, die Dorian mir aber nur flüchtig gezeigt hatte. Wie die Bibliothek zum Beispiel, deren schokoladenbraune Regale fast bis zur Kuppel reichten und mit abertausenden Büchern bestückt waren, die nur darauf warteten, von mir studiert zu werden. Anfangen würde ich mit den Chroniken des *Dawson*

sie den gemeinen Pöbel überhaupt an sich heranließ. Selbst auf einer Elite-Uni schien es Unterschiede zu geben. Diese Sorte von Mädchen kannte ich nur zu gut. Jeder hatte solche Exemplare auf seiner Schule gehabt, sie heimlich bewundert und gehasst. Äußerlich sahen sie aus wie Engel, aber charakterlich waren es Teufel.

Ihre Freundin hatte dunkelbraunes, seidiges Haar, das sie à la Audrey Hepburn kunstvoll hochgesteckt hatte, blutrot geschminkte Lippen und große, puppenhafte Augen. Sie war eine klassische Schönheit, aber kein Gesicht, das man lange in Erinnerung behielt.

Was ihr an Einzigartigkeit fehlte, glich sie mit einem eleganten Klamottenstil aus, der sie wiederum radikal von den anderen abhob. Mit der pastellgelben, hochgeschnittenen Baumwollhose, der weißen Bluse, dem gelben Jackett und dem bunten Halstuch sah sie wie die strahlende Sonne aus. Dagegen wirkte ihre Freundin so farblos wie der Rest von uns.

Offensichtlich lebten Püppchen 1 und Püppchen 2 in ihrer eigenen kleinen Welt. Zumindest wenn ich danach ging, wie sie ihre Mitstudenten von oben herab betrachteten. Herrje! In was für eine abgehobene Verbindung war ich da bloß reingerutscht?

Um 16 Uhr endete mein letztes Seminar für heute. Gerade rechtzeitig, da mein Schädel vor lauter Fachbegriffen allmählich qualmte. Ich entschied, meinen Kopf heute nicht mehr überzustrapazieren und mich erst morgen in den Lern-Marathon zu stürzen. Ein Blick aus dem deckenhohen Fenster im Gang zeigte mir, dass es zwischenzeitlich geregnet hatte. Nicht viel, aber mein Vorhaben, mich mit dem Handy auf die Wiese zu setzen und Musik zu hören, konnte ich jetzt knicken.

Also schlenderte ich noch gut eine Stunde ziellos durch die Uni, entdeckte einen Krankenflügel, den Dorian vorhin mit keinem Wort erwähnt hatte, und borgte mir in der Bibliothek *Die Chroniken von Dawson* aus. Ein bisschen Geschichte würde meine müden Gehirnzellen nicht fordern und ich musste sowieso noch drei Stunden bis zum Treffen im Gemeinschaftsraum rumkriegen.

Von den anderen Mitgliedern war immer noch keine Spur, als ich den Westflügel betrat. Seltsam. Hatte Dorian nicht gesagt, dass sie hier lernten und chillten? Oder hatte er mich auf den Arm genommen und es existierte überhaupt kein Elite-Club? Zutrauen würde ich es diesem Spinner.

Bevor ich ins Zimmer ging, wusch ich mir im Gemeinschaftsbad die Hände. War ich überrascht, als sich der Waschraum als Marmor gefliestes Luxusbad mit abgetrennten Duschkabinen, glänzenden Waschbecken und ordentlich zusammengerollten

Handtüchern entpuppte? Nicht wirklich. Vielleicht konnte der Mensch nur ein gewisses Maß an Luxus pro Tag erfassen. Oder die Vorlesung und die beiden Seminare hatten mein Hirn so mürbe gekocht, dass ich einfach keine Kraft mehr hatte, erstaunt zu sein.

Jedenfalls ging ich anschließend in mein Zimmer, warf mich aufs Bett, schlug die Beine übereinander und vergrub die Nase in meiner Lektüre.

Ich las schon seit einer geraumen Weile und hatte die Zeit völlig aus den Augen verloren, als es an der Zimmertür klopfte. Automatisch ging ich davon aus, dass es Dorian war, nahm die Beine vom Bett und setzte mich auf.

„Ja, bitte?"

Die Tür schwang auf und ein braunhaariges Mädchen mit einer modernen Bob-Frisur erschien auf der Schwelle. „Hi", sagte sie mit einer samtig weichen Stimme und winkte mir zu. Wie von selbst fiel mein Blick von ihrem herzförmigen Gesicht auf die silberne Brosche an ihrer Brust.

„Du musst Zoe sein."

„Ähm, ja." Ich legte das Buch beiseite. „Und du bist?"

„Amanda Wilde, Dorians Cousine. Aber du kannst mich Amy nennen."

Oh, nein! Noch eine Wilde! „Bist du hier, weil Dorian sichergehen will, dass ich zum Treffen komme?", fragte ich automatisch schnippisch. Angriff war die beste Verteidigung, und nach allem, was ich im Speisesaal gesehen hatte, waren die weiblichen Mitglieder genauso abgedreht wie Dorian. Am besten, ich stellte gleich klar, dass ich keine Flipperkugel war, die sich herumschubsen ließ. „Falls ja, kannst du deinem *werten* Cousin sagen, dass ich jetzt erst recht nicht komme. Ich brauche keine Babysitter!“

Amy lachte. „Dorian ist ein Idiot, oder? Aber nein, er hat mich nicht geschickt. Ich dachte nur, du willst dich der Gruppe vielleicht nicht allein stellen. Dorian wirft die Frischlinge gern den Wölfen vor, um sie einzuschüchtern. Das wollte ich dir ersparen.“

„Oh.“ Sofort bereute ich meinen schneidenden Tonfall, aber Amy schien nicht nachtragend zu sein.

Lächelnd fragte sie: „Lässt du mich rein? Ich komme mir zwischen Tür und Angel ein bisschen blöd vor. Wie eine Staubsaugerverkäuferin.“

Ich fand den Vergleich ziemlich unpassend. Jedenfalls hatte ich noch von keiner Staubsauberverkäuferin in *so* einem schicken Kleid gehört.

„Klar, komm rein“, meinte ich versöhnlich. „Wie spät ist es eigentlich?“ Ich stand auf und ging zum Tisch, um auf mein Handy zu gucken, aber Amy war schneller und sah auf ihre Armbanduhr.

„Zehn vor acht. Der Gemeinschaftsraum ist nur einen Aufgang weiter.“

Amy war hübsch … wie offenbar alle im *D-Club*. Angeführt von dem größten Arschloch, das mir jemals untergekommen war. Dorians Cousine war schlank, genau so groß wie ich, dezent geschminkt und hatte alabasterfarbene Haut. Ich hätte sie für eine Elfe gehalten, wäre da nicht das paillettenbesetzte, funkelnde Cocktailkleid gewesen, das mehr nach Party-Queen als nach Elfenprinzessin aussah. Vielleicht war es der Umstand, dass sie ihren eigenen Cousin einen Idioten genannt hatte, aber ich mochte sie auf Anhieb.

Amy nahm auf meinem Bürostuhl Platz, jede Bewegung ein anmutiges Schauspiel, und schlug die nackten, langen Beine übereinander. Ihr Kleid war nicht eng anliegend, aber mega kurz. War das in *Dawson* Trend? Falls ja, war mir jetzt klar, warum Püppchen 1 und Püppchen 2 heute Morgen so gekichert hatten: In meinem langen Kleid musste ich wie eine Oma aussehen.

Schnaubend öffnete ich die erste Schreibtischschublade, in der ich meine Schminke aufbewahrte, angelte das Lipgloss heraus und ging zum Wandspiegel, um es aufzutragen. Kurze Kleider und Röcke gehörten genauso wie Jeans und Blusen zu meiner Garderobe. Das lange Kleid hatte ich nur angezogen, weil ich einen guten Eindruck hatte schinden wollen. Jetzt behielt ich es aus Prinzip an. Sollten die Möchtegern-Schönheitsköniginnen doch lachen, dann würden sie aber was von mir zu hören kriegen.

„Ich bin gespannt, wie du dich schlägst. Die anderen zerreißen sich schon das Maul über dich“, meinte Amy und ließ ihren Blick interessiert durch mein Zimmer schweifen.

„Ach, ja?" Eben noch gedanklich große Töne gespuckt, dass ich mich nicht unterkriegen lassen würde, drehte ich jetzt alarmiert den Kopf zu ihr.

Amy sah es und hob beschwichtigend die Hand. „Aber keine Sorge. Das legt sich wieder. Am Anfang sind alle immer total neugierig und quetschen dich wie eine Orange aus. Ich konnte es ja selbst kaum erwarten, dich kennenzulernen, als Dorian verkündet hat, dass wir ein neues Mitglied bekommen. Wobei ich dich vielleicht vor unserem Schürzenjäger Jamie warnen sollte. Du bist hübsch und hast was Besonderes an dir. Er wird total auf dich abfahren."

„Okay?" Ich hätte ja gedacht, dass Dorian der Frauenheld war, so gut wie er aussah, aber vielleicht traf das auf alle männlichen *Dawson Club*-Mitglieder zu. „Wer ist dieser Jamie?"

„Mein Bruder, und er ist noch eingebildeter als Dorian."

„Kann ich mir kaum vorstellen", schnaubte ich.

Amy lachte, und ich rieb die Lippen aneinander, um das Lipgloss gleichmäßig zu verteilen. Schließlich warf ich einen letzten prüfenden Blick in den Spiegel und legte die Schminke in die Schublade zurück. „Wie viele Wildes gibt es hier?"

„Vier: Meinen Bruder, Dorian, seinen Halbbruder Calvin und mich."

„Und ihr seid alle im *D-Club*?"

„Selbstverständlich“, sagte sie in einem Ton, als wäre meine Frage völlig absurd.

„Tja, dann … ich bin bereit.“

Mit steigender Nervosität folgte ich Amy, die ganz unbeschwert über die Macken der anderen Mitglieder sprach und mir damit unbewusst ein Stück meiner Aufregung nahm, zum Gemeinschaftsraum. Sie warnte mich vor einer Emma, die sich für die Königin der Universität hielt und andere gern runtermachte. Außerdem sollte ich auf keinen Fall auf die Avancen ihres Bruders eingehen, weil ihn das nur anspornen würde, sich noch mehr ins Zeug zu legen.

Gern hätte ich noch mehr über meine Clubmitglieder erfahren – besonders interessierte mich, was Amy über Dorian zu sagen hatte –, aber dann betraten wir auch schon den Gemeinschaftsraum, der so eindrucksvoll war, dass ich gar nicht wusste, wohin ich zuerst schauen sollte.

Bequeme Sofas und Klubsessel mit bestickten Samtkissen waren im ganzen Raum verteilt. Abzeichen und Urkunden schmückten die Wände, und in unzähligen Vitrinen glänzten Pokale und andere Trophäen. Das Herzstück des Zimmers bildete eine Sofagruppe, die in der Mitte der Stube um einen länglichen Couchtisch stand, auf dem sich Modemagazine, Bücher, Knabbereien und sogar Bierflaschen und volle Aschenbecher befanden. Am Ende des Raums schlängelte sich eine hölzerne Treppe in die zweite, offene Etage, in der ich Bücherregale, einen Billardtisch, eine Bar und weitere Sitzgelegenheiten ausmachte.

Die deckenhohen Fenster waren in schmale Raster eingeteilt und gaben den Blick auf einen sich verdunkelnden Himmel frei. Feuer prasselte in einem geschlossenen Kamin, verbreitete ein warmes Flackern im Raum, und in jeder Ecke und auf jedem Tisch strahlten Lampen um die Wette und sorgten für eine kuschelige, familiäre Atmosphäre.

Wahnsinn!

Auch die Clubmitglieder saßen zerstreut. Ich entdeckte Dorian, der auf dem größten und prunkvollsten Sessel des Zimmers thronte, auf seinem Schoß das braunhaarige Mädchen, das ich Püppchen 1 getauft hatte. Püppchen 2 kam soeben mit einem Champagnerglas und einer qualmenden Zigarette in den Händen die Treppe hinunter und lehnte sich ans Sofa schräg gegenüber von Dorian.

Vor ihr saß ein blonder, gut gebauter Junge, der wie Barbies fleischgewordener Freund Ken aussah. Sein markantes Kinn, die gegelten Haare, seine muskulösen, strammen Beine … Für meinen Geschmack sah er ein bisschen *zu* perfekt aus. Jede Strähne schien genau dort zu sitzen, wo er sie haben wollte, aber wenigstens begegnete er mir nicht mit offener Feindseligkeit ... so wie eine gewisse *andere* Person heute Morgen. Mit unverhohlenem Interesse musterte Ken mich von oben bis unten, dann grinste er verschmitzt.

Alles klar. Das musste Amys Bruder, der Frauenheld, sein.

Es gab noch eine weitere Person im Raum: Einen schwarzhaarigen Jungen, der mit dem Rücken zu mir vor dem Kamin saß und … war das etwa ein Whiskyglas in seiner Hand? Doch bevor ich weiter darüber nachdenken konnte, ergriff Dorian das Wort.

„Leute, das ist unser neues Mitglied, von dem ich euch erzählt habe: Zoe Davis. Heißt sie in unserem Club willkommen.“ Ich kaufte ihm den feierlichen Ton keine Sekunde lang ab, aber vielleicht war er als Präsident zu diesen Worten verpflichtet. *Oder er hat Schiss, dass ich bei seinem Onkel petzen gehe.* Der Gedanke erheiterte mich.

„Willkommen, Zoe“, sagten die Mitglieder im Chor, manche begeisterter, andere weniger. Wow. Klang ja überhaupt nicht nach Sekte! Da es mir zu blöd war, weiter im Eingang zu stehen, machte ich ein paar Schritte in den Raum. Amy folgte mir wie ein Bodyguard, bis wir unmittelbar vor der Sitzgruppe standen.

„Dorian kennst du ja bereits“, hob Amy an, bevor sich peinliches Schweigen breitmachen konnte, und nickte zu ihrem Cousin. Lässig hatte er sich in den Sessel gefläzt, einen Arm auf der Lehne, den anderen um die Taille des Mädchens geschlungen, das Amy mir jetzt als Emma vorstellte. Reizender Name, wobei Püppchen 1 besser zu ihr passte. Sie verzog keine Miene, als ich sie anlächelte, sah mich einfach nur an, als wollte sie mich Kraft ihres Blickes auf Abstand halten, während Dorians Finger an ihrem Bauch kleine Kreise zogen.

Okay. Sie war schon mal nicht begeistert von mir, und sie war offenbar mit Dorian zusammen. Kam es mir übrigens nur so vor oder sollten seine Streicheleinheiten sie beruhigen? Etwa, damit sie nicht auf mich losging?

Nein, das bildete ich mir bestimmt nur ein. Schließlich hatte ich dieser Emma nichts getan.

„Das ist Rose, ihre beste Freundin", fuhr Amy fort und deutete auf Püppchen 2. Diese warf sich mir vor Begeisterung zwar nicht an den Hals, winkte mir aber zumindest kurz zu, bevor sie an ihrer Zigarette zog.

„Der Idiot hier", Amy stieß Ken mit dem Fuß an, der daraufhin mit einem breiten Grinsen aufstand und eine Reihe weißer, gerader Zähne entblößte, „ist Jamie, mein Bruder. Wie gesagt: Halte dich von ihm fern!"

Nicht im Geringsten beleidigt oder verlegen nahm Jamie meine Hand und hauchte einen Kuss darauf. Zu meinem maßlosen Ärger löste sein Handkuss nicht mal ein schwaches Bauchkribbeln bei mir aus. Das hob sich mein Körper offenbar für Arschlöcher wie Dorian auf, die es überhaupt nicht verdient hatten, angeschmachtet zu werden. Nicht, dass ich das tun würde, pah!

„Egal, was meine Schwester dir gesagt hat, hör nicht auf sie. Ich bin mit Abstand der netteste in unserer Clique ... und unglaublich gut in der Kiste, falls du dich das gefragt hast.“

Oh, mein Gott! Mit einem schiefen Grinsen zwinkerte Jamie mir zu. Ganz unverhohlen. Erwartete er etwa, dass ich darauf antwortete?

Amy kam mir zur Hilfe, indem sie sagte: „Du bist ein Schwein, Jamie. Das weiß jeder. Und du hast genug Groupies, mit denen du spielen kannst, also lass die Finger von meiner neuen Freundin!“

Überrascht sah ich zu Amy und verspürte ein warmes Kribbeln im Bauch, als sie herzlich zurücklächelte. Dass sie mich als ihre Freundin bezeichnete, obwohl wir uns erst seit fünf Minuten kannten, kam mir ein bisschen überstürzt vor. Gleichzeitig war es unheimlich beruhigend, jemanden auf dieser Uni an meiner Seite zu wissen, der *nicht* dazu gezwungen wurde. Wer hätte gedacht, dass ich meine erste Studienfreundin inmitten eines Haufens arroganter, notgeiler Snobs finden würde?

„Hey, kein Grund, aggro zu werden. Deine Freunde sind auch meine Freunde.“ Wieder zwinkerte Jamie mir zu, und ich wandte eilig den Kopf zu der letzten Person, die sich noch immer nicht vom Sessel vor dem Kamin erhoben hatte.

„Das ist Calvin!“, erklärte Amy, bevor ich sie fragen konnte. Ihrem schneidenden Ton nach zu urteilen, war sie diesem Jungen nicht sehr zugetan. „Dorians Halbbruder, väterlicherseits.“ Sie hob die Stimme. „Aber wie es scheint, ist er sich zu fein, um unser neues Mitglied zu begrüßen!“

Ich runzelte die Stirn. Halbbruder? Wenn Calvin hier mit Dorian studierte, musste er entweder wenige Jahre älter oder jünger sein, was bedeutete, dass Dorians Vater in kürzester Zeit zwei Söhne mit unterschiedlichen Frauen gezeugt haben musste. Interessant.

Endlich bewegte sich der Angesprochene. Geschmeidig wie eine Katze erhob Calvin sich und kam zu uns. Das Whiskyglas – wobei ich immer noch nicht glauben konnte, dass er in einer *Uni* harten Alkohol trank – behielt er in der Hand.

Das satte Schwarz seiner Haare setzte sich in seinem ungewöhnlichen Outfit fort. Gegen den schwarzen Rollkragenpullover war ja nichts einzuwenden, aber trug er ernsthaft einen Nadelstreifenanzug und glänzende Lederschuhe? Ich dachte, wir wären auf der Uni und nicht bei einem Konzerntreffen, um Milliardenverträge abzuschließen. Calvin sah aus wie ein junger Geschäftsmann. In seinem Aufzug stellte er sogar Dorian in den Schatten, und das wollte schon was heißen.

In aller Seelenruhe schlenderte Calvin auf mich zu und blieb direkt vor mir stehen. Er war groß, ein bisschen hager und hatte so scharf geschnittene Gesichtszüge, dass ich mich nicht entscheiden konnte, ob ich sie attraktiv fand oder nicht.

Eins war sicher: Mit diesem Jungen stimmte etwas nicht, das spürte ich sofort. Da flimmerte eine Dunkelheit in seinen Augen, die sämtliche Alarmglocken in mir schrillen ließ. Und das, obwohl er mir jetzt höflich die Hand reichte.

„Willkommen im *D-Club.*" Unfassbar, aber er klang sogar noch unfreundlicher als Dorian. Mit dem leeren Glas schlenderte Calvin an mir vorbei und stieg die Wendeltreppe hinauf. Vermutlich, um sich Nachschub zu holen.

Zurück ließ er den Duft eines strengen Parfüms, das zweifellos teuer, für meinen Geschmack aber zu aufdringlich war.

„Jetzt, da wir das geklärt haben, erzähl uns was über dich." Verblüfft schaute ich zu Emma, die zum ersten Mal, seitdem ich den Gemeinschaftsraum betreten hatte, das Wort an mich richtete.

Amy war so freundlich und bot mir einen Platz auf dem freien Sofa an. Nachdem ich mich gesetzt hatte, kam sie neben mich, langte nach der Schüssel Chips auf dem Tisch und lehnte sich damit zurück.

„Da gibt's nicht viel zu erzählen", meinte ich schulterzuckend und fummelte mich unbehaglich fühlend – da nun alle Blicke auf mich gerichtet waren – an meinen Zöpfen herum. „Ich war auf einer staatlichen Schule, in Peterborough, dann bekam mein Vater eine Stelle in London und wir sind hierhergezogen."

Beim Wort *staatlich* verzog Emma missbilligend die Lippen.

„Gut, aber was sind deine Stärken? Was kannst du so?", kam es von Rose, die jetzt neben Jamie Platz nahm und mich musterte, als wäre ich ein vielversprechendes Rennpferd auf einer Auktion.

Stirnrunzelnd erwiderte ich ihren Blick. „Was meinst du mit *was ich kann*?"

„Vielleicht sollten wir ihr erst mal erklären, was es mit den Fragen auf sich hat", schaltete sich Amy schmatzend dazwischen und sah auffordernd zu Dorian hinüber.

Der bedeutete Emma mit einem sanften Klaps auf den Hintern, dass sie aufstehen sollte. Anmutig wie eine Gazelle kam sie hoch, setzte sich zwischen Jamie und ihre Freundin Rose und überschlug mit einem vorwurfsvollen Blick in meine Richtung – als wäre es meine Schuld, dass Dorian sie verscheucht hatte – die Beine.

„Wir fragen deshalb, weil all die Auszeichnungen, die du hier siehst, von Clubmitgliedern gewonnen wurden", erklärte Dorian mit einer ausladenden Geste auf die Trophäen um uns herum. „Schon seit Jahrhunderten gewinnt der Club Preise für die Universität. Jeder in diesem Raum hat mindestens schon eine Auszeichnung bekommen. Wir wollen wissen, inwiefern du zu unserem Erfolg beitragen kannst."

diesem Raum ein besonderes Talent besaßen, ergo ihre Daseinsberechtigung in diesem Club hatten. Alle außer mir.

Dorian lächelte herablassend, war sich aber offenbar zu fein, um meine Frage zu beantworten.

An seiner Stelle tat Rose es. „Dorian ist unser Spitzen-Schwimmer. In *Dawson* finden regelmäßig Schwimmwettkämpfe statt. Er hat noch nie einen verloren."

Ist nicht wahr!, dachte ich und stöhnte innerlich. Erst letzte Woche hatte ich mich für den Schwimm-Kurs eingetragen! Bedeutete das etwa, dass ich diesen Idioten jetzt auch noch beim Sport ertragen musste?

Wenigstens erklärte das, warum Dorian so gnadenlos gut gebaut war – auch wenn ich immer noch der Ansicht war, dass er nicht einen dieser Muskel verdient hatte.

„Hast du die Schwimmhalle schon gesehen? Sie liegt gleich hinter dem Sportplatz", informierte Amy mich und stopfte sich weitere Chips in den Mund.

Ich schüttelte den Kopf. Auf dem Privatgelände war ich noch nicht gewesen.

„Jedenfalls", fuhr Dorian etwas lauter fort, um sie zum Schweigen bringen, „leistet jeder hier seinen Beitrag. Unsere Fähigkeiten steigern den Wert der Universität. Als Gegenleistung heimsen wir neben den Medaillen auch Preisgelder ein, die wir für gute Zwecke spenden oder untereinander aufteilen."

„Oder für unsere berühmt-berüchtigten Partys verschleudern“, warf Jamie feixend ein.

Dorian ließ sich zu einem Schmunzeln herab, beugte sich vor und griff nach der angefangenen Bierflasche auf dem Tisch. Ich konnte mich nicht daran erinnern, jemals gehört zu haben, dass in schulischen Einrichtungen Alkohol erlaubt war. Auch nicht in Universitäten. Vielleicht machte man ja für *Die Glorreichen Sechs* hier eine Ausnahme oder der Westflügel wurde einfach nicht kontrolliert.

„Verstehe. Und jetzt erwartet ihr von mir, dass ich genauso Preise für den Club gewinne“, vermutete ich und sah zu Dorian hinüber, der die Flasche an seine Lippen setzte und einen Schluck trank.

„Süße, wir erwarten gar nichts von dir“, schnaubte Emma in einem zuckersüßen, falschen Ton, der wie eine scharfe Rasierklinge an meinem Ego kratzte.

„Wie bitte?“, fragte ich mit hochgezogenen Brauen, während Jamie gleichzeitig „Gleich catchen sie sich“ murmelte.

„Man kann sich nicht einfach eine Disziplin raussuchen und hoffen, dass man mit ein bisschen Training reihenweise Preise abräumt. Das hier ist kein Amateur-Club. Hier geht's um Schulmeisterschaften, zukünftige Karrieren, für die manche jahrelang trainieren. Deine Bemerkung zeigt, wie naiv du bist.“

„Emma“, ermahnte Dorian sie halbherzig, aber ich brauchte seinen Beistand nicht. Vor allem nicht, wenn er insgeheim auf ihrer Seite war – was ja wohl offensichtlich zutraf.

„Nur zu deiner Information: Ich hab mich nicht freiwillig für diesen Club gemeldet, also *entschuldige* bitte, wenn ich mich vorher nicht umfassend über eure Verbindung informiert habe. Beleidigen lassen muss ich mich deshalb noch lange nicht“, sagte ich bemüht sachlich.

„Stimmt, das kriegst du auch ganz gut allein hin.“

Sprachlos starrte ich Emma an, während Amy neben mir vor Empörung fast an ihren Chips erstickte.

„Das reicht, Emma!“, sagte Dorian jetzt nachdrücklicher.

„Oh und *wie* das reicht!“ Abrupt stand ich auf. „Das muss ich mir nicht bieten lassen!“

„Sie ist heiß, wenn sie wütend ist“, raunte Jamie seiner Sitznachbarin zu, während ich mich energisch zwischen Couch und Tisch hindurchschob. Erschrocken zog Amy die Beine an, um mir Platz zu machen. Jamies Bemerkung machte mich noch wütender. Für die einen war ich offenbar der Trottel vom Dienst und für die anderen ein Sexobjekt!

Ich hatte bereits drei Schritte in Richtung Ausgang gemacht, als Dorians Stimme hinter mir ertönte. „Ich kann mich nicht daran erinnern, dich schon entlassen zu haben.“

Wie vom Donner gerührt blieb ich stehen und drehte mich fassungslos zu ihm um. Wie konnte er es wagen, so mit mir zu reden?

„Die Mitgliederversammlung ist noch nicht beendet. Du hast deine Brosche noch nicht bekommen. Das Symbol unseres Clubs."

Ein, zwei Sekunden lang blinzelte ich Dorian an. Er dachte tatsächlich, dass mir diese dämliche Brosche irgendetwas bedeutete. Oder sein Club. Mit einem abfälligen Geräusch drehte ich mich wieder weg und setzte meinen Weg fort. „Danke, aber ich verzichte auf das *Symbol eures Clubs*!"

„Lässt du dir das etwa bieten?", hörte ich Emma schimpfen. „Wie redet die denn mit dir?"

Als ein schweres Scharren hinter mir erklang, wusste ich, dass Dorian seinen Sessel zurückgeschoben hatte. Eine Gänsehaut kroch meinen Nacken hinauf. Wollte er mich etwa aufhalten? Wäre auf jeden Fall interessant, wie er das anstellen wollte. Ich war mal in einem Judo-Verein gewesen. Zwar nur ein halbes Jahr lang, und die Grundregeln der Verteidigung hatte ich auch nur noch vage im Kopf, aber er sollte sich lieber trotzdem nicht mit mir anlegen.

„Lass sie. Ich mach das schon", hörte ich Amy noch sagen, dann tauchte ich in die beklemmende Stille des Flurs ein.

Erst vor meinem Zimmer holte Dorians Cousine mich ein. Hektisch kam sie auf ihren Absatzschuhen angelaufen, in der Hand die silberne Brosche, und blieb atemlos vor mir stehen.

„Tut mir leid. Diese Idioten spielen sich gern vor den Neuen auf, aber wie Emma sich benommen hat …"

„Schon gut", sagte ich lächelnd, dabei war gar nichts gut. Emmas Worte hatten mich getroffen, denn sie bestätigten nur, wie ich mich seit Betreten der Uni fühlte: Wie ein Eindringling, der seine Anwesenheit nur einem glücklichen Umstand zu verdanken hatte, den er selbst nicht ganz verstand.

„Sie hassen mich", seufzte ich und lehnte mich mit dem Rücken gegen die Tür. „Mit Ausnahme deines Bruders, aber ich bin mir nicht sicher, ob seine Komplimente nicht sogar noch schlimmer sind. Und was zum Geier ist mit diesem Calvin los? Hat er ernsthaft Whisky getrunken? Was ist das für ein Irren-Verein, in dem ich da gelandet bin?"

Betroffen sah Amy mich an, als trüge sie die Verantwortung für diesen bizarren Haufen, der – wenn ich so darüber nachdachte – tatsächlich eine Anstandsdame gebrauchen könnte.

„Gib ihnen ein paar Tage", bat sie, verschränkte die Hände hinter dem Rücken und lehnte sich an die Wand gegenüber. „Die Situation ist ungewohnt für sie. Normalerweise werden neue Mitglieder in Form einer Abstimmung gewählt, bei der jeder ein Mitspracherecht hat. Dorian hat dich uns praktisch vor die Füße geworfen. Damit kommen nicht alle sofort klar."

„Du schon", sagte ich und schlug den Hinterkopf sanft gegen die Tür.

Jetzt grinste sie mich an. „Ich bin ja auch die Klügste auf der Uni. Da lasse ich mich doch nicht von Vorurteilen leiten."

„Ich vermutete, es ist auch nicht sehr hilfreich, dass ich so *gewöhnlich* bin und mich nicht mit Medaillen schmücken kann", schnaubte ich.

Amys Lächeln wurde warmherzig. „Mach dir darüber keine Gedanken. Ich verstehe zwar auch nicht, warum mein Onkel dich in unseren Club gesteckt hat, aber ich für meinen Teil bin sehr froh, dass du so *gewöhnlich* bist. Emmas prinzessinenhaftes Benehmen kann schon lange keiner mehr ertragen. Frischer Wind wird uns allen guttun."

Ich lachte. „Danke."

Es herrschte kurz Stille, dann fragte Amy: „Tust du mir einen Gefallen und nimmst die Brosche?" Mit einem Hundeblick, dem man nur schwer widerstehen konnte, hielt sie mir das funkelnde Schmuckstück hin.

Zweifelnd betrachtete ich es. „Ich denke nicht, dass ich die anstecken werde."

„Nimm sie wenigstens mit ins Zimmer. Um des Friedens willen. Wie ich Dorian kenne, wird er sie dir sonst persönlich anstecken."

Bei der Vorstellung, Dorian könnte seine Hände an mich legen, durchfuhr mich ein verbotener Schauer. Was hatte dieser Kotzbrocken nur an sich, dass mein Körper so heftig auf ihn reagierte? Er war ja nun wirklich nicht der erste heiße Kerl, der mir unter die Augen gekommen war. Höchstens der arroganteste.

„Na gut." Seufzend nahm ich die Brosche und wog sie in der Hand. Ganz schön schwer.

„Hey, was hältst du davon, wenn ich dir morgen das Privatgelände zeige? Dann kannst du dir auch die Schwimmhalle angucken", schlug Amy vor.

Überrascht sah ich sie an. Ihr Lächeln war hoffnungsvoll, ehrlich. „Gern."

„Lass uns Whats-App-Nummern tauschen, dann können wir morgen spontan einen Treffpunkt ausmachen."

Die Aussicht, den morgigen Nachmittag nicht wieder einsam im Zimmer verbringen zu müssen, sondern in netter Gesellschaft, stimmte mich sofort wieder glücklich. Scheiß auf den *Dawson Club* mit seinen versoffenen, zickigen Mitgliedern. Man brauchte nur *einen* guten Freund im Leben und Amy erfüllte alle Voraussetzungen, um genau das für mich zu werden. Lächelnd ging ich ins Zimmer, legte die Brosche auf den Schreibtisch und speicherte ihre Nummer in meinem Handy.

„Super, dann sehen wir uns morgen", sagte sie. „Und falls du was brauchst: Mein Zimmer ist das letzte auf dem Gang.“ Amy winkte mir zum Abschied, dann schlenderte sie davon.

Nachdem ich die Tür geschlossen hatte, ließ ich mich rücklinks aufs Bett fallen, simste Dad, dass ich meinen ersten Tag gut überstanden hatte, und surfte dann eine Weile im Internet.

Später ging ich duschen, schrubbte mir den Ärger über Emma von der Seele und schlüpfte in meinen violetten, weiß gepunkteten Pyjama. Ein tragbares Stück Heimat, das mir die erste Nacht in dieser überwältigenden, aber auch befremdlichen Festung hoffentlich erträglicher machen würde. Der Gang war gespenstisch leer, als ich in den flauschigen Hausschuhen, die im Badezimmer für mich bereitgestanden hatten, ins Zimmer ging.

Mit einem ungewohnten Engegefühl in der Brust krabbelte ich unter die Bettdecke und stellte fest, dass sie herrlich duftete und sich wie eine flauschige Wolke an meine Haut schmiegte. Ganz anders als meine vergleichsweise kratzige Decke zu Hause. Trotzdem würde ich jetzt lieber in meinem vertrauten Bett schlafen, als hier zu sein. Ich hatte noch nie woanders übernachtet. Pyjamapartys und Klassenfahrten, bei denen ich bekannte Gesichter um mich gehabt hatte, ausgenommen.

Hier sah ich mich das erste Mal mit fremden Menschen konfrontiert. Menschen, die mich nicht mal besonders leiden konnten und damit das Gefühl, eine Außenseiterin zu sein, nur noch verstärkten. Hofften wir mal, dass sich die Gemüter in den nächsten Tagen entspannten, dann gewöhnte ich mich sicher auch an mein neues Bett.

Ein ohrenbetäubendes Krachen riss mich aus dem Tiefschlaf und ließ mich irritiert hochschrecken. Meine Zimmertür! Doch bevor ich begreifen konnte, was der Tumult sollte, drangen dunkle Gestalten in mein Zimmer ein, kauerten wie verzerrte Dämonen über meinem Bett und griffen von allen Seiten nach mir.

Ich wollte schreien, aber da lag auch schon eine große, schwielige Hand auf meinem Mund und erstickte jegliche Hilferufe. Der schieren Kraft nach zu urteilen, mit der sie mich in die Matratze drückte, musste sie einem Jungen gehören.

Mir fiel ein, dass ich mich eventuell wehren sollte. Leider kam der Gedanke eine Millisekunde zu spät. Schon waren meine Arme und Beine fixiert, sodass ich nur wie ein Fisch auf dem Trockenen herumzappeln konnte.

Silbernes Mondlicht schien durch das schmale Fenster und gewährte mir einen Blick auf mehrere vermummte Gestalten, die sich an mir zu schaffen machten. Was war hier los? Was wollten die von mir?

„Haltet sie fest, verdammte Scheiße!", knurrte jemand. Der Stoff über seinem Mund dämpfte die Stimme so weit, dass ich sie nicht identifizieren konnte. Falls ich sie überhaupt kannte.

Ich wehrte mich nach Kräften, das Adrenalin jagte in Höchstgeschwindigkeit durch meinen Körper, aber alles Aufbäumen, Treten und Schlagen war zwecklos, solange meine Gegner in der Überzahl waren.

Als hätte mein Körper das auch begriffen, wurden meine Bewegungen schlagartig langsamer, und ich hatte Mühe, überhaupt richtig durch die Nase zu atmen, weil ich mich so verausgabte. Gleich würden meine Lungen kollabieren. Ich würde ohnmächtig werden und dann würden diese kranken Typen wasweiß-ich mit mir anstellen.

In einem letzten verzweifelten Versuch wollte ich meinem Angreifer in die Hand beißen. Zu meiner Bestürzung presste er sie so brutal auf meinen Mund, dass ich ihn gar nicht erst aufbekam. Ich konnte nur gierige, panische Atemzüge durch die Nase machen und beten, dass das nur ein schrecklicher Albtraum war. Aber Albträume fühlten sich nicht so echt an.

Und wo zum Teufel war die leise Stimme, die mir in meinen Träumen stets zuflüsterte, dass die Situation nicht real war? Dass ich nur fest daran glauben müsste, um mich aus der Situation zu befreien?

Nein, das hier war so echt wie es nur sein konnte.

Als sie mich knebelten, wurde meine Panik übermächtig. Was lief hier ab?! Vergewaltigung? Mord? Ich kreischte aus Leibeskräften, mein Knebel ließ jedoch nur gedämpfte Laute hindurch, womit ich lediglich kostbaren Atem verschwendete. Schließlich wurden auch meine Hand- und Fußgelenke mit Stoff fixiert, dann verband man mir die Augen.

Vielleicht war mein Hirn vom Schlaf noch vernebelt, aber ich begriff einfach nicht, was hier geschah. Meine Sinne spielten verrückt. Auf einmal hatte ich das Gefühl, die Welt würde sich neigen und ich würde den Boden unter mir verlieren. Nein, Moment. Ich *hatte* den Boden verloren. Ich wurde getragen! Barfuß. In nichts weiter als meinem Pyjama.

Ich verlor jegliches Zeitgefühl, schnappte nur hier und da Wortfetzen und Geräusche auf, die aber alle keinen Sinn für mich ergaben. Meine Fantasie ging mit mir durch. Bestimmt verschleppten sie mich in die schuleigene Folterkammer, um herauszufinden, wie ich Loser es fertiggebracht hatte, auf *Dawson* angenommen zu werden.

Irgendwann schlug mir Kälte und Wind entgegen, und ich begriff, dass wir das Gebäude verlassen hatten. Kühle Nachtluft sickerte durch meinen dünnen Pyjama, fraß sich wie eisiges Feuer einen Weg zu meiner Haut, sodass ich schauderte. Meine Bewegungen waren mittlerweile so träge, dass meine Entführer sie kaum noch wahrnehmen dürften. Ganz anders mein Atem, der stoßweise und viel zu schnell ging. Meine Erschöpfung steuerte ihrem unausweichlichen Höhepunkt entgegen, dennoch war da ein Funke Trotz in mir, der mich antrieb, nicht kampflos aufzugeben – egal, wohin sie mich verschleppten.

Keine Ahnung, wie lange ich tatsächlich getragen wurde. Minuten? Stunden? Ich merkte nur, dass sich mit der Zeit Taubheit wie ein Schleier um meine Gliedmaßen legte. Auf einmal stieg mir ein vertrauter Geruch in die Nase, der mich mehr als alles andere verwirrte.

War das etwa … Chlor?

Ich bekam keine Gelegenheit, weiter darüber nachzudenken. Schlagartig waren die Hände von meinem Körper verschwunden und mein Magen machte einen Hüpfer, als ich mit Schwung durch die Luft geworfen wurde. Mit einem gedämpften Schrei landete ich im Wasser, durchbrach die eiskalte Oberfläche und versank wie ein Stein in der Tiefe.

Sie ertränken mich! Die bringen mich tatsächlich um!

Mich panisch windend versuchte ich, die Stricke loszuwerden, die mich daran hinderten, an die Wasseroberfläche zurück zu gelangen. Dabei nahm ich eine Erschütterung neben mir wahr, als wäre eine weitere Person im Wasser gelandet.

Plötzlich waren da Hände, packten mich an den Armen und zogen mich erstaunlich schnell an die Oberfläche zurück, sodass ich durch den Knebel hindurch einen gierigen, zittrigen Atemzug machen konnte. Jubelrufe und Beifall gemischt mit dem ohrenbetäubenden Blasen einer Trompete zerrissen die Stille der Nacht. Wasser lief vom feuchten Knebel in meinen Mund und ich unterdrückte den Impuls, es hinunterzuschlucken.

Die Augenbinde wurde von meinem Gesicht gelöst, und als ich das brennende Chlorwasser weggeblinzelt hatte, starrte ich in dunkle Augen, die so undurchdringlich waren wie der schwarze Nachthimmel über mir. Was zum …?

Es war als Dorian Wilde, der mich vor dem Ertrinken gerettet hatte. Dorian, dem die dunkelbraunen Haare jetzt nass im Gesicht klebten und auf dessen Haut Wassertropfen wie Diamanten perlten. Keuchend und mit weit aufgerissenen Augen sah ich mich um.

Ich befand mich in einem beleuchteten Pool, festgehalten von dem schönsten Jungen, den ich je gesehen hatte, der anders als ich in dem tiefen Becken offenbar stehen konnte. Nur seine Hände an meinen Oberarmen hielten mich über Wasser, während meine gefesselten Beine panisch zu paddeln versuchten.

Am Beckenrand zu meiner Linken standen Rose, Emma und Jamie, die sich vor Lachen krümmten. Vermutlich veranlasste sie mein dämlicher Gesichtsausdruck dazu, denn endlich begriff ich, was hier ablief. Mein Aufnahmeritual. Für diesen bescheuerten *Dawson Club*!

„Wie fühlst du dich, Dornröschen? Haben wir dich aus deinem Schönheitsschlaf gerissen?“, feixte Jamie und blies noch einmal kräftig in die rote Plastiktrompete, bevor er sie zu uns in den Pool warf. Mit einem lauten Platschen landete sie neben uns und schaukelte auf der Oberfläche herum.

„Sie sieht aus, als kriegte sie gleich 'nen Herzinfarkt“, stimmte Rose lachend ein, woraufhin Emma verhalten gluckste.

Wie betäubt sah ich wieder zu Dorian, der meinen zerstreuten Blick mit einem höhnischen Grinsen erwiderte. „Ich denke, die Überraschung ist uns gelungen. Ihr Schrei war hollywoodreif.“

Wut schlug jetzt in eiskalten Wellen über mir zusammen, verdrängte den Schock und die Trägheit aus meinen Gliedern. Knurrend stieß ich Dorian von mir, wobei ich meine gesamte mickrige, verbliebene Kraft in den Stoß legte. Anstatt zurückzuweichen verstärkte er seinen Griff um meine Arme jedoch nur.

„Immer mit der Ruhe, Prinzessin. Wenn ich dich jetzt loslasse, gehst du unter wie ein Stein. Lass mich erst die Stricke lösen, bevor du auf mich losgehst, okay?“

Fand er das etwa lustig? Mordlustig funkelte ich ihn an, aber Dorian schmunzelte nur unbeeindruckt und nickte dann Jamie zu, der ein Cuttermesser aus seiner Hosentasche zog und es ihm zuwarf. Dorian löste eine Hand von mir und fing es geschickt auf.

Vielleicht brauchte ich seine Hilfe aber gar nicht, denn jetzt registrierte ich, dass sich der Strick um meine Fußknöchel gelockert hatte. Energisch strampelte ich mich frei, was Dorian mit einem spöttischen Verziehen seiner Lippen verfolgte.

„Klammere dich mit den Beinen an mir fest", wies er mich an und fuhr die Klinge des Messers aus.

„Mhhpffff?!", fragte ich durch den mit Wasser vollgesogenen Knebel hindurch. Hatte er noch alle Tassen im Schrank? Als ob ich meine Beine um seinen Körper schlingen würde!

Als ich mich abermals befreien wollte, packte Dorian einfach meine Hüften, hob mich hoch und legte meine Beine um seine Mitte. Als wäre es das Normalste auf der Welt. Meine Wangen fingen Feuer und mir wurde – trotz des Wärmeverlusts durch das kalte Wasser – siedend heiß. War er noch ganz dicht, mich so anzufassen? Konnte er mich nicht einfach aus dem Becken ziehen und mir die Stricke *dann* abnehmen?

Unbeeindruckt von meinem entrüsteten Blick hob Dorian meine Handgelenke aus dem Wasser, legte die Klinge an und durchschnitt den Strick, der inzwischen schmerzhaft in meine Haut kniff. Sofort löste ich meine Beine von ihm, doch ich hatte mich vorher zu sehr verausgabt.

Als ich drohte, unterzugehen, krallten sich meine Hände wie von selbst in seine Hüften. Das war auch nicht besser, aber wenigstens war ich jetzt nicht mehr auf eine Weise an seinen Körper geschmiegt, als würden wir es gleich miteinander im Wasser treiben.

Dorians Körper fühlte sich sensationell an. Das Wasser hatte sein Shirt hochrutschen lassen, sodass ich nackte, feste und unglaublich definierte Haut ertastete. Der Kerl musste von oben bis unten aus Muskeln bestehen!

Anders als ich schien Dorian kein Problem mit meiner Berührung zu haben. Er nahm das Messer zwischen die Zähne, griff erstaunlich behutsam um meinen Nacken und löste den Knoten des Knebels. Er war mir jetzt so nahe, dass sein Atem mein Gesicht kitzelte – was meinen kurzerhand zum Stillstand brachte. Das Gefühl seiner geschickten Hände auf mir sandte Millionen Schauer durch meinen Körper, überreizte ihn, bis ich das Gefühl hatte, zu explodieren. *Vielleicht solltest du einfach mal atmen!*, befahl ich mir und zog bebend Luft in meine Lungen.

Platschend fiel der Knebel ins Wasser. Ich war befreit. Bewegen konnte ich mich trotzdem nicht. Zum einen lag es an meinen erschöpften Körper, zum anderen – und das war wohl der entscheidende Grund –, an Dorians Nähe. So sehr ich ihn für diese Aktion auch unter Wasser drücken wollte, aber das verboten herrliche Gefühl seines festen Körpers an meinem betäubte mich.

Als hätte Dorian etwas bemerkt, ebbte sein spöttisches Lächeln ab. Wie in Zeitlupe nahm er das

Messer aus dem Mund und warf es, ohne mich aus den Augen zu lassen, zum Beckenrand. Man könnte meinen, es fiel ihm genauso schwer, den Blick von mir abzuwenden.

„Scheiße, kommt ihr heut noch aus dem Wasser oder legt ihr vorher noch 'ne Peepshow hin?" Jamies Stimme peitschte wie eine eisige Welle über mich hinweg, riss mich aus dem alarmierenden Zustand, in den Dorians bloße Nähe mich versetzt hatte.

Oh Gott! Was tat ich hier?! Mit brennenden Wangen sah ich zu Emma rüber, die mir mittels ihres Blicks tödliche Blitze zuschleuderte, und riss die Hände von Dorians Hüften. Ich wollte zur Pool-Leiter schwimmen, aber das zusätzliche Gewicht, das mein vollgesogener Pyjama verursachte, war offenbar zu viel für meinen ausgelaugten Körper. Wie ein Sack Kartoffeln versank ich im Wasser. Gleich würden meine Arme den Dienst quittieren. Ich konnte einfach nicht mehr.

Wieder kam Dorian mir zur Hilfe, zog mich hoch und drehte mich an den Schultern zu sich herum, sodass ich ihm ins Gesicht schauen musste. Ich blinzelte das brennende Chlorwasser weg. „Willst du unbedingt ertrinken oder macht es dir einfach Spaß, mich zu beschäftigen?", fragte er eine Spur gereizt.

„Lass mich los!", verlangte ich und strampelte lahm mit den Beinen.

„Ich lass dich los, wenn du wieder festen Boden unter den Füßen hast. Aber vorher muss ich dir noch gratulieren.“ Grimmig lächelte er mich an. „Du dachtest, die Brosche ausgehändigt zu bekommen, macht dich schon zum vollwertigen Mitglied unseres Clubs, aber erst durch das Einweihungs-Ritual wird dein Beitritt offiziell. In diesem Sinne: Willkommen im *Dawson Club*.“

Kapitel
3

Ich sprach mit niemandem ein Wort. Weder als ich mich die Pool-Leiter hochquälte und Jamie mich das letzte Stück hilfsbereit hinaufzog, noch als mir die anderen – nachdem ich wieder festen Boden unter den Füßen hatte – nacheinander gratulierten. Es war Jamie gewesen, der mir bei der Entführung den Mund zugedrückt hatte. Das erkannte ich jetzt an seinem festen, schwieligen Händedruck. Als Rugby-Spieler war es kein Wunder, dass er so fest zupacken konnte.

Rose schüttelte mir ebenfalls die Hand, nur Emma speiste mich mit einem kühlen Nicken ab. Nachdem was sie im Gemeinschaftsraum von sich gegeben hatte, war es ganz gut, dass sie mir nicht zu nahe kam. So blank wie meine Nerven lagen, wäre ich versucht gewesen, sie ins Wasser zu stoßen.

Während ich meinen Pyjama an Ärmeln und Beinen auswrang, kam Dorian aus dem Pool. Dabei benutzte er nicht, wie jeder normale Mensch, die Leiter, sondern zog sich wie der Profi-Schwimmer der er war, anmutig kraftvoll am Beckenrand hoch. Dort blieb er stehen, zog sich das nasse Shirt über den Kopf und machte es mir nach. Ich wollte nicht hinstarren, aber heilige Mutter Gottes!

Die durchtränkte Stoffhose war ihm tief auf die Hüften gerutscht, sodass ich das Kunstwerk, das ich zuvor ertastete hatte, nun auch visuell wahrnehmen konnte. Er hatte ganz klar die Maße eines Profi-Schwimmers: Langer Oberkörper, breite, aber nicht zu aufgepumpte Arme, Bauchmuskeln, die wie eingemeißelt aussahen, und kräftige Oberschenkel.

Hastig wandte ich den Blick ab und sah mich nach den beiden Personen um, die fehlten: Calvin und Amy. Fast hätte ich Jamie nach seiner Schwester gefragt, aber ich hatte mir ja vorgenommen, meine neuen Clubmitglieder mit Schweigen zu strafen, also sah ich mich nur wortlos um.

Das Schwimmbecken war riesig, perfekt, um darin ausschweifende Pool-Partys zu feiern. Hinter mir ragte ein weißes Häuschen empor, in dessen Inneren aber kein Licht brannte. Jamie, der meinem Blick gefolgt war, erklärte mir, dass es sich dabei um unser ganz persönliches Clubhaus handelte, in dem jedes Wochenende Partys stattfanden, zu denen auch andere, *ausgewählte* Studenten eingeladen wurden.

Eigentlich war ich ja stinksauer. Mein geliebter Pyjama stank nach Chlor, meine erst kürzlich gewaschenen Haare ebenfalls und winzige Steine drückten in meine nackten Fußsohlen. Aber als wir den Rückweg antraten und dabei eine Parkanlage durchquerten, die zur Uni zurückführte, erzählte Jamie mir lustige Party-Geschichten über das Clubhaus, und ich erwischte mich mehrmals beim Lachen.

Falls es Taktik war und er mich aufmuntern wollte, funktionierte es. Mein Körper und mein Geist entspannten sich wieder, bis ich mich nach einer Weile fragte, ob ich überhaupt noch sauer war. Studentenstreiche und Aufnahmerituale waren gang und gäbe an Universitäten. Außerdem war ich normalerweise genau für solche Scherze zu haben. Ich hatte mich einfach erschrocken, das war alles.

Mit Dorian sprach ich natürlich trotzdem kein Wort. Das heftige Prickeln, das seine Berührung in mir ausgelöst hatte, beunruhigte mich. Nur die Tatsache, dass ich mich insgeheim fragte, ob er mir gegenüber vielleicht auch nicht ganz abgeneigt war, alarmierte mich noch mehr. Seine Blicke im Wasser waren mir nicht entgangen. Aber selbst wenn es so wäre, was interessierte mich das? Dorian war an Arroganz kaum zu übertreffen und er war vergeben. Zwei Dinge, die ich nicht ändern konnte, warum also einen Gedanken daran verschwenden?

Geistesabwesend wanderte mein Blick zu Emma, die einige Meter vor uns lief und sich bei ihrem pitschnassen Freund eingehakt hatte, ihre Hand besitzergreifend auf seinem Hintern. Warum hatte ich das Gefühl, dass diese Geste allein mir galt?

Minuten später verließen wir den mit Laternen gespickten Parkweg und erreichten die Akademie. Wir steuerten den Seiteneingang an, und ich bewunderte die Außenbeleuchtung des Gebäudes, das nachts sogar noch beeindruckender als am Tag aussah. Drinnen stiegen wir eine gewundene Treppe empor, die in einen mir unbekannten Gang führte. Eine Abkürzung, wie sich herausstellte, denn Augenblicke später standen wir vor der vergoldeten Eingangstür des Westflügels. Auf demselben Weg mussten sie mich zum Pool geschleppt haben.

„Wo sind eigentlich Amy und Calvin abgeblieben?“, konnte ich mir die Frage irgendwann doch nicht mehr verkneifen. Machten wir uns nichts vor: Ich war nicht mehr sauer. Höchstens auf Dorian, dafür, dass er überhaupt existierte.

„Amy war nicht begeistert von der Pool-Aktion, meinte, sie wollte damit nichts zu tun haben“, antwortete Jamie. „Dabei ist sie eigentlich dazu verpflichtet, mitzumachen. Jeder von uns durchläuft so ein Aufnahmeritual.“ Er zuckte mit den Schultern. „Und Calvin wollte sich lieber betrinken. Seine Lieblingsbeschäftigung in letzter Zeit. Wenn du mich fragst …“ Doch Jamie stockte, denn Dorian hatte sich mit verengten Augen zu uns umgedreht und funkelte seinen Cousin ermahnend an.

„Schluss mit der Märchenstunde! Zoe ist bestimmt müde und sollte schlafen gehen!“

Was war denn jetzt schon wieder los? Durften wir uns nicht mal unterhalten? So langsam glaubte ich wirklich, dass Dorian an Stimmungsschwankungen litt.

„Schon gut, Mann. Guck mich nicht so an, als wolltest du mich killen!“, meckerte Jamie halbherzig und hob beschwichtigend die Hände. Das war merkwürdig, da Jamie gefühlt doppelt so breit wie Dorian war und ihm mit seinem Rugby-Spieler-Körper durchaus das Wasser reichen konnte. Wenn Jamie ihn nicht sogar fertigmachen würde. Aber Dorian war der Club-Präsident. Alle hier schienen den größten Respekt vor ihm zu haben. Pff!

Als hätte ich laut gedacht, schwenkte Dorians Blick plötzlich zu mir. Wenn er erwartete, dass ich wie alle anderen vor ihm kuschen würde, hatte er sich aber geschnitten. Jetzt gab ich ihm erst recht Kontra. Allein schon, um ihm und auch mir zu beweisen, dass an diesem Jungen absolut *nichts* Besonderes war. Er sah einfach nur gut aus. Fertig.

Als ich seinen starren Blick unbeeindruckt erwiderte, verengte er die Augen nur noch mehr, dann tippte Emma ihm allerdings ungeduldig auf die Schulter, damit er weiterging.

Meine Füße waren mittlerweile so kalt, dass sich der Marmorboden unter meinen nackten Sohlen trügerisch warm anfühlte, obwohl vermutlich genau das Gegenteil der Fall war. Hätten sie nicht wenigstens meine Hausschuhe mitnehmen können? Wenn ich wegen dieses bescheuerten Rituals eine Erkältung bekam, würde ich dem Club meine Medikamente in Rechnung stellen – darauf konnten sie sich aber verlassen!

Rose ging schnurstracks in ihr Zimmer, die Jungs steuerten die Wendeltreppe am Ende des Gangs an.

Jamie bot an, mich in den Schlaf zu *massieren*, was ich perplex ablehnte, und wünschte mir dann eine gute Nacht – natürlich nicht, ohne mir noch einmal anstößig zuzuzwinkern. Dorian hingegen drehte sich nicht mal in meine Richtung, als ich ihnen bis zu den Duschräumen folgte.

Seine Aufmerksamkeit galt Emma, der er etwas ins Ohr flüsterte, woraufhin sie sich kichernd in seiner *feuchten* Umarmung wand. Normalerweise war ich nicht so neugierig, aber nachdem ich das Bad erreicht hatte, steckte ich heimlich den Kopf in den Flur und beobachtete, wie Emma mit den Jungs in die zweite Etage ging. Gemäß der Art und Weise, wie Dorian und sie sich aneinanderschmiegten, konnte es für die beiden nur ein Ziel geben: Dorians Bett.

Angewidert zog ich den Kopf zurück, schloss die Tür und steuerte das Regal neben den Marmorwaschbecken an, in dem sich saubere, penibel zusammengerollte Handtücher in sämtlichen Größen stapelten. Emma und Dorian waren wirklich perfekt füreinander: Unverschämt, abgehoben und von sich selbst eingenommen, mit ihren ach so tollen Auszeichnungen! Warum dachte ich überhaupt schon wieder über die beiden nach?

Verärgert über mich selbst zog ich mir den nassen Stoff, der mittlerweile wie eine zweite Haut an mir klebte, vom Körper, wrang ihn über dem Waschbecken aus und warf ihn in den Wäschekorb.

Danach trocknete ich mich ab und wickelte das große Handtuch um meine Mitte. Zum Duschen fehlte mir jetzt die Kraft, das verschob ich auf morgen früh.

Ein müder Blick in den Spiegel zeigte, dass mir die Haare wie Spaghetti im Gesicht klebten, während die Härchen an den Kopfseiten ganz sexy in sämtliche Richtungen abstanden. Ich sah aus wie eine Wasserleiche: Meine sonst so rosigen Wangen waren blass und meine Lippen blau angelaufen. Ich musste schleunigst ins Bett und mich aufwärmen, bevor ich Dorian und Emma noch den Gefallen tat und krepierte.

Gegenüber vom Duschraum lag Amys Zimmer. Kurz überlegte ich, anzuklopfen und ihr von meinem *Abenteuer* zu berichten, ließ es dann aber doch bleiben und schlurfte in mein Zimmer. Amy schlief bestimmt schon und falls nicht, sollte ich es auf jeden Fall tun.

Da mein Pyjama höchstens noch zum Bodenwischen taugte, schlüpfte ich in eine alternative Schlaf-Shorts und streifte ein schwarzes Basic-Top über. Das waren zwar nicht die kuscheligsten Schlafsachen, aber die dicke Daunendecke würde mich schon ausreichend wärmen. Erschöpft fiel ich ins Bett, drehte mich auf den Rücken und starrte an die vom Mondlicht erhellte Decke.

Kaum stand ich nicht mehr auf den Beinen, streckte die Müdigkeit ihre verlockenden Fühler nach mir aus, zog meinen Körper immer tiefer in die Matratze, bis ich das Gefühl hatte, darin zu versinken. Den ersehnten Schlaf fand ich trotzdem nicht sofort, denn obwohl ich so ausgelaugt war, konnte ich nur an eines denken: Wie sich die beiden über mir gerade genüsslich die Seele aus dem Leib vögelten.

Am nächsten Tag aß ich mit meinen Clubmitgliedern zu Mittag. Amy und ich waren erst später verabredet, aber als ich den Speisesaal zur Mittagspause betrat, fand ich die Gruppe an dem runden Tisch vor, an dem gestern schon Rose und Emma gesessen hatten. Emma ignorierte mich, als ich mich zu ihnen setzte, Rose nickte mir kurz zu und Jamie grinste mich an.

Amy hatte gesagt, dass ich mich von ihrem Bruder fernhalten und nicht auf seine Avancen eingehen sollte, aber seine charmante Art machte das wirklich nicht einfach. Wenn ich ehrlich war, mochte ich Jamie. Wie er selbst schon angepriesen hatte, war er total nett, und wenn man seine anstößigen Bemerkungen und Blicke mal außer Acht ließ, auch ziemlich lustig.

Amy, die mir schon von Weitem zugewunken hatte, klopfte lächelnd auf ihren freien Nachbarstuhl und ich setzte mich. Nachdem ich wegen meines mehr als fragwürdigen Kopfkinos gestern Nacht erst spät eingeschlafen war, hatte ich das Frühstück heute Morgen verpennt und war mit leerem Magen zum Seminar geflitzt. Die anschließende Lesung hatte es gerade mal erlaubt, mir einen Apfel reinzudrücken. Jetzt gähnte seit geraumer Weile ein schmerzhaftes Loch in meinem Bauch, das nur darauf wartete, endlich mit Köstlichkeiten gestopft zu werden.

Ich stellte meine Tasche ab und lauschte kurz den Gesprächen am Tisch. Rose, die Leichtathletikmeisterin, erklärte Amy verschiedene Techniken, um ihre Ausdauer zu verbessern, Jamie hatte sich auf dem Stuhl zurückgelehnt, einen Fußknöchel auf dem anderen Knie, und tippte auf seinem Handy herum.

Das dampfende Essen und die dicht beieinandersitzenden Studenten strahlten eine Wärme aus, die mich in der dicken Strickjacke sofort ins Schwitzen brachte. Ich legte sie ab, hängte sie über die Stuhllehne und wollte gerade zum Büfett gehen, als ich Dorian davor stehen sah, umringt von drei Mädchen, die alle auf ihre eigene – erbärmliche – Weise versuchten, ihn für sich zu gewinnen.

Die erste hatte sich bei dem dunkelhaarigen Schönling eingehakt und lauschte mit klimpernden Wimpern und kindlicher Begeisterung seinen Worten, vermutlich ohne etwas zu verstehen. Die zweite beschränkte sich darauf, bei jedem Satz hysterisch zu kichern, als wäre Dorian der größte Scherzkeks auf Erden, und die dritte wies zwei bemerkenswerte Argumente vor, die sie mit dem tief ausgeschnittenen Top fast schon aggressiv in Szene setzte.

Es war offensichtlich, dass sie Dorian beeindrucken wollten, und wie er höflich versuchte, sie abzuwimmeln – für alle, außer für die drei bedauernswerten Seelen, die das Pech hatten, sich in jemanden wie ihn zu verknallen. Herzschmerz war da vorprogrammiert.

Unwillkürlich sah ich zu Emma, die ihren Gatten ebenfalls beobachtete, dann zu der Gabel in ihrer Hand, die sie so fest umklammerte, dass sie sich jeden Moment biegen musste. Es war nicht schwer zu erraten, was in ihrem hübschen Köpfchen vorging. Fragte sich nur, welchem der Mädchen sie zuerst die Augen ausstechen würde.

An Emmas Stelle wäre es mir viel zu anstrengend, so einen begehrten Freund zu haben. Ständig musste sie vor der Konkurrenz auf der Hut sein und sich Sorgen machen, dass man ihr den Freund ausspannte. Konnte sie nachts überhaupt ruhig schlafen?

Kein Wunder, dass sie ständig so aggro war. Fast konnte sie einem leidtun.

Ich lenkte meine Aufmerksamkeit auf Jamie, der immer noch an seinem Handy hing, jetzt aber lautstark gegen einen Teamkollegen wetterte, der offenbar ständig das Rugby-Training schwänzte.

Die Frage war bloß, mit wem er eigentlich redete, denn er schaute weder auf, noch schienen die anderen ihm zuzuhören.

Nach einer gefühlten Ewigkeit hatte Dorian seine Groupies endlich abgeschüttelt und kam mit einem vollbeladenen Teller an unseren Tisch. Das war mein Stichwort. Ich stand auf und lief ihm entgegen. Dabei stellte ich fest, dass er wieder fantastisch aussah.

Dorian musste maßgeschneiderte Sachen tragen. Zumindest war mir noch kein Junge untergekommen, dem die Klamotten so angegossen saßen. Oder der es schaffte, ein einfaches weißes Shirt und eine karamellfarbene Stoffhose so sexy aussehen zu lassen. Dorian anzusehen war Fluch und Segen zugleich.

Er lief an mir vorbei, ohne mich anzusehen, was mich tierisch aufregte. Behandelte er mich jetzt etwa wie Luft? Im Grunde konnte es mir ja egal sein, aber ich war schließlich nicht diejenige, die ihn gestern fast umgebracht hätte. Man könnte meinen, nach seinem Schäferstündchen mit Emma gestern hätte der *Herr* bessere Laune, aber die Mürrischkeit schien angeboren zu sein.

Die Auswahl am Büfett war gigantisch. Ich hatte keine Ahnung, in welchem Teil des Gebäudes sich die Küche versteckte oder wie viele Köche man brauchte, um jeden Nachmittag so ein Festmahl pünktlich für so viele Studenten bereitzustellen.

Vermutlich erledigten das die Hauselfen. Jedenfalls war ich wieder restlos begeistert und scheffelte gierig gebackenen Fisch und Pommes auf meinen Teller.

„Wo ist deine Brosche?", fragte Dorian mich, kaum, dass ich wieder am Tisch saß.

„Im Zimmer", antwortete ich, ohne ihn anzusehen, schnitt in aller Seelenruhe meinen Fisch klein und nahm einen Bissen. Als es am Tisch gespenstisch still wurde, sah ich kauend auf.

Mit fest zusammengepressten Kiefern starrte Dorian mich an. Sollte er innerlich ruhig explodieren, fand ich. Dafür, dass ich im Pool fast ertrunken wäre, würde ich ihm noch richtig auf die Nerven gehen.

„Als Mitglied des *Dawson Clubs* bist du dazu verpflichtet, die Brosche rund um die Uhr zu tragen. Du repräsentierst jetzt unseren Club, da erwarte ich von dir, dass du dich angemessen verhältst."

„Hat mir niemand gesagt. Nächstes Mal denke ich dran … vielleicht."

Jamie, der schräg neben Dorian saß und sein Handy mittlerweile weggesteckt hatte, grunzte amüsiert. Ich hätte erwartet, dass Dorian ihn wieder mit Blicken ermahnen würde, aber diesmal ließ er mich nicht aus den Augen. Ich schauderte und sah zu Emma, die sich wie eine rollige Katze an Dorian geschmiegt hatte, mich verstörender Weise aber genauso wütend anfunkelte.

„Für jemanden, der eigentlich nichts in unserem Club verloren hat, nimmst du dir ganz schön viel raus“, bemerkte sie kühl.

„Sag mal, geht's noch?!“, fragte Amy empört und senkte die Gabel, mit der sie eine frittierte Garnele aufgespießt hatte.

„Was denn?“ Mit einem herausfordernden Blick lehnte Emma sich zurück. Ihren Salat hatte sie kaum angerührt. „Ich spreche doch nur aus, was alle hier denken.“

„Nein, tust du nicht“, erwiderten Amy und ihr Bruder wie aus einem Mund. Ein warmes Kribbeln breitete sich in meinem Magen aus. Am liebsten wäre ich aufgesprungen und hätte die Geschwister dafür umarmt, dass sie sich für mich einsetzten.

Als Jamie mir zuzwinkerte, biss ich mir auf die Unterlippe, um nicht zu grinsen. Ich hatte es mir zwar zur Lebensaufgabe gemacht, Dorian bis zum Äußersten zu provozieren, aber ich hing auch an meinem Leben. So wie er mich gerade anstarrte, überlegte er, mich wieder in den Pool zu schleppen und diesmal wirklich zu ertränken.

Die Anspannung am Tisch war greifbar. Nur Rose mischte sich nicht ein und aß stumm ihren Ceasar-Salat. Da ich keine Lust hatte, ein Wortgefecht vom Zaun zu brechen, bei dem die halbe Uni Zeuge sein würde, nahm ich mir ein Beispiel an Rose, schluckte meinen Ärger hinunter und aß schweigend weiter.

Dorian konnte mir nichts anhaben, weil ich unter dem Schutz seines Onkels stand, bei Emma sah das schon anders aus. Sie hatte Einfluss, und etwas sagte mir, dass sie keine Skrupel hatte, diesen auch auszunutzen, sollte ich sie weiterhin so provozieren.

Der Unterricht endete für mich heute schon um 14 Uhr, was an sich toll war, weil ich mich dem hohen Unterrichts-Niveau noch anpassen musste. Amy hatte allerdings noch zwei Stunden vor sich, also musste ich wieder Zeit totschlagen und so ging ich in die Bibliothek, suchte in der Abteilung für Kunstgeschichte nach brauchbarem Lehrstoff und machte es mir mit einem staubigen, alten Buch in einem Sessel gemütlich.

Die Bibliothek war der meistbesuchte Ort einer Universität, und nach allem, was ich gehört hatte, normalerweise brechendvoll. An der staatlichen Uni, auf die ich eigentlich hätte gehen sollen, hätte man sich sogar eine Stunde vor Einlass an der Bibliothek *anstellen* müssen, um einen freien Platz zu ergattern.

Das war hier nicht der Fall. Dafür sorgten die unendlichen Sitzmöglichkeiten, die Weitläufigkeit des Saals und die majestätische Kuppel, die einem das Gefühl gab, winzig zu sein, wenn man nach oben schaute.

Was ich an Bibliotheken so liebte, war der Geruch von Büchern und das beruhigende Geräusch umblätternder Seiten. Von beidem hatte ich hier genug, und so war es nicht überraschend, als ich mich schnell in der Lektüre verlor und fast zu spät zu meiner Verabredung gekommen wäre.

Ich traf Amy an einem plätschernden Brunnen im Innenhof, und sie erzählte mir von ihrem Tag. Wieder fiel mir auf, dass sie eine angenehme Art hatte zu sprechen. Eine, bei der man stundenlang zuhören konnte, egal, wie trivial das Thema auch wäre. Nicht, dass irgendetwas, das aus ihrem Mund kam, langweilig wäre.

Amy studierte Physik mit Schwerpunkt Biophysik. Ein Fach, bei dem sich mir schon bei der bloßen Erwähnung die Fußnägel kräuselten. Mit Mathe, Physik und Chemie konnte man mich jagen. Trotzdem fand ich es interessant, was sie mir über ihr heutiges Seminar erzählte.

Zuerst zeigte sie mir den Sportplatz, der im Grunde eine riesige Anlage bestehend aus einer Rundbahn, einem Leichtathletik-Bereich, einem Tennisplatz und natürlich einem eigenen Rugbystadion war.

„Sag mal, was ich dich gestern schon fragen wollte: Wie ist es möglich, dass Dorians Halbbruder nur ein Jahr jünger ist als er?“, fragte ich Amy, als wir den Sportplatz verlassen hatten und durch den Park gingen.

Schmunzelnd betrachtete Amy mich von der Seite. „Ist dir nicht entgangen, was?“ Sie blickte wieder geradeaus. „Unsere Familiengeschichte ist kompliziert und nichts für schwache Nerven. Dorian ist Olivers erstes Kind, aber schon lange vor seiner Geburt soll es zwischen seinen Eltern gekriselt haben. Es heißt, dass Tante Celine, Dorians Mutter, unbedingt heiraten wollte, Onkel Oliver aber immer dagegen war, weil er um sein Vermögen fürchtete. Und weil er sie nicht geheiratet hat, hat sie ihm Dorian untergejubelt, damit sie finanziell abgesichert ist.“

Ich zog die Brauen hoch, aber Amy war noch nicht fertig. „Ein Jahr nach Dorian tauchte auf einmal ein weiterer Sohn von Oliver auf: Calvin. Allerdings von einer anderen Frau. Der *Ehestreit* – wenn man es denn so nennen kann, denn Oliver und Celine waren ja nicht verheiratet – war heftig. Tante Celine trennte sich von meinem Onkel, bekam ein hübsches Sümmchen von mehreren Millionen Pfund von ihm ausgezahlt und zog nach Frankreich.“

Stirnrunzelnd sah ich Amy an. „Aber Dorian ist doch hier.“

„Was das angeht …“, sagte sie zögerlich „hat Celine ihn einfach bei seinem Vater zurückgelassen. Aber du darfst Dorian echt nicht verraten, dass ich dir das erzählt habe.“

„Oh, mein Gott, wirklich?“, fragte ich ehrlich entrüstet.

Amy nickte traurig. „Und das Schlimmste ist, dass es mit Calvins Mutter auch nicht besser aussieht. Oliver und sie haben ein paar Jahre später geheiratet, aber jetzt sieht es so aus, als wartete Tante Jenna nur auf den richtigen Zeitpunkt, um sich von ihm zu trennen. Rate mal, weswegen: Es gehen Gerüchte um, dass er sie betrügen soll. Tja, und mein Vater sitzt irgendwo dazwischen und versucht ständig, die Gemüter zu schlichten."

„Wow!", sagte ich.

„Kannst du laut sagen."

Wir liefen eine Weile nebeneinander her und ich ließ die Informationen sacken. Es war mir zuwider, auch nur den kleinsten Funken Mitleid für Dorian zu empfinden, aber was musste das bitte für ein schreckliches Gefühl sein, zu wissen, dass man nur aus Geldgier gezeugt worden war? Kopfschüttelnd wechselte ich das Thema. „Wie ist es eigentlich so, die Tochter des Schulleiters zu sein?"

„Keine Ahnung. Hab noch nie wirklich drüber nachgedacht. Die meiste Zeit bin ich mit Lernen beschäftigt, und mein Vater arbeitet so viel, dass ich ihn hier kaum zu Gesicht kriege."

„Hm", machte ich und fügte dann hinzu: „Er weiß nicht zufällig, was es damit auf sich hat, dass sein Bruder mich hierhergeholt hat?" Ich rechnete nicht wirklich mit einer Antwort – zumal selbst Dorian scheinbar nichts aus seinem Vater herausgekriegt hatte –, aber fragen kostete ja nichts.

Amy schüttelte den Kopf. „Ich sehe Dad erst am Samstag wieder, aber ich hab mich gestern mit Dorian darüber unterhalten, und er meinte, dass Dad sich über seine Beweggründe genauso bedeckt hält wie Onkel Oliver."

„Ich verstehe das einfach nicht. Warum ausgerechnet ich? Wie kommt ein Mann wie Oliver Wilde dazu, die Tochter eines einfachen Angestellten auf eine Privat-Uni zu holen?"

Eine Windböe wirbelte Amys Bob-Frisur auf und sie strich sich die verirrten Haarsträhnen aus dem Gesicht. „Vielleicht verstehen sie sich einfach gut oder dein Vater hat bei ihm bleibenden Eindruck hinterlassen. Das ist gar nicht so abwegig. Wenn Dad oder Onkel Oliver Potenzial wittern, fördern sie es. Sie schätzen Menschen, die sich bei der Arbeit ins Zeug legen."

Hm, das könnte eine Erklärung sein. Seit Moms Tod riss Dad sich den Arsch auf, um mir ein halbwegs komfortables Leben bieten zu können, und er wirkte auf andere Menschen von Natur aus sympathisch.

„Aber eigentlich ist der Grund doch völlig egal, oder? Du bist hier, was nur die wenigsten von sich behaupten können. Das ist alles, was am Ende zählt."

„Sehe ich ja auch so", räumte ich ein. „Aber seltsam ist es trotzdem, das musst du schon zugeben. Natürlich nicht so seltsam, wie, dass Dorian mich offenbar tot sehen will, so finster wie er mich ständig anguckt! Ich würde echt gern wissen, was ich diesem Spinner getan habe", sagte ich und zog den Reißverschluss meiner Strickjacke bis zum Anschlag zu. Der frische Wind, der jetzt aufkam, war allem Anschein nach ein Vorbote von Regen oder Gewitter. In der Ferne sah ich dunkle Wolken aufziehen.

Amy warf mir einen kurzen Seitenblick zu. „Das war auch so ein Thema gestern. Ich hab ihn gefragt, was er eigentlich für ein Problem mit dir hat."

Mein Kopf wirbelte so schnell zu ihr herum, dass es knackte. „Und?" Selbst in meinen Ohren klang ich zu neugierig.

„Nichts", meinte Amy schulterzuckend. „Er ist überhaupt nicht darauf eingegangen, der Idiot."

„Vielleicht weiß er es selbst nicht. Ich hab ihm nämlich nichts getan", sagte ich verschnupft und kickte einen Stein aus dem Weg. „Und Emma kann auch mal wieder runterkommen. Ich nehme ihr Dorian schon nicht weg. Oder fährt sie immer sofort die Krallen aus, sobald sie neue Mädchen kennenlernt?"

Lachend strich Amy mit den Fingern über die bunten Rosen, die auf der linken Seite des Parkwegs in einer geraden Linie wuchsen. Meine Seite wurde von gestutzten Bäumen und Bänken gesäumt.

Der Uni-Park war eine Oase der Ruhe. Zwar tobte im Hauptgebäude nicht gerade das Leben, und alle waren mit Lernen beschäftigt, aber hier draußen in dieser ausgedehnten Anlage, umgeben von duftenden Blumen und Pflanzen, vergaß man schnell den stressigen Schulalltag. Oder dass man sich überhaupt auf einem Schulgelände befand – was zweifellos die Idee dahinter war.

„Das mit Emma darfst du auf keinen Fall persönlich nehmen. Sie bildet sich unheimlich viel auf den Umstand ein, dass sie die letzten Male zur Ballkönigin gewählt wurde. Seitdem hält sie sich für das heißeste Mädchen auf der Uni. Dabei tuscheln alle hinter ihrem Rücken, was für ein Miststück sie ist."

„Ballkönigin?", wiederholte ich und sah Amy an.

Sie nickte. „Jedes Jahr findet auf *Dawson* ein Ball zu Ehren von Alexander Dawson statt, für den sich alle fein rausputzen, Champagner trinken und Walzer tanzen. Einen Monat vorher machen Online-Umfragen die Runde, dann wählt die Studentenschaft einen Ballkönig und eine Ballkönigin, die den Tanz eröffnen. Theoretisch könnte jedes Mal ein anderes Pärchen gewählt werden, aber Dorian hat jetzt schon zwei Mal in Folge den *Titel* geholt."

Amy rollte die Augen. „Er wird's wohl auch dieses Jahr werden, deshalb schreibe ich mich schon gar nicht mehr ein. Es wäre irgendwie pervers, mit meinem Cousin zum Ball zu gehen. Bei den Mädchen sieht das schon anders aus. Die Konkurrenz ist groß und alle versuchen, sich mit schicken Kleidern und Frisuren von den anderen abzuheben, um im Gedächtnis zu bleiben, damit sie gewählt werden."

„Ach, deshalb läuft Emma wie eine billige Audrey-Hepburn-Kopie rum“, witzelte ich.

Amy lachte und es klang wie ein sanftes Glockenspiel. „Emma ist ganz versessen auf diesen Ball. Für sie gibt es nichts Wichtigeres, als ihn zu gewinnen … außer ihre Theatergruppe vielleicht, aber die Darsteller sind ziemlich genervt von ihr, weil sie ständig nur rumnörgelt. Was man ihr aber zugutehalten muss, ist, dass ihre Aufführungen wirklich fabelhaft sind. Es ist mir ein Rätsel, wie sie es schafft, ihren Stücken so viel Leben einzuhauchen, während sie selbst so emotionslos wie eine Porzellanpuppe ist. Wie sie teilweise mit den Schauspielern umgeht, ist unter aller Sau. Sie hat Glück, dass sie im *Dawson Club* ist und sich niemand traut, den Mund aufzumachen.“

„Klingt, als hätte das Mädchen ein paar ernsthafte Probleme.“

Amy nickte zustimmend. „Am liebsten hat sie es, wenn die Leute vor ihr kuschen, so wie Rose, die ihr wie ein Dackel hinterherläuft und zu allem Ja und Amen sagt. Mit mir legt sie sich nur deshalb nicht an, weil Dad der Schulleiter ist und Dorian mein Cousin.“ Amy musterte mich von der Seite. „Und jetzt bist du aufgetaucht: Ein bildhübsches Mädchen, das sich nichts von ihr sagen lässt und Dorian noch dazu den Kopf verdreht. Das muss ihr tierisch gegen den Strich gehen.“

Abrupt blieb ich stehen. „Wie bitte? Was meinst du damit?“

Amy hielt ebenfalls an und sah zu mir zurück. „Welchen Teil? Das mit dem Kopfverdrehen?“ Sie lachte. „Sag mir nicht, du hast nicht gemerkt, wie Dorian dich anguckt.“

„Doch. Als wollte er mich kopfüber in den Boden rammen.“

Grinsend kam Amy die zwei Schritte zurück, hakte sich bei mir ein und zog mich weiter. „Sieht so aus, als müsstest du noch ‘ne Menge über Jungs lernen, Süße.“

„Glaube ich kaum. Ich hatte fast nur männliche Freunde.“

„Dann müsstest du ja wissen, dass, wenn ein Junge dich ständig anmotzt, er in Wahrheit auf dich steht.“

„Ich denke nicht, dass Dorian auf mich steht.“ Allein es auszusprechen weckte schon gemischte Gefühle in mir. Plötzlich lieferten sich Verachtung und Herzflattern ein verbissenes Tauziehen in meinem Inneren. „Und selbst wenn: Er ist viel zu arrogant. Nur, weil er der Präsident des Clubs ist und gut aussieht, hält er sich für den Prinzen von *Dawson*. Auf so einen kann ich verzichten!“

Als Amy nur in sich hineinschmunzelte, warf ich ihr einen argwöhnischen Seitenblick zu. „Was ist?“

Sie schüttelte den Kopf, verkniff sich ganz klar ein Grinsen.

„Rück schon raus. Warum lachst du so?“, hakte ich nach.

Sie zögerte, dann sagte sie: „Es ist nur so, dass ich das alles schon mal gehört habe. Von Emma."

„*Was?*"

„Am Anfang war Emma ganz in Ordnung. Sie konnte Dorian auch nicht ausstehen, dann kam der Ball und die beiden wurden zu *König* und *Königin* gewählt. Sie landeten in der Kiste, wie so üblich beim Schulball. Wenn du mich fragst, ist das die reinste Bums-Veranstaltung. Seitdem hängt Emma wie eine Klette an Dorian, benimmt sich, als könnte sie nicht ohne ihn leben, dabei sind sie nicht mal zusammen."

Ich stolperte und hatte Glück, dass Amy mich festhielt und wir dadurch nur kurz ins Stocken gerieten. „Wie meinst du das, sie sind nicht zusammen? Die hängen doch ständig aufeinander."

„Ja, aber das geht nicht von Dorian aus. Schon mal was von Freundschaft plus gehört? Dorian und Emma sind das Paradebeispiel. Sie vögeln miteinander, wann immer sie Lust haben, aber sie sind nicht zusammen – ganz zum Ärger von Emma. Deshalb geht sie auch ab wie eine Furie, wenn sich jemand an ihn ranmacht."

Es war falsch, so unsagbar falsch, das zu fühlen, aber Amys Worte weckten … Erleichterung in mir. Verbotene, süße Erleichterung, die wie Honig meine Rippen hinunterfloss und sich warm und schwer in meinem Bauch ausbreitete.

„Schön, aber Dorian steht trotzdem nicht auf mich", beharrte ich, nur, um ihr zu widersprechen.

Tatsächlich war mir selbst schon aufgefallen, wie sein Blick ein ums andere Mal an meinen Lippen hängenbleiben war. Bei unserer ersten Begegnung zum Beispiel oder gestern im Pool. Als sich bei dem Gedanken etwas in meinem Körper regte, schüttelte ich erschrocken den Kopf. *Oh nein, so fängst du gar nicht erst an!*, ermahnte ich mich. *Du wirst Amys Einschätzung keinerlei Bedeutung beimessen. Es ist ohnehin bedeutungslos, ob er auf dich steht oder nicht, denn DU tust es auf keinen Fall!*

„Wie du meinst", sagte sie nur, und wir wechselten das Thema.

Von außen betrachtet sah die Schwimmhalle wie die Miniversion des Hauptgebäudes aus: altes Mauerwerk, Nadelspitzen-Türme und eine einzigartige, verwinkelte Konstruktion. Wir liefen um die Halle herum und spähten von außen durch die verglaste Seitenwand, die nicht recht zum jahrhundertealten Baustil passen wollte. Im Sommer, so erzählte Amy mir, wurden die Fenster eingefahren, sodass man fast das Gefühl hätte, im Freien zu schwimmen.

Ich konnte es kaum erwarten, am Donnerstag meine erste Schwimmstunde zu nehmen. Wobei … hätte ich gewusst, dass ausgerechnet Dorian Schwimm-Champion war und demnach regelmäßig in der Halle trainieren musste, hätte ich die Finger von dem Kurs gelassen. Was ich gar nicht gebrauchen konnte, war, während des Trainings von einem halbnackten, gottgleichen Dorian abgelenkt zu werden.

Zu meinem Leidwesen verpflichtete das *Dawson College* seine Studenten, zweimal wöchentlich einen Sportkurs zu belegen, und die Auswahl war exorbitant. Von Ball- und Rückschlagspielen, über Fitness-Sport, Tanzen, Gesundheitssport, Schwimmen, Rugby und Kampfsport war alles dabei. Die Auswahl an Sportarten war derart groß, dass man selbst dann nicht alle in Anspruch nehmen könnte, wenn man statt Lesungen den ganzen Tag lang Sportkurse belegen würde. Ganz Sportmuffel hatte ich natürlich den für mich minimalsten körperlichen Aufwand gewählt und mich für Yoga am Mittwoch und Schwimmen am Donnerstag eingetragen.

Wir schauten den Schwimmern eine Weile beim Training zu – Dorian entdeckte ich nicht unter ihnen –, dann zogen wir weiter und sahen uns das Poolhaus bei Tag an. Wir nahmen auf den bequemen Liegen Platz, und ich schilderte Amy meine Horror-Entführung, die damit geendet hatte, dass ich mit verbundenen Augen im eiskalten Wasser gelandet war.

Amy schüttelte den Kopf darüber und erzählte mir, wie *ihr* Aufnahmeritual verlaufen war. Zerrissene Schulbücher, mit Sekundenkleber angeleimte

Seiten und farbbeschmierte Wände waren nur die Spitze des Eisbergs gewesen. Ihre erste Studienwoche hatte sie damit verbracht, Ordnung in ihr Zimmer zu bringen, bevor sie sich überhaupt aufs Lernen hatte konzentrieren können.

Noch schlimmer war es den Jungs ergangen. Jamie hatte Klowasser schlucken müssen und Calvin und Dorian ein Gebräu aus rohen Eiern, Sardellen und Hundefutter. Allein der Gedanke daran war zum Würgen. Im Grunde durfte ich mich nicht beschweren. Mein Ritual war definitiv noch das harmloseste gewesen.

„Ich gebe übrigens jeden Mittwochabend Nachhilfeunterricht. Wenn du willst, kannst du vorbeikommen, und ich helfe dir, auf den neuesten Stand zu kommen", bot Amy an, nachdem wir wieder auf das Thema Unterricht zurückgekommen waren.

Der kühle Wind wurde stärker und ließ die Wasseroberfläche des Pools immer größere Wellen schlagen. Wenn wir nicht zurück *schwimmen* wollten, sollten wir uns bald auf den Rückweg machen. Nicht mehr lange und der Himmel würde seine Schleusen öffnen.

„Kennst du dich denn mit Kunstgeschichte aus?", fragte ich und zog die lange Strickjacke schützend über meine angewinkelten Knie.

„Nicht wirklich, aber gib mir einen halben Tag und ich arbeite mich so weit in das Thema ein, dass ich dir unter die Arme greifen kann."

Ich wartete darauf, dass Amy mir mitteilte, Scherze zu machen, aber sie schien es ernst zu meinen.

„Das ist nett von dir. Danke."

Amy erwiderte mein Lächeln, dann blickte sie forschend zum Himmel und schwang sich abrupt von der Liege. „Oh, oh. Zeit zu gehen. Wenn wir Glück haben, kommen wir noch trocken an."

Wir brachen auf und Amy erzählte mir auf dem Rückweg, was sie in ihrem ersten Studienjahr noch alles erlebt hatte.

Kapitel
4

Die nächsten Tage flogen nur so dahin. Nach dem erfolgreich absolvierten Yoga-Kurs am Mittwochnachmittag machte ich von Amys Angebot Gebrauch und besuchte am Abend ihre Nachhilfegruppe. Keine Ahnung, wie das Mädchen es schaffte, neun Studenten gleichzeitig zu betreuen, ohne bei den verschiedenen Fächern den Überblick zu verlieren, aber ihre Methoden halfen mir tatsächlich, den umfangreichen Lehrstoff besser zu verinnerlichen.

An dieser Stelle sollte ich betonen, dass Amy ihre Zeit ganz ehrenamtlich opferte – was sie in meinen Augen als Freundin nur noch wertvoller machte. Sie sollte Lehrerin werden, anstatt – wie sie es vorhatte – nach der Uni an ein Forschungszentrum zu gehen. Das Talent und die nötige Geduld brachte sie schon mal mit.

Der Schwimmunterricht am Donnerstag war schon eine ganz andere Hausnummer. Auf dem Programm standen Wasser-Aerobic, Freistil-Schwimmen, Aquaboxing und Tauchen. Gestern hatten wir uns im Freistil-Schwimmen geübt, und ich formulierte es mal so: Wäre Dorian dabei gewesen, hätte er vom Zugucken vermutlich Bauchkrämpfe vor Lachen gekriegt. Wie meine Schwimmlehrerin Ms. Petersen schnell festgestellt hatte, besaß ich kaum Muskeln am Körper – zumindest keine, die man für das Schwimmtraining gebrauchen könnte.

Es hatte trotzdem Spaß gemacht. Zur Wasser-Athletin würde ich es zwar nie bringen, aber ich mochte das Element, und mit etwas Übung – okay, *viel* Übung – würde ich ja vielleicht doch noch so etwas wie Fitness entwickeln.

Am Freitagabend lernte ich in meinem Zimmer. Amy hatte ich nur beim Frühstück gesehen, danach war ihr Tag straff durchgeplant gewesen. Obwohl ich mich mittlerweile an mein himmlisch weiches Bett gewöhnt hatte, konnte ich es kaum erwarten, morgen in meinem eigenen zu schlafen und vor allem Dad wiederzusehen. Wir hatten geplant, zur Feier meiner ersten gemeisterten Woche am Sonntag ins Kino zu gehen und danach auswärts zu essen.

Um kurz vor 21 Uhr ging ich duschen und trocknete mich dann mit einem der sauberen Handtücher ab, die – wie ich erfahren hatte – jeden Vormittag von einer Reinigungskraft ausgewechselt wurden, während wir im Unterricht waren. Anschließend zog ich meinen mittlerweile wieder trockenen, sauberen Pyjama an.

Mit meinem Kulturbeutel unter dem Arm verließ ich das Bad und wollte gerade meine Zimmertür öffnen, als Rose und Emma aus dem Nebenzimmer kamen. Besser gesagt: Sie *stolperten* heraus und landeten kichernd an der gegenüberliegenden Wand des Flurs. Blinzelnd stellte ich fest, dass sie bis zur Unkenntlichkeit aufgedonnert waren, und rosige Wangen wiesen sie auch auf. Hatten die etwa einen im Tee?

„Oh, hey", sagte ich überrascht und betrachtete die beiden von oben bis unten.

Emma hatte ihr Gesicht mit glitzerndem Lidschatten und Lipgloss aufgewertet, Rose trug Smokey Eyes und eine verschnörkelte, wunderschöne Haarkette zur Schau, die einmal um ihren Kopf reichte. Ihre High Heels sahen halsbrecherisch aus und die Miniröcke waren so kurz, dass sie die Bezeichnung *Rock* gar nicht mehr verdienten.

„Was geht denn hier ab? Findet ein Karneval-Fest statt, von dem ich nichts weiß?"

Emma hörte auf zu kichern und schenkte mir einen abschätzenden Blick. „Das sollten wir wohl eher dich fragen. Schicker Pyjama!"

Rose schlug ihr tadelnd auf den Arm, konnte sich aber nicht zusammenreißen und prustete los. Alles klar. Die beiden waren betrunken. Eine weitere Tür ging auf und Amy kam aus ihrem Zimmer. Sie trug zwar keinen Minirock wie Emma und Rose, dafür ein funkelndes, hautenges Kleid, das knapp über ihren Knien endete. Mit Ausnahme vom Umfang sah sie aus wie eine wandelnde Diskokugel.

Amy stutzte, als sie mich bei den anderen entdeckte, dann kam sie mit einem betretenen Gesichtsausdruck näher. „Verdammt. Ich hab total vergessen, dir Bescheid zu sagen“, meinte sie kleinlaut und blieb bei uns stehen.

„Bescheid wofür?“, fragte ich.

Verlegen kratzte sie sich am Hinterkopf. „Freitags steigen doch im Clubhaus immer unsere Partys. Manchmal auch samstags, aber die meisten von uns schlafen am Wochenende zu Hause, deshalb haben wir den Freitag zu unserem festen *Feiertag* erklärt.“

„Oh“, sagte ich und konnte meine Enttäuschung nicht ganz verbergen. Ich wollte schon immer mal auf eine Studenten-Party gehen.

„Tut mir echt leid. Ich bin heute von einem Lesesaal zum nächsten gehetzt, und wir machen das schon so lange, dass es zur Routine geworden ist. Ich hab einfach nicht an dich gedacht.“

„Macht doch nichts“, behauptete ich und sah finster zu Rose und Emma, die über irgendetwas kicherten – vermutlich über mich. Mit gerecktem Kinn wandte ich mich wieder Amy zu. „Wenn du kurz wartest, ziehe ich mich um.“

„Klar, auf jeden Fall, mache ich“, sagte Amy, erleichtert, dass ich ihr nicht böse war. Allerdings hatte ich die Rechnung ohne Emma gemacht. Die hörte so abrupt auf zu lachen, als hätte man ihr einen Kloß in den Rachen gestopft.

„Ähm. Du willst sie doch nicht mitnehmen?“

Betont langsam drehte Amy sich zu ihr, während ich mich zwischen den aufgestylten Mädchen zunehmend wie ein ausgeleierter Kartoffelsack fühlte. Alle drei sahen rattenscharf aus, und ich stand hier im Pyjama und Hausschuhen. Aber es wurde noch schlimmer: Nämlich als ich aus dem Augenwinkel Dorian und Jamie die Treppe herunterkommen sah, ebenfalls gestylt. Wobei … Dorian sah immer so aus.

„Warum nicht?“, fragte Amy herausfordernd.

Ungläubig nickte Emma in meine Richtung. „Guck sie dir doch an. Sie ist so was grün hinter den Ohren. Läuft hier im Pyjama rum, als wären wir im Kindergarten! Was soll sie auf der Party?“

„Ich weiß zwar nicht, was Pyjamas damit zu tun haben, aber wie *grün* ich hinter den Ohren bin, entscheide immer noch *ich*“, ließ ich sie wissen.

„Oh, Verzeihung. Mein Fehler“, räumte Emma spöttisch ein. „Wir hätten dich natürlich sehr gern dabei. Einen Clown kann man immer auf einer Party gebrauchen. Der gepunktete Pyjama würde deine Lächerlichkeit perfekt unterstreichen.“

„Halt die Klappe, Emma!“, fuhr Amy sie an, doch ich hatte bereits einen Schritt auf *Ms. Perfect* zu gemacht. Diese Zicke ging mir ja schon seit Tagen auf den Sack, und ich hatte mich auch immer einigermaßen zusammengerissen, um keinen Krieg anzuzetteln, aber jetzt reichte es mir!

„Was ist eigentlich dein Problem, Miststück?!“

Emmas ohnehin schon riesige Augen weiteten sich. Jetzt machte auch sie einen Schritt auf mich zu. „*Wie* hast du mich genannt?“

„Was denn? Bist du als Theaterleiterin nicht der englischen Sprache mächtig? Ich kann's gern für dich buchstabieren", schlug ich vor. „Oder tanzt man die Wörter bei euch?"

Ms. Perfect öffnete den Mund und auf ihrem Gesicht bildeten sich eigenartige, rote Flecken.

Plötzlich stand Dorian zwischen uns und schob Emma von mir weg. „Was ist hier los?", wollte er wissen und drehte sich, nachdem er sie aus meiner Reichweite gebracht hatte, mit verengten Augen zu mir um. Fast hätte ich bitter aufgelacht. War ja klar, dass Dorian davon ausging, dass *ich* hier die Unruhestifterin war!

„Zoe ist bescheuert. *Das* ist los!", spuckte Emma aus, während sie gegen seinen Griff ankämpfte.

„Emma will nicht, dass Zoe mit auf die Party kommt", erklärte Amy sachlich, aber mit einem vernichtenden Blick in ihre Richtung.

Emma, die offenbar einsah, dass sie gegen Dorian keine Chance hatte, hörte auf zu kämpfen und warf theatralisch ihr Haar zurück. „Womit ich offensichtlich nicht die Einzige bin. Du hast ihr doch auch nicht Bescheid gesagt."

Entrüstet sah Amy sie an. „Ja, aber nur, weil ich es *vergessen* habe!" Bedauernd sah sie zu mir. „Das war wirklich keine Absicht."

„Weiß ich doch", sagte ich und zwang ein Lächeln auf meine Lippen, das sich genauso unecht anfühlte, wie es wahrscheinlich rüberkam.

„Lasst sie doch mitkommen. Wo ist das Problem?“, mischte Jamie sich ein. Seine Haare waren wieder penibel frisiert und seine muskulösen Arme explodierten förmlich unter dem engen, karamellfarbenen Strickpullover.

Seine Worte waren nett gemeint, doch sein bemitleidender Blick baute mein Selbstwertgefühl eher weniger auf. Innerhalb von Sekunden war es in den Keller gestürzt. Genau genommen, seitdem Dorian hier aufgetaucht war, was mir nur noch mehr zusetzte, weil es mich überhaupt nicht interessieren sollte, was er über mich dachte.

Ich fühlte mich unerwünscht, wie eine Geschlechtskrankheit, über die niemand öffentlich reden wollte, weil sie einem unangenehm war. War ich das? Ihnen peinlich? Was dachten sie denn, was ich auf der Party so Blamables anstellen würde? Zu viel Cola trinken?

„Das *Problem* ist, dass ich mir die Party von *der* da nicht versauen lassen will!“, fauchte Emma und starrte mich kämpferisch an Dorian vorbei an. Der hielt sie weiterhin mit einer Hand am Oberarm fest, als traute er ihrer Kapitulation nicht über den Weg. „Ihr wisst genau, dass der Freitag der einzige Abend in der Woche ist, an dem wir mal abschalten können, uns von den Verpflichtungen lossagen, die wir hier haben. Den werde ich ganz sicher nicht damit vergeuden, Babysitter für einen Grünschnabel wie Zoe zu spielen!“

Stirnrunzelnd sah ich sie an. Babysitter? Grünschnabel? Warum zum Teufel sollte sie auf einer Party auf mich aufpassen? Ich war doch keine 12 mehr.

„Aber es ist deine Entscheidung“, wandte sie sich jetzt an Dorian. „Du bist der Präsident. Ist sie auf unserer Party erwünscht oder nicht?“

Dorian sah mich an, antwortete aber nicht. Sein Blick bohrte sich in meinen, als versuchte er, meine mentalen Schutzmauern Schicht um Schicht einzureißen. Ein Kloß wuchs in meinem Hals. Wie gut, dass Schweigen manchmal Antwort genug war!

„Was gibt es da so lange zu überlegen?“, fragte Amy aufgebracht. „Zoe ist offizielles Clubmitglied, also hat sie auch das Recht, auf unseren Partys zu sein.“

Dorian atmete tief durch, während ich den Kulturbeutel an meinen Körper presste, als könnte er mich vor seinem bevorstehenden Urteil bewahren. Er sah zu seiner Cousine. „Zoe steht es selbstverständlich frei, mitzukommen.“ Erleichtert atmete ich aus und wollte Emma schon triumphierend zulächeln, als Dorian jetzt direkt an mich gewandt hinzufügte: „Ob du auf der Party erwünscht bist, ist allerdings eine andere Sache.“

Damit lief er zum Ausgang und zog Emma, die es sich nicht nehmen ließ, mir einen triumphierenden Blick über die Schulter zuzuwerfen, mit sich. Wie betäubt sah ich den beiden nach.

„Du bist so ein Arschloch!", rief Amy ihm hinterher, doch Dorian legte nur einen Arm um Emmas Schultern und bog mit ihr um die Ecke. Ich zitterte vor unterdrückter Wut.

„Na warte, der kann sich was anhören!" Mit grimmiger Entschlossenheit wollte Amy ihrem Cousin hinterherstapfen, doch ich hielt sie rasch am Arm zurück. Überrascht blieb sie stehen und sah mich an.

„Lass ihn doch. So dringend muss ich jetzt auch nicht auf die Party, und ich will nicht, dass ihr euch meinetwegen streitet."

„Der Zug ist längst abgefahren! Dorian behandelt dich wie Dreck und das lasse ich ihm nicht durchgehen! So behandelt er doch sonst keine Mädchen!"

Ihre Worte verpassten meinem angeknacksten Ego den berühmten Gnadenschuss. Ich hatte gedacht, dass Dorian mit allen Mädchen so ruppig umging, nicht nur mit mir. Jetzt, da ich darüber nachdachte, hatte er diese These aber nie mit einer Handlung bestätigt. Jedes Mal, wenn ich ihn mit Emma, seiner Cousine oder einem anderen Mädchen gesehen hatte, war er total freundlich zu ihnen gewesen, ja, charmant.

Nur zu mir nicht.

Es war also doch etwas Persönliches, und das wurmte mich, weil mein einziges Verbrechen ihm gegenüber darin bestand, neulich in ihn hineingelaufen zu sein. *Aus Versehen!* Dafür konnte er mich doch nicht so sehr hassen. Nein, es musste etwas damit zu tun haben, dass sein Vater mich ihm praktisch aufgezwungen hatte.

Aber war meine Gesellschaft wirklich so unerträglich? Ich tat doch niemandem etwas. Weder stand ich Dorians gewaltigem Ego im Weg, noch befleckte ich seinen Ruf.

Und mal ehrlich: Im Gemeinschaftsraum türmten sich so viele Auszeichnungen und Pokale, dass es auf meine *Errungenschaften* auch nicht mehr ankam. Von mir aus verzichtete ich auch auf meinen Anteil an den Preisgeldern, die sie untereinander aufteilten. Ich verlangte doch überhaupt nichts von Dorian oder von seinem Club.

„Hört mal, Leute, ich komme später nach“, machte sich unerwartet Rose bemerkbar, die irgendwann während unserer Auseinandersetzung ihr Handy gezückt hatte und jetzt auf das Display starrte.

In meiner Rage hatte ich sie ganz vergessen. Auch Jamie stand noch bei uns und wich meinem Blick aus, als wäre ihm die Situation unangenehmer als mir.

„Geht schon mal ohne mich vor“, sagte sie, stieß sich von der Wand ab und ging in Richtung Gemeinschaftsraum.

„Und ich, ähm … werd‘ schon mal zum Poolhaus gehen“, beeilte Jamie sich zu sagen und *rannte* ihr fast hinterher. Seine Schritte verloren sich im Gang. Zurück blieben Amy und ich.

„Zoe …“, hob sie traurig an, doch ich unterbrach sie sofort. Noch eine Entschuldigung und ich würde vor Wut in Tränen ausbrechen, und diesen Triumph gönnte ich weder dieser Schnepfe Emma noch Dorian.

„Geh schon. Ich wäre sowieso schlafen gegangen“, sagte ich mit einem fahlen Lächeln und öffnete die Zimmertür.

Sie zögerte. „Bist du sicher?“

Ich nickte, dann wünschte ich ihr viel Spaß auf der Party und betrat mein Zimmer.

Wenn ich erwartet hatte, nach dieser verbalen Ohrfeige Schlaf zu finden, so wurde ich enttäuscht. Ich hielt es ganze 5 Minuten im Bett aus, dann knipste ich die Nachttischlampe an, stand auf und schlüpfte in meine Hausschuhe vor dem Bett. Innerlich war ich so aufgewühlt wie ein angriffslustiger Bienenschwarm. Es war ein Ding der Unmöglichkeit, in diesem Zustand ein Auge zuzukriegen. Am liebsten wäre ich direkt ins Poolhaus marschiert und dort Amok gelaufen. Im Pyjama verstand sich.

Selbst auf Amy war ich ein bisschen sauer. Dafür, dass sie mich vergessen hatte. Dabei traf sie am allerwenigsten Schuld. Ich glaube, im Moment war ich auf alles und jeden wütend. Und Wut brachte Menschen dazu, dumme Dinge zu tun. Leichtfertige Dinge, die sie später bereuen könnten. Meine führte mich geradewegs in den Gemeinschaftsraum. Ich musste mir die Beine vertreten, und da wir schon mal dabei waren: Gegen einen Schluck Alkohol hätte ich jetzt auch nichts einzuwenden.

Wollten wir doch mal sehen, ob Calvin noch was von dem schottischen Whisky gebunkert hatte, den er neulich so fleißig gekippt hatte. Wenn ich auf dieser dämlichen Party nicht erwünscht war, würde ich eben meine eigene Party schmeißen!

Mit diesem halbwegs tröstenden Gedanken stapfte ich durch den gespenstisch leeren Flur, der mir trotz der kunstvoll verzierten, Licht spendenden Deckenleuchten unheimlich war. Schuld waren die täuschend echten Wandgemälde, die mir das irrsinnige Gefühl gaben, mich heimlich mit Blicken zu verfolgen. Wurde ich etwa verrückt? Als ich mich vorhin ins Bett gelegt hatte, hatte ich sogar eine erschreckende Sekunde lang darüber nachgedacht, alles hinzuschmeißen: Meine Mitgliedschaft in diesem Psychopathen-Club, die Uni ...

Wie sollte ich es auch noch zwei Jahre lang mit Emma und Dorian hier aushalten? Im nächsten Moment hatte ich mich dafür geschämt. Seit wann ließ ich mich so schnell unterbuttern? Nicht mal eine Woche auf der Akademie und schon wollte ich aufgeben? Meine Zukunft einfach so hinschmeißen? Nein, das passte nicht zu mir.

Die einzige Erklärung, die ich für diesen absurden Gedanken hatte, war Dorian, beziehungsweise, die gegensätzlichen Gefühle, die seine bloße Existenz in mir hervorkitzelte. Kein Wunder, dass ich so durcheinander war.

Ein ungewöhnliches Geräusch, das wie eine Mischung aus Keuchen und animalischem Stöhnen klang, ließ mich abrupt innehalten. Ich war nur noch wenige Schritte vom Gemeinschaftsraum entfernt und lauschte mit angehaltenem Atem. Das Geräusch war abgeklungen, dafür vernahm ich jetzt etwas anderes: Worte.

„Hör auf damit! Du tust mir weh!“ Das war Rose.

„Jetzt zier dich nicht so. Dafür bist du doch hergekommen, oder nicht?“ Calvin.

„Nicht *so*! Das … ich will das nicht!“

Mehr musste ich nicht hören. Entschlossen legte ich die restlichen Meter zurück, trat in den Gemeinschaftsraum und sah mich einer verstörenden Szene gegenüber. Rose lag rücklinks auf dem Sofa, über ihr Calvin, eine Hand unter ihren Minirock geschoben, die andere um ihren Hals gelegt. Würgend. An sich war das nichts Ungewöhnliches, manche mochten es ja bekanntlich, beim Sex gewürgt zu werden. Allerdings sagten mir Roses Hände auf seinem Arm und ihr verkrampfter Gesichtsausdruck, dass sie *nicht* dazugehörte.

„Rose?“, fragte ich und blieb wie versteinert in der Raummitte stehen. Beide zuckten zusammen.

Sofort nutzte Rose die Gelegenheit und stieß Calvin von sich herunter. Der stolperte überrascht zurück, während sie sich eilig aufrappelte, ihren Rock glättete und dann mit gesenktem Kopf an mir vorbeistürmte.

„Was …?“ Perplex drehte ich mich mit ihr mit, aber da war sie auch schon in den Flur verschwunden und ließ mich mit Calvin allein.

Ganz langsam drehte ich mich wieder zu Dorians Cousin um, der erst gemächlich den Reißverschluss seiner Hose zuzog und dann nach dem Whiskyglas auf dem gläsernen Couchtisch langte, in dem sich der Kristall-Kronleuchter an der Decke widerspiegelte. Ich konnte mich nicht von der Stelle rühren. War ich etwa gerade Zeugin einer … einer versuchten Vergewaltigung geworden?

In einem Zug leerte Calvin das Glas – mir ätzte es schon beim Zugucken die Speiseröhre weg –, dann stellte er es ab und schlenderte in seinem todschicken Anzug und einem grimmigen Blick auf mich zu. Sollte es mich beunruhigen, dass er die Schultern kreiste, als bereitete er sich auf einen Kampf vor? Definitiv!

Alles in mir schrie danach, wegzulaufen: In mein Zimmer oder in Hektors Büro, obwohl um diese Uhrzeit vermutlich niemand mehr dort sein dürfte. Hauptsache weg von Calvin, der so gelassen auf mich zukam, als hätte er die Situation bestens unter Kontrolle. Als hätte er nichts vor mir zu befürchten.

Doch meine Füße gehorchten mir nicht. Ausgerechnet jetzt mussten sie am Boden festwachsen. Dann war Calvin bei mir, packte mich an den Schultern und drängte mich gegen die Wand links neben dem Eingang.

„Was … was hast du mit Rose gemacht?!“, quiekte ich und stieß mit dem Rücken gegen ein gerahmtes Bild. Automatisch hob ich die Hände. Ob ich ihn schlagen oder abwehren wollte, wusste ich selbst nicht so genau.

„Ah, ah, ah. Was soll das denn werden?“ Amüsiert packte Calvin meine Handgelenke und drückte sie scheinbar mühelos herunter. Whisky geschwängerter Atem schlug mir entgegen und ich drehte angewidert den Kopf zur Seite.

Hatte ich mir etwa mein eigenes Grab geschaufelt? Rose war in Sicherheit, was wirklich toll war, aber wer kam *mir* zur Hilfe? Außer uns war der Westflügel leer. Alle Mitglieder feierten im Poolhaus und Rose würde bestimmt nicht noch mal zurückkommen, egal, wie laut ich schrie.

„Lass mich los!“, verlangte ich und wand mich unter seinem unnachgiebigen Griff. Calvin war dünn, aber er hatte Kraft. Auf den ersten Blick traute man ihm das gar nicht zu. Anstatt meiner Aufforderung nachzukommen, presste er sich der Länge nach an mich, schloss mich zwischen seinem drahtigen Körper und der Wand ein, sodass ich weder meine Hände noch meine Beine einsetzen konnte, um mich freizukämpfen. Nicht, dass es mir überhaupt gelungen wäre, aber ich hätte gern wenigstens die Chance dazu gehabt. Vor allem, da jetzt eine Wildheit in seinem Blick aufflackerte, die ich lieber nicht entfesseln wollte.

Ich hatte Dorian mit seinen Stimmungsschwankungen ja schon für verrückt gehalten, aber der wahre Psychopath dieser Gruppe war offenbar Calvin. Sein verwegener Halbbruder, der gern Mädchen zu nötigen schien.

„Damit du *was* genau tun kannst, hm? Zu Onkel Oliver rennen? Das lässt du schön bleiben. Außerdem ist hier nichts Schlimmes vorgefallen."

„Ach, nein? Und wie nennst du das, was du mit Rose gemacht hast?!", stieß ich zwischen zusammengebissenen Zähnen hervor, während ich mich weiter gegen diesen menschlichen Käfig aufbäumte. „Du hast sie begrapscht!"

Calvin stieß ein hartes Lachen aus, das in Form einer unangenehmen Gänsehaut über mich hinwegrollte. „Oh, das habe ich, und zwar auf ihren eigenen Wunsch hin. Rose steht drauf, wenn man sie hart rannimmt. Frag sie doch, wenn du mir nicht glaubst."

Sein Lächeln wurde hämisch. „Oder willst du es auch mal probieren? Vielleicht wäre das ja was für dich."

Ich wehrte mich heftiger, was nur dazu führte, dass Calvins Griff noch eiserner wurde. Schmerzhaft gruben sich seine Finger in meine Handgelenke und ich verzog das Gesicht.

„Du tust mir weh!“, keuchte ich.

Calvin stieß mich grob nach hinten, wodurch mein Hinterkopf unsanft gegen das Bild donnerte. „Dann hör verdammt noch mal auf dich zu wehren!“

„Das hättest du wohl gern!“

Als ich ihm ins Gesicht spuckte, wich er fassungslos zurück. Normalerweise tat ich so etwas Unzivilisiertes nicht, aber ich wusste mir nicht anders zu helfen. Wie Dorian neulich schien Calvin vor Unglaube wie erstarrt zu sein.

Ich nutzte seine Verblüfftheit, stieß mich von der Wand ab und rannte in Richtung Ausgang … und wäre fast wieder mit einer menschlichen Mauer kollidiert.

Es war Dorians hochgewachsene Gestalt, die urplötzlich auf der Türschwelle erschien. Die Stirn in tiefe Falten gelegt stand er breitbeinig da. Diesmal schaffte ich es, ihm auszuweichen, aber es war knapp.

„Hey, wow!", sagte er und bekam mit einer Hand meinen Oberarm zu fassen, als ich an ihm vorbeistolperte. Ich wirbelte herum. Anstatt mich von Dorian loszumachen, klammerte ich mich zu meiner eigenen Verwunderung wie ein verängstigtes Kind an seinem Arm fest und versteckte mich halb hinter seinem Rücken.

Dorian hatte mich vor den anderen bloßgestellt, mir indirekt gesagt, dass ich bei ihnen nicht erwünscht war, und dafür hasste ich ihn, aber in diesem Moment war er die einzige Person, die zwischen mir und Calvin stand – was ihn ausnahmsweise zu meinem Verbündeten machte. Hoffte ich zumindest.

„Was ist denn jetzt schon wieder?", wollte Dorian irritiert wissen.

„Die Schlampe mischt sich in Dinge ein, die sie nichts angehen", knurrte Calvin und wischte sich angewidert meinen Rotz aus dem Gesicht.

Dorian sah von Calvin zu mir. „Wovon redet er?"

„Ich hab ihn dabei erwischt, wie er Rose belästigt hat!"

„Belästigt?", wiederholte Dorian verständnislos, als könnte er mit dem Wort nichts anfangen.

Mir wurde bewusst, dass ich seinen Arm noch immer festhielt. Eilig ließ ich ihn los, als hätte ich mich an seiner Haut verbrannt, was Dorian mit keinem Wort kommentierte. War ich eigentlich die Einzige, die es seltsam fand, dass er mich verbal ständig dumm anmachte, gegen meine Berührungen aber nie etwas sagte? Das war mir schon im Pool neulich aufgefallen.

Calvin lachte düster. „Wir haben *gevögelt* … oder waren zumindest dabei. Bis dieses dämliche Weibsstück aufgetaucht ist und Rose verjagt hat."

Mir klappte die Kinnlade runter. Automatisch trat ich hinter Dorians Rücken hervor. „*Ich* habe Rose verjagt?! Ich hab sie wohl eher vor dir gerettet, du Perverser!"

„Okay", sagte Dorian, als Calvin mich unheilvoll anfunkelte und schob sich mit einer beschwichtigenden Geste vor mich, als erwartete er, dass Calvin mich angreifen würde. Ganz ehrlich? Das traute ich diesem Irren glatt zu! „Beruhigt euch erst mal."

„Das könnte ihm so passen!", schnaubte ich und lugte unerschrocken hinter Dorian hervor. Allein wäre ich nicht so mutig gewesen – man hatte ja gesehen, wie unterlegen ich Calvin körperlich war –, aber mit Dorian an meiner Seite fühlte ich mich gleich doppelt so stark. Er würde nicht zulassen, dass Calvin mir etwas tat. Konnte er auch gar nicht, da er sonst mächtig Ärger mit seinem Onkel kriegen würde. „Ich gehe das jetzt melden."

Seltsamerweise schnellte Calvins Blick jetzt zu seinem Halbbruder. „Dorian?“

„Schon gut.“ Er seufzte genervt. „Ich regle das.“

„Aber was …?“ Weiter kam ich nicht. Dorian nahm meine Hand und zog mich so schnell aus dem Raum, dass ich Calvin nicht mal mehr einen verwirrten Blick zuwerfen konnte. Perplex stolperte ich hinter dem Club-Präsidenten her, der viel zu große Schritte machte. Was war eben passiert? Warum hatte Dorian nicht weiter nachgehakt? Warum brachte er mich einfach weg?

Als ich begriff, dass er nicht den Ausgang, sondern die Mädchenschlafräume ansteuerte, machte ich mich schwer. „Wohin bringst du mich?“

Unbeeindruckt lief Dorian weiter, schleifte mich durch den Gang zu meinem Zimmer, als wöge ich nicht mehr als ein Kleinkind. Körperlich hatte ich ihm *null* entgegenzusetzen. Nicht grob, aber auch nicht sanft stieß Dorian mich schließlich in mein Zimmer, knallte die Tür hinter uns zu und stellte sich breitbeinig und mit verschränkten Armen davor. Mein Gott, der Typ war total verrückt! Genau wie sein Halbbruder.

„So, und jetzt hörst du mir zu …“

Er hatte noch nicht ausgeredet, da wirbelte ich auch schon herum und machte einen Satz auf das geschlossene Fenster zu. Ich wollte den schweren Vorhang zur Seite schieben und es aufreißen, aber Dorian musste übermenschliche Kräfte besitzen. Er war bei mir, bevor ich meinen Plan in die Tat umsetzen konnte, und riss mich am Arm zurück.

„Hast du sie noch alle? Was soll das werden?!", fuhr er mich erschrocken an. Was denn? Dachte er etwa, ich wollte rausspringen? So verwirrt war ich auch wieder nicht, aber das Fenster aufzureißen und laut um Hilfe zu schreien dürfte ihn genügend abschrecken, dass er mich in Ruhe ließ. So war zumindest der Plan gewesen.

„Lass mich los!", rief ich und trat nach seinem Schienbein. Geschickt wich Dorian aus, riss mich an den Armen herum und rang mich dann mit einer Kraft auf das Bett nieder, die mir den Atem raubte.

„Hör auf damit! Du benimmst dich total lächerlich!", verlangte er, ein Knie auf meinen Bauch platziert, während er meine Handgelenke in einem Winkel auf das Bett drückte, der es mir unmöglich machte, sie anzuheben.

„*Ich* bin lächerlich?!", keuchte ich. „Calvin wollte … er wollte Rose vergewaltigen! Und jetzt willst du mich zum Schweigen bringen, aber das kannst du vergessen!"

Dorian lachte, während er meinen zappelnden Körper scheinbar mühelos bändigte. „Sag mal, nimmst du Drogen oder bist du immer so paranoid?"

„Lass. Mich. Los!", schrie ich.

„Du kannst schreien so viel du willst", meinte Dorian unbeeindruckt. „Im Westflügel wird dich niemand hören. Höchstens Calvin, aber dem willst du jetzt nicht begegnen, glaub mir.“

Ich spürte, wie sich meine Kräfte verabschiedeten. Wie Blut aus einer offenen Wunde flossen sie mit jedem Winden und Aufbäumen aus meinem Körper. Dorian war viel größer und schwerer als ich, und seine Kraftreserven mussten dem 100-fachen von meinen entsprechen. Im Grunde musste er nichts weiter tun, als abzuwarten, bis ich mich zu sehr verausgabt hatte … was für meinen Geschmack viel zu schnell geschah.

„Kann ich dich jetzt loslassen, ohne, dass du aus dem Fenster springst?“, fragte er schließlich, sein Blick eine anmaßende Mischung aus Überlegenheit und Spott.

Meine Antwort war ein erschöpftes Japsen. Da lag ich, vollkommen außer Atem, während Dorian nicht mal schnaufte. Sollte er Vergewaltigung oder Mord im Sinn haben, wäre ich ihm jetzt hilflos ausgeliefert. So viel zu meinem Selbstverteidigungswissen!

Betont langsam ließ er meine Arme los, und ich ächzte vor Schmerzen, als das Blut kribbelnd in meine Adern zurückfloss. Er verlagerte sein Gewicht nach hinten, dann kam er langsam hoch, stieg aber nicht vom Bett, sondern rutschte nur so weit von mir weg, dass ich mich nicht mehr so bedrängt fühlte. Der logische Teil in mir war erschüttert von seiner haushoch überlegenen Körperkraft.

Der andere Teil, und auf den war ich echt nicht stolz, fand es einfach nur sexy.

„Jetzt hör mir zu!", verlangte Dorian erneut. „Calvin wollte Rose nicht vergewaltigen. Die beiden haben schon länger was am Laufen. Irgendwelche kranken Spielchen, über die ich ehrlich gesagt gar nicht so genau nachdenken will."

„Aber er hat sie ..."

„Was? Gewürgt?" Dorians Schnauben gab mir das Gefühl, ein kleines, unwissendes Kind zu sein. „Schon mal was von Sadomaso gehört? Wie gesagt, die beiden führen ein ... spezielles Sexleben."

Schwer atmend starrte ich Dorian an, dessen Puls scheinbar völlig normal ging. Ich rutschte bis ans Kopfende des Betts, bereit, wieder zu kämpfen, sollte er seine Griffel erneut an mich legen.

„Rose hat geweint und sie schien *sehr* erleichtert darüber zu sein, dass ich dazwischengegangen bin!", stieß ich finster hervor.

Er konnte mir viel erzählen, wenn der Tag lang war, deshalb musste ich ihm noch lange nicht glauben. Ich zog die Knie an und schlang schützend meine Arme darum.

Dorian verfolgte meine Bewegungen mit einem unergründlichen Blick, dann zuckte er die Schultern. „Vielleicht ist er zu grob geworden und sie hat es sich anders überlegt. Oder es war ihr einfach peinlich, dass du sie dabei erwischt hast. Fakt ist, dass die beiden so was nicht zum ersten Mal machen."

Meine pochenden Handgelenke massierend zog ich die Brauen hoch. „Und deshalb ist es okay?"

Genervt atmete Dorian aus. „Meinetwegen können sich die beiden beim Sex anpinkeln, solange sie es nicht im Gemeinschaftsraum tun. Das geht mich absolut nichts an, und dich auch nicht!"

Angewidert verzog ich das Gesicht. „Ihr seid der abstoßendste, perverseste Haufen, der mir je untergekommen ist!"

Dorian warf den Kopf zurück und lachte. Laut und klangvoll. Ich zuckte zusammen. Als er mich wieder ansah, glitzerten Tränen in seinen Augen. „Ich hab nicht gesagt, dass ich auf den kranken Scheiß stehe, den die beiden da praktizieren. Aber wie es aussieht, ist da jemand ein bisschen prüde."

„Ich finde das nicht lustig!", sagte ich grimmig. „Ich werde jetzt nach Rose sehen und sollte sich herausstellen, dass Calvin sie genötigt hat, werde ich das melden."

Schlagartig wurde Dorian wieder ernst. Seine dunklen, wunderschönen Augen funkelten mich an. „Nein, wirst du nicht."

Mein Magen verkrampfte sich. „Und warum nicht?"

„Überleg doch mal. Calvin ist mein Halbbruder, der Sohn von Oliver Wilde. Was denkst du, wie wohlwollend er oder Onkel Hektor dir gegenüber noch sein werden, wenn du seinen Sohn anzeigst? Du würdest von der Uni fliegen, und damit hättest du Calvin kein bisschen geschadet. Glaub mir, ich weiß, wie frustrierend es sein kann, wenn einem die Hände gebunden sind, weil die Eltern zu mächtig sind.“

Ich blinzelte. „Was meinst du damit?“

Dorian schüttelte den Kopf. Er sah verärgert aus. Über sich selbst? „Gar nichts. Wenn du clever bist, vergisst du die Sache ganz schnell, und Calvin solltest du von jetzt an aus dem Weg gehen. Er wird nicht gut auf dich zu sprechen sein. Was Rose angeht: Geh zu ihr und überzeug dich selbst davon, dass sie nicht gezwungen wurde.“ Höhnisch sah er mich an. „Das wird dich schockieren, aber manche Mädchen stehen drauf, unterworfen zu werden.“

Ich öffnete den Mund, aber kein Wort kam über meine Lippen. So viele Gedanken und Fragen wirbelten in meinem Kopf, dass ich mich gar nicht auf eine konzentrieren konnte.

Als nichts mehr von mir kam, stand Dorian auf und strich seine Hose glatt, die vom Kampf gründlich zerknittert war. „Schlaf jetzt. Ich sorge dafür, dass Calvin dir nicht mehr zu nahe kommt.“

„Warte mal“, sagte ich und rutschte ein Stück vor, als er sich zur Tür bewegte. Dorian blieb stehen und drehte sich zu mir um.

„Warum bist du überhaupt zurückgekommen? Ich dachte, du wärst längst im Poolhaus?“

„War ich auch fast, aber dann hab ich gemerkt, dass ich mein Handy vergessen habe. Als ich zurückkam, lief Rose mir im Flur über den Weg, stotterte irgendwas von dir und Calvin im Gemeinschaftsraum."

Und dann war er extra dorthin gekommen, um nach mir zu sehen? Ich starrte Dorian an, der Dank lag mir schon auf der Zunge, aber dann erinnerte ich mich wieder daran, *warum* er mir zur Hilfe gekommen war. Ich war Dorians Bürde. Eine fremde Person, um deren Wohlergehen sich zu kümmern ihm aufgezwungen worden war. Er hatte meinen Dank nicht verdient.

Abwartend sah Dorian mich an, fast schien es, als wüsste er, dass ich mit mir haderte, dann wandte er sich schnaubend ab und verließ mein Zimmer.

Ich ließ einige Sekunden verstreichen, dann krabbelte ich lautlos vom Bett, schlich zur Tür und steckte den Kopf hindurch.

Als Dorians Schritte im Flur schließlich verhallt waren, ging ich zum Nebenzimmer und klopfte an Roses Zimmertür. Oder ich hatte es vorgehabt. In dem Moment, als ich den Arm hob, schwang sie von innen auf und Rose wäre fast in mich hineingelaufen, so eilig hatte sie es. Beide wichen wir erschrocken voreinander zurück.

„Zoe!"

„Hey, ähm … ist alles in Ordnung mit dir?", erkundigte ich mich.

Roses Augen waren noch leicht gerötet, aber das hinderte sie nicht daran, sofort eine feindselige

Miene aufzusetzen. „Halt dich bloß fern von mir!“, fuhr sie mich an. „Du hast alles versaut!“

Sie machte zwei Schritte auf mich zu, und ich wich perplex in den Flur zurück. „W… was?“

„Wärst du nicht dazwischen gegangen, hätte Calvin mit mir geschlafen! Nach drei Wochen fasst er mich endlich wieder an, und du hast nichts Besseres zu tun, als uns dazwischenzufunken!“

„Aber du hast geweint. Und ich hab gehört, wie du gesagt hast, du willst das nicht. War doch klar, dass ich dachte …“

„Meine Fresse, so ist das eben manchmal!“, unterbrach Rose mich und fuhr sich frustriert durchs Haar. „Mal läuft es sanfter ab und mal härter. Aber ich wollte doch nicht, dass er *ganz* aufhört, du Nullpeilerin!“

Also, ich hatte ja schon viel krankes Zeug gehört, aber das ausgerechnet ein unscheinbares Mädchen wie Rose darauf stand ... „Tut mir leid, ich dachte …“

„Ja, ja, schon klar. Jetzt verzieh dich. Du hast mir das Wochenende gründlich ruiniert!“ Damit knallte sie die Tür hinter sich zu und marschierte sichtlich wütend an mir vorbei.

zugemüllt war, kein Krümel lag. Das war nichts Ungewöhnliches. Als Housekeeper hatte er es putztechnisch einfach drauf, aber normalerweise fehlte ihm die Lust, vor oder nach dem Feierabend zu Hause zu putzen – was ich voll und ganz nachvollziehen konnte.

Dass er sich heute extra die Mühe gemacht hatte, war total goldig von ihm.

Ich zog mich um, machte mir, ganz *einfallsreich*, Cornflakes zum Mittag und setzte mich mit der fast überquellenden Schüssel vor den Fernseher. Gott, wie ich das vermisst hatte. Im Gemeinschaftsraum gab es zwar auch eine Glotze, aber mir würde nie einfallen, mich dort auf die teuren Sofas zu lümmeln und meine Serien zu gucken – zumal ständig jemand, den ich nicht leiden konnte – was im Moment auf alle außer Amy und Jamie zutraf – in den Raum spazieren konnte. Hier war ich ungestört, konnte ich selbst sein und meine geliebten Schlottersachen tragen, ohne dafür von Emma oder Dorian schief angeguckt zu werden.

Zu Hause war es doch am schönsten.

Nachdem ich eine Weile vor dem Fernseher entspannt hatte, goss ich im Garten die Blumen, zupfte Unkraut und ging dann auf mein Zimmer, um zu lernen. Wochenende war ja schön und gut, aber ich hing im Lehrplan immer noch hinterher – auch wenn ich dank Amys Unterstützung schon einiges aufgeholt hatte.

Als es dämmerte, ging ich in die Küche und warf einen Blick in den Kühlschrank, um zu sehen, was ich kochen könnte. Das Haus war so sauber, dass ich ohnehin nichts anderes zu tun hatte. Außerdem war Dad bestimmt hungrig, wenn er nach Hause kam, und wir mussten ja nicht schon wieder Tiefkühlpizza essen.

Wie erhofft hatte Dad die Zutaten für mein Lieblingsessen eingekauft: Bohneneintopf. Jap, ich weiß. Damit sollte man nicht unbedingt beim ersten Date hausieren gehen, aber ich stand einfach auf rote Bohnen – egal in welchen Variationen.

Gut gelaunt schaltete ich das Radio ein, nahm die Zutaten aus dem Kühlschrank und bereitete summend das Abendessen zu. Dad müsste innerhalb der nächsten Stunde hier eintrudeln, genug Zeit, um eine leckere Mahlzeit zu zaubern und den Tisch zu decken.

Exakt 45 Minuten später kam mein alter Herr durch die Haustür, begleitet von kaltem, kräftigem Wind, den er eilig hinter sich aussperrte. Schaudernd stellte er seine Tasche auf die Sitzbank und kam in die Küche.

„Hmmm, das duftet köstlich." Er zog seinen zerfransten Mantel aus, der wahrhaftig schon glänzendere Zeiten gesehen hatte, legte ihn vorsichtig – als könnte er bei zu ruppigen Bewegungen zerfallen – über die erstbeste Stuhllehne und kam lächelnd zu mir. Übernächsten Monat hatte Dad Geburtstag, dann würde ich ihm von meinem Studiengeld einen neuen Mantel kaufen.

Ich legte den Kochlöffel aufs Schneidebrett und fiel meinem Vater um den Hals. Er roch nach Desinfektionsmittel, Zigaretten und Parfüm. Eine gewöhnungsbedürftige Mischung, die für einen Housekeeper aber vermutlich normal war. Schließlich wurde er überall dort im Hotel eingesetzt, wo man ihn gerade brauchte, und dazu gehörte auch der von ihm so verabscheute, verqualmte Bar-Bereich.

„Jetzt hast du mir die Überraschung verdorben. *Ich* wollte doch heute für dich kochen“, sagte er, nachdem er mich losgelassen hatte, und warf einen gierigen Blick auf den deckellosen, blubbernden Topf, aus dem würzige Dämpfe emporstiegen.

„Ach, du hast doch schon aufgeräumt, und ich will ja nicht unverschämt sein, aber niemand macht besseren Bohneneintopf als ich“, sagte ich neckisch.

Lachend packte er seine Tasche aus, förderte eine leere Wasserflasche, getragene Arbeitskleidung, eine Zeitung und sein Handy zutage. „Dann erzähl doch mal: Wie ist deine erste Woche gelaufen? Gefällt dir die Uni? Hast du Freunde gefunden?“

Fast hätte ich laut gegrunzt. „Ja, ganz tolle sogar“, behauptete ich. Einen Möchtegern-Anführer, einen Perversling, eine unterwürfige Sadomaso-Liebhaberin, eine Oberzicke und einen fleischgewordenen, notgeilen Ken. Ganz tolle Freunde. Ich war ein richtiger Glückspilz!

Laut sagte ich: „Sie sind alle sehr nett, und die Uni ist der Wahnsinn.“ Letzteres zumindest entsprach der Wahrheit. „Es gibt ein hauseigenes Museum und eine Schwimmhalle und mit Abstand die größte Bibliothek, die ich je gesehen habe“, schwärmte ich weiter. „Und kannst du glauben, dass ich jetzt Yoga mache?“

„Schön, schön. Das freut mich für dich“, sagte Dad und schenkte mir ein strahlendes Lächeln, das ich einfach erwidern musste.

Nachdem er sich jobmäßig so für uns ins Zeug gelegt hatte, brachte ich es nicht übers Herz, ihm die Wahrheit über meine neuen *Freunde* zu erzählen. Ich wollte meine Probleme nicht zu seinen machen. Das wäre meinem Vater gegenüber nicht fair gewesen, der sich seit Moms Tod immer nur das Beste für mich gewünscht hatte.

In diesem Moment wurde mir klar, dass das Studium nicht nur meine, sondern *unsere* Chance war. Mit einem gut bezahlten Job könnte ich uns ein besseres Leben ermöglichen, Dad finanziell unterstützen und damit seinen von der Arbeit so geschundenen Körper entlasten. Ich gab mir selbst ein Versprechen, dass ich mich niemals wieder von Emma oder Dorian so weit treiben lassen würde, ans Aufgeben zu denken. Stattdessen würde ich alles in meiner Macht Stehende tun, um in drei Jahren mit einem tauglichen Abschluss in den Arbeitsmarkt einsteigen zu können.

„Ach, komm schon. Willst du jetzt etwa nie wieder mit mir reden?“, fragte ich meine Cousine am Montagmorgen auf dem Weg vom Parkplatz zur Universität. Londons Himmel schenkte uns heute einen seiner seltenen Sonnentage, was Amy normalerweise ein Lächeln auf die Lippen zauberte.

Heute waren sie zu einem dünnen Strich zusammengepresst, genaugenommen, seitdem sie mich am Wagen gelehnt auf dem Uni-Parkplatz entdeckt hatte, wo ich auf sie gewartet hatte, um mich bei ihr einzuschleimen.

Das ganze Wochenende über hatte sie nicht auf meine Anrufe und Nachrichten reagiert, und auch jetzt war sie einfach an mir vorbeistolziert, als existierte ich gar nicht. Das war echt schlimm. Von all meinen Verwandten konnte ich Amy am meisten leiden. Sie war wie eine kleine Schwester für mich, die ich beschützen und zum Lachen bringen wollte.

Die Party am Freitagabend war der totale Reinfall gewesen, da hatte auch das viele Bier nichts genützt, das ich in mich reingeschüttet hatte, oder Emmas Blowjob später auf meinem Zimmer. Das mit Emma und mir ging schon seit einer Weile, und ich hatte das Gefühl, dass ich langsam die Notbremse ziehen musste. Warum ich sie trotzdem nicht zurückgewiesen hatte? Ganz einfach, weil ich an diesem Abend verzweifelt nach Ablenkung gesucht hatte. Ablenkung von meinen eigenen chaotischen Gedanken.

Das hätte ich mir allerdings sparen können. Meine Gedanken waren immer wieder zu Zoe abgedriftet, die ich sichtlich verletzt vor ihrer Zimmertür stehen gelassen lassen. War ich zu fies zu ihr gewesen? Scheiße, und wie! Ich hatte mich wie das letzte Arschloch benommen – schon die ganze Woche über –, dabei war das normalerweise gar nicht meine Art Mädchen gegenüber.

Bei Zoe blieb mir aber keine andere Wahl. Schon in dem Moment, als die rothaarige Schönheit mit den großen, unschuldigen Augen in mich hineingelaufen war und ich erkannt hatte, dass sie Dads kleiner Schützling war, hatte ich geahnt, dass sie mir nur Ärger einbringen würde. Allerdings hatte ich die Art von Ärger völlig falsch eingeschätzt. Zoe war nicht etwa ein hässliches Entlein, das ich bis an mein Studienende am Hals haben würde, sie war das verdammt noch mal schönste Mädchen, das ich je gesehen hatte. Was noch viel schlimmer war, denn ich umgab mich gern mit schönen Mädchen, und Zoe schien mir nicht der Typ für One-Night-Stands zu sein.

Sie war die Art von Mädchen, die einen festen Freund suchte. Eine, die Erwartungen an mich stellen würde, die ich mit meinen 21 Jahren noch nicht bereit war, zu erfüllen. Ich hatte keine Lust auf schnulzige Kinobesuche, langweilige Abendspaziergänge oder verkrampfte Essen bei den Schwiegereltern. Ich wollte frei sein, rummachen und schlafen, mit wem ich wollte – was Zoe tabu für mich machte.

Theoretisch.

Wie mir in der vergangenen Woche mehrfach aufgefallen war, fiel mir die Zurückhaltung bei dem Rotschopf beunruhigend schwer. Im Pool hatte es diesen gefährlichen Moment gegeben, in dem ich Zoe fast geküsst hätte. Ihre zarten Hände an meinem Bauch hatten meinen Körper zum Vibrieren gebracht, meinen Verstand regelrecht lahmgelegt. Hätte Jamie in dem Moment nicht dazwischengefunkt, hätte ich meine Lippen auf ihre gepresst, und es wäre mir scheißegal gewesen, dass Emma zuguckt. Wäre vielleicht sogar besser gewesen, dann hätte sie endlich begriffen, dass unser Verhältnis niemals über Sex hinausgehen würde.

Nicht nur, dass Zoe eine verbotene Versuchung für mich darstellte, jetzt hatte sie sich auch noch mit Calvin angelegt – dem gefährlichsten und unberechenbarsten von uns – und mich gezwungen, sie auf eine Art und Weise aufs Bett zu drücken, die durch und durch verdorbene Gedanken in mir geweckt hatte. Das nannte ich mal eine ausgewachsene Zwickmühle, in der ich da steckte. Zoe stand unter Dads Schutz, und das bedeutete, dass ich die Finger von ihr lassen musste.

Seufzend legte ich einen Zahn zu und holte Amy ein, die zwei Schritte vorgelaufen war, um mich abzuschütteln. Scherzkeks. Mit den kurzen Beinen müsste sie schon rennen, und selbst dann hätte sie keine Chance gegen mich. Fast glaubte ich die heißen, unsichtbaren Wellen der Verachtung zu spüren, die von ihr ausgingen.

„Ich hasse dich, und daran hat sich übers Wochenende nichts geändert!", fauchte sie und reckte ihr winziges Kinn.

Ich packte sie am Arm, zwang sie sanft, aber entschieden dazu, stehenzubleiben, und griff zu meiner Geheimwaffe: meinem Lächeln. „Aber ich bin doch dein Lieblingscousin."

Unbeeindruckt riss Amy sich von mir los. Als meine Cousine war sie vor meinem unwiderstehlichen Charme natürlich gefeit, aber ein Versuch kostete ja nichts. „Du hast dich ekelhaft benommen, Dorian! Ich werde so lange nicht mehr mit dir reden, bis du dich bei Zoe entschuldigt hast!"

„Ernsthaft?", fragte ich, bemüht, nicht zu lächeln. Amy sah einfach zu niedlich aus, wenn sie wütend war … genau wie Zoe, wie mir gerade klar wurde. Ehrlich gesagt hatte ich selbst schon darüber nachgedacht, mich bei Zoe zu entschuldigen. Nur war es schwierig, jemanden weiterhin auf Abstand zu halten, wenn man plötzlich nett zu ihm war.

Ich durfte nicht zulassen, dass Amys neue Freundin Sympathie für mich entwickelte. Das würde es nur noch schwerer machen, ihr zu wiederstehen, und derartige Ablenkung konnte ich in meinem 3.

Das bisschen Taschengeld, das mein Stipendium abwarf, wollte ich lieber in mein Auto anstatt in ein schickes Kleid investieren.

Zu guter Letzt klebte ich ein paar Postkarten und Schnappschüsse von alten Freunden an die Pinnwand über dem Schreibtisch, füllte die Schubladen mit fehlenden Schreibblöcken, Stiften und Heftklammern und stellte meine Lieblings-Duftkerzen auf den Fenstersims. Das eingerahmte Bild von Mom und mir bekam einen Ehrenplatz auf dem Schreibtisch, daneben stellte ich meinen mitgebrachten Glücksbringer: einen kleinen Kaktus.

Zufrieden sah ich mich im Zimmer um, das mir die nächsten drei Jahre ein zweites Zuhause sein würde. Dann packte ich die Brosche aus, die ich zum Schutz vor Kratzern in eine dicke Socke gewickelt hatte. Mittlerweile war es mir richtig zuwider, das Ding anzustecken. Letzte Woche hatte ich deswegen verstohlene Blicke wie am Fließband geerntet. Ob im Hörsaal, in der Bibliothek, auf der Parkanlage oder im Speisesaal. Wohin ich auch gegangen war, hatte die Brosche wie ein Magnet auf die Leute gewirkt. Dabei hatten die Reaktionen von offener Bewunderung, über Skepsis bis hin zu ausgewachsener Feindseligkeit gereicht.

Letzteres wurde mir überwiegend von Frauen entgegengebracht, worüber ich nur den Kopf schütteln konnte. Wenn meine Mitstudenten wüssten, dass ich diese Brosche mit dem allergrößten Vergnügen abgeben würde. Sollte sich doch eine andere von Emma terrorisieren lassen.

Aber natürlich tat ich nichts dergleichen, sondern steckte den Schmuck brav an meine Bluse, bevor ich das Zimmer verließ. Ich war jetzt einfach mal so optimistisch und ging davon aus, dass Emma und Dorian mein Zeichen des guten Willens anerkennen und erwidern würden.

Aus dem Gemeinschaftsraum hallte lautes Gelächter zu mir herüber, als ich in den Nachbargang einbog. Zweifellos männliche Stimmen, aber um wen es sich handelte, vermochte ich aus der Entfernung nicht zu sagen.

Um 11:15 Uhr hatte ich meine erste Pause. Lächerliche 15 Minuten. Sie reichten nicht mal, um mir im Speisesaal ein Getränk zu holen, weil das Gebäude so riesig war, dass es einer halben Weltreise gleichgekommen wäre, einen Abstecher dorthin zu machen. Aber ich hatte vorgesorgt und begnügte mich mit ein paar großzügigen Schlucken aus meiner Wasserflasche, während ich zum nächsten Seminar eilte.

Nach einer Woche hatte ich mich immer noch nicht an die leeren Gänge gewöhnt. Wenn man, wie ich, aus einer staatlichen Schule kam, in der die Schüler wie Hühner aneinander gepfercht lernten, war die Weitläufigkeit hier beinahe schon erdrückend.

Ungestört die Gemälde an den Wänden oder Skulpturen betrachten zu können, so etwas kannte ich nicht. Zumal es in meiner alten Schule auch nichts Sehenswertes gegeben hatte. Es sei denn, man interessierte sich für pubertäre Kritzeleien an den Toilettenwänden oder lieblos aufgehängte Plakate in den Gängen.

Hier war das anders.

Dawson war wie ein Abenteuerspielplatz für die Augen. Überall gab es etwas zu bewundern, Wertvolles und Altes zu entdecken, sodass ich schon überlegte, mir Scheuklappen zuzulegen, weil das Detailreichtum in dieser Schule mich beständig ablenkte.

Heute beschäftigten wir uns mit der Recherche und Anfertigung von wissenschaftlichen Arbeiten. Vielleicht lag es an meiner Lern-Session am Wochenende oder einfach an meinem Versprechen, mich fortan doppelt reinzuhängen, aber ich war heute schon viel sicherer auf dem Gebiet.

So langsam kam ich in das aktuelle Thema rein, was ich nach dem Unterricht gebührend mit einem Erdbeer-Slush feierte. Das warme Wetter war perfekt für das halb gefrorene Trinkeis, und so ging ich in den Park und setzte mich gut gelaunt den Sonnenstrahlen aus.

Ich hatte in der Ferne eine einsame, von Rosenbüschen umgebene Parkbank ausgemacht, als mir jemand auf die Schulter tippte. Fast hätte ich mich an dem Erdbeereis verschluckt. Erschrocken wirbelte ich herum.

„Na, meine Hübsche? Wo soll's denn hingehen?", wollte Jamie Wilde wissen und legte ungefragt seinen schweren Arm um meine Schultern.

Eilig schluckte ich das Eis hinunter und stellte fest, dass er in seiner Rugby-Montur neben mir aufragte. Dunkelblaues Trikot, kurze, lockere, weiße Hose, Handschuhe und ein Rugby-Helm, den er unter den linken Arm geklemmt hatte. Beeindruckt blieb ich stehen und musterte den Mannschaftskapitän von oben bis unten.

„Auf die Parkbank, meinen Feierabend genießen. Und du willst für das nächste Sport-Magazin posieren, oder was? Du siehst ja echt hammermäßig aus!"

Jamies Gesicht nahm laszive Züge an. „Findest du, ja?"

„Also, ich …" Oh, verdammt, aber zurückziehen konnte ich das Kompliment jetzt nicht mehr. „Ich meine, die Aufmachung steht dir gut."

Schmunzelnd betrachtete er mich von der Seite. Seine Pranke auf meiner Schulter gab mir das Gefühl, 10 Kilo schwerer zu sein. „Das ist alles? Dir gefällt nur meine Aufmachung?"

Ich lief rot an und saugte an meinem Strohhalm, in der Hoffnung, das eiskalte Getränk würde die Hitze aus meinen Wangen vertreiben. Es klappte nicht. „Naja, nein. Du siehst natürlich auch gut aus. Ich glaube, ich hab noch nie so dicke Oberschenkel gesehen. Und deine Arme erst! Wie viel stemmst du? Tausend Kilo?"

Als Jamie lachte, blitzte etwas Raubtierhaftes in seinen Augen auf. „Hey, das muss dir nicht peinlich sein. Die meisten Mädchen hier stehen auf mich, und die, die es nicht tun, sind vergeben.“

Aha, nur, warum erzählte er mir das? Aus dem Augenwinkel sah ich, wie er mich eingehend musterte. „Wobei selbst *das* viele nicht davon abhält, sich mir an den Hals zu werfen. Ich kann's verstehen.“

Oh, Mann! Amy hatte nicht übertrieben, was sein überdimensionales Selbstbewusstsein betraf. Freundlich wollte ich Jamie gerade beibringen, dass ich nicht zu seinem Fan-Club gehörte, als seine Hand plötzlich meine Schulter massierte.

Schlagartig blieb ich stehen und trat einen Schritt zurück, sodass sein Arm von mir abfiel. „Was machst du da?“

Jamie hielt ebenfalls an und legte den Kopf schräg, allerdings nicht wie jemand, der auf frischer Tat ertappt worden war, eher neugierig. „Ich dachte, das entspannt dich. Du bist total steif.“

Ein trockenes Lachen entfuhr mir. „Tja, liegt vielleicht daran, dass ich von einem fremden Jungen gestreichelt werde! Ist das im *D-Club* so Brauch? Mädchen einfach anzutatschen?“ Obwohl ich Jamie nicht wirklich böse war, kamen sofort die Erinnerungen an Freitagabend hoch. Der Schreckensmoment, als ich Calvin auf Rose gesehen und geglaubt hatte, er würde sich an ihr vergehen. Zwar traute ich Jamie keine so aggressive Herangehensweise zu, aber er war offensichtlich auch nicht mit Feinfühligkeit gesegnet, wenn es ums Flirten ging.

„Hey, tut mir leid. Ich dachte, du hättest nichts dagegen“, sagte er und hob abwehrend die Hände, was ziemlich lächerlich aussah, weil er mich mit dem kleinen Finger heben könnte, wenn er wollte.

„Doch, habe ich! Und ich habe einen Freund“, behauptete ich spontan. Kaum hatte ich es ausgesprochen, fragte ich mich, warum ich nicht schon früher darauf gekommen war. Damit hätte ich mir seine Avancen letzte Woche erspart. Das war nämlich nicht das erste Mal, dass Jamie mir auf die Pelle rückte.

Auf einmal lachte er. Eine Reaktion, die ich nicht erwartet hatte. „Nein, hast du nicht.“

Verdutzt blinzelte ich ihn an. „Wie bitte?“

„Du hast keinen Freund. Niemals.“

Ich wechselte den Slush in die andere Hand, weil meine Finger kalt wurden. „Wie kommst du darauf?“

„Ganz einfach, vergebene Mädchen reagieren nicht so wie du.“ Schmunzelnd gab er mir einen Stups auf die Nase, als hätte ich nicht eben klargestellt, dass er seine Finger bei sich behalten sollte.

„Du bist viel zu schüchtern. Läufst bei jedem Kompliment rot an. Damit verrätst du dich, Süße.“ Verschwörerisch beugte er sich zu mir herunter. „Und nur so als kleiner Tipp, da ich davon ausgehe, dass du mit deinem Hammer-Körper noch mehr

nicht traute, ihn mit meinen Straßenschuhen zu besudeln. In der Mitte des Feldes prangte das Logo der Uni, zu meiner Linken erstreckte sich ein flaches Gebäude, in dem ich die Umkleidekabinen der Sportler vermutete.

Auf dem Dach des Spielerhauses ragte eine gigantische Leinwand empor, und an den länglichen Seiten des Spielfeldes standen die Tribünen mit hochwertig aussehenden Sitzen.

Jamie stellte mich seiner Mannschaft vor, die sich an verschiedenen Gerätschaften wie Trainings-Dummies und Gewichten abmühte. Es war mir unangenehm, dass Jamie sie extra für mich ihre Übungen unterbrechen ließ, aber er überhörte meinen Einwand und *schleifte* mich regelrecht aufs Feld.

„Was soll das, Wilde? Deine Freundin kannst du uns auch nach dem Spiel vorstellen!“, brüllte der Coach irgendwann quer über den Platz. Ganz klischeehaft stand er mit seiner Trillerpfeife am Rande des Feldes hinter einer Holzbank, das eine Bein darauf gestützt, neben sich Getränkespender, Handtücher und anderes Equipment. Er war jung, höchstens Mitte 30. Auf seinem Basecap und dem dunklen Poloshirt prangte das Schullogo.

Mittlerweile war ich von großen, kräftigen Spielern nur so umringt, die mir alle artig die Hand gaben, einige mit einem wissenden Lächeln. Okay, das war unangenehm. Mit einem Mal kam ich mir wie Jamies persönliche Sexsklavin vor!

„Wird's bald, oder muss ich euch Beine machen?" Diesmal wurden die Worte des Coachs erhört. Wie aufgescheuchte Insekten schwärmten die Spieler in alle Richtungen aus, nahmen ihre Positionen ein und warteten auf weitere Instruktionen.

Nur Jamie trödelte. „Setz dich dort drüben hin. Von dort aus hast du die beste Aussicht", raunte er mir zu und deutete auf die Tribüne zu meiner Linken.

„Okay. Viel Erfolg."

Ich machte, dass ich vom Feld kam – der Coach sah aus, als würde er gleich die Geduld verlieren – und kletterte die Sitzreihen empor. Kaum hatte ich Platz genommen, begann die Aufwärmphase, in der die Mannschaft Wurf- und Fangtechniken übte, immer begleitet vom Gebrüll des Coachs, der nie zufrieden zu sein schien, egal, wie sehr sich seine Jungs auch anstrengten. Vermutlich musste er so streng mit ihnen sein, wobei meine Stimmbänder ja schon vom bloßen Zuhören heiser wurden.

Eine halbe Stunde später begann das Testspiel und ich bekam eine gute Show geliefert. Die Rugby-Spieler *flogen* nur so über das Feld, es wurde geflucht, geschubst und bei einem Punktesieg lautstark gejubelt.

Außer mir saß noch eine Handvoll weiterer Studenten auf den Tribünen. Überwiegend Mädchen, die offenbar nur hier waren, um ihren Schwarm anzufeuern oder aus sicherer Entfernung anzuhimmeln. Ich hätte ja darüber den Kopf geschüttelt, hätte ich nicht selbst dem einen oder anderen Spieler hinterhergesabbert. Machten wir uns nichts vor: Trainierte, verschwitzte, testosterongeladene Rugby-Spieler waren einfach sexy.

Es gab nur eine Person, die den Jungs auf dem Feld das Wasser reichen konnte, und das war Dorian. Leider. Ich verabscheute mich selbst dafür, aber seitdem ich seinen Luxus-Schwimmer-Körper nicht nur angesehen, sondern auch *angefasst* hatte, war es um mich geschehen. Also körperlich.

Charaktertechnisch konnte man Dorian in die Tonne kloppen, und das Schlimme war, dass das auf so ziemlich alle heißen Kerle zutraf. Dieses traurige Phänomen hatte ich schon oft beobachtet. Als würden Jungs mit zunehmender Muskelmasse neben Kalorien auch jene Gehirnzellen verbrennen, die für Moral und Höflichkeit zuständig waren. Ich würde mich wohl mit einem verpickelten, schüchternen Brillenträger zufriedengeben müssen, wenn ich in diesem Leben einen anständigen Freund abkriegen wollte.

In Gedanken versunken merkte ich gar nicht, wie die Zeit dahinraste. Irgendwann zeigte die Leinwand eine verbleibende Spielzeit von 10 Minuten an, und ich atmete erleichtert auf. Das Spiel war spannend und ich genoss jeden einzelnen Sonnenstrahl auf dem Gesicht, aber mein Hals war mittlerweile staubtrocken.

Die Zuckerbombe namens Slush hatte meinen Durst nur vorübergehend gestillt, und da das Spiel nun schon seit fast einer Stunde andauerte, wurde es höchste Zeit, die Dürre in meinem Hals zu lindern. Keine Ahnung warum, aber wenn es um Flüssigkeit ging, reagierte ich hoch empfindlich. Hungern war für mich kein Problem, aber wehe, ich versorgte meinen Körper nicht regelmäßig mit Wasser, dann strafte er mich mit schlimmen Kopfschmerzen.

Sehnsüchtig warf ich einen Blick zu den Getränkespendern neben dem Coach, der am Fuße meiner Tribüne stand. Ob es auffallen würde, wenn ich so einen Kanister entführte? Der Coach war sowieso nur mit Brüllen beschäftigt und konzentrierte sich voll und ganz auf das Spiel. Bevor ich den Gedanken weiterspinnen konnte, registrierte ich eine Bewegung aus dem Augenwinkel. Jemand war die Zuschauerbühne hinaufgekommen und bog in meine Sitzreihe ein.

Als ich den Kopf drehte und die Person erkannte, wäre ich vor Schreck fast vom Sitz gekippt. Was machte *er* denn hier? Und warum hatte ich ihn nicht schon früher bemerkt?

Dorian trug einen khakifarbenen Rollkragenpullover, der für das Wetter fast schon zu warm war, und eine leuchtende, wie aus Karamell gegossene Stoffhose. Falls diese hammermäßige Farbe nicht schon Blickfang genug war, dann auf jeden Fall sein göttlicher Körperbau.

Die blaue Sporttasche, die er mit sich schleppte, sagte mir, dass er gerade vom Training kam. Dorians Blick war neutral, also offenbar nicht auf Ärger aus. Trotzdem musste es einen Grund geben, weshalb er zu mir kam, und der konnte nichts Gutes bedeuten.

Er war nur noch wenige Sitze von mir entfernt, als vom Spielfeld plötzlich Schreie ertönten. Mein Blick schnellte in die Richtung und da sah ich auch schon einen Rugbyball in hohem Bogen auf mich zu fliegen.

„Duck dich!“, rief Dorian und ließ seine Tasche fallen, doch ich tat genau das Gegenteil, sprang auf und fing ihn geschickt auf.

„Uff!“, machte ich, als der Ball in meiner Magengegend landete. Ich mochte vielleicht keine Sportskanone sein, aber wenn ich eins gut konnte, dann war es Bälle fangen. Gott allein wusste, warum ich ausgerechnet mit diesem Talent gesegnet war. Ich hatte allerdings die Wucht unterschätzt, die in dem Wurf steckte, und so machte ich einen überraschten Ausfallschritt nach hinten und dann einen nach vorn, weil die schmale Sitzreihe – so hochwertig sie auch war – nicht viel Beinfreiheit hergab. Kurzum, ich geriet ins Wanken und drohte, kopfüber die Tribüne hinunter zu purzeln, was ein ziemlich schmerzhafter, langer Weg gewesen wäre.

Glücklicherweise war ich nicht allein.

Mit zwei großen Schritten war Dorian bei mir, packte mich bei den Schultern und wurde somit mal wieder zu meinem unfreiwilligen Retter. Applaus schwappte vom Spielfeld zu uns herüber sowie eine Entschuldigung des Missetäters.

„Hast du zufällig einen Hang zum Selbstmord, von dem ich wissen sollte?“ Dorian ließ mich los und nahm mir ungefragt den Ball aus der Hand. „Erst dein versuchter Sprung aus dem Fenster und jetzt das.“ Er holte aus und warf den Ball aufs Feld zurück, direkt in die Arme eines Spielers.

Der Coach pfiff an und das hitzige Spiel ging weiter.

So würdevoll wie möglich setzte ich mich wieder auf meinen Platz. „Selbst wenn, geht dich das wohl kaum was an!“

Achtlos ließ Dorian seine Tasche liegen und setzte sich zu mir, wobei er einen Sitz zwischen uns frei ließ. Ich guckte trotzdem dämlich aus der Wäsche. Welche unserer jüngsten Auseinandersetzungen hatte bitte den Anschein erweckt, dass ich jemals wieder mit ihm reden wollte?!

„Irgendwie ja schon. Ich bin immerhin der Club-Präsident, also auch für dich verantwortlich.“

Ich konzentrierte mich wieder aufs Spiel und lachte trocken. „Da hast du wohl was missverstanden. Ich bin keine 12 mehr und du nicht mein Vater. Jetzt lass mich in Ruhe, ich will in Ruhe das Spiel gucken.“

Tat er natürlich nicht, aber das hatte ich auch nicht erwartet. Stattdessen fragte er: „Was machst du hier? Ich wollte nach dem Training nur kurz bei Jamie vorbeischauen, aber mit dir hatte ich hier nicht gerechnet."

Ich zog eine Grimasse. War das nicht offensichtlich? „Ich hatte immer angenommen, dass sie beim Auswahlverfahren für die Uni einen gewissen Intelligenzquotienten voraussetzen, aber offenbar muss ich dir erst erklären, was *Ein Spiel gucken* bedeutet!", knallte ich ihm seine eigenen Worte von damals an den Kopf.

Dorian ließ sich nicht beirren, aber ich hätte schwören können, dass ein Muskel in seiner Wange zuckte.

„Ich meine, warum gerade Jamies Spiel?"

„Weil er mich dazu eingeladen hat?"

„Verstehe." Es herrschte kurz Stille. „Ihr scheint euch ja gut zu verstehen, ihr zwei."

„Liegt vermutlich daran, dass er und Amy die einzigen Netten auf dieser Schule sind."

„Apropos nett: Ich bin hier, um mich bei dir zu entschuldigen."

Verblüfft riss ich den Kopf zu ihm herum. „Was?"

„Ich will mich entschuldigen", wiederholte er ruhig und gelassen. „Für neulich."

Mit unverhohlener Skepsis starrte ich Dorian an, dessen dunkelbraune Mähne von einer milden Brise zerzaust wurde. „Welches *Neulich* meinst du? Da fallen mir gleich mehrere Situationen ein!"

Seine Mundwinkel zuckten. „Das *Neulich*, als ich zu dir sagte, du wärst auf der Party nicht erwünscht."

„Schön, daran erinnert zu werden!"

„Es tut mir leid."

Verstörenderweise klang Dorian aufrichtig, was mich nur noch misstrauischer machte. Warum sollte er sich erst wie das größte Arschloch im Universum benehmen und sich dann bei mir entschuldigen? Was da letzten Freitag aus seinem Mund gekommen war, war nicht etwa aus einem Impuls heraus geschehen, es war vorsätzlich gewesen. Dorian hatte gewusst, dass es mich verletzen würde, schlimmer noch, er hatte es *gewollt*! Und jetzt machte er einen Rückzieher?

Mit gerecktem Kinn wandte ich mich wieder dem Spielfeld zu und hielt nach Jamie Ausschau. „Zieh Leine, Dorian! Deine Entschuldigung kannst du dir sonst wohin stecken. Sie interessiert mich nicht."

Lachend fragte er: „Bist du immer so leidenschaftlich oder kann es sein, dass ich dich neulich mehr verletzt habe als du zugeben willst, und du kannst dich *deshalb* nicht überwinden, mir zu verzeihen?"

Wut funkelte in meinen Augen, als mein Kopf erneut zu ihm herumschwenkte. Das nannte man wohl *den Nagel auf den Kopf treffen.*

„Was interessiert dich das überhaupt? Seitdem ich auf der Uni bin, behandelst du mich wie deinen persönlichen Todfeind! Ich hab dir nie etwas getan, trotzdem hackst du ständig auf mir herum, als könntest du mich auf den Tod nicht ausstehen. Und da denkst du ernsthaft, dass ich dir diese lahme Entschuldigung abkaufe? Warum lässt du mich nicht einfach in Ruhe und jeder geht seiner eigenen Wege?“

Besonnen erwiderte Dorian mein Blick. Seine Gelassenheit brachte mich zur Weißglut. Drangen meine Worte überhaupt zu ihm durch? Hatte er auch nur den leisesten Schimmer, *wie* verletzend sein Spruch am Freitag gewesen war?

Mir zugewandt legte Dorian einen Arm auf die Rückenlehne, sein Blick saugte sich an meinem fest. „Würde ich ja gern, aber erstens sind wir im selben Club, was ein *Aus-Dem-Weg-Gehen* unmöglich macht und zweitens musst du diese Entschuldigung annehmen.“

„Pff! Und warum sollte ich?“

Er antwortete mit einem verwegenen Lächeln, das Millionen Schauer durch meinen Körper sandte. „Weil es von Herzen kommt?“

Mir lag ein spitzer Kommentar auf der Zunge, der vor allem dazu dienen sollte, Dorians Wirkung auf meine Gefühlswelt zu kaschieren, als es mir wie Schuppen von den Augen fiel:

Amy, die am Freitag so stinkwütend auf Dorian gewesen war, dass sie ihn am liebsten umgebracht hätte. Und Dorian, der auf einmal die Freundlichkeit in Person war …

„Oh, mein Gott!“, sagte ich und ein trockenes Lachen kam aus meiner Kehle. „Amy hat dich geschickt, oder? Sie verlangt von dir, dass du dich bei mir entschuldigst.“

Tatsächlich besaß Dorian die Frechheit, mich ertappt anzugrinsen. Und was tat mein Körper? Reagierte mit einem völlig unangemessenen Kribbeln, das sich bis in meine Zehenspitzen ausbreitete. *Böses Kribbeln! Aus! Pfui!*, dachte ich und wandte eilig den Blick ab. Aus dem Augenwinkel sah ich, wie Dorian sich zurücklehnte und die Arme hinter dem Kopf verschränkte.

„Sie hat gedroht, nie wieder mit mir zu reden, wenn ich es nicht tue. Und da Amy nun mal die einzige Frau in meinem Leben ist, die mir etwas bedeutet ...“

Ich spürte seinen abwartenden Blick auf mir, dachte aber nicht daran, ihn noch einmal anzusehen. Nie wieder würde ich diesem Unmensch in die Augen gucken! Er war es nicht würdig, eines Blickes erachtet zu werden.

Oh, wie unrecht du doch hast, widersprach eine Stimme in meinem Kopf und ließ prompt das Bild seines klitschnassen Oberkörpers vor meinem geistigen Auge aufploppen.

„Toll“, sagte ich betont gelangweilt. „Dann hätten wir das ja geklärt.“

Dorian nahm die Arme runter, lehnte sich nach vorn und kam mir damit ein gutes Stück näher. Er musste vor Kurzem geduscht haben. Ein angenehmer Hauch von Shampoo haftete ihm an. „Nicht so schnell. Du musst Amy natürlich sagen, dass du meine Entschuldigung annimmst."

In dem Gewirr aus übereinander herfallenden Rugby-Spielern machte ich Jamie aus, der in diesem Moment den Ball fing und damit schneller über das Feld rannte, als ich es seiner massigen Gestalt zugetraut hätte. „Gut, mach ich. Aber nur, wenn du jetzt verschwindest."

Es herrschte kurz Stille – oder eigentlich nicht, denn Jamie erzielte soeben einen Punkt, was sein Team lautstark feierte –, dann sagte Dorian: „Kannst du mich wenigstens angucken, wenn wir uns unterhalten? Ich komme mir vor, als rede ich gegen eine Wand."

Als Antwort zeigte ich ihm den Stinkefinger, woraufhin Dorian auflachte. „Okay, alles klar. Ich zieh Leine."

Er stand auf, und ich konzentrierte mich wieder auf das Spiel. Hätte ich mir gleich denken können, dass seine Entschuldigung nicht ernst gemeint war. Wenigstens hatten wir jetzt so etwas wie einen Waffenstillstand ausgehandelt – hoffte ich zumindest. Alles andere war bedeutungslos.

Kapitel
6

Beim Schwimmunterricht am Donnerstag trainierte ich das erste Mal mit Dorian zusammen. Besser gesagt, sein Profi-Team musste sich mit unserem Anfängerkurs das Becken teilen. Es war groß genug für uns alle, sodass wir auf der einen Hälfte ungestört unser Aerobic-Programm und die Schwimmer auf der anderen ihre Übungen durchführen konnten.

Dorian und seine Mannschaftskameraden waren mitten im Training, als wir dazu stießen. Die Handtücher und Badelatschen legten wir auf eine Bank, dann stiegen wir, angeführt von unserer Kurs-Leiterin, nacheinander in das gigantische Hallenbecken.

Obwohl Dorian im Wasser war, erkannte ich ihn auf den ersten Blick. Neugierig verweilte ich kurz am Beckenrand und beobachtete, wie er durch das Wasser pflügte. Mit anmutig kraftvollen Bewegungen legte er innerhalb von Sekunden eine beachtliche Strecke zurück.

Gegen meinen Willen war ich beeindruckt.

Dad war ein Fan von Schwimmwettkämpfen, er verfolgte die Turniere regelmäßig im Fernsehen. Manchmal, wenn mir langweilig war, setzte ich mich dazu und fieberte mit ihm mit. Wenn ich mir Dorian so ansah, konnte er glatt mit den internationalen

Champions mithalten. Seine Trainerin war da offenbar anderer Meinung. Als sie energisch in ihre Pfeife blies, wurde Dorian langsamer und stellte das Kraulen schließlich ganz ein.

„Bist du festgewachsen oder worauf wartest du?“, sprach Judith, ein Mädchen aus meinem Kurs, das hinter mir stand, mich an.

„Sorry“, murmelte ich und kletterte die Beckenleiter hinunter. Leider hatte ich jetzt nicht verstanden, was Dorians Trainerin zu ihm gesagt hatte. Ich sah nur, wie sie sich kopfschüttelnd abwandte und er sich am Beckenrand hochzog.

Alle Mädchen in der Halle schienen den Atem anzuhalten, als er nur mit Badehose bekleidet auf seine Trainerin zuging. Und da war auch schon der Knackarsch, den ich neulich vermutet hatte.

Das Wasser, in dem ich jetzt versank, lenkte mich von Dorian ab. Es war nicht so eisig wie das im Pool neulich, aber der erste Kontakt war für meinen Körper trotzdem wie ein Schock.

Als alle von uns im Wasser waren, bildeten wir einen Kreis um Ms. Williams und sie erklärte uns die heutigen Übungen. Ein paar Mal schielte ich zu Dorian hinüber, der offenbar mit seiner Trainerin diskutierte. Zu meinem Ärger übertönten Ms. Willams‘ Anweisungen ihr entferntes Gespräch. Dabei hätte ich zu gern gewusst, was seine Trainerin am Schwimmchampion himself zu bemängeln hatte.

Eine weitere Woche verging und die negativen Erlebnisse rückten allmählich in den Hintergrund. Letzten Freitag hatte Amy mich den ganzen Tag belagert, dass ich sie zur Party begleiten sollte, aber ich hatte dankend abgelehnt. Dorians heuchlerische Entschuldigung hatte zwar tatsächlich etwas Gutes bewirkt und die allgemeine Stimmung im Club angehoben, aber aus Prinzip blieb ich Freitagabend in meinem Zimmer.

Ganz zur Freude von Emma, der jemand den Mund zugetackert haben musste, denn weitere Anfeindungen ihrerseits blieben erstaunlicherweise aus.

Es schien, als hätte ich endlich meine ersehnte Ruhe gefunden. Mittlerweile chillte ich sogar abends im Gemeinschaftsraum, spielte mit Amy und Jamie Brettspiele oder lernte mit ihnen. Auch von Calvin kam nichts mehr. Hin und wieder erntete ich feindselige Blicke von ihm, und Rose benahm sich mir gegenüber immer noch etwas abweisend, aber damit konnte ich leben.

Dorian offenbar auch, der seine Versöhnung mit Amy so sehr genoss, dass er sich nicht selten zu den Spielrunden dazugesellte. Manchmal erwischte ich mich dabei, wie ich über seine Kommentare lachte – etwa, wenn er sich von Amy oder mir betrogen fühlte –, was ich dann jedes Mal zutiefst bereute.

Entwickelte ich etwa Sympathie für diesen Vollpfosten? Es war nicht so, dass wir plötzlich beste Freunde wären, aber seitdem er mich von seiner schwarzen Liste gestrichen hatte, war Dorian wesentlich umgänglicher. Die meiste Zeit über ignorierte er mich natürlich – es sei denn, es ging nicht anders, wie etwa bei der Clubbesprechung jeden Montag – und ich tat dasselbe.

Ein weiterer Freitag brach an, und ich stellte mich auf einen gemütlichen Filmeabend in meinem Bett mit einer Tüte Chips und einer kalten Cola ein. Was Hausarbeiten und Vorlesungen anging, würde die nächste Woche etwas ruhiger werden, was bedeutete, dass ich dieses Wochenende zum ersten Mal frei hatte.

Ich wartete, bis die Stimmen der anderen vor meinem Zimmer verklungen waren, die sich wie üblich auf dem Gang trafen, um gemeinsam zum Poolhaus zu gehen, und brach dann in Richtung Badezimmer auf.

Ich nahm ein langes, entspannendes Bad, wägte ab, welche Serie ich heute gucken könnte, und trocknete mich anschließend leise summend ab. Wenn ich einmal außer Acht ließ, dass ich vorgestern fast die Treppen des Westflügels hinuntergestürzt wäre und mir das Genick gebrochen hätte, war die Woche recht unspektakulär gewesen. Mittlerweile hatte ich den Lehrstoff aufgeholt – Amys Nachhilfekurs sei Dank –, und neue Freunde hatte ich auch gefunden.

Okay, *Freunde* war etwas übertrieben, aber ich hatte ein paar Studenten aus meinem Kurs näher kennengelernt und genoss es, zur Abwechslung mal mit *normalen* Menschen abzuhängen. Natürlich waren die Normalen auf dieser Uni immer noch superreich und privilegiert, aber zumindest drehte sich bei ihnen nicht alles um den Club und wie man möglichst viele Medaillen einheimste.

Tiefenentspannt und in Gedanken versunken kam ich aus dem dampfenden Badezimmer, als mir beinahe ein hollywoodreifer Schrei entwichen wäre. Dorian lehnte mit verschränkten Armen an der gegenüberliegenden Wand, direkt neben Amys geschlossener Zimmertür, und schien auf mich zu warten.

Wie vom Donner gerührt blieb ich auf der Türschwelle stehen und schnappte erschrocken nach Luft. Hatte er etwa die ganze Zeit hier gewartet, während ich gebadet hatte?

„Was zum …?! Das Jungen-Bad ist eine Etage höher, falls du dich verlaufen hast“, ließ ich ihn überrumpelt wissen. Das Herz schlug mir bis zum Hals.

Schweigend betrachtete Dorian das Handtuch, das um meinen Körper gewickelt war, und ich errötete unter seinem Blick. Hätte ich gewusst, dass dieser Spanner vor der Tür stand, hätte ich ein Handtuch gewählt, das mehr Bein verdeckte. Was machte er überhaupt hier? Als hätte Dorian meine Gedanken gelesen, sagte er: „Party um 21 Uhr. Ich hol dich in 20 Minuten ab.“

Ich machte ein Gesicht, als hätte er eine andere Sprache gesprochen. „Wie bitte?“

warmen, intensiven Deckenlicht, und ich blieb wieder an dem grünen Fleck in seiner rechten Iris hängen.

„Hör auf damit, ansonsten kann ich nicht garantieren, dass Calvin oder Emma sich dir gegenüber noch länger zurückhalten. Finde dich einfach damit ab, dass du jetzt zu uns gehörst. Vielleicht hilft es dir ja, wenn du dir unser Motto mehr zu Herzen nimmst."

„Und das lautet? Sei eitel und wälze dich bis zum Erbrechen in Luxus?" Es war mir ein Rätsel, wie ich angesichts seiner erdrückenden Präsenz überhaupt noch Scherze machen konnte. In Wahrheit bekam ich kaum noch Luft, und das lag bestimmt nicht an den feuchtwarmen Dämpfen, die noch vom Baden im Raum hingen. Dorian war einfach atemberaubend. Im wahrsten Sinne des Wortes.

Auf meine Frage hin schenkte er mir ein Grinsen, das eine Reihe weißer, gerader Zähne entblößte. „Fast. Es lautet *Carpe diem - Genieß den Augenblick*." Ganz unerwartet trat er einen Schritt zurück, gab mir wieder Raum zum Atmen und machte eine einladende Geste in Richtung Tür. „Wärst du jetzt so gütig, dich anzuziehen und mich zu begleiten? Bitte?"

Ich staunte ja nicht schlecht. „Wow, warum auf einmal so freundlich?"

In Dorians Augen leuchtete es amüsiert auf. „Ich dachte mir, bevor ich dich zum Poolhaus schleifen muss, versuch ich's erst mal auf die nette Tour."

Grübelnd erwiderte ich Dorians Blick. Wenn ich ehrlich war, interessierte mich schon, ob die Gerüchte über das Poolhaus stimmten. Und wie gesagt, ich war in meinen drei Wochen nicht *einmal* auf einer Studentenparty gewesen – was, wenn man so darüber nachdachte, echt traurig war. Nicht auf eine Verbindungsparty zu gehen, war so, als hätte man nicht richtig studiert, und ich wollte auf keinen Fall später das Gefühl haben, etwas verpasst zu haben.

Zwar hatte ich Amys Ersuchen, sie zu begleiten, bisher immer spöttisch abgelehnt, aber das war nur gespielt gewesen. Zum Teil aus Kränkung wegen Dorians und Emmas Bemerkungen neulich. Er wusste es nicht, aber er hatte mich längst am Haken … was ich mir natürlich nicht anmerken ließ.

„Und das ist auch kein kranker Scherz von dir? Oder von Emma? Etwa, um mich ins Poolhaus zu locken und dann darin einzusperren oder so?“, hakte ich nach.

Mit einem Anflug von Ungeduld atmete Dorian aus. „Nein. Ich verspreche dir, dass wir uns benehmen … nun ja, so weit es auf einer ausschweifenden Party eben geht.“

Ich zögerte noch ein paar Sekunden, dann sagte ich: „Na gut. Ich wollte mir sowieso mal angucken, was ihr da drinnen so treibt.“

Schon kehrte sein dämonisches Lächeln zurück. Meiner Meinung nach seine gefährlichste Waffe – oder Falle. Je nachdem, wofür er es gerade einsetzte.

„Was das betrifft, sollte ich dich vielleicht vorwarnen. Der *D-Club* nimmt das Motto *Carpe diem* sehr ernst.“

„Und was bedeutet das?“

„Es bedeutet, dass du eines im Hinterkopf behalten solltest, egal, was du siehst: Die Studenten des *Dawson Colleges* stammen von den einflussreichsten Eltern Londons ab. Eltern, die hohe Erwartungen an uns haben. Einige von uns werden in ein paar Jahren hinter wichtigen Schreibtischen sitzen, vielleicht sogar das Land regieren, und dann sind wir nicht mehr so frei und ungebunden wie jetzt. Auf *Dawson* können wir das letzte Mal *wir* sein, uns austoben, unbeobachtet sein. Wenn es auf unseren Partys also etwas ausschweifender zugeht, renn nicht gleich schreiend davon. Das hier ist die letzte Station, an der wir uns noch mal so richtig austoben können, bevor der Ernst des Lebens beginnt.“

„Oh, na, toll! Jetzt bin ich gleich *doppelt* gespannt auf die Party!“, sagte ich trocken, und wir verließen das Bad.

Exakt 20 Minuten später verließ ich mein Zimmer und trat in den Flur hinaus. Wie ein Wachhund hatte Dorian davor gewartet und sich mit seinem Handy beschäftigt, das er jetzt wegsteckte. Wer hätte gedacht, dass ausgerechnet er mich zu der Party überreden würde? Dorian betrachtete mich von oben bis unten, dann zog er eine Braue hoch.

„Was ist?", fragte ich und drehte mich mit ausgebreiteten Armen einmal um die eigene Achse. „Ist mein Outfit etwa nicht *angemessen* für eure erlesene Party?"

Wieder maß er mich mit einem abschätzenden Blick. Sein ernüchterndes Urteil: „Ist ganz okay."

Meine Arme fielen herunter. „Ganz okay? Was bist du denn für ein Charmebolzen?!"

Schulterzuckend stieß er sich von der Wand ab. „Was erwartest du denn, in der Jeans und dem langweiligen Top? Hast du nichts Aufregenderes zu bieten? Ein Minikleid oder so was?"

Kopfschüttelnd zog ich die Tür hinter mir zu. Was an meinem Outfit war bitte langweilig? Die schwarze Jeans saß wie angegossen, und das blutrote Top bot ja wohl genügend Ausschnitt, dass ich damit in jeden Club reingekommen wäre. Eine Handtasche nahm ich nicht mit, auch kein Handy. Ich ging sowieso nicht davon aus, dass ich lange bleiben würde.

„Wozu? Ich dachte, wir gehen auf eine Studentenparty, nicht in den Puff."

Dorian sah aus, als wollte er etwas erwidern, dann überlegte er es sich offenbar anders, klappte den Mund zu und bedeutete mir mit einer knappen Geste, loszugehen. Interessant. Normalerweise scheute er keine Diskussion mit mir. Oder war er heute einfach nicht in Stimmung für eine Debatte? Schweigend liefen wir nebeneinander her, nahmen die Abkürzung über die steile Wendeltreppe, über die ich neulich entführt worden war, und fanden uns kurze Zeit später an der frischen Luft wieder.

Heute Vormittag hatte es wie aus Eimern geschüttet. Noch immer hing ein schwacher Duft von Regen in der Luft, und als wir den Laternen gespickten Park entlangschlenderten, spiegelte sich das Licht in den Pfützen wider.

Dorian hatte die Hände in den Hosentaschen vergraben, seine Schritte meinen angepasst, damit ich mit seinen langen Beinen mithalten konnte. Für seine Verhältnisse eine geradezu ritterliche Geste. Ich verstand einfach nicht, warum er auf einmal so umgänglich war. Lag es am näher rückenden *Tag der offenen Tür*? War es ihm so wichtig, vor den Besuchern einen guten Eindruck zu machen, dass er in den sauren Apfel biss und sich gut mit mir stellte? Wenn ja, dann Hut ab. Ich bewunderte Menschen, die ihre Gefühle bei Bedarf einfach beiseiteschieben konnten.

Diese Gabe fehlte mir. Wenn ich jemanden nicht ausstehen konnte und dieser Jemand mir auf die

Nerven ging, ließ ich ihn das wissen. Mein Leben war zu kurz und stressig genug, um meine Energie auch noch auf falsche Freundlichkeit zu verschwenden.

Jetzt war es natürlich schwer zu sagen, ob Dorian einfach nicht nachtragend war oder er sich nur wegen seines Präsidenten-Postens so kooperativ zeigte. Was auch der Grund war, er hatte meinen heimlichen Respekt dafür.

Meine Nervosität wuchs mit jedem Schritt. Dabei konnte ich nicht mal sagen, was genau mein Problem war. Vielleicht, dass Dorian so ruhig war, ja, geradezu ausgeglichen. Es war ungewohnt, ihn in meiner Nähe zu haben und nicht wenigstens aufzuziehen.

Ich wollte ihn unbedingt hassen. Dafür, wie er sich mir gegenüber verhalten hatte, dass er mir offen gesagt hatte, dass ich nicht erwünscht war. Stattdessen war es schon beinahe friedlich, mit ihm durch die Nacht zu spazieren, und das passte mir überhaupt nicht.

Dann waren wir endlich am Ziel. Schon von Weitem hatte ich das gedämpfte Wummern der Musik und die Stimmen wahrgenommen, die vom Poolhaus zu uns herübergeweht waren.

Jetzt führte Dorian mich durch ein Meer aus feiernden, mit schicken Anzügen und Kleidern bekleideten Studenten, die nicht nur in und vor dem Clubhaus abhingen, sondern bei den kühlen Temperaturen sogar im Pool plantschten. Der Alkohol machte

Party und überzeugte durch einen hochwertigen, roten Bezug und einen spektakulären, verglasten Couchtisch, auf dem so viele Becher standen, dass die Besitzer unmöglich noch einen Überblick darüber haben konnten, wem welcher gehörte.

Die Besitzer waren im Übrigen meine Clubmitglieder. Emma und Rose hockten kichernd zusammen und registrierten unser Eintreffen gar nicht. Ähnlich verhielt es sich mit Calvin, der zu meiner maßlosen Verwirrung ein mir unbekanntes Mädchen auf dem Schoß hatte, mit dem er heftig rumknutschte. Und Rose saß einfach daneben und schaute zu?

Nur Amy sprang überrascht auf, als sie uns entdeckte. „Zoe! Du, hier?", fragte sie und sah von mir zu Dorian, der mich losgelassen hatte und sich neben mich stellte.

Ihre Frage lenkte die Aufmerksamkeit von Emma auf uns, die das Gekicher verblüfft einstellte. Ich streifte ihren verdutzten Blick, aber da hakte Amy sich auch schon bei mir unter und zog mich strahlend von ihnen weg.

„Ich fasse es ja nicht, dass Dorian dich wirklich überredet hat", brabbelte sie sofort los. Über die Schulter sah ich noch einmal zu Dorian zurück. Er wurde jetzt von Emma in Beschlag genommen, die aufgesprungen war und gestikulierend auf ihn einredete. Um wie viel wetteten wir, dass es dabei um mich ging?

Ich wandte mich wieder Amy zu. „Dann wusstest du davon?", fragte ich sie mit erhobener Stimme, um gegen die laute Musik anzukommen.

„Nicht wirklich. Ich hab mich zwar bei Dorian beschwert, weil du wegen ihm nicht mit auf die Partys kommen wolltest, aber ich hätte nicht gedacht, dass er versuchen würde, dich umzustimmen, nachdem ich ja schon mehrfach daran gescheitert bin. Erzähl: Wie hat er dich rumgekriegt?"

Amys Wortwahl sorgte dafür, dass sich meine Wangen erhitzten. Rumkriegen. Das klang, als hätten wir miteinander geschlafen. Dabei hatte ich lediglich einem Verlangen nachgegeben, das schon seit Wochen in mir schlummerte: Neugierde.

„Er hat mir einen Vortrag über meine angeblichen Pflichten gehalten und mir von eurem Club-Motto erzählt", sagte ich augenrollend. „Was mich zu der Frage bringt, was *du* hier machst? *Carpe diem?* Im Ernst? Ich dachte, du wärst die Vernünftige?"

Amy lachte. „Bin ich ja auch, aber es spricht doch nichts gegen ein paar Bier und ein bisschen Geknutsche."

Demonstrativ sah ich mich in der Bude um und entdeckte ein Pärchen, das sich die Zungen so tief in den Hals schob, dass sie hinten wieder rausgucken mussten. Und die beiden waren noch die harmlosesten, die hier miteinander rummachten. „Das sieht mir hier aber nach ein bisschen mehr als nur nach *rumknutschen* aus!"

„Jetzt sei keine Mutti", meinte Amy und stieß mir neckend einen Ellenbogen in die Rippen. „Hat Dorian dich nicht vorgewarnt?"

„Doch", sagte ich und rieb mir die Seite, „aber er hat nichts davon erzählt, dass ihr hier *Orgien* feiert."

Amy hatte mich zur Bar geführt. Grinsend gab sie meine Hand frei, lehnte sich mit dem Bauch gegen den Tresen und verschränkte die Arme darauf. Sie trug ein todschickes, champagnerfarbenes Cocktailkleid und weiße High Heels, die ihre ohnehin schon hammermäßigen Beine noch streckten.

Wenn ich mir die ganzen Schlips- und Kleidchen-Träger so anguckte, hätte ich vielleicht doch etwas Schickeres anziehen sollen. Selbst Calvin fiel in seinem mitternachtsblauen Anzug heute nicht auf.

„Wir besorgen dir erst mal was zu trinken, dann wirst du lockerer", entschied Amy und winkte den Barkeeper/Studenten zu sich heran.

Jamie hatte gesagt, dass ein Teil der Club-Einnahmen in die Partys flossen. Ob die Angestellten hier dafür bezahlten wurden oder opferten sie ihre Zeit freiwillig? Etwa, weil sie es als Ehre ansahen, für den Club zu arbeiten? Ganz so abwegig war das nicht.

Nach allem, was ich in den vergangenen Wochen auf der Uni mitbekommen hatte, gab es zwei Fraktionen von Nicht-Club-Mitgliedern: Die, die unseren Club bedingungslos verehrten und wirklich *alles* dafür tun würden, um aufgenommen zu werden, und diejenigen, die ganz offensichtlich neidisch waren, weil sie nicht dazugehörten. Natürlich wagte es niemand, uns Clubmitglieder offen anzufeinden, aber wenn Blicke töten könnten, würde ich längst unter der Erde vermodern. Wobei ich an dieser Stelle noch mal betonen musste, dass die Feindseligkeit fast ausschließlich von Mädchen ausging und sich lediglich gegen uns weibliche Mitglieder richtete. Gegen die Schönlinge Dorian, Calvin und Jamie hatte offenbar niemand etwas einzuwenden.

„Was willst du haben?", fragte Amy und bediente sich an einem Schälchen gesalzener Erdnüsse.

Ich musste nicht lange überlegen und entschied mich für ein Mix-Bier. Als ich Amy davon in Kenntnis setzte, schüttelte sie allerdings den Kopf.

„Bier wird nur da hinten ausgeschenkt", ließ sie mich schmatzend wissen und deutete auf einen Tisch am Ende des Raums, auf dem die gleichen blauen Getränkespender standen, die auch das Rugby-Team verwendete. „Aber es ist gepanscht. Keiner weiß, was da alles drin ist, das würde ich dir also nicht empfehlen."

Ich sah wieder zu Amy. „Gut, was dann?"

„Wie wäre es mit Champagner oder gutem, altem schottischen Whisky? Da weißt du wenigstens, woran du bist."

„Champagner", beschloss ich und erntete ein verschmitztes Grinsen, das durchscheinen ließ, dass meine Freundin auch nicht mehr die Nüchternste war.

Nicht, dass ich deswegen entsetzt wäre – auch die klügsten Köpfe schossen sich mal ab –, aber Himmel, es war erst 21 Uhr und die meisten hier hingen jetzt schon in den Seilen.

„Gute Wahl“, sagte Amy und bestellte für uns.

Wir blieben an der Bar, tranken Champagner und schwatzten lebhaft. Schon nach kurzer Zeit merkte ich, wie der Alkohol nicht nur meine angespannten Schultern, sondern auch meine Zunge lockerte und mir die unterschwellige Nervosität nahm.

Natürlich war ich nicht annähernd so *locker* wie Amy, die ihrem gläsernen Blick nach zu urteilen schon ein paar Drinks intus haben musste. Es war total lustig, sie so zu sehen. Bislang hatten wir nur in der Uni zusammen abgehangen, und da war sie so was von anständig und diszipliniert, dass es fast schon eklig war. Amy war vielleicht der Reichtum in die Wiege gelegt worden, aber was den tadellosen Notenschnitt anging, arbeitete sie wirklich hart dafür.

Wenn sie nicht lernte, hetzte sie von einem Kurs zum nächsten. Sprachkurse, Kunst- oder Mathematikkurse, Amy schien eine wahre Alleskönnerin zu sein. Und als wäre ihr Lehrplan nicht schon straff genug, engagierte sie sich auch noch für ihre Lerngruppe, sodass ich mich manchmal fragte, ob sie überhaupt ein Mensch war. In meinen 19 Jahren war mir jedenfalls noch nie so eine engagierte, junge Frau untergekommen, und *ich* war ja schon ehrgeizig, was das Studium anging. Schön zu sehen, dass sie neben den vielen Verpflichtungen nicht vergessen hatte, wie man sich amüsierte.

Ich musste daran denken, was Dorian gesagt hatte: dass die Poolpartys die einzigen Möglichkeiten für ihn und seine Leute wären, abzuschalten. Wenn ich mich so umsah, galt das nicht nur für den *D-Club*, sondern für die *Dawson*-Studenten allgemein. War doch irgendwie traurig. Was nützte es einem, zur Elite der Gesellschaft zu gehören, wenn man im Grunde noch eingeschränkter war als die *gewöhnlichen* Menschen?

Nach allem, was ich bisher auf *Dawson* mitbekommen hatte, waren ein möglichst hohes Ansehen und das Wahren des Rufs der Familie oberste Priorität in solchen Kreisen – wobei der Druck fast immer von den Eltern ausging. Dabei schien die Regel zu gelten: Je höher das Amt oder die Stellung der Eltern, desto stärker der Druck auf ihre Kinder.

Wir kamen auf den *Tag der offenen Tür* zu sprechen und Amy erinnerte sich stöhnend daran, dass sie für nächsten Samstag noch einen Vortrag vorbereiten musste. Dorian hatte das Event vorhin zwar erwähnt, mir aber keine konkrete Aufgabe zugeteilt. Daher befragte ich Amy nach den mir offenstehen-

Oder *grün hinter den Ohren*, wie Emma es so kreativ formuliert hatte. Und mal ehrlich: Was wäre eine ordentliche Studentenparty ohne selbst gemixtes Bier? Ich wollte es wenigstens mal probieren. Wegschütten konnte ich es immer noch.

An besagtem Tisch erkannte ich einige Teamkollegen von Jamie wieder, was erklärte, woher sie die Getränkespender hatten. Der Großteil hatte sich offenbar selbst schon das *eine* oder *andere* Bier abgezwackt, denn die meisten Rugbyspieler hingen mehr auf ihren Stühlen, als dass sie aufrecht saßen. Wenigstens einer war noch genug bei Sinnen, um mir einen Pappbecher abzufüllen. Überhaupt schien die Stimmung hier drinnen in der Zeit, in der ich mit Amy am Pool gewesen war, von ausgelassen in hemmungslos umgeschlagen zu sein. Wohin ich auch sah, die Leute machten rum, tanzten wild, lachten oder … zog da etwa jemand eine Line?

Kopfschüttelnd nippte ich an meinem Bier und verzog den Mund, als ich feststellte, dass es fast Raumtemperatur hatte. Na, Prost auch! Da ich niemand anderen hier kannte, setzte ich mich kurzerhand zu dem kiffenden Haufen namens *Dawson Club* und wartete darauf, dass Amy wieder hereinkam.

Einen halben Becher später ließ sich jemand schwungvoll neben mir aufs Sofa fallen und brachte damit gefühlt das ganze Poolhaus zum Beben. Ich konnte gerade noch verhindern, dass ich das Bier auf meine Hose schüttete.

Es war Jamie. Schon wieder! Ein Blick in seine geweiteten Pupillen und ich wusste, dass ich vermutlich die einzige aus unserem Club war, die noch halbwegs bei klarem Verstand war. Wobei das Bier auch bei mir langsam Wirkung zeigte.

„Na, geht's dir gut?", fragte er und stieß mich neckisch mit dem Oberschenkel an.

Ich lachte. „Nicht so gut wie dir offensichtlich. Wo ist deine Knutsch-Freundin?"

Er sah sich gespielt um. „Kotzt sich irgendwo die Seele aus dem Leib, glaube ich."

„Wie lecker." Ich nippte an meinem Becher, und Jamie machte es sich neben mir bequem, indem er mit dem Hintern vorrutschte und einen Arm auf die Lehne hinter mir legte. Frech zwinkerte er mir zu.

„Wo hast du meine Schwester gelassen, Sweetie?"

„Die amüsiert sich mit Nathan, draußen am Pool." *Und hat mich offenbar vergessen.*

Jamie verzog den Mund. „Hängt sie etwa immer noch mit diesem Schleimbolzen rum? Der soll ja die Finger von meiner Schwester lassen!"

„Wieso?" Ich stellte das Bier auf den Tisch. „Sie scheinen sich gut zu verstehen."

„Klar, weil er ihr an die Wäsche will!"

Wieder musste ich lachen. „Die Ironie siehst du aber schon, dass so was ausgerechnet von dir kommt, oder?"

Schief grinste Jamie mich an. Man musste ihn einfach mögen, aufdringlich hin oder her. „Jetzt sei doch nicht so streng mit mir. Ich amüsiere mich eben gern. Das ist mein gutes Recht, als hart schuftender Student."

„*Carpe diem*, ich weiß. Dorian hat mich schon eingeweiht." Unwillkürlich sah ich wieder zu Dorian, der mir auf dem anderen Sofa gegenübersaß und mich ebenfalls betrachtete. War das wirklich noch Zufall, dass sich unsere Blicke ständig trafen? Seine Mundwinkel zuckten, als hätte er meine Gedanken gelesen, dann wandte er den Blick wieder ab und nippte an einem Glas dunkler Flüssigkeit. Ich vermutete Cola mit Wodka.

„Richtig zu amüsieren scheinst du dich aber nicht", bemerkte Jamie neben mir. „Hast du dir heute noch gar keinen Typen geangelt?"

„Ähm … nein. Kein Interesse, danke." Die Salzstangen auf dem Tisch lächelten mich an. Während Jamie diese Information wohl erst verarbeiten musste und mein Profil betrachtete, als wäre ich eine Außerirdische, bediente ich mich an den Knabbereien. Gab es in diesem Saftladen nichts anderes zu essen? Ich bekam allmählich Hunger.

„Du bist echt seltsam", meinte Jamie, nachdem er mir einen Moment beim Kauen zugesehen hatte.

Vor Lachen spuckte ich ein paar Krümel Salzstangen aus. „Tut mir ja leid, dass ich dir dein Weltbild zerstöre, aber nicht alle sind auf Sex am Fließband aus."

„Ganz sicher?"

Als er näher heranrückte, rollte ich kopfschüttelnd die Augen. „Die Antwort lautet *nein*, Jamie. Ich stehe immer noch nicht auf dich, und daran wird sich auch nichts ändern."

In gespielter Enttäuschung atmete er aus, was mich nur noch mehr erheiterte. Ich glaube, in Wahrheit wollte er gar nichts von mir. Es machte ihm einfach nur unheimlich Spaß, mich zu necken.

„Sag später nicht, ich hätte es dir nicht mehrfach angeboten."

„Keine Sorge. Das wird nicht passieren."

Jamie blieb noch eine Weile neben mir sitzen und wir alberten herum. Irgendwann kam seine brünette Freundin zu uns und nahm ihn mit.

Meinen halbvollen Becher rührte ich nicht mehr an. Dafür schenkte ich ihm jetzt finstere Blicke. Seitdem ich das Zeug getrunken hatte, fühlte ich mich schlecht. Da waren doch keine Drogen drin gewesen, oder?

Emma und Rose eroberten inzwischen die Tanzfläche und wurden von den umstehenden Jungs angefeuert, während sie sich lasziv rekelten. Rose schien tatsächlich so etwas wie Emmas Wachhund zu sein. Sie wich ihr nie von der Seite. Emma musste

Ich sah wieder zu Dorian hoch. Seine Pupillen reflektierten das zuckende Deckenlicht und verfolgten jede meiner Bewegungen. Bestimmt sah er mir das Unbehagen an und ergötzte sich daran.

„Warum machst du das?", fragte ich und sah skeptisch zwischen seine gefährlich schönen Augen hin und her. Ich hatte das beunruhigende und gleichzeitig beflügelnde Gefühl, mich nicht mehr eigenständig aus deren Sog befreien zu können. So mussten sich Insekten fühlen, wenn sie in die trügerisch süße Falle einer fleischfressenden Pflanze tappten. Nur, dass Dorian keine Lockstoffe, sondern seine Augen einsetzte. „Warum tanzt du mit mir?"

Grübelnd knabberte er an seiner Unterlippe. Sein Geruch hüllte mich ein. „Wenn ich es dir sage, gibst du dann endlich Ruhe?"

„Vielleicht."

Dorians Lachen ließ unsere Körper vibrieren, dann wurde er auf einmal ernst, schaute über meinen Kopf hinweg und atmete tief durch. „Um ehrlich zu sein, ich weiß es nicht. Ich hab dich da einsam an der Bar stehen sehen, und da hat es mich einfach überkommen." Jetzt senkte er den Blick, sah mir tief in die Augen. „Ich schätze, ich kann es nicht ertragen, wenn schöne Mädchen einsam sind."

Mein Herz setzte einen Schlag lang aus, nur um dann in doppelter Geschwindigkeit weiter zu pochen. „Was hast du gesagt?"

„Ich sagte, dass du einsam aussahst und …"

Abrupt nahm ich die Hände von ihm, als hätte ich mich verbrannt. „Das ist lächerlich. Lass mich los!"

Verdattert blickte Dorian auf mich herunter. Dabei entging mir nicht, wie sein Griff um meine Taille fester wurde. „Es ist lächerlich, dass ich dich schön finde? Das kapier ich nicht."

„Es ist lächerlich, dass du mir überhaupt Komplimente machst, nach allem, was du mir an den Kopf geworfen hast! Und es ist lächerlich, dass du glaubst, ich würde darauf reinfallen! Keine Ahnung, was du hier spielst – wahrscheinlich hast du eine Wette verloren oder so was –, aber ich mach da nicht mit. Suche dir eine andere."

Als Dorian mich nicht losließ, wollte ich ihn wegdrücken, aber seine Arme lagen wie eiserne Fesseln um mich. Mit dem gravierenden Unterschied, dass sie nicht kalt, sondern wunderbar warm waren und einen Schauer nach dem anderen auslösten, die mir über den Rücken liefen. Meine Beine verwandelten sich in Wackelpudding. Wenn ich nicht sofort Abstand gewann, würde ich vor seinen Füßen dahinschmelzen und dann wäre ich auf seine Umarmung angewiesen, weil ich ohne nämlich nicht mehr eigenständig stehen könnte.

In Dorians Blick veränderte sich etwas. Ich konnte nicht genau sagen, was es war, aber … es gab mir das Gefühl zu fallen. Tief und unwiderruflich. „Tja, das könnte sich als schwierig erweisen", mur-

fühlt, aber nach Dorians Kuss und dem harten Aufprall war ich am Ende. Vielleicht sollte ich mich einfach auf eine Parkbank legen und hier draußen schlafen. Mit etwas Glück erfror ich, sodass ich Dorian nie wieder unter die Augen treten musste.

Verständnislos blinzelte ich in rauchgrüne Augen. Sie gehörten einem Jungen, der wie alle anderen schick gekleidet war und mich um gut zwei Köpfe überragte. Keine Ahnung, was er in meinem Blick sah, aber es ließ seine buschigen Augenbrauen weit hochwandern.

„Bist du betrunken? Auf Crack? Gras?“

Aus unerfindlichen Gründen musste ich über seine Frage lachen, dabei schien er sie ernst zu meinen. „Ein bisschen betrunken, fürchte ich.“

Sein Blick fiel auf meine Brosche. „Du gehörst zum *D-Club*, zu Dorian. Du musste die Neue sein, über die alle reden.“

Mir fiel auf, dass er mich immer noch festhielt. Ich wollte meinen Arm wegziehen, aber der Unbekannte ließ mich nicht los. „Ich gehöre niemandem. Und schon gar nicht Dorian! Lässt du mich bitte los?“

Skeptisch betrachtete er mich. „Ungern, so wie du hier herumtorkelst. Aber ich kann dich auf dein Zimmer bringen.“

Erneut machte ich Anstalten, mich zu befreien. „Ich gehe allein.“

„Das halte ich für keine gute …“

„Ich. Sagte. Ich. Gehe. Allein!“, wurde ich lauter. „Was fällt euch Jungs eigentlich ein, uns Mädchen ständig so zu überfallen? Erst küsst Dorian mich, obwohl ich das gar nicht will, und jetzt hältst du mich gegen meinen Willen fest!“

Der Junge schnaubte. „Ich halte dich fest, damit du nicht den Boden küsst, Süße. Das ist ein Unterschied. Und von welchem Dorian sprichst du? Etwa Dorian Wilde?“

„Gibt’s noch einen anderen auf dieser Uni?“, fragte ich bissig.

Er lachte. „Eine torkelnde Betrunkene, die sich über mich lustig macht. Das nenne ich mal Ironie. Aber nein, ich wollte nur sichergehen, dass wir auch von derselben Person sprechen.“

„Du hältst mich immer noch fest“, bemerkte ich schwer atmend. Ich fühlte mich elend. Zum Schwindel gesellten sich jetzt auch noch Kopfschmerzen dazu, sodass ich mich lieber nicht mehr so hektisch bewegen sollte.

„Das wird auch so bleiben. Bis du vernünftig wirst. Wobei ich dich auch einfach über die Schulter werfen könnte. So dünn wie du aussiehst, kannst du nicht viel wiegen“, meinte er mit einem abschätzenden Blick auf meinen Körper.

„Tue ich aber. Ich hab furchtbar schwere Knochen“, behauptete ich. „Mein Vater hat sich mal fast das Rückgrat gebrochen, als er mich hochgehoben hat. Würde ich dir nicht empfehlen.“

„Soweit du weißt“, meinte Luke mit einem wachsamen Blick in Dorians Richtung. „In deinem Zustand könnte er dir alles Mögliche eingeflößt haben.“

Dorian schnaubte und verschränkte die Arme vor der Brust. „Sehe ich so aus, als hätte ich so was nötig?“ Doch sein Blick schwenkte kurz zu mir, sorgenvoll.

Konnte das sein? Dass mir jemand etwas untergejubelt hatte? Nein, ich hatte meine Getränke die ganze Zeit bei mir gehabt. Und dass Dorian es gewesen sein könnte, glaubte ich auch nicht … was aber nichts daran änderte, dass ich ihn nie wiedersehen wollte.

„Vielleicht, vielleicht auch nicht. Auf jeden Fall solltest du besser auf deine Schützlinge aufpassen.“

„Sagt der Vorsitzende der Studentenschaft, der sich hier jeden Freitag die Birne zuballert“, höhnte Dorian. Die Luft schien sich vor Anspannung elektrisch aufzuladen. Ich kam mir zunehmend mickriger zwischen den beiden Hünen vor.

„Ich möchte jetzt in mein Zimmer“, machte ich leise auf mich aufmerksam, bevor die Situation eskalierte. „Bitte.“

Dorian riss seinen Blick von Luke los. „Ich bring dich“, sagte er, doch Luke trat einen Schritt vor und versperrte ihm den Weg zu mir. „Ich mach das. Du hast schon genug angerichtet.“

„Ich habe *überhaupt* nichts angerichtet!“, knurrte Dorian. Ich begriff nicht, warum er so wütend war.

Weil ich von der Party abgehauen war? Das konnte er mir wohl kaum vorhalten, nachdem er mich so überfallen hatte. Außerdem war ich eine erwachsene Frau. Ich brauchte seine Erlaubnis nicht. „Und Zoe steht unter meinem Schutz. Sie ist *mein* Clubmitglied, nicht deins."

Luke zog die Brauen hoch, dann machte er einen beherzten Schritt zur Seite, um Dorian Platz zu machen. Höhnisch sah er ihm in die Augen. „Tja, ich weiß nicht, Dorian. Zoe scheint mir nicht den Eindruck zu machen, als würde sie irgendwo mit dir hingehen wollen." Demonstrativ sah Luke zu mir. „Oder irre ich mich?"

Ich schüttelte den Kopf. „Ich gehe mit Luke."

„Zoe …", protestierte Dorian mit einem mahnenden Blick.

„Ich. Gehe. Mit. Ihm", betonte ich jedes einzelne Wort. Dorian öffnete den Mund, doch da hakte ich mich schon bei Luke ein und wir gingen los.

Ich wollte diesem Dämon von einem Jungen nie wieder zu nahe kommen. Dorian hatte keine Ahnung, was er mit dem Kuss angerichtet hatte. Für ihn war das alles nur Spaß. Vielleicht hatte er sogar gehofft, dass ich betrunken genug wäre, um mit ihm ins Bett zu steigen, damit er mich hinterher genauso abspeisen konnte wie Emma. Aber da hatte er sich die Falsche gesucht! Ich war fertig mit Dorian. Ich drehte mich nicht um, aber instinktiv wusste ich, dass er noch lange da stand und uns nachschaute.

Kapitel
7

Ich erwachte in einem Raum mit halb zugezogenen Fensterläden. Sonnenstrahlen drangen durch die untere Fensterhälfte ins Zimmer, erwärmten meinen linken Fuß, der aus einer Decke guckte. Eine Decke, die viel dünner als meine Daunendecke im Westflügel war, wie ich feststellte, als ich mich bewegte. Auch die Farbe stimmte nicht.

Vorsichtig stemmte ich mich auf die angewinkelten Unterarme und sah mich blinzelnd um. Dunkelblaue Wände umgaben mich, schmucklose, aber hochwertige Möbel und hohe Decken. Das Mobiliar hatte nichts mit der vergoldeten, königlichen Ausstattung im Westflügel gemein, aber es war von solider Qualität und garantiert hochwertiger als das der restlichen Studentenzimmer.

Oh, Scheiße!

Das war nicht mein Bett, in dem ich hier lag! Der eher schlichten Dekoration nach zu urteilen musste das Zimmer einem Jungen gehören, außerdem war es doppelt so groß wie meins und ein Raum grenzte daran an, aus dem ich jetzt Wasserrauschen vernahm. War ich etwa bei Luke?

Mit rasendem Puls schlug ich die Decke zurück und stellte erleichtert fest, dass ich, mit Ausnahme meiner Schuhe, vollständig bekleidet war. So weit so gut. Wie ich hierhergekommen war, daran erinnerte ich mich allerdings nicht.

Langsam rutschte ich zur Bettkante, stellte die Füße auf den nackten Parkettboden und stand auf. Meine Kopfschmerzen waren verschwunden, auch der Schwindel und die Übelkeit. Dafür blitzten jetzt Bilder von meinem Kuss mit Dorian und Lukes Gesicht vor meinem geistigen Auge auf.

Als ich sicher war, dass meine Beine mich tragen würden, ging ich um das Bett herum, zum angrenzenden Bad. Die Tür war nicht verschlossen, nur angelehnt, deshalb hörte ich auch deutlich, wie das Wasserrauschen abrupt versiegte. Keine drei Sekunden später öffnete sich die Tür und ich starrte auf eine nackte, männliche Brust.

Luke ragte vor mir auf, mit nichts weiter als einem Handtuch bekleidet, das er fest um seine Hüften gewickelt hatte. Ich hätte mich dafür ohrfeigen können, aber automatisch verglich ich seinen Körper mit Dorians.

Der Vorstandsvorsitzende sah fit aus, vielleicht trainierte er sogar, aber er konnte beim besten Willen nicht mit Dorians Schwimmer-Körper mithalten. Während sich bei Luke nur Ansätze von Muskeln abzeichneten, waren sie bei Dorian wie eingemeißelt. Nur, warum dachte ich darüber nach? Es sollte mich viel mehr interessieren, was ich in Lukes Zimmer verloren hatte.

„Ähm, 'tschuldige." Mit geröteten Wangen löste ich den Blick von seinem nackten Oberkörper. Als ich zu Luke aufschaute, klebten ihm die schwarzen Haare feucht im Gesicht.

Er lächelte mich an, freundlich und verständnisvoll. „Kein Ding", meinte er und machte mir Platz. „Willst du ins Bad?"

„Äh, nein. Ich … wüsste viel lieber, wie ich hierhergekommen bin?" Ich schloss das Zimmer mit einer Geste ein.

Schmunzelnd deutete er zum Bett. „Setz dich doch. Du siehst ein bisschen blass aus. Ich will nicht, dass du wieder umkippst."

„Wieder?", echote ich erschrocken und ließ es zu, dass er mich in Richtung Bett schob. Jetzt, da er mich darauf aufmerksam gemacht hatte, fühlte ich mich tatsächlich etwas … leicht. Als würde ich schweben oder mein Kopf mit Watte vollgestopft sein. „Sag mir nicht, ich bin ohnmächtig geworden!"

„Das nicht, aber es hätte nicht mehr viel gefehlt, glaube ich." An den Schultern drehte Luke mich zu sich um und drückte mich aufs Bett. „Du konntest irgendwann nicht mehr laufen, da habe ich dich in mein Zimmer getragen", erklärte er.

„Oh, Gott!" Stöhnend beugte ich mich nach vorn und wischte mir über das Gesicht. „Tut mir leid. Das ist normalerweise echt nicht meine Art."

Schmunzelnd ging Luke zu einer Kommode und lehnte sich mit dem Rücken dagegen. Ich verfolgte seine Bewegungen und sah mich dann noch einmal um. „Das ist kein normales Studentenzimmer“, bemerkte ich schließlich.

An der linken Wand klebte ein Poster von einer mir unbekannten Band, auf dem Schreibtisch und im Regal stapelten sich Bücher und neben der Kommode, an der er lehnte, stand ein Mini-Kühlschrank. Luke folgte meinem Blick und schob die Arme hinter den Rücken.

„Nein, ist es nicht. Als Vorstandvorsitzender wohne ich etwas komfortabler als meine Mitstudenten.“ Sein Blick kehrte zu mir zurück. „Natürlich nicht so komfortabel wie ihr *D-Club*-Mitglieder …“

Überrascht runzelte ich die Stirn. „Warst du denn schon mal da? Im Westflügel?“

„Ich war sogar Mitglied im *Dawson Club*. Ein Jahr lang. Bin dann aber ausgestiegen.“

„Was? Aber … warum das denn?“

Er zuckte die Schultern. „Sagen wir einfach, Dorian und ich hatten ein paar Meinungsverschiedenheiten.“

Ich kaufte Luke den unbeschwerten Ton keine Sekunde lang ab. Es musste schon mehr dahinterstecken, wenn man den gefragtesten Studenten-Club des Landes freiwillig verließ.

Aber ich war nicht blöd. Es war offensichtlich, dass Luke nicht darüber reden wollte. Vielleicht konnte ich Amy ein paar Informationen darüber entlocken.

„Okay", sagte ich und verschränkte die Hände vor der Brust. „Jetzt würde ich aber schon gern wissen, warum du mich auf dein Zimmer gebracht hast?"

Luke verlagerte das Gewicht auf das andere Bein. Seine Hände umklammerten die Kommodenplatte. „Ganz einfach, ich hatte keine Lust, deine Schnapsleiche durchs halbe Schloss zu tragen. Hierher war es kürzer."

Ich musterte sein aufgeschlossenes Gesicht, das keine Zweifel an seinen Worten ließ. Luke war Vertrauensperson. Wenn ich ihm nicht vertrauen konnte, wem dann? Und dennoch. Besonders triftig war seine Begründung nicht. Grübelnd wanderte mein Blick zum Bett zurück, auf dem ich saß. „Und … ähm … wir beide haben also hier geschlafen, ja?"

Lachend stieß Luke sich von der Kommode ab und kam zu mir. „Hör zu, Süße: Ich kann dir versichern, dass zwischen uns absolut nichts gelaufen ist. Erstens warst du sowieso halb tot und zweitens bin ich nur meiner Pflicht als Vertrauensperson nachgekommen. Und nichts für ungut", fügte er grinsend hinzu, „aber du bist nicht mein Typ. Ich stehe nicht so auf Hungerhaken, weißt du?"

Ich lachte fassungslos. „Hungerhaken?" Also, ich war ja wirklich erleichtert, dass er mir nicht an die Wäsche wollte oder gegangen war, aber als Hungerhaken hatte mich noch nie jemand bezeichnet. Höchstens als schlank.

Frech zwinkerte Luke mir zu, nahm sein Handy vom Nachttisch neben mir und kehrte zur Kommode zurück. „Falls du also irgendwelche versauten Träume von mir hattest“, fuhr er fort und legte das Handy weg, „muss ich dich leider enttäuschen. Aus uns wird nichts werden.“

„Gut zu wissen“, sagte ich lachend und spürte die letzten Zweifel von mir abfallen. Ich mochte Luke. Er war auf charmante Art gnadenlos ehrlich und lustig noch dazu. Sah aus, als hätte Jamie soeben ernsthafte Konkurrenz bekommen.

Ich stand am Fenster und betrachtete den trüben Morgen, als Luke umgezogen aus dem Badezimmer kam. Wie jeden Samstag glich der Haupteingang, den ich von hier aus genau im Blick hatte, einem überfüllten Bahnsteig. Die meisten Studenten fuhren übers Wochenende nach Hause und verabschiedeten sich vor den Toren voneinander, was oft zu Gedrängel führte.

Luke bot an, mit mir zum Frühstück zu gehen, doch ich lehnte höflich ab. Ich hatte nur auf ihn gewartet, um mich noch einmal bei ihm zu bedanken, dass er mich Dorian gestern nicht so einfach überlassen hatte. Jetzt wollte ich unbedingt mit Amy sprechen, die ich seitdem nicht mehr gesehen hatte

hier. Und jetzt sag mir lieber, wie du dazu kommst, bei einem wildfremden Jungen zu übernachten. Als ich gestern erfahren habe, dass du mit Luke mitgegangen warst, habe ich 'nen halben Herzinfarkt bekommen. Ich bin sofort in seine Suite marschiert und hab nachgesehen, ob du nicht etwas sehr, sehr Dummes tust, das du später vielleicht bereuen könntest. Gern geschehen, übrigens!"

Verdattert starrte ich meine Freundin an, die schon wieder so aussah, als würde sie gleich auf eine Gala gehen. Wie konnte es sein, dass die Wildes nach jeder Party so frisch und erholt aussahen, während ich mich wie ein Schluck Wasser fühlte? Amy hatte gestern doch bestimmt mindestens das Doppelte von dem getrunken, das ich gehabt hatte, aber davon merkte man jetzt nichts.

Ich schüttelte den Kopf, um mich wieder auf das Wesentliche zu konzentrieren. „Du warst in Lukes Zimmer?"

„Natürlich", sagte sie und setzte sich auf meinen Bürostuhl. Sie schlug die langen, nackten Beine übereinander und nahm mein Notizheft vom Tisch. „Denkst du, ich verlasse mich auf die Aussagen zweier betrunkener Jungs? Zu meiner Schande muss ich gestehen, dass ich deine Abwesenheit erst bemerkt hatte, als Luke wieder auf der Party war. Ich hatte nach dir gesucht, und als ich dich nicht finden konnte, habe ich mich an Dorian gewandt. Der sagte mir, dass du mit Luke mitgegangen wärst, der genau in dem Moment durch die Tür kam. Ich hab Luke zur Rede gestellt und bin dann zur Uni gegangen, um mich davon zu überzeugen, dass es dir auch wirklich gut geht."

„Luke ist wieder zur Party gegangen?", fragte ich.

Sie nickte, blätterte kurz in meinem Heft und legte es dann wieder weg. „Du hast Glück, dass er im Vorstand sitzt und großes Vertrauen genießt, inklusive meinem. Andernfalls hätte ich dich ohne Rücksicht aus seinem Bett gezerrt."

„Tut mir leid", murmelte ich und lief unruhig in meinem Zimmer hin und her.

„Na ja, ich bin selbst schuld. Ich hätte dich nicht so lange allein lassen sollen."

Ich musste lachen und blieb stehen. „Sieht so aus, als hatte Emma doch recht behalten. Ich brauche beim Feiern tatsächlich einen Babysitter."

Schmunzelnd sah Amy mich an, als mir etwas einfiel.

„Sag mal, Luke meinte vorhin, dass er im *D-Club* war. Weißt du, warum er gegangen ist?"

Amy schüttelte den Kopf. „Das war vor meiner Zeit, ich bin ja erst seit einem Jahr Mitglied. Aber niemand will darüber reden. Weder Dorian, noch Calvin, der in dem Streit offenbar involviert war."

„Aber normal ist das doch nicht, dass man einfach aussteigt, oder?", fragte ich und vergaß vor lauter Neugierde beinahe meine Beklemmung wegen des Kusses.

Amy verschränkte die Hände auf den überschlagenen Beinen und zuckte die Schultern. „Ehrlich gesagt will ich gar nicht wissen, was zwischen den drei vorgefallen ist. Dorian meinte mal, dass sie es unter sich geklärt hätten. Mehr muss ich nicht wissen." Amys Blick wurde bohrend. „Und jetzt erzählt mir lieber, ob die Gerüchte stimmen?"

„Welche Gerüchte?", fragte ich.

Sie rollte die Augen. „Jetzt tu nicht so. Der Kuss natürlich. Zwischen dir und Dorian. Er wollte nicht damit rausrücken, weshalb du gegangen bist, aber es gab genügend Zeugen von eurer kleinen *Showeinlage*."

Ich lief puterrot an und sackte stöhnend aufs Bett. „Ich bin so dumm, Amy! Der dümmste Mensch auf diesem Planeten! Dorian hat mich total überrumpelt. Und ich Idiotin habe *nichts* getan, um ihn aufzuhalten. Wenn ich diesen Jungen je wiedersehe, dann … dann bringe ich mich um!"

Als der Bürostuhl knarrte, wusste ich, dass Amy aufgestanden war. Sie kam zu mir und setzte sich neben mich.

„Falls es dich tröstet, kenne ich kein einziges Mädchen, dem es jemals gelungen wäre, Dorian zu widerstehen. So ist er nun mal. Er verdreht einfach allen den Kopf."

„Toll! Da fühle ich mich doch gleich viel besser!", schnaubte ich und nahm ein herrlich blumiges Parfüm an Amy wahr.

Sie schlug wieder die Beine übereinander. „Ich glaube, Dorian ist gerade dein geringstes Problem. Mach dir lieber Gedanken über Emma. Die tobt wie ein Berserker."

Ich hob den Kopf und sah Amy an. „Weißt du, was das Schlimme an der Sache ist? Ich mache ihr deswegen nicht mal wirklich Vorwürfe. Das war so nuttig von mir!"

„Na, jetzt übertreib mal nicht! Wie gesagt, die beiden sind nicht zusammen."

„Trotzdem, ich will Dorian nie wieder sehen! Du musst mich ab sofort rund um die Uhr auf dem Laufenden halten, wo er sich gerade aufhält, ja?"

Amy lachte. „Das meinst du ja wohl nicht ernst."

„Da kennst du mich aber schlecht."

Lächelnd klopfte sie mir auf die Schulter. „Du kannst Dorian nicht aus dem Weg gehen, Süße. Spätestens bei der Besprechung am Montag werdet ihr euch sehen."

„Dann schwänze ich eben. Oder ich melde mich krank. Ist mir egal."

Wir schwiegen eine Weile, und ich spürte Amys grübelnden Blick auf mir ruhen.

Schließlich fragte sie: „Dorian hat dich also geküsst, ja?"

Die Frage musste ja kommen. Meine Antwort war ein gebrummtes *Ja.*

„Und wie war es für dich? Ich meine … hast du was gefühlt?"

Mit einem klagenden Laut ließ ich mich auf den Rücken fallen und streckte die Arme über dem Kopf aus. „Gott, es war … der beste Kuss, den ich jemals hatte, Amy! Und dafür hasse ich ihn nur noch mehr."

Als meine Freundin lachte, linste ich wachsam zu ihr hoch. „Wehe, du sagst ihm das! Ich mag dich wirklich, aber wenn auch nur ein Wort hiervon den Raum verlässt, dann erschlage ich dich mit deinen Physik-Büchern!"

Sie zog einen imaginären Reißverschluss vor ihre Lippen. „Keine Sorge. Dein Geheimnis ist bei mir sicher. Trotzdem schöne Scheiße, in die du dich da reingeritten hast. Nicht nur, dass Dorian dich jetzt auf dem Kieker hat – und mit Kieker meine ich, dass er ganz offensichtlich auf dich steht –, mit der Waffenruhe zwischen dir und Emma dürfte es jetzt auch vorbei sein."

„Glaube ich auch", knurrte ich. „Aber was du da über Dorian sagst …"

„*Meine* ich auch so", fiel sie mir sofort ins Wort. Skeptisch betrachtete ich Amy, die jetzt ein angewinkeltes Knie auf das Bett legte, um bequemer zu sitzen. „Ich kenne meinen Cousin. Wenn er dich geküsst hat, ist das nicht das Ende vom Lied. Er *will* dich." Spöttisch zog ich eine Braue hoch, doch sie ließ sich nicht beirren. „Und ohne dir Angst machen zu wollen, aber normalerweise bekommt er, was er will."

„Aha. Tja, dann muss ich wohl alles daransetzen, um Dorian klarzumachen, dass ich ihn *nicht* will."

Amys Grinsen nach zu urteilen, könnte ich genauso gut versuchen, Dorian beim Wettschwimmen zu schlagen. Die Chancen standen gleich null. Sie schwieg einen Augenblick, wie um mir Zeit zu geben, mir meiner aussichtslosen Lage klarzuwerden, dann stand Amy schwungvoll auf. „Gehen wir frühstücken. Ich sterbe vor Hunger, und du siehst aus, als könntest du auch was zwischen die Kiemen gebrauchen."

Unentschlossen blickte ich zu Amy auf. „Aber Dorian ist wirklich nicht mehr hier, oder?"

Augenrollend strich sie ihr Kleid glatt. „Er ist schon nach Hause gefahren."

„Und Emma?"

„Auch schon weg. Alle sind weg. Ich bin die Einzige, die hier geblieben ist. Jetzt komm, ich hab Todesknast."

Gelangweilt beobachtete ich, wie unser Buttler Ralph das Mittagessen servierte: gegrillte Dorade auf Trüffelgemüse, Ofenkartoffeln und Reis mit würzigem Steak und verschiedene Saucen. Pizza, Hamburger oder Pommes gab es bei meiner Stiefmutter Jenna nicht. Sie achtete so penibel wie keine andere auf unsere Ernährung. Als wären wir Kinder nicht längst in einem Alter, in dem wir unseren Speiseplan selbst bestimmten könnten.

„Ich hasse diese Familienessen!“, murmelte ich leise vor mich hin. Offenbar nicht leise genug, denn Amy, meine Sitznachbarin, stieß mich mahnend mit dem Fuß an.

„Hör auf, so rumzunörgeln! Können wir das Essen nicht *einmal* genießen? Jedes Mal dasselbe mit dir. Du klingst schon wie Emma!“, brummte sie zurück.

Ich fing den stechenden Blick meines Vaters auf, der am anderen Ende der Tafel saß und unmöglich hören konnte, was wir hier flüsterten. Vermutlich war es nicht schwer zu erraten, so wie ich das Gesicht verzog. War mir egal. Wenn Dad meinte, uns jeden Monat aufs Neue zum Mittagessen zusammentrommeln zu müssen – selbst schuld.

Die komplette Wilde-Familie saß am Tisch: Dad, Jenna, Calvin, Jamie, Amy, Onkel Hektor und seine

Frau Caroline. Und wie immer drehte sich bei den Erwachsenen alles nur ums Geschäft. Manchmal auch tatsächlich um die Uni, aber dann erkundigten sie sich nur flüchtig über unsere Projekte und Auszeichnungen und wechselten schnell wieder das Thema.

Bei Emmas Erwähnung wurde meine Laune noch mieser. Diese Irre war am Freitag total ausgerastet. Alkohol und Drogen hatten an dem Abend zwar eine bedeutende Rolle gespielt, aber das entschuldigte noch lange nicht, wie sie auf Zoe losgegangen war.

Zumal Zoe am allerwenigsten Schuld an dem Kuss traf. Ich hatte sie überrumpelt, dabei war das gar nicht geplant gewesen, eher ein Impuls. Bereuen tat ich den Kuss jedoch nicht. Genaugenommen war er mir den Ärger mit Emma allemal wert gewesen. Ich hatte diesen vollen, unschuldigen Lippen einfach nicht länger widerstehen können.

Jetzt konnte ich Zoe gegenüber natürlich nicht mehr leugnen, dass ich auf sie stand, aber dann musste ich meine Taktik eben ändern und offensiv herangehen. Schließlich wollte ich immer noch herausfinden, was sie über die Vereinbarung unserer Väter wusste, und dafür musste ich ihr Vertrauen gewinnen.

Als ob es dir nur darum geht, spottete eine Stimme in meinem Kopf. Ich stürzte das Glas Champagner hinunter – ein Getränk, das bei uns zu jeder Tageszeit floss –, doch der Alkohol vermochte die lästige Stimme nicht zu vertreiben. Ich fand es im Übrigen lustig, dass Jenna so streng in Sachen Ernährung war, sich aber schon zum Frühstück Champagner hinter die Binde kippte. Ob sie sich der Ironie bewusst war oder hatte sie sich den Verstand schon so weggesoffen, dass sie dazu überhaupt nicht mehr fähig war?

Meine Gedanken drifteten wieder zu Zoe ab, und zu der Frage, ob ich nicht zu sehr mit dem Feuer spielte, was sie anging. Jetzt, da ich mir vorgenommen hatte, sie offen zu umwerben, würde es sicher nicht lange dauern, bis ich Zoe um den Finger gewickelt hatte. Die Frage war, ob ich das auch wirklich wollte, beziehungsweise ob ich mit den Konsequenzen leben konnte. Wie ich bereits festgestellt hatte, ließ das Mädchen mich nicht so kalt, wie ich es gern hätte, und das machte sie gefährlich. Am Ende war *ich* noch derjenige, der sich Hals über Kopf verknallte!

„Dorian, mein Lieber, hast du mir überhaupt zugehört?“, schnitt Jennas zuckersüße, falsche Stimme durch den Raum. Geringschätzig blickte meine Stiefmutter mich über die reich gedeckte Tafel hinweg an.

Wie alle Wildes *schwamm* sie nur so im Luxus, und das ließ sie am liebsten in Form von dicken Klunkern raushängen. Ihre Halskette kostete mehr als mein Porsche, mit den Ohrringen verhielt es sich ähnlich und ihr funkelnder, dunkelblauer Hosenanzug strahlte Dekadenz pur aus.

Jenna war eine Frau, nach der sich alle Menschen auf der Straße umdrehten, ob Weiblein oder Männlein. Ihr haftete eine Erhabenheit an, die einfach beeindruckte, ob man wollte oder nicht. Und sie war schön, aber das traf nur auf ihr Äußeres zu. Charakterlich war sie eine lauernde Schlange, die nicht zögerte, ihr Gift zu verspritzen, sobald sie sich bedroht fühlte.

„'Tschuldige, wie war das?", fragte ich betont gelangweilt und schob mir eine halbe Kartoffel in den Mund.

Über Freundlichkeiten waren Jenna und ich längst hinaus. Jeder in diesem Raum wusste, dass ich ihr ein Dorn im Auge war, und auch dass – obwohl ich der Erstgeborene war – Calvin Dads Lieblingssohn war. Das merkte ich besonders daran, dass er ständig seine schlechte Laune an mir ausließ – siehe Zoe, deren Fürsorge er mir aufgehalst hatte. Dabei hätte er genauso gut Calvin damit beauftragen können. Dad und Jenna waren der Meinung, dass ich einen schlechten Einfluss auf ihn hätte. Dass er ein Kokser und Trinker war, davon ahnten sie natürlich nichts. Oder sie wollten es nicht wissen, denn eigentlich war es unübersehbar. Einen Vorteil hatte das Ganze aber: Da ich bei meiner Stiefmutter sowieso unten durch war, brauchte ich ihr auch keine falsche Zuneigung vorgaukeln.

Sie schob ihren Teller beiseite, stützte die Ellenbogen auf den Tisch und verschränkte ihre Hände. „Ich sagte, dass wir deinen Geburtstag zur Abwechslung mal wieder auf dem Landsitz feiern könnten", überging sie wie üblich meine offene Abneigung.

Diese Frau war noch schlimmer als mein Vater. Man konnte sie anschreien, verspotten oder vor ihr auf die Knie fallen, sie ließ nichts an sich heran. Als bestünde ihr Herz aus Stahl. „Die ständigen Partys im Hotel ermüden mich. Außerdem würde ich mich freuen, wenn du Skye und ihre Mutter einladen würdest."

Innerlich stöhnte ich auf. Dad versuchte schon seit Jahren, mich mit dieser Bratze zu verkuppeln. Okay, Bratze war heillos übertrieben. Bevor ich Zoe kennengelernt hatte, war Skye das schönste Mädchen gewesen, das ich jemals gesehen hatte. Sie besaß zudem Köpfchen und war schlagfertig. Der große Nachteil bei ihr war, dass Skye total ichbezogen war. Bei dem Mädchen drehte sich alles nur um sie, und ständig musste man ihr Komplimente über ihr Aussehen machen, um sie bei Laune zu halten. Das war furchtbar anstrengend, außerdem war sie sowieso nur auf meinen Nachnamen aus.

Kein Wunder, dass Jenna so große Stücke auf sie hielt, die beiden waren vom selben Schlag: bestimmend, rücksichtslos und egoistisch. Sie könnten Mutter und Tochter sein.

Ich hatte Skye mal im Bett gehabt und eine Weile mit ihr abgehangen, aber es hatte sich schnell herausgestellt, dass wir keine Freunde werden würden. Schon gar keine Partner. Das hielt sie natürlich nicht davon ab, sich weiterhin an meine Fersen zu heften, aber irgendwann hatte ich aufgehört, auf ihre Nachrichten zu reagieren oder sie zu uns einzuladen.

„Klingt großartig!“ Meine Stimme troff nur so vor Sarkasmus.

„Dorian!“, zischte mein Vater leise, der es nicht leiden konnte, wenn ich so mit seiner Frau sprach.

Fest biss ich mir auf die Innenseiten der Wangen. Was regte er sich so auf? Die beiden waren sowieso nur noch zum Schein verheiratet. Jeder wusste doch, dass sie sich hinter verschlossenen Schlafzimmertüren die Köpfe einschlugen. Oder dass er sich nur nicht von Jenna scheiden ließ, weil er sonst die Hälfte seines Vermögens an sie verlieren würde.

„Ist schon gut“, meinte Jenna mit einem kalten Lächeln in meine Richtung und entschied wieder einmal über meinen Kopf hinweg, indem sie verkündete: „Ich werde alles in die Wege leiten. Das wird eine *grandiose* Party.“

Ich machte mir gar nicht erst die Mühe, sie daran zu erinnern, dass das *mein* Geburtstag war, bei dem *ich* die Regeln bestimmte. Ich machte mir schon lange nichts mehr aus Geburtstagen. Es war sowieso immer das Gleiche: Ich bekam Geschenke im Überfluss, die ich in der einen oder anderen Ausführung schon besaß, es wurden hochrangige Gäste eingeladen, die nicht meinetwegen, sondern wegen des Kontakteknüpfens kamen, und natürlich gab es Champagner bis zum Abwinken. Jenna würde wieder ein halbes Staatsbankett daraus machen, das am Ende nichts mehr mit meinem Geburtstag zu tun haben würde.

Bei uns Kindern war es deshalb mittlerweile Tradition geworden, dass wir uns nach zwei, drei Stunden schicklichem Händeschütteln und Smalltalk zurückzogen und unsere eigene Party feierten. Im Grund freute ich mich sowieso nur auf Jamie und seine Schwester. Meine einzigen wahren Freunde.

Amy, die genau wusste, wie sehr Jennas Machtgehabe mir gegen den Strich ging, drückte unter dem Tisch meine Hand, woraufhin ich ihr ein mattes Lächeln schenkte. Sie war immer wie ein strahlender Stern in dieser funkelnden und gleichzeitig trüben Welt für mich gewesen, hatte mich zum Lachen gebracht und mich bei sich aufgenommen, wenn ich es in diesem Irrenhaus mal wieder nicht ausgehalten hatte.

Aber neuerdings strahlte da noch ein zweiter Stern am Himmel. Heller als alle anderen, die ich bisher gesehen hatte. Und allein nur von einer anderen Frau so zu *denken* jagte mir schon eine Heidenangst ein. Vor allem, da mir Zoes Störrigkeit die meiste Zeit über den letzten Nerv raubte. Sie hatte null Respekt vor mir, dafür einen offensichtlichen Hang zu den falschen Typen, wie man an Calvin und Luke sah. Ein richtiger Plagegeist. Und doch hoben sich bei dem Gedanken daran, Zoe am Montag wiederzusehen und sie aus der Fassung bringen zu können, meine Mundwinkel. Ihr trockener Sarkasmus, gepaart mit ihrer Unerfahrenheit und Schusseligkeit, waren einfach herrlich erfrischend.

„Was ist so lustig?“, wollte Amy wissen, der mein Lächeln nicht entgangen war.

Ich schüttelte stumm den Kopf und aß weiter. Das Zucken meiner Mundwinkel bekam ich jedoch noch eine ganze Weile nicht weg.

Nachdem ich meinen Wagen am Montagmorgen auf dem Uni-Parkplatz abgestellt hatte, brauchte ich mehrere Minuten, um mich zum Aussteigen zu motivieren. *Du benimmst dich total lächerlich! Es war nur ein Kuss! Steh dazu und verhalte dich gefälligst wie eine erwachsene, selbstbewusste Frau!,* beschwor ich mich. Als ob das so einfach wäre, wenn die Gefühle verrücktspielten! Was sie seit dem Kuss definitiv taten.

Seufzend nahm ich meine Tasche, stieg aus und schlug die Fahrertür fester zu, als es meinem Auto guttat. Die dämliche Schrottkiste hatte am Wochenende wieder Faxen gemacht und mich einen zweistündigen Werkstattbesuch gekostet. Jetzt war ich 75 Pfund leichter und hatte nicht mal eine Garantie, dass er noch bis zum Jahresende durchhalten würde. Solange brauchte ich ihn aber noch, wenn ich genügend Geld für einen neuen Wagen zusammenzukratzen wollte.

Leider war ein beschädigtes Auto gerade mein geringstes Problem. Erst mal musste ich diesen verfluchten Montag überstehen. Besser gesagt, die Abendbesprechung im Gemeinschaftsraum. Am liebsten wollte ich mich verbuddeln und darauf warten, dass der Sturm vorüberzog. Der Sturm, den Dorian mit seinem unverblümten Kuss heraufbeschworen hatte, ohne Rücksicht auf mögliche emotionale Schäden. Amy hatte das ganze Wochenende über meinen Seelenklempner spielen und mich mit aufbauenden Whats-App-Nachrichten davon abhalten müssen, Selbstmord zu begehen.

Doch egal, wie vernünftig sie auch argumentiert hatte, das Gefühl, mir mein eigenes Grab geschaufelt zu haben, hielt sich hartnäckig. Ich fühlte mich wie eine Verräterin an meiner eigenen Art. Unter keinen Umständen hatte ich zu so einem Mädchen werden wollen, das sich leicht herumkriegen ließ, und jetzt hatte ich mich gleich auf den schlimmsten Frauenhelden der ganzen Uni eingelassen. Wobei … Jamie wäre vielleicht noch schlimmer gewesen.

Amy war der Meinung, dass ich überreagierte, aber meine Freundin hatte auch schon deutlich mehr Erfahrung mit Jungs als ich. Meine bestand lediglich im Küssen. Für mich war das also eine große Sache. Ich küsste Jungs nicht so ohne weiteres. Nur wenn … oh Gott, wenn ich Gefühle für sie hatte! Aber das durfte nicht sein! Doch nicht für *Dorian*!

Ich schaffte es, ihm einen halben Tag lang aus dem Weg zu gehen. Dabei machte ich einen großen Bogen um den Gemeinschaftsraum und den Speisesaal und flitzte von einem Hörsaal in den nächsten.

Meine Glückssträhne endete jedoch, als ich am Nachmittag in den Gang zu unseren Mädchenschlafräumen einbog, um in mein Zimmer zu gelangen. In Gedanken an die bevorstehende Hausarbeit versunken hatte ich Dorian schon ganz vergessen, als er just in dem Moment die Treppe hinunterkam.

Oh, nein! Ein Stromschlag durchzuckte mich, und ich beschleunigte meine Schritte. Es war unmöglich, so zu tun, als würde ich Dorian auf dem Gang nicht sehen, da er nun direkt auf mich zukam. Trotzdem stieß ich, ohne ihn anzusehen, meine Tür auf, schlüpfte ins Zimmer und drückte sie hinter mir wieder zu. Hatte ich ernsthaft geglaubt, ihn so abschütteln zu können? Nicht wirklich, aber ich erschrak trotzdem, als ein Schuh zwischen Rahmen und Tür erschien und sie auffing.

Mit angehaltenem Atem sah ich dabei zu, wie Dorian meine Zimmertür aufdrückte, und wünschte mir, ich hätte vorher einen Blick in den Gang geworfen. Da war ich ihm den ganzen Tag erfolgreich aus dem Weg gegangen und hatte mich in Sicherheit gewogen, dass ich gar nicht mehr mit ihm gerechnet hatte. Ich Närrin!

Dorian lehnte sich an den Türrahmen und verschränkte die Arme vor der Brust, sodass ich keine Chance hatte, mich an ihm vorbeizudrängeln. Nicht, dass ich den Mut dazu aufgebracht hätte, es zu versuchen. Erstens hatte Dorian die besseren Reflexe von uns beiden und zweitens hatte ich mich heute schon genug zum Affen gemacht.

„Ich hab eine Frage“, hob er an, wobei sein Blick nur so vor Sarkasmus troff. „Wie lange willst du mir noch aus dem Weg gehen?“

Mir wurde klar, dass ich Dorian mit offenem Mund anstarrte, was daran lag, dass er heute aussah, als wäre er in einen grünen Farbtopf gefallen. Sein dunkelgrüner Strickpullover war bis zu den Ellenbogen hochgekrempelt, die Farbe hob sich nur eine Nuance heller von seiner Hose ab. Auch seine Schuhe und sein Gürtel waren grün. Ich hätte nicht gedacht, dass es so gut aussehen könnte, ein und dieselbe Farbe zu kombinieren, aber Dorian konnte offenbar alles tragen – er sah phänomenal aus.

Einer Eingebung folgend stellte ich meine Schultasche auf den Bürostuhl und begann, meine Unterlagen auszupackte. Wenn er sah, dass ich beschäftigt war, machte er vielleicht die Biege.

„Wer sagt, dass ich dir aus dem Weg gehe?", fragte ich unschuldig und räumte meine Ordner in die mittlere Schublade ein.

Dorian schnaubte. „Ist ja wohl offensichtlich. Normalerweise bist du die Erste beim Mittagessen. Seitdem ich dich kenne, hast du es nicht einmal ausfallen lassen."

„Und was ist daran jetzt so ungewöhnlich? Mir ist eben was dazwischengekommen", behauptete ich, ohne ihn anzusehen.

„Verstehe."

Aus dem Augenwinkel sah ich, wie er näherkam. Mein Herz beschleunigte auf das doppelte Tempo. Warum musste er mir schon wieder so auf die Pelle rücken? Konnte er nicht in sicherer Entfernung bleiben, wo er keine Versuchung für mich darstellte? Ich musste an das Gefühl seiner sanften, warmen Lippen denken und erinnerte mich bei der Gelegenheit auch prompt an meinen versauten Traum gestern, in dem wir uns ein bisschen mehr als nur geküsst hatten. Meine Wangen fingen Feuer.

„Na, dann ist es ja gut, dass ich dich jetzt erwischt habe. Ich bin nämlich seit heute Morgen auf der Suche nach dir, aber du warst nirgends aufzufinden. Weder in deinem Zimmer, noch im Gemeinschaftsraum oder später beim Essen."

„So ein Pech aber auch." Als ich nichts mehr zum Auspacken hatte, verstaute ich die leere Tasche unter dem Tisch und kramte dann, mangels Alternative, sinnlos in der nächsten Schublade herum. Man musste keine Leuchte sein, um zu erraten, worüber er mit mir reden wollte, aber gerade stellte ich fest, dass ich zu diesem Gespräch noch nicht bereit war. Vielleicht würde ich es nie sein. Ich wollte einfach nicht hören, was er zu dem Kuss zu sagen hatte. Sei es positiv oder negativ.

Ich spürte, wie Dorian noch etwas näher kam. Jetzt beugte er sich ein Stück zu mir herüber, als wollte er mir über die Schulter gucken. „Was genau suchst du da?", fragte er und das in einem Ton, als wäre es offensichtlich, dass ich nur Zeit schinden wollte.

„Stift und Papier", schoss ich spontan zurück, als ich eins meiner Notizhefte zu fassen bekam. „Um mir die Perlen deiner Weisheit zu notieren. Schieß los."

Als ich mich demonstrativ mit dem Notizheft und einem Stift zu ihm umdrehte, lachte Dorian auf. Ich musste mir selbst ein Lächeln verkneifen, aber ich würde das durchziehen. Noch lächerlicher konnte ich mich sowieso nicht mehr machen.

„Du bist echt goldig. Aber weißt du, was ich denke?" Er wurde wieder ernster und war mir jetzt so nahe, dass ich sein himmlisches Parfüm wahrnehmen konnte. Mein Hals wurde trocken und meine Stimme so dünn wie das Blatt Papier, das jetzt höchstens noch zwischen uns gepasst hätte.

„Nein, aber du wirst es mir bestimmt gleich sagen."

„Ich denke, dass du mir *sehr wohl* aus dem Weg gehst", überging er meine Bemerkung. „Und dass du mit Sarkasmus zu verbergen versuchst, wie sehr dir der Kuss unter die Haut gegangen ist."

Ich lachte hämisch. „Da ist aber jemand *sehr* von sich überzeugt. Ich muss dich enttäuschen, der Kuss war allerhöchstens mittelmäßig. Nicht, dass ich viel davon mitgekriegt hätte, ich war ja betrunken …", brabbelte ich nervös weiter, denn plötzlich musste ich gegen das Verlangen ankämpfen, ihn hier und jetzt zu küssen.

Dorians Nähe tat mir nicht gut. Es war, als würde er meinen inneren Sicherheitshebel außer Kraft setzen, sodass ich mir selbst nicht mehr über den Weg trauen konnte. Ich wollte meine Arme um seine Mitte schlingen und ihn so fest an mich drücken, dass ich keine Luft mehr bekam. Der Wunsch war überwältigend, deshalb musste ich mich irgendwie ablenken, und das Einzige, das mir jetzt noch einfiel, war reden.

Auf einmal lagen Dorians Finger auf meinen Lippen und unterbrachen meinen Redeschwall. Amüsiert nahm er mir Notizbuch und Stift aus der Hand, legte beides auf den Tisch und sah mich dann wieder an. „Können wir mal kurz ernst sein?“

Ich hielt die Luft an, selbst zum Nicken zu erschüttert, doch mein Schweigen war Dorian offenbar Einverständnis genug. „Ich wollte mit dir reden. Über den Kuss. Falls ich dich damit überrumpelt habe …“

„Hast du nicht“, warf ich hastig ein. Leider viel zu energisch.

„… dann tut es mir leid“, überging er meine Worte.

„Dorian, ich sagte doch … warte mal“, unterbrach ich mich stirnrunzelnd. „Du entschuldigst dich dafür, dass du mich geküsst hast?“

„Das wollte ich schon am Freitag tun, aber du hast mich ja nicht dazu kommen lassen, sondern bist mit Luke mitgegangen. Es tut mir leid“, wiederholte er ernst.

Verdattert starrte ich Dorian an. Ich hätte ja mit allem gerechnet, aber nie im Leben mit einer Entschuldigung. Zumal das auch nicht zu Dorian passte. Oder tat er das öfter? Willkürlich Mädchen mit Küssen überfallen und sich hinterher dafür entschuldigen?

„Tja, also dann … Entschuldigung angenommen.“

Jetzt war Dorian derjenige, der stutzte. „Wie jetzt? Du verzeihst mir? Einfach so?“

„Klar, doch“, behauptete ich und schaffte es irgendwie, dabei gelassen zu klingen. Das war *die* Chance, Dorian davon zu überzeugen, dass mir der Kuss nichts bedeutet hatte. Absolut überhaupt nichts.

Sein Blick wurde bohrend. „Du willst mir also weismachen, dass das kein Problem für dich ist?“

„Nein, wieso?“, fragte ich schulterzuckend. „Es war nur ein Kuss, oder? Keine große Sache.“ Ich sah ihm fest in die Augen und war stolz auf mich, dass ich seinem magnetischen Blick standhielt.

Wirklich überzeugt sah er allerdings nicht aus. „Hm-hm“, machte er nur schmunzelnd.

„Du brauchst mich gar nicht so angucken. Ich meine das ernst“, beharrte ich.

Dorian musterte mich noch einen Moment lang amüsiert, dann warf er einen Blick auf seine teure Rolex. „Na gut, ich muss jetzt weiter. Zum Schwimmtraining.“

Mit Erleichterung nahm ich zur Kenntnis, wie er von mir abrückte, und bekam sofort besser Luft.

„Freut mich, dass wir das wie Erwachsene klären konnten."

„Sehe ich auch so."

„Dann bis heute Abend." Er ging zur Tür.

„Man sieht sich."

Kaum war die Tür hinter Dorian geschlossen, sackte ich mit butterweichen Knien auf meinem Bett zusammen. Das war knapp gewesen! Wobei ich mir nicht sicher war, ob Dorian mich wirklich noch einmal geküsst hätte.

Seine Entschuldigung verwirrte mich und ließ mich im Grunde mit mehr Fragen zurück als sein Besuch beantwortet hatte. Warum hatte er sich für den Kuss entschuldigt? Aus Angst, dass ich ihn bei seinem Onkel verpetzen würde? Oder weil er befürchtete, dass ich mich jetzt in ihn verlieben könnte? Ich kannte diese Sorte von Jungs. Typen wie Dorian waren nicht auf Beziehungs- sondern auf Abenteuersuche.

Andererseits bedeutete eine Entschuldigung doch, dass er nicht vorhatte, den Kuss zu wiederholen, oder? Vielleicht hatte er an dem Abend ja zu viel getrunken, und es hatte ihn einfach überkommen und ich wurde allmählich paranoid, was Dorian betraf. Was letztendlich auch dahintersteckte, ich würde in seiner Nähe weiterhin wachsam bleiben.

Kapitel
8

Es war Samstag. Zeit, die wissbegierigen Besucher davon zu überzeugen, warum *Dawson* die beste Universität des Vereinigten Königreichs war. In einer Stunde öffneten sich unsere Tore für abertausende Besucher und ja, ich war furchtbar aufgeregt deswegen. Mit meinen lächerlichen vier Wochen Studienerfahrung fühlte ich mich selbst noch wie eine blutige Anfängerin. Und jetzt erwartete man ernsthaft von mir, dass ich vor wildfremden Menschen die seriöse Führerin spielte, die sich natürlich bestens mit der Geschichte und dem Lehrprogramm der Uni auskannte.

Als wäre ich nicht schon genug mit Lernen und dem Schreiben meiner Hausarbeit ausgelastet gewesen, die am Montag fällig war, hatte ich diese Woche einen dicken, fetten Info-Katalog über das Schulprogramm studieren müssen. Dorian persönlich hatte ihn mir in die Hand gedrückt, nachdem er mich dazu verdonnert hatte, mit ihm die Führung im Westflügel vorzunehmen. *Ich*. Mit Dorian!

Die Frage, ob er mit seinem neuerlichen Benehmen irgendwelche gezielten Absichten verfolgte, dürfte damit beantwortet sein. Oder aus welchen Gründen sollte er sonst ausgerechnet *mich* als seine

Partnerin auswählen? Er hätte genauso gut Rose nehmen können. Stattdessen hatte er sie bei Jamie auf dem Rugby-Feld eingeteilt. Dabei hätte es viel mehr Sinn gemacht, *mich* dorthin zu beordern, die von uns allen über das wenigste Wissen über die Uni verfügte.

Dorian wollte mich ganz offensichtlich aus der Reserve locken. Oder zur Weißglut treiben. Oder was er sonst für niederträchtige Pläne hatte. Ich wusste nur nicht, ob er aus Langeweile oder aus echtem Interesse handelte. Oder was von beidem schlimmer wäre.

Davon abgesehen war die Abendbesprechung am Montag aber überraschend friedlich vonstattengegangen. Calvin würde eine Kostprobe seines Debattierkönnens geben, Amy ihr Referat halten, Jamie und sein Team einen Rugby-Kurs geben und Emma mit ihrer Gruppe ein Theaterstück aufführen.

Wie ich später am Abend von Amy erfahren hatte, hatte Dorian Emma mit dem Rauswurf aus dem Club gedroht, sollte sie mich jemals wieder anfassen. Das fand ich gelinde gesagt … krass. Emma war schließlich nicht irgendjemand, sondern die Tochter des Inhabers von Londons luxuriösesten Kaufhauses. Dorians Stiefmutter war dort wohl Stammkundin und sie war mit Emmas Mutter befreundet.

War ich es Dorian wirklich wert, dass er einen Streit zwischen seinen und ihren Eltern in Kauf nahm? Denn ich konnte mir nicht vorstellen, dass Emmas Familie den Rauswurf aus dem Club so einfach akzeptieren würde. Dorian würde mächtig Gegenwind bekommen, auch aus *seinen* Reihen. Trotzdem hatte er die Drohung ausgesprochen und sie offenbar auch ernst gemeint, denn Emma hatte mich die ganze letzte Woche beharrlich ignoriert.

Währenddessen waren Rose und ich uns wieder etwas näher gekommen, sodass ich davon ausgehen konnte, dass sie mir die Sache mit Calvin verziehen hatte. Ich war mir sicher, dass Rose mehr mit mir reden würde, wenn Emma ihr nicht ständig im Nacken sitzen würde, aber aus Loyalität zu ihrer Freundin, hielt sie die Gespräche mit mir so oberflächlich und kurz wie möglich.

Als Amy und ich die Mensa betraten, lag eine allgemeine Aufregung in der Luft. Lautes Stimmengewirr erfüllte den Raum, das Essen wurde hastig hintergeschlungen und überall hatten sich kleine Gruppen zusammengefunden, die ein letztes Mal ihren Auftritt probten, ihren Text lernten oder sich fieberhaft schminkten.

Selbst Emma saß nicht wie üblich an unserem Tisch, sondern stand mit zwei Mädchen in einer Ecke und las ihnen aus einem Skript vor. Ich kam mir vor, als stünde ich im Backstage-Bereich einer Musikband.

Da ich schon geduscht und fertig angezogen war, konnte ich das Frühstück in Ruhe genießen. Anders als Amy, die sich schon im Vorfeld dafür entschuldigt hatte, dass sie nach dem Essen gleich wieder verschwinden müsste, um ihr Referat noch mal durchzugehen. Streberin.

Ich selbst fühlte mich eher mittelmäßig vorbereitet. Natürlich hatte ich mir die allergrößte Mühe gegeben, den Info-Katalog gewissenhaft zu studieren, aber wie gesagt: Ich hatte nebenbei noch eine Hausarbeit schreiben und lernen müssen, und das erschien mir wichtiger als dieser *Tag der offenen Tür*. Außerdem konnte Dorian nicht ernsthaft erwarten, dass ich mir das geballte Wissen über die Uni innerhalb einer einzigen Woche aneignete.

Da ich ihr zu lange am Büfett trödelte, ging Amy mit ihrem Frühstück schon vor und setzte sich zu Dorian, Rose, Calvin und Jamie. So wie es bei mir das Mittagessen war, war für Amy das Frühstück die wichtigste Mahlzeit des Tages. Das Mädchen bekam richtig Aggressionen, wenn sie nicht mit gut gefülltem Bauch in den Tag startete. Ich häufte mir Rührei, Speck und Bohnen auf den Teller, garnierte das Ganze mit einer Scheibe Toast, einem Klecks Butter und füllte mir ein Glas frisch gepressten Orangensaft ab.

Gut gelaunt bahnte ich mir schließlich einen Weg zu unserem Tisch, als auf einmal jemand an meinem Kleid zupfte. Stirnrunzelnd blieb ich stehen, drehte mich um und entdeckte Luke, der einsam an einem Zweiertisch saß.

„Hey“, sagte ich überrascht, als er auch schon auffordernd auf den freien Stuhl gegenüber deutete. Ich wunderte mich, dass Luke allein saß, obwohl er doch zu den beliebtesten Jungs der Uni gehörte. Die verstohlenen Blicke der Mädchen, die er von allen Seiten erntete, machten jedenfalls nicht den Eindruck, als würde es ihm an bereitwilliger Gesellschaft mangeln.

Eigentlich hatte ich ja mit Amy frühstücken wollen, da ich sie den restlichen Tag nicht mehr zu Gesicht kriegen würde, aber in Anbetracht der Tatsache, dass Luke mir wegen Dorian beigestanden hatte und wir uns seitdem nicht mehr gesprochen hatten, konnte ich ihm die Bitte schlecht abschlagen.

Ich warf einen Blick zu unserem Tisch, um Amy zu signalisieren, dass ich bei Luke sitzen würde, doch sie war nicht die Einzige, die zu uns rüber sah. Auch Dorian beobachtete uns, und blickte drein, als hätte ich vor seinen Augen einen Welpen getreten. Kopfschüttelnd drehte ich mich wieder zu Luke und setzte mich.

„Wie geht's dir?“, wollte er lächelnd wissen, schob seinen Teller beiseite und verschränkte die Arme auf dem Tisch. Ich konnte verstehen, warum Luke so viele Verehrerinnen hatte – auch wenn ich persönlich nicht auf ihn stand. Er hatte ein einnehmendes, sympathisches Lächeln, und seine zerzausten Haare gaben ihm etwas Verwegenes. Geheimnisvolles.

„Gut, und dir?"

„Kann mich nicht beschweren." Sein Blick wurde neckisch. „Du siehst wieder wie ein Mensch aus. Sieh an."

Ich lachte verlegen. „Danke. Hat mich eine Woche gekostet, um wieder lebendig auszusehen. Noch mal vielen Dank, dass du mich zur Uni gebracht hast."

Luke machte eine wegwerfende Handbewegung. „Das hatten wir doch schon. Du musst dich nicht bedanken." Sein Blick wanderte über meine Schulter. „Allerdings wüsste ich gern, warum Dorian mich so anstarrt, als wollte er sein Steakmesser nach mir werfen?"

Ich widerstand dem Drang, mich zu Dorian umzudrehen, und rollte stattdessen die Augen. Hatte der Junge nichts anderes zu tun?

Luke sah wieder zu mir. „Habt ihr das zwischen euch immer noch nicht geklärt?"

Meine Wangen färbten sich dunkelrot und ich begann, das Toastbrot mit Butter zu bestreichen. „Da gibt's nichts zu klären."

„Und den Scheiß glaubst du wirklich?", fragte er amüsiert und platzierte jetzt die Ellenbogen auf den Tisch, um sein Kinn darauf zu stützen. „Ihr habt euch geküsst. Irgendwas muss da laufen."

„*Er* hat mich geküsst", stellte ich klar und häufte entschieden Rührei auf mein Buttertoast. „Ich wollte das gar nicht."

„Und was denkst du dann, warum er das getan hat?“, bohrte Luke weiter.

Mit hochgezogenen Brauen schaute ich von meinem Teller auf. „Hast du mich deshalb an deinen Tisch geholt? Um mich über Dorian auszuquetschen?“

Verteidigend hob Luke die Hände und lehnte sich zurück. „Hey, ich wollte mich nur erkundigen, ob meine neue Freundin wieder in Schwierigkeiten steckt, so wie Dorian hier rüber guckt. Ich bin Vertrauensperson, wie du weißt. Es ist meine Aufgabe, anderen zu helfen. Aber ich verstehe natürlich, wenn mich das nichts angeht …“

Sofort meldete sich mein schlechtes Gewissen. „So war das nicht gemeint“, ruderte ich zurück. „Wenn es um Dorian geht, reagiere ich nur etwas empfindlich.“

Er warf einen amüsierten Blick hinter mich. „Das beruht offenbar auf Gegenseitigkeit.“

Wir wechselten das Thema, und sprachen über seine Position als Vorstandsvorsitzender, die weit mehr Aufgaben als die Betreuung der Studenten beinhaltete.

Zum Beispiel leitete er regelmäßig Workshops und Podiumsdiskussionen, besuchte Studienkongresse und förderte mithilfe von Spendenveranstaltungen verschiedene Projekte in *Dawson*. Luke hatte eine angenehme Art zu erzählen, ähnlich wie Amy, und ehe ich mich versah war eine Dreiviertelstunde vergangen, und ich hatte es auf einmal eilig, in den Westflügel zu kommen.

Dorian erwartete mich am Fuß der Treppe. Die Hände in den Taschen seiner schwarzen Hose vergraben lehnte er am massiven Treppengeländer und fixierte mich wie ein Adler seine Beute, als ich näherkam.

Es war allerdings weniger sein durchdringender Blick, sondern seine Aufmachung, die mir schon wieder den Atem raubte. Im Speisesaal hatte Dorian am Tisch gegessen, deshalb hatte ich nur einen Teil seines Outfits gesehen. Jetzt stand er in seiner vollen Montur vor mir und schien direkt einem Business-Magazin entsprungen zu sein.

Zu seiner schwarzen Hose trug er eine dunkelblaue Weste mit braunen Zierknöpfen. Darunter ein weißes Hemd mit V-Ausschnitt, dessen oberster Kragenknopf offen stand und dessen dünner Stoff seine muskulösen Arme zur Geltung brachte. Die Ärmel seines Hemdes hatte er an den Handgelenken nach außen umgeschlagen, was seinem Outfit einen modernen Touch verlieh, ohne an Eleganz einzubüßen. Ich hatte mich in mein schickstes Kleid geworfen, dasselbe vom Einführungstag, aber mit Dorians Ausstrahlung konnte ich beim besten Willen nicht mithalten. Er sah so gut aus, dass es schon fast schmerzte, ihn anzusehen.

„Dein Gespräch mit Luke muss ja schwer interessant gewesen sein“, bemerkte er geringschätzig, als ich bei ihm war, und verlagerte das Gewicht auf den anderen Fuß.

Augenrollend ging ich an ihm vorbei und lehnte mich zwei Stufen über ihn an das Geländer. „Ich wusste gar nicht, dass ich mich vor dir rechtfertigen muss, mit wem ich abhänge.“

Er drehte sich mit mir mit, legte einen Arm auf die Balustrade und begann dann scheinbar gedankenlos, mit dem Finger Zeichen auf das hölzerne Geländer zu malen. Wegen seiner Größe befanden wir uns trotz des Stufenunterschieds nun auf Augenhöhe. „Musst du nicht, aber wenn ich dir einen Rat geben darf, dann halte dich von Luke fern.“

„Wieso? Was hast du gegen ihn?“

Dorian sah mich lange an, dann sagte er: „Vertrau mir einfach.“

„Das ist keine Antwort auf meine Frage“, gab ich zurück. „Außerdem fällt es mir schwer, jemandem zu vertrauen, der seit Neuestem so verdächtig freundlich ist und mich dreist mit einem Kuss überfällt.“

Dorian starrte mich an. Es schien, als könnte er sich nicht zwischen Verärgerung und Belustigung entscheiden. „Ich dachte, das mit dem Kuss hättest du mir verziehen?“

„Verziehen, aber nicht *vergessen*", stellte ich klar und verschränkte die Arme vor der Brust.

Er lächelte wissend, doch es erlosch wieder. „Im Ernst. Luke ist kein guter Umgang für dich. Wenn du schon männliche Gesellschaft suchst, kann ich dir jemand Vertrauensvolleres ans Herz legen."

„Was denn, etwa dich?", fragte ich höhnisch. Doch noch während ich die Worte aussprach, bereute ich sie schon.

Dorians Lächeln kehrte zurück, wuchs zu einem ausgewachsenen Grinsen heran.

„Ich wollte ja eigentlich jemanden aus meinem Schwimmteam vorschlagen: Ben. Er ist die Sanftmut in Person. Genau der Richtige für so ein unschuldiges Ding wie dich. Aber …" Bedächtig kam Dorian jetzt die zwei Stufen hoch, bis er vor mir stand, und umklammerte links und rechts von mir das Treppengeländer. „Wenn du das, was wir im Poolhaus angefangen haben, fortsetzen willst, sage ich nicht nein."

Ich schluckte schwer und starrte ihn mit riesigen Augen an. „Was … ähm … machst du da?"

Unschuldig wie ein Engel strahlte Dorian mich an. „Was meinst du?"

Wollte er mich verarschen? Er stand so dicht vor mir, dass sich fast unsere Körper berührten! Und was meinte er bitte mit *fortsetzen*?

„Tu nicht so!", verlangte ich. „Und hör auf, zu versuchen …"

„Ja? Was denn versuchen, Zoe?", schnurrte er.

Ich bekam Schnappatmung und gestikulierte wild. „Halt einfach Abstand von mir!“ Tat er natürlich nicht. Stattdessen senkte er den Blick auf meine Lippen. Oh, nein! Das würde er nicht tun! Nicht noch mal!

Als hätte er meine Gedanken gelesen, schaute Dorian wieder auf. Direkt in meine Augen. Das war auch nicht besser. „Warum? Mach ich dich etwa nervös?“, wollte er in einem Ton wissen, als läge die Antwort klar auf der Hand. Eine unglaubliche Hitze stieg in meinem Gesicht auf. Ich stand kurz davor, Dorian eine reinzuhauen. Oder ihn zu küssen. Ich wankte noch. Nur, weil ich im Poolhaus einen Moment der Schwäche gehabt hatte, bedeutete das nicht, dass er jetzt das Recht hatte … *DAS* zu tun.

Er hatte sich ja schon die ganze Woche lang aufdringlich benommen: Mal hatte er mir quer durch den Gemeinschaftsraum zugezwinkert, dann hatte er sich beim Lernen oder Brettspielen extra dicht neben mich gesetzt, und mit zweideutigen Bemerkungen hatte er auch nicht gegeizt. Sein plötzliches Interesse an mir war sogar den anderen aufgefallen. Wie Calvin zum Beispiel, der uns jedes Mal missbilligend beäugt hatte.

Doch jetzt war Dorian mir das erste Mal seit unserem Kuss wieder so nahe, dass ich den Makel in seinem Auge bewundern konnte. Der einzige Makel, den sein vollkommener Körper aufwies, und der ihn – wie der Sprung in einer Vase – nur noch wertvoller machte. Trotzdem hatte ich nicht vor, mich von diesem Abgesandten des Teufels verführen zu lassen. Der eine Kuss war schon verhängnisvoll genug gewesen. Kein Interesse, mich noch tiefer in die Sache reinzureiten.

„Eher aggressiv“, behauptete ich deshalb, was natürlich gelogen war. „Ich mag es nicht, wenn man mir so dicht auf die Pelle rückt. Das hat nichts mit dir zu tun.“

Mit einem wissenden Lächeln kam Dorian noch ein Stück näher. „Aha.“ Sein Atem streifte jetzt mein Gesicht, seine muskulösen Arme meine Schultern.

„Nichts aha!“

Ich hielt es nicht mehr aus und schob ihn weg. Leider musste ich dazu seinen Bauch berühren, was nicht unbedingt dazu beitrug, dass sich mein wild schlagendes Herz wieder beruhigte. Aber es ging nicht anders. Verbal konnte ich mich gegen Dorian wehren, aber sobald er mir zu nahe kam, entwickelte mein Körper ein Eigenleben, das ich nur schwer bändigen konnte.

Selbstverständlich rührte Dorian sich keinen Millimeter. Jedenfalls nicht gleich. Er ergötzte sich noch einige Sekunden lang daran, wie ich mich verbissen gegen seinen Bauch stemmte, womit ich ihn im Grunde nur betatschte, dann nahm er betont langsam die Hände vom Geländer und trat einen Schritt zurück. Wütend funkelte ich ihn an. War diese Machtdemonstration wirklich notwendig gewesen?

„Unsere Besucher sind da“, bemerkte er und strich gelassen seine Weste glatt, als wäre nichts gewesen.

Unglücklicherweise hatte seine kleine Aktion den Großteil meiner Gehirnzellen schmelzen lassen, sodass ich ihn nur verständnislos anblinzelte. „Was?“

„Die Besucher. Wegen der Führung. Du weißt doch noch, weshalb wir hier sind, oder?“, fragte er spöttisch und deutete nach links den Gang hinunter.

Langsam drehte ich den Kopf in die besagte Richtung und vernahm hallende Schritte und aufgeregtes Gemurmel. Kurz darauf bog die erste Besuchergruppe um die Ecke, angeführt von einer blonden Studentin mit Klemmbrett, die ich flüchtig kannte.

Während ich erst jetzt realisierte, dass ich das Geländer schmerzhaft umklammert hatte, ging Dorian zum Fuß der Treppe, wo er ein paar Worte mit dem Klemmbrett-Mädchen wechselte, das ihm die Gruppe überließ und dann wieder zurückging.

Ich war immer noch dabei, mit dem eben Geschehenen klarzukommen. Hatte Dorian sich ernsthaft an mich rangeschmissen? Und was meinte er damit, dass ich ihm vertrauen sollte, was Luke anging? Als ob die Ereignisse in den vergangenen vier Wochen mir auch nur *einen* Grund gegeben hätten, ihm zu vertrauen!

Am besten, ich glaubte ab sofort gar nichts mehr, das aus seinem Mund kam. Seine neueste Mission schien es zu sein, mich auch noch um den letzten Rest meiner Selbstbeherrschung bringen zu wollen.

Kopfschüttelnd gesellte ich mich zu Dorian und begrüßte mit ihm die Gäste. Ganz bei der Sache war ich aber nicht. Ich brauchte mehrere Minuten, um wieder runterzukommen. Als ich es endlich geschafft hatte, war die Führung schon in vollem Gange, und ich kam nicht umhin, zu bewundern, mit welcher Souveränität und Selbstsicherheit Dorian auftrat. Im Grunde machte er die Führung ganz allein.

Sie begann mit der Geschichte von Alexander Dawson, seinen schlechten Erfahrungen mit verschiedenen Universitäten und seinem späteren Wunsch, seine eigene, perfekte Akademie zu gründen. Im zweiten Teil der Führung gingen wir in den Gemeinschaftsraum.

Dort präsentierte Dorian die zahlreichen Auszeichnungen des Clubs, pries ihn selbstverständlich in den höchsten Tönen und stellte sich schließlich den Fragen der Anwesenden. Die ganze Zeit über hielt ich mich lächelnd an seiner Seite und kämpfte gegen den starken Drang an, mich nicht von Dorians Redegewandtheit in den Bann ziehen zu lassen. So wie es viele der Besucherinnen taten.

Leicht war es nicht. Dorian hatte es einfach drauf. Wenn es um *Dawson* ging, war er ein wandelndes Geschichtsbuch, und auch sonst wusste er zu jeder Frage eine Antwort. Nicht mal, wenn ich *zehn* Info-

Kataloge studiert hätte, hätte ich es mit seinem Wissen aufnehmen können. Vieles von dem, was Dorian erzählte, schien seinen eigenen Erfahrungen zu entspringen.

Hin und wieder fing ich seine amüsierten Blicke auf, die mir sagten, dass ihm meine Bewunderung für ihn nicht entging, aber schon nach wenigen Malen gab ich es auf, mich im Geiste dafür zu ohrfeigen. Es war zwecklos, ein Ding der Unmöglichkeit, sich nicht von Dorian verzaubern zu lassen. Amy hatte recht gehabt. Gott, schon von Anfang an!

Da wir zwischen den Führungen nur 10 Minuten Pause hatten und diese nicht ausreichte, um in der Mensa zu essen, schickte Dorian mich kurz vor Ende des vierten Rundgangs Sandwiches holen. Ich war ihm ohnehin keine große Hilfe, aber das musste ihm von vornherein klargewesen sein, sodass ich mich fragen musste, ob er mich den Info-Katalog nur hatte studieren lassen, um mich zu beschäftigen. Zutrauen würde ich es ihm.

Pünktlich zum Ende der vierten Führung kam ich mit dem Mittagessen wieder, und wir zogen uns in den Gemeinschaftsraum zurück. Wieder fühlte ich mich seltsam befangen, als ich mit Dorian allein war. Das musste echt aufhören, zumal *er* einen vollkommen gelassenen Eindruck machte. Breitbeinig lümmelte Dorian sich auf die Couch gegenüber, verdrückte gierig seine Sandwiches, nippte gelegentlich an der Cola und tippte nebenbei auf dem Handy herum.

Verstohlen beobachtete ich ihn dabei und registrierte, wie ich innerlich immer flatteriger wurde. Ich deutete meine innere Unruhe als alarmierendes Zeichen dafür, dass meine Abneigung gegenüber Dorian bröckelte.

Aber wenn ich ehrlich war, tat sie das nicht erst seit heute. Die negativen Gefühle für ihn schwanden schon seit Tagen dahin. Wie Sand rannen sie mir Stück für Stück durch die Finger und machten etwas anderem Platz.

Etwas Warmem, Kribbelndem, das meinen gesamten Körper erfasste, sobald er in meiner Nähe war. Ob ich es wollte oder nicht, aber ich denke, ich entwickelte Gefühle für Dorian. Der Stein war ins Rollen gebracht und es sah nicht so aus, als würde ich ihn aufhalten können.

Als hätte ich laut gedacht, schaute Dorian plötzlich auf. Unsere Blicke verankerten sich, und ich schluckte angestrengt. Den Fruchtsaft in meiner Hand umklammerte ich so fest, dass sich meine Nägel jeden Augenblick in die bunte Verpackung bohren mussten.

Fragend neigte Dorian den Kopf. „Was ist los?“, wollte er wissen, irgendwo zwischen Belustigung und Wachsamkeit gefangen. „Du guckst, als hättest du einen Geist gesehen.“

Da erwachte ich aus meiner Trance, schüttelte energisch den Kopf und trank eilig einen Schluck Saft. „Nichts. Ich war nur … in Gedanken.“

In seinen Augen glomm etwas auf. „Über mich?“

Ich nickte gedankenverloren und brauchte ein paar Sekunden, um zu begreifen, was ich gerade getan hatte. „Ich meine, nein! Nicht über dich, sondern … über …“ Verdammt!

Lachend stemmte Dorian sich hoch, wischte sich die Krümel von der Hose und kam dann um den Couchtisch herum auf mich zu.

Oh, nein! Was hatte er jetzt wieder vor? „Lass das, Dorian“, forderte ich ihn auf, doch meine Stimme klang furchtbar dünn – mehr nach einem Flehen. Wenn er mich jetzt küsste, wäre ich verloren. Ich glaubte nicht, dass ich mich großartig wehren würde, beziehungsweise es könnte. In den letzten Tagen hatte Dorian mich so massiv mit Anspielungen, *zufälligen* Berührungen und durchdringenden Blicken bombardiert, dass meine mentalen Mauern mürbe geworden waren. Ich musste mein Nervenkostüm erst wieder zusammenflicken, und das kostete Zeit und Kraft.

Wachsam schaute ich zu Dorian hoch, der jetzt vor mir aufragte. Sein linkes Bein berührte mein Knie. Zufall? Wohl kaum. Bei dem Jungen gab es keine Zufälle. Er war ein erfahrener, begnadeter Jäger. Noch immer umklammerte ich fest die Getränkepackung, meine Augen mussten so riesig wie die eines Koboldmakis sein.

Aber dann reichte Dorian mir plötzlich die Hand. Verwirrt blinzelte ich erst sie und dann ihn an. Mit einem spöttischen Gesichtsausdruck erklärte er: „Die Pause ist rum. Ich wollte dir nur auf die Beine helfen. Du siehst ein bisschen zerstreut aus."

Das war noch untertrieben. Mein Innerstes war so aufgewühlt, dass mir schlecht war. Daher war ich auch nicht in der Verfassung für unser übliches Geplänkel. Zu viele Gedanken kreisten in meinem Kopf herum, schwerwiegende Erkenntnisse, die ich erst sacken lassen musste. Stumm ergriff ich Dorians warme Hand, ließ mich hochziehen und folgte ihm aus dem Gemeinschaftsraum, zu unserer nächsten Führung.

Den Großteil des Sonntags verbrachten wir Studenten damit, uns von den Strapazen des Besucheransturms zu erholen. Damit und mit Saubermachen – wobei wir *D-Club*-Mitglieder uns nicht an den Aufräumarbeiten hätten beteiligen müssen. Als Amy beim Frühstück verkündete, dass sie freiwillig mit anpacken würde, schloss ich mich ihr bereitwillig an. Ich musste mich beschäftigen. Wenn ich es nicht tat, dachte ich über Dorian nach, was mich dann jedes Mal zur Weißglut und gleichzeitig zu Schwächeanfällen trieb, weil allein der Gedanke an seine Lippen meine Knie schon buttrig werden ließ. Da hatte ich mich immer für stark und klug gehalten, nur um am Ende an den Frauenhelden schlechthin zu geraten. Ironie!

Mein schmerzender Rücken fand es gar nicht lustig, dass ich heute schon wieder so viel auf den Beinen war. Ich war es nicht gewohnt, so lange zu stehen. Studenten verbrachten die meiste Zeit des Tages sitzend. Bis in die Abendstunden hatten Dorian und ich gestern die Besucher herumgeführt und uns dabei die Beine in den Bauch gestanden. Dabei hatte Dorian eindeutig die bessere Karte gezogen. Er hatte wenigstens etwas zu tun gehabt, wohingegen ich seinen Text nach dem sechsten Rundgang vor lauter Langeweile schon im Geiste hatte mitsprechen können.

Einmal hatte ich mich tatsächlich nützlich gefühlt – ein Mädchen hatte sich bei mir nach *Dawsons* Sportprogramm erkundigt und ich hatte ihr meinen Schwimm-Kurs empfohlen –, ansonsten hatten die Besucher ihre Fragen direkt an Dorian gerichtet.

Eine Woche später regierte in unserer Universität erneut das Chaos.

Als ich am Montagmorgen nach dem Aufstehen mein E-Mailpostfach geöffnet hatte, war mir das berüchtigte Online-Formular ins Auge gesprungen, von dem Amy mal erzählt hatte: Das Wahlschreiben für den Schulball im Dezember. Und damit war der Zickenkrieg in *Dawson* eröffnet gewesen. Die ganze Woche über hatte es kein anderes Thema außer den Ball bei den Mädchen gegeben. Dabei hätte man meinen können, auf einer angesehenen Eliteuniversität ginge es zivilisierter als auf anderen Hochschulen zu.

Fehlanzeige.

Zumindest, wenn es um den begehrten Titel der Ballkönigin ging. Plötzlich warfen sich die Mädchen noch mehr in Schale, engagierten sich für verschiedenste Projekte und benahmen sich übertrieben freundlich, um auch ja genügend Stimmen zu sammeln. Allen voran Emma, die seitdem von nichts anderem mehr außer von ihrem Kleid sprach und sich bereits als Ballkönigin feierte.

Ich hatte das Formular nur kurz überflogen und es dann wieder gelöscht. Für so einen Unsinn hatte ich keine Zeit. Wir hatten Ende November. Nicht mal mehr ein Monat, dann standen die mündlichen Prüfungen für das erste Trimester an und mir graute es jetzt schon davor. Für mich hatte sowieso nur ein Mädchen das Zeug zur Ballkönigin, und die machte nicht mit, weil sie sonst mit ihrem Cousin hingehen müsste.

Am Samstag kam ich etwas später von der Uni nach Hause, was daran lag, dass ich länger als gewöhnlich ausgeschlafen hatte. Gestern hatten wir wieder im Poolhaus gefeiert und waren erst morgens um 2 Uhr schlafengegangen.

Und nein, ich hatte weder Alkohol getrunken, noch mich auf Dorians Spielchen eingelassen. Ich war nicht so dumm, denselben Fehler zweimal zu begehen. Außerdem hatte Amy als eine Art Schutzschild für mich fungiert und war mir die gesamte Party über nicht von der Seite gewichen, sodass Dorian gar nicht erst an mich herangekommen war.

Jetzt gönnte ich meinen Gehirnzellen eine Pause vom stundenlangen Lernen, klappte meinen Laptop zu und ging in die Küche, um mir eine 5-Minuten-Terrine in die Mikrowelle zu schieben. Wir hatten 15 Uhr, aber der Himmel war so zugezogen und düster, dass es genauso gut schon 20 Uhr hätte sein können.

Als die Terrine fertig war, kippte ich sie in meine Lieblingsschüssel und trug sie singend zum Sofa rüber. Ich hatte den Fernseher eingeschaltet, mir meine dicksten Kuschelsocken angezogen und eine gemütliche Ecke mit Decken und Kopfkissen auf dem Sofa vorbereitet. Doch gerade als ich mich hinsetzen wollte, läutete es an der Tür. Der Postbote, vermutete ich. Mit meiner neuesten Bücherbestellung, die ich sowieso erst in den Trimester-Ferien schaffen würde zu lesen. Mein Sammlerherz hatte einfach nicht widerstehen können.

Ich stellte die Terrine auf den Couchtisch, ging zur Tür und öffnete sie vorfreudig. Ein, zwei Sekunden lang blinzelte ich die Person vor mir völlig verdattert an. Das war nicht der Postbote oder sonst jemand, den ich hier am Rande der Stadt erwartet hätte.

Es war Dorian!

„Hi", sagte er, sichtbar amüsiert über meinen verblüfften Gesichtsausdruck.

Ich starrte Dorian an, der in einem stylischen, braunen Trenchcoat mit schwarzen Knöpfen vor mir stand. Sein Mantel war geöffnet und gab den Blick auf ein weißes Hemd und eine blaue Jeans frei. Sieh einer an. Der feine Herr konnte also noch etwas anderes außer eleganten Stoffhosen tragen. Wobei dieser Aufzug hier alles andere als leger war. Dorian sah aus wie ein englischer Adeliger. Ein Adeliger, der in meinem handtuchgroßen Vorgarten gänzlich fehl am Platz wirkte.

„Was machst du denn hier?", fragte ich ihn, als ich meine Fassung wiedererlangt hatte. Obwohl ich so dick eingekuschelt war, ließ die einströmende Kälte mich schaudern.

In Dorians Augen blitzte es amüsiert auf. „Dich abholen."

„Ähm … und wozu? Findet wieder irgendwo eine okkulte Studentenparty statt, von der ich nichts weiß? Und woher weißt du überhaupt, wo ich wohne?“

Dorian warf einen Blick hinter mich und beäugte interessiert unseren Eingangsbereich, während er erklärte: „Ich bin der Neffe des Schulleiters. Was glaubst du wohl, woher ich das weiß?“

„Ich hab kein Interesse“, sagte ich sofort. „Egal, worum es geht.“

Dorian sah mich wieder an. Seine Lippen zuckten. „Das ist aber ungünstig. Mein Vater will dich nämlich sehen.“

„Was?“ Vor Schreck hätte ich beinahe einen Schritt zurückgemacht. „Warum das denn?“

Dorian zuckte die Schultern. „Keine Ahnung, aber er wird's dir bestimmt sagen.“

Nackte Panik kroch meinen Nacken hoch. Hatte ich irgendwas angestellt? Hatte Calvin sich über mich beschwert? Oder Emma? Waren meine Noten vielleicht nicht zufriedenstellend?

Dorian machte keine Anstalten weiter ins Detail zu gehen, deshalb fragte ich: „Und, ähm … das muss *jetzt* sein?“

Er nickte. „Mein Vater wartet nicht gern. Und er hat dir den Studienplatz besorgt, also würde ich mich an deiner Stelle beeilen.“

„Okay“, sagte ich aufgewühlt und trat einen Schritt von der Tür zurück. „Ich gehe mich umziehen. Warte hier.“ Damit ließ ich ihn stehen und rannte die Treppe hoch. Verdammt, verdammt, verdammt! Warum wollte Oliver Wilde mich sehen? Es musste wichtig sein, wenn er seinen Sohn hierher zitierte, um mich persönlich abzuholen. War es das mit meinem Studium? Oh Gott, oder ging es vielleicht um Dad? Hatte er einen Arbeitsunfall gehabt?

Hektisch knöpfte ich meine Strickjacke auf, zog das weiße, ausgeleierte Shirt darunter aus und stopfte beides in den Kleiderschrank. Dann angelte ich ein schwarzes, langärmliges Oberteil aus den Untiefen meines Klamotten-Chaos. Um mich angemessen zu kleiden, bräuchte ich schon ein bisschen mehr Zeit, aber ich denke, mit Schwarz konnte man nichts falsch machen.

„So sieht also dein Zimmer aus." Erschrocken fuhr ich zu der Stimme herum und entdeckte Dorian auf der Türschwelle. Ich hatte ihn nicht die Treppe heraufkommen gehört. „Ich hab mich schon oft gefragt, wie du wohl lebst." Ungefragt betrat er mein Zimmer und sah sich interessiert um. „Erstaunlich wenig Rosa und Kitsch. Gefällt mir."

Mein Zimmer war nichts Besonderes. Es bestand aus einfachen, schlichten Möbeln, aber er hatte recht: Rosa Farben oder kitschige Deko suchte man bei mir vergeblich. Ich fand diese typischen Mädchenzimmer schrecklich. Dafür lagen auf jeder Ablage Bücher und Zeitschriften herum. Das war mein Faible.

„Raus aus meinem Zimmer", verlangte ich ruhig. „Ich ziehe mich um!"

Als hätte er mich erst jetzt entdeckt, drehte Dorian sich zu mir um. In Jogginghose und Baumwollstrümpfen stand ich vor ihm. Nur das schwarze Oberteil, das ich schützend vor meinen BH hielt, verdeckte meine Blöße. Gefährliche Lage, in der ich da steckte. Ich war ganz allein mit Dorian. In meinem Zimmer. Halb nackt. Das musste ihm soeben auch klar geworden sein, denn etwas Raubtierhaftes blitzte jetzt in seinen Augen auf.

„Wenn wir deinen Vater nicht verärgern wollen, solltest du jetzt rausgehen“, versuchte ich, ihn loszuwerden „damit ich mich weiter umziehen kann.“

Es funktionierte. Zwar warf Dorian mir noch ein dämonisches Lächeln zu, als hätte ich es allein seiner Gnade zu verdanken, dass wir nicht hier und jetzt in meinem Bett landeten, aber dann riss er den Blick von mir los und schlenderte aus dem Zimmer.

Ich saß zum ersten Mal in meinem Leben in einem Porsche. Der Motor brummte so angenehm unter mir, dass ich sofort schläfrig wurde, und die Reifen glitten so widerstandlos über die Straßen, dass es sich anfühlte, als würde ich schweben. Von außen glänzte Dorians Luxusschlitten in einem beeindruckenden Metallic-Schwarz. Die Innenpolsterungen und Zierelemente waren espressobraun, die Sitze cremefarben, selbstverständlich mit Sitzklimatisierung und sogar Massagefunktion.

Im Wagen roch es angenehm frisch, als hätte Dorian ein unsichtbares Duftbäumchen aufgehängt oder als würde der Duft direkt aus der Lüftung kommen. Wenn ich mir die zahlreichen Zusatzfunktionen und Knöpfe am Armaturenbrett so anschaute, hatte Dorian sich mit der Ausstattung ordentlich ausgetobt. Es gab quasi nichts, was das Auto nicht konnte. Wollte ich wissen, wie viel der Schlitten gekostet hatte? Nein, sonst bekam ich Depressionen.

„Soll ich die Heizung aufdrehen?“, fragte Dorian, kurz nachdem er losgefahren war.

„Ja, bitte.“ Mit den Fingern strich ich über die edle Polsterung unter dem Fenster. Der blanke Wahnsinn. Nicht mal in hundert Jahren würde ich mir so ein Auto leisten können.

Um eine spöttische Bemerkung war ich trotzdem nicht verlegen. „Ich bin ja überrascht, dass du dich für so eine Rostlaube entschieden hast. Für mehr Komfort hat’s wohl nicht mehr gereicht, was?“

Leise lachend bog Dorian auf die Hauptstraße und spielte mit, indem er erklärte: „Ich musste mich zwischen Funktionalität und Komfort entscheiden, da habe ich an Letzterem gespart. Man kann halt nicht alles haben.“

Ich lächelte, dann fragte ich: „Weißt du wirklich nicht, was dein Vater von mir will? Falls ich von der Uni fliege, will ich lieber vorgewarnt sein.“

Dorian sah flüchtig zu mir. „Hab keinen blassen Schimmer. Ich dachte eigentlich, *du* wüsstest, worum es geht."

Stirnrunzelnd sah ich zu Dorian, dessen Blick wieder auf die Straße geheftet war. „Wie kommst du darauf? Ich kenne deinen Vater doch überhaupt nicht, geschweige denn, dass ich jemals ein Wort mit ihm gewechselt hätte."

Als Dorian schwieg, sagte ich: „Es kann jedenfalls nichts Gutes sein. Warum sollte er dich sonst zu mir schicken, damit du mich abholst?"

„Ich weiß es nicht, ehrlich."

„Denkst du, es ist was mit meinem Vater?"

Zu meiner Erleichterung schüttelte er den Kopf. „Nein, das hätte er mir gesagt. Er wollte einfach nur mit dir reden. Mehr weiß ich nicht."

Eine Stunde später betraten wir das luxuriöseste Hotel des Vereinigten Königreichs.

Dorian hatte seitlich am Eingang auf einem Privatparkplatz gehalten, der vermutlich nur für Familienangehörige reserviert war. Die Lobby war ein Traum aus cremefarbenem Marmor, Säulen im Antik-Stil, funkelnden Kronleuchtern, verschnörkelten, stuckverzierten Decken und jeder Menge Palmen und Rosengestecken. Überall funkelte und glitzerte es. Ich wusste gar nicht, wohin ich zuerst gucken sollte.

Eins war sicher: Ich war total unangemessen gekleidet. Da halfen auch meine schwarzen Klamotten nichts, mit denen ich wenigstens *etwas* elegant hatte aussehen wollen. Edle Designerkleider, Hüte und Anzüge bestimmten hier den Ton. Sogar Dorian wirkte im Vergleich zum Publikum hier underdressed.

Ich hatte das Gefühl, dass sämtliche Augen auf mich gerichtet waren, als ich ihm durch die Lobby folgte. Mich unbehaglich fühlend zupfte ich an meinen Klamotten herum, doch es war hoffnungslos. In meiner Jeans und dem Shirt fiel ich auf wie ein bunter Hund.

„Bist du sicher, dass eure Gäste nicht eher in den Buckingham Palace wollten und sich nur hierher verlaufen haben?“, fragte ich ihn, als ich eine ältere Dame entdeckte, die der Queen klamottentechnisch zum Verwechseln ähnlich sah.

Wir hatten den Fahrstuhl erreicht und Dorian drückte den Knopf.

„Das kann natürlich sein, aber in dem Fall verlaufen sich schon *sehr* viele Gäste täglich hierher.“ Amüsiert neigte er den Kopf. „Nervös?“

„Quatsch. Wie kommst du denn darauf?“, murmelte ich, weil sich uns ein Pärchen näherte. „Ich werde gern von allen Seiten angestarrt, als wäre ich ein Wischmopp!“

Die Fahrstuhltüren öffneten sich mit einem „*Ding*" und verschluckten Dorians Lachen. Ich hörte auf, an mir herumzufummeln. Es war sowieso zwecklos. Demonstrativ warf er einen Blick hinter mich, bevor er in den Fahrstuhl stieg. Das Pärchen nahm einen anderen Aufzug. „Ich hätte dich nicht für jemanden gehalten, der sich was aus der Meinung anderer macht. Außerdem sehe ich niemanden, der dich anstarrt."

„Tue ich normalerweise auch nicht. Aber wenn sogar das Personal schicker aussieht als ich, mache ich irgendwas falsch."

Er zog eine goldene Magnetkarte aus seiner Hosentasche, hielt sie an den Scanner und drückte, nachdem ein grünes Lämpchen aufgeleuchtet war, auf den obersten Anzeigeknopf. *First Suite* stand darauf. Auf dem Knopf darunter *Second Suite*. Erst danach folgten die Etagennummern. Von Amy wusste ich, dass Dorian hier mit seiner Familie lebte, aber ich hatte ihn nie über das Hotel befragt. Oder nach anderen Dingen aus seinem Privatleben. Jetzt war ich neugierig.

„Wie ist das so, in einem Hotel zu wohnen?"

Der Fahrtsuhl setzte sich sanft in Bewegung und Dorian lehnte sich gegen die geschlossenen Türen. „Nicht wirklich anders, als würde man in einem normalen Apartment leben. Wenn wir unsere Ruhe haben wollen, nehmen wir den Privataufzug oder den Hinterausgang. Wir haben auch eine eigene Garage, sodass wir uns von den Gästen komplett isolieren können, wenn wir wollen."

„Bist du hier aufgewachsen?"

Auf meine Frage hin zuckten Dorians Mundwinkel. Ich wusste, was er dachte: Seit wann interessierte ich mich für sein Privatleben? Aber jetzt, da wir hier waren, konnte ich meine Neugierde nicht mehr zügeln. „Zum Teil. Meine ersten Lebensjahre habe ich in unserer Residenz am Stadtrand verbracht. Erst als ich in die Grundschule kam, zog ich hierher. Seitdem fahre ich nur noch in den Ferien auf den Landsitz."

Wir hatten die 6. Etage erreicht und stiegen aus. Auf einmal drückte Dorian mir seine goldene Karte in die Hand und deutete in den Gang rechts von uns. „Dads Büro liegt am Ende des Flurs. Sein Name steht an der Tür, du kannst es nicht verfehlen. Ich gehe kurz in mein Zimmer."

„Warte mal. Du kommst nicht mit?", fragte ich und sah ihn panisch an.

„Er wollte mit dir allein sprechen." Dorian wies auf die goldene Karte, die ich automatisch entgegengenommen hatte. „Wenn ihr fertig seid und ich bis dahin noch nicht zurück bin, komm in den 5. Stock. Normalerweise fährt der Fahrstuhl auch ohne Karte abwärts, aber nimm sie zur Sicherheit."

„Aber …"

Er stieg wieder in den Lift und drückte den Abwärtsknopf. *Na, vielen Dank auch!*, dachte ich und starrte einen Moment lang die geschlossenen Aufzugtüren an. Erst wurde ich vor die Höhle des Löwen geschleift und dann musste ich sie auch noch allein betreten! Kopfschüttelnd drehte ich die Karte, in die Dorians Name eingraviert war, in der Hand, dann schob ich sie in meine Hosentasche und ging los. Warum wollten mich eigentlich alle Wildes immer persönlich sprechen? Das erschien mir ein bisschen zu viel der Ehre. Ich wollte doch bloß in Ruhe studieren.

Der mit Teppich ausgelegte Flur schien endlos zu sein. Anders als ich es in den Gästeetagen vermutete, wies er aber deutlich weniger Zimmer auf. Auch der Schnitt war ungewöhnlich für ein Hotel. Der Flur war nicht etwa geradlinig, sondern verwinkelt und wie ein klassischer, aber luxuriöser Eingangsbereich gestaltet. Scheinbar war die gesamte obere Etage ein Apartment. Ich musste um zwei Ecken, bevor ich das Büro erreichte.

Als ich davorstand, strich ich ein letztes Mal mein Oberteil glatt, dann klopfte ich an und wartete mit angehaltenem Atem darauf, dass Mr. Wilde mich herein bat. Toll wäre ja, wenn er gar nicht da wäre, weil ihm etwas dazwischengekommen war, aber so viel Glück hatte ich leider nicht. Seine Einladung folgte prompt.

Zuerst fiel mir der gigantische Mahagoni-Schreibtisch auf, der inmitten des Zimmers thronte, dann die beeindruckende Zimmerpalme, deren Geschwister ich schon in der Lobby bewundert hatte.

Oliver Wildes Büro stand dem seines Bruders an Bequemlichkeit und Extravaganz in nichts nach. Auch hier entdeckte ich gemütliche Chesterfield-Sessel, volle Bücherregale und edle Lampen und Gemälde. Der einzige Unterschied war, dass dieses Büro düsterer wirkte, was daran liegen mochte, dass die Fenster hier nicht bodentief und deutlich schmaler als in der Uni waren.

„Zoe. Endlich lernen wir uns kennen“, begrüßte Oliver Wilde mich und stand auf. Er war ein großer Mann, genau wie Dorian, aber deutlich korpulenter, und er sah auch nicht so gut aus wie sein Sohn.

Irgendwie enttäuschte mich das. Ich hatte automatisch angenommen, dass er eine ältere Version von Dorian wäre – in die Jahre gekommen, aber immer noch attraktiv und in Bestform. Stattdessen machten seine Hakennase und seine buschigen Augenbrauen ihn eher weniger anziehend. Immerhin war sein anthrazitfarbener Anzug ein Blickfang, und was bedeutete schon gutes Aussehen, wenn man Multimillionär war?

„Die Freude ist ganz meinerseits, Mr. Wilde.“ Ich schloss die Tür hinter mir, ging zum Schreibtisch und schüttelte seine Hand.

Dabei registrierte ich zwei Dinge: Erstens bot Oliver mir nicht an, ihn zu duzen, so wie sein Bruder es getan hatte, und zweitens erreichte das Lächeln seine Augen nicht. Dorians Vater hatte einen intensiven, stechenden Blick, der mich an einen Raubvogel erinnerte, der seine Beute taxierte. Er ließ mich los und deutete mit einer einladenden Geste auf den schwarzen Ledersessel, der vor dem Tisch stand. Wir setzten uns

„Wie ich hörte, hast du dich gut in *Dawson* eingelebt“, eröffnete Mr. Wilde das Gespräch.

„Ja, Sir. Die Universität ist ein Traum.“

Geschäftsmäßig verschränkte er die Hände auf dem Tisch, und ich überlegte, welche Haltung wohl angemessen war, wenn man dem reichsten Mann Londons gegenübersaß. Die Beine überschlagen? Die Arme vor der Brust verschränken? Eher nicht. Ich hätte vorher ein Handbuch über die Etikette lesen sollen.

„Wie steht‘s mit den Noten?“

„Gut, Sir. Ich kann mich nicht beklagen.“ Mein Herz pumpte so stark, dass ich meinen Puls auf der Zunge schmecken konnte. *Reg dich ab. Er will dich sicher nur kennenlernen*, versuchte ich mich zu beruhigen. *Was sein gutes Recht ist, wenn man bedenkt, dass er dir einen - auf drei Jahre gerechnet – 90.000 Pfund schweren Studienplatz geschenkt hat.* Aber für den Fall, dass ich doch in Schwierigkeiten steckte, konnte ein bisschen einschleimen nicht schaden. „Ich bin noch gar nicht dazu gekommen, mich bei Ihnen zu bedanken, Mr. Wilde. Dass Sie mich nach *Dawson* geholt haben, war unfassbar großzügig von Ihnen.“

Etwas, das ich nicht benennen konnte, blitzte in seinen Augen auf. „Ich hoffe, mein Sohn hat sich gut um dich gekümmert, so wie ich es ihm aufgetragen habe?"

„Ja, Sir." Als wäre ich so lebensmüde, mich bei Oliver zu beschweren.

Ganz beiläufig nahm er einen Kugelschreiber in die Hand, drehte ihn zwischen den Fingern und beobachtete, wie die metallische Spitze das Licht der Tischlampe reflektierte. Der Kugelschreiber musste eine Spezialanfertigung sein. Ich hatte noch nie so einen edlen Stift gesehen.

„Du und Dorian: Wie versteht ihr beide euch?"

„Ähm, gut, Sir."

Er lächelte, aber es fühlte sich wie eine kalte Schneeböe an, die mir übers Gesicht strich. „Freut mich, zu hören. Ein starker Zusammenhalt ist wichtig im Studium, fördert die Lernfähigkeit und hilft Stress abzubauen." Wieder drehte er den Stift. Diesmal stach mir die Reflektion schmerzhaft ins Auge. „Natürlich solltet ihr dabei nie vergessen, dass ein Studienplatz in *Dawson* ein Privileg ist, dass nur wenigen Menschen zuteilwird."

„Natürlich nicht. Ich weiß diese Chance sehr zu schätzen."

Bedacht legte Oliver den Stift weg und strich sich nachdenklich übers Kinn. „Nun, ich wünschte, ich könnte dasselbe von Dorian behaupten. Er war schon immer der rebellischere von meinen Söhnen, aber in letzter Zeit kommt er mir doch etwas … zerstreut vor. Unbesonnen."

Abwartend sah ich Oliver an, der eine kurze Pause einlegte. „Ich kenne meinen Sohn, und ich weiß, wie er gewöhnlich mit Schulstress umgeht. Am Studium kann es also nicht liegen, dass er neuerdings so neben der Spur ist." Jetzt bohrte sich Olivers Blick direkt in meinen „Daher bleibt eigentlich nur noch ein Grund. Du musst wissen, Zoe, dass meinem Sohn eine glänzende Zukunft bevorsteht. Ich habe große Pläne mit Dorian, da wäre es doch bedauerlich, wenn er sich ausgerechnet in seinem dritten und wichtigsten Jahr von albernen Romanzen ablenken lassen würde, findest du nicht?"

Und dann begriff ich endlich, worauf Oliver hinauswollte.

Ich fühlte mich, als wäre ich ungebremst gegen eine Mauer gerannt. Durch die Blume hatte er mir soeben mitgeteilt, dass ich die Finger von seinem Sohn lassen sollte. Dass ich Dorians glorreicher Zukunft nicht im Wege stehen sollte. Nur, wie kam er darauf, dass ausgerechnet *ich* seinen Sohn ablenken würde?

Fassungslos starrte ich Oliver an. Ich hatte nie vorgehabt, mit Dorian zusammenzukommen – wenn es nach mir ginge, würde ich konsequent einen Kilometer Abstand zu ihm halten –, trotzdem waren Olivers Worte wie ein Schlag ins Gesicht. Da konnte er sie noch so freundlich verpacken.

Im Klartext hieß das, dass er meinen Vater zwar genug schätzte, um mich auf eine Privat-Uni zu schicken, aber in seiner Familie wollte er mich nicht haben. Eine aus der Mittelschicht, ohne bedeutenden Familiennamen, ohne einen mächtigen Konzern im Rücken.

Keine Ahnung, warum mich die Erkenntnis so erschütterte. Oliver war einer der einflussreichsten Männer Londons und ich war ein Niemand, für ihn vermutlich genauso wenig wert wie der Dreck unter seinen Schuhsohlen. War es da wirklich so überraschend, dass er mich von oben herab behandelte?

Richtig schlimm fand ich aber, dass er seine Sorge um Dorians Zukunft als Vorwand nahm. Dabei konnten reiche Menschen wie er es doch kaum erwarten, dass sich ihre Kinder fortpflanzten, damit sie den Fortbestand ihres Imperiums sicherten. Nur eben mit den *richtigen* Menschen. Aus *ihren* Kreisen. Wäre ich Emma gewesen, die Tochter des vermögenden Kaufhausbesitzers, hätte er Dorian und mir wahrscheinlich ohne zu zögern seinen Segen gegeben.

Tief holte ich Luft und sagte: „Ich versichere Ihnen, dass Dorian und ich nur Freunde sind. Ich hätte auch gar keine Zeit für einen festen Freund, bei dem straffen Lehrplan." Jedes Wort brannte wie Säure in meinem Mund, aber ich schaffte es, freundlich, ja, sogar leicht amüsiert zu klingen.

„Gut", sagte Oliver mit diesem eisigen, unheimlichen Lächeln. Das Wort hallte in meinem Kopf wieder. „Ich war schon besorgt, Dorian würde seine

Aufmerksamkeit künftig anderen Dingen als seinem Abschluss widmen."

Er sah mich noch einen Moment lang abschätzend an – jetzt wusste ich, von wem Dorian den bohrenden Blick geerbt hatte –, dann sagte er: „Danke, dass du dir Zeit genommen hast, du kannst jetzt gehen."

Wie betäubt stand ich auf. Meine Beine fühlten sich wackelig an.

„Falls Dorian oder jemand anderes fragt, worüber wir gesprochen haben, sag ihm, dass ich mich nach deinen schulischen Fort-schritten erkundigt habe. Alles andere bleibt unter uns."

Nur mit Mühe unterdrückte ich ein Schnauben. Wahrscheinlich befürchtete Oliver, dass Dorian auf die Barrikaden gehen könnte, wenn er von seiner freundlich verpackten Drohung erfahren würde. Denn nichts anderes war dieses Gespräch gewesen. Es bedeutete aber auch, dass nicht Dorian seinen Vater auf mich angesetzt hatte.

Blieben eigentlich nur noch Calvin oder Emma. Beide hätten, aus ihrer Sicht, gute Gründe dafür: Emma, weil sie Dorian für sich haben wollte, und Calvin, weil er mich seit dem Vorfall im Gemeinschaftsraum gefressen hatte.

Das Lustige war nur, dass Dorian und ich überhaupt nichts Verwerfliches getan hatten. Es war ja nicht so, dass ich mit meinen 19 Jahren schwanger von ihm wäre und Oliver jetzt für meinen Unterhalt aufkommen müsste. Wir hatten uns nur *einmal* geküsst, und das war nicht mal von mir ausgegangen. Warum bekam *ich* dann den Anschiss?!

„Natürlich. Auf Wiedersehen, Mr. Wilde“, presste ich hervor und machte, dass ich aus seinem Büro kam.

Die 5. Etage war deutlich heller und gemütlicher. *Das sieht schon mehr nach einem Apartment aus*, dachte ich und trat aus dem Fahrstuhl. Gut, ein Apartment, das mehrere Millionen Pfund gekostet haben musste, aber die 6. Etage glich doch eher einem luxuriösen Büro-Geschoss als einem Wohnbereich.

Ich hatte einen Augenblick gebraucht, um mich zu sammeln. Jetzt klingelten Olivers Worte immer noch in meinen Ohren und machten mich neben der Fassungslosigkeit auch unsagbar wütend. Sein Sohn hatte also eine glänzende Zukunft vor sich. Schön für ihn. Deshalb mussten sich aber noch lange nicht alle Mädchen aus der Mittelschicht an ihn heranschmeißen wollen.

Wirkliche Vorwürfe konnte ich Oliver deswegen aber nicht machen. Er hatte am eigenen Leib erfahren, wie geldgierig die Menschen sein konnten. Seine Ex-Partnerin hatte ihm ein Kind untergejubelt, damit sie von seinem Reichtum profitierte, und jetzt befürchtete er offenbar, dass ich dasselbe mit Dorian tun könnte.

Trotzdem. Es waren nicht alle Menschen so niederträchtig. Manche – und dazu zählte ich mich ebenfalls – waren durchaus zufrieden mit dem, was sie besaßen.

Kurz überlegte ich, meinen Vater aufzusuchen, der erst um 20 Uhr Feierabend machen würde, aber dann ließ ich es doch bleiben. Er hätte sich nur unnötige Sorgen gemacht oder schlimmer: Sich empört an Oliver gewandt, wodurch dann nur ihr Arbeitsverhältnis gelitten hätte. Nein, ich machte das schön mit mir selbst aus. Jeder hatte schließlich sein Päckchen zu tragen.

Etwas befangen machte ich ein paar Schritte in den Eingangsbereich. Cleverer Weise hatte Dorian mir nicht gesagt, wo sein Zimmer lag, weshalb ich keine Ahnung hatte, hinter welcher Tür er sich versteckte. Also rief ich nach ihm und versuchte, nicht allzu beeindruckt von den verglasten Kommoden und den menschengroßen Vasen zu sein, die den Flur schmückten. Bei so viel geballtem Luxus musste man echt aufpassen, wohin man trat. Selbst der glänzende Marmorboden erschien mir zu kostbar, um darauf zu laufen.

„Dorian!“, rief ich lauter, als keine Reaktion folgte. „Ich bin jetzt fertig.“

Keine Antwort. Seufzend drehte ich mich einmal um die Achse, als mir eine Kommode mit Familienbildern ins Auge fiel. Ich wollte den Blick schon abwenden, weil es mich ja nichts anging, aber dann glaubte ich, einen jungen Dorian zu erkennen, und meine Füße trugen mich wie von selbst durch den Flur. Ich musste einfach wissen, wie er als Kind ausgesehen hatte.

Auf dem ersten Bild sah ich ihn und Calvin im Alter von vielleicht 10 Jahren. Beide hielten ein Laserschwert in der Hand und posierten strahlend in Jedi-Robe. Vergessen waren Olivers Worte. Grinsend biss ich mir auf die Unterlippe und brachte mein Gesicht noch etwas näher ans Bild. Dorian war schon als Kind bildhübsch gewesen. Es mussten *hunderte* von Mädchen sein, denen er im Laufe seines Lebens den Kopf verdreht hatte.

Ich widmete mich dem nächsten Bild. Dort saß Oliver auf einem königlichen Sessel, seine vielleicht fünfjährigen Söhne jeweils auf einem seiner Knie. Ein Bild daneben zeigte offenbar die ganze Wilde-Dynastie. Ich erkannte Amy und Jamie wieder, die als Kinder einfach nur Zucker ausgesehen hatten, dahinter war ein Bild auf dem die Bande im Teenageralter sein musste.

„Was machst du da?"

Erschrocken fuhr ich herum, und stieß aus Versehen gegen die Kommode, woraufhin die Bilder gefährlich ins Wanken gerieten. Eilig packte ich das Möbelstück an den Kanten, brachte es wieder zum Stillstand und drehte mich dann langsam zu der Person um. Es war nicht Dorian, der mich beim Herumschnüffeln ertappt hatte, sondern Calvin. *Scheiße!*, dachte ich und starrte in seine kalten, dunkelbraunen Augen. *Der hat mir gerade noch gefehlt!* Wie hatte er sich so leise an mich herangeschlichen? Wo kam er überhaupt her?

„Ich warte auf Dorian“, erklärte ich und taxierte ihn wachsam. Bei Calvin wusste man nie, ob er gerade nüchtern, sturzbetrunken oder auf Drogen war. Wobei das eigentlich keinen Unterschied machte. Er war ein Vollzeit-Arschloch.

Geringschätzig wanderte Calvins Blick über meine Gestalt, dann zu den Fotos hinter mir. Es war schon fast verstörend, dass er heute nicht im Anzug, sondern nur in Pullover und Stoffhose vor mir stand. Wobei die Textilien an seinem Körper nicht edler hätten aussehen können.

„Lass mich raten: Und nebenbei deckst du dich mit unseren Wertsachen ein? Wäre ja verständlich. Allein die Kommode dürfte mehr wert sein als dein armseliges Leben.“

Einen Moment war ich wie vor den Kopf gestoßen. Was hatte *der* denn für ein Problem? Dann fiel mir etwas auf: „Du siehst nicht sehr überrascht aus, mich hier zu sehen.“ Calvin machte sich gar nicht erst die Mühe, mir zu antworten. Aber das brauchte er auch nicht. Sein spöttischer Blick war mir Antwort genug. „*Du* hast das Gespräch zwischen deinem Vater und mir eingefädelt, oder?“

Jetzt lächelte er finster. „Ich bin überrascht, dass du Spatzenhirn so schnell darauf gekommen bist. Aber ja, ich war's."

„Warum?" Ich hatte vorgehabt, wütend, ja, bestimmend zu klingen, aber in Wahrheit war ich einfach nur erschüttert – was sich auch in meiner Stimme widerspiegelte.

„Muss ich das wirklich beantworten? Guck dich doch an! Du lebst wie eine Bettlerin von Almosen auf der teuersten Universität des Landes und dankst es uns nicht mal entsprechend. Du müsstest eigentlich den Boden küssen, auf dem wir gehen! Stattdessen respektierst du weder uns Clubmitglieder, noch bringst du dich in irgendeiner Form ein. Du verdienst es nicht, mit uns auf *Dawson* zu studieren!"

Das war unfair! Der einzige Grund, weshalb ich mich nicht mehr einbrachte – und ich nahm an, dass er die fehlenden Medaillen meinte, die ich nicht beisteuern konnte – war, dass ich es schlicht und einfach nicht konnte. Ich war nun mal keine Profi-Schwimmerin oder Debattierkönigin oder besaß sonst irgendwelche außergewöhnlichen Talente.

Ich war ein stinknormales Mädchen aus der Mittelschicht, das die seltene Chance bekommen hatte, an einer Elite-Universität zu studieren. Warum konnte er das nicht einfach akzeptieren? Und dass ich ihn nicht respektierte, stimmte so auch nicht ganz. Ich hatte mir auf unserer Homepage ein paar Videos von Calvins Debattierkünsten angeschaut und die waren wirklich beeindruckend. Nur, änderten sie nichts daran, dass er nun mal ein Riesenarschloch war.

Kopfschüttelnd sagte ich: „Du hast also ein Problem mit mir. Schön! Aber was hat Dorian damit zu tun? Abgesehen davon, dass zwischen uns überhaupt nichts läuft, seid ihr doch auch nicht gerade die besten Freunde. Warum interessierst du dich also für sein Privatleben?"

„Weil", knurrte Calvin und kam jetzt langsam auf mich zu, „ich schon allein bei der *Vorstellung*, einen Parasiten wie dich in unserer Familie willkommen heißen zu müssen, kotzen könnte! Wie und ob ich mich mit Dorian verstehe, hat damit nichts zu tun."

Fassungslos starrte ich ihn an. Das ... das war ja wohl ...

„Schmarotzer wie du sind in unserer Familie unerwünscht. Aber das hast du nach deinem Gespräch mit Dad ja jetzt hoffentlich begriffen. Wenn du weiterhin auf *Dawson* studieren willst, schlage ich vor, du suchst dir jemanden in *deiner* Gehaltsklasse und hörst auf, dich an meinen Bruder ranzumachen."

Mich an ihn ...? Aber das tat ich doch überhaupt nicht! Ich wusste ehrlich nicht, was ich darauf erwidern sollte, also starrte ich Calvin nur an – mit hochrotem Kopf und dem brennenden Bedürfnis, ihm eine zu scheuern. Vielleicht hätte ich das sogar getan. Als er mich zynisch anlächelte, weil er wohl in meinem Gesicht sah, welche Wirkung seine Worte auf mich hatten, juckte es mir gefährlich in der Handfläche. Aber dann öffnete sich unerwartet eine Tür hinter ihm und Dorian trat in den Flur. Endlich.

Er erfasste die Situation mit einem Blick. „Geh weg von ihr!“

Hämisch leuchtete es in Calvins Augen auf. „Warum so aggressiv, Bruder?“, fragte er, ohne sich zu ihm umzudrehen. „Ich mache doch bloß Smalltalk.“

Ein Blick in mein Gesicht verriet Dorian, dass wir alles andere als das getan hatten. Er erwiderte nichts, aber sein Schweigen war so erdrückend und unheilverkündend, dass ich Gänsehaut bekam. Calvin starrte mich noch eine endlose Sekunde lang an – *denk an meine Worte*, schien sein Blick zu sagen –, dann schob er die Hände in die Hosentaschen und schlenderte davon.

Mit einem dicken Kloß im Hals starrte ich Calvin hinterher, der – so vermutete ich – in sein Zimmer ging. Tränen der Wut wollten mir in die Augen steigen, doch ich kämpfte sie trotzig nieder. Wegen dieses Arschlochs würde ich keine einzige Träne vergießen!

„Tut mir leid. Ich musste telefonieren“, sagte Dorian und kam näher. „Hat er dich belästigt?“

„Nein“, stieß ich bissiger hervor als gewollt.

Dorian blieb vor mir stehen. „Bist du sicher?“

„Ja! Alles gut!“ Ich wollte mich an ihm vorbeischieben, doch wie so oft unterschätzte ich Dorians Reflexe. In der nächsten Sekunde lag seine Hand auf meinem Arm, und ich war gezwungen, mich zu ihm umzudrehen, wenn ich mich aus seinem Griff befreien wollte. „Verarsch mich nicht. Gar nichts ist gut. Du siehst aus, als fängst du gleich an zu heulen. Was hat er zu dir gesagt?“

„Geht dich nichts an! Und hör verdammt noch mal auf, mich ständig anzufassen!“

Verblüfft gab Dorian meinen Arm frei. Blanke Wut funkelte jetzt in seinen Augen, aber ich glaubte nicht, dass sie mir galt. Ich selbst wollte am liebsten alles Kostbare um mich herum kurz und klein schlagen. Was mich so aufbrachte, war, dass er im Grunde nicht anders dachte als sein Vater. Man erinnerte sich nur, mit welcher Verachtung Dorian mir in den ersten Wochen begegnet war.

Seit dem Kuss lag etwas Angespanntes, Elektrisierendes zwischen uns in der Luft, aber das änderte nichts daran, dass er ein Wilde war: reich, mächtig und über einfache Leute wie mich erhaben. Ich war doch bloß ein Spielzeug für ihn, das nur so interessant war, weil ich ihm nicht wie alle anderen Mädchen auf der Uni hinterherrannte. In Wahrheit würde er nie etwas Ernstes mit mir anfangen und, ja, das fuckte mich tierisch ab!

Als ich mich in Richtung Fahrstuhl bewegte, folgte Dorian mir. „Sagst du mir wenigstens, was mein Vater von dir wollte?“

„Er wollte mich kennenlernen und sich nach meinen schulischen Fortschritten erkundigen“, kam meine Antwort wie aus der Kanone geschossen. Es war mir egal, ob er mir glaubte oder nicht. Ich wollte hier einfach nur weg. Wie um meine Wut noch weiter anzufachen, ließ sich der Fahrstuhl jetzt aber natürlich besonders viel Zeit. Es genügte wohl nicht, dass mich die Familie Wilde verhöhnte. Jetzt schloss sich auch noch das Gebäude an!

Indem er sich neben mich stellte, kam Dorian in mein Blickfeld. Genervt drehte ich den Kopf zu ihm. „Du musst mich für ziemlich dumm halten, wenn du denkst, dass ich dir das abkaufe. Mein Vater interessiert sich für niemanden, außer für sich selbst. Er tut zwar immer so, als würde er Calvin und mich schätzen – okay, Calvin schätzt er wahrscheinlich wirklich mehr als mich –, aber in Wahrheit will er nur, dass wir wie Marionetten nach seiner Pfeife tanzen, damit wir später die Hotelführung übernehmen. Nach *seinen* Vorstellungen, versteht sich. Also erzähl mir nicht, dass er sich auch nur einen Funken für dich interessieren würde, denn das tut er nicht."

Endlich war der Fahrstuhl angekommen, und ich stieg mit Dorian ein. Als ich nichts darauf erwiderte, stellte er sich mit grimmiger Entschlossenheit vor die Lichtschranke, sodass die Aufzugtüren sich nicht mehr schließen konnten.

„Was machst du da?", fragte ich stirnrunzelnd.

„Ich will wissen, was hier läuft!"

Tief atmete ich durch. Vor lauter Aufregung bekam ich Kopfschmerzen. „Kann ich dir nicht sagen."

Seine Augen verengten sich misstrauisch. „Warum nicht?“

„Erstens, weil dein Vater es mir verboten hat, und zweitens, weil du dann fuchsteufelswild zu ihm gehen würdest, und dann kann ich mich von meinem Studium verabschieden. Nein, danke, dafür hänge ich zu sehr dran.“

Dorian stutzte. „Warum denkst du, dass du von der Uni fliegen würdest?“

Müde schüttelte ich den Kopf und sackte gegen die Fahrstuhlwand. „Ich werde darauf nicht antworten, Dorian, egal, wie oft du fragst. Ich denke, es ist besser, wenn ich jetzt gehe.“

Einen kurzen Moment lang sah es so aus, als wollte Dorian die Antwort aus mir herausschütteln, dann senkte er die Arme und sagte sichtlich beherrscht: „Ja, das ist es wohl.“

Zu meinem Erstaunen fuhr Dorian mich nach Hause. Ich bestand darauf, den Bus zu nehmen, als wir aus dem Hotel kamen, doch er ließ nicht mit sich diskutieren, da er mich schließlich auch hierhergefahren hatte.

Wie ein wahrer Wilde, der es gewohnt ist, seinen Willen durchzusetzen!, dachte ich finster, als ich in seinem Auto saß. Ein Teil von mir verspürte ein schlechtes Gewissen, weil ich Dorian Unrecht tat. Er ahnte nichts von Olivers Drohung, er hatte lediglich seinen Auftrag ausgeführt, mich zu ihm zu fahren. Doch die Wut war so übermächtig, dass sie alle anderen

Gefühle erdrückte. Die ganze Fahrt über schwiegen wir uns an.

Als Dorian schließlich vor unserem Grundstück hielt, stieg ich erleichtert aus. Ich presste ein *Danke* heraus, dann schlug ich die Autotür hinter mir zu und ging ins Haus.

Fast eine Woche lang herrschte Funkstille zwischen Dorian und mir. Das blieb auch den anderen nicht verborgen – wobei es schwer zu sagen war, wer sich mehr darüber freute: Calvin oder Emma? Dorian schien es mir jedenfalls sehr übel zu nehmen, dass ich mich über das Gespräch mit seinem Vater ausgeschwiegen hatte. So übel, dass er wieder in alte Muster verfallen war und angefangen hatte, andere Mädchen zu daten. Und – zack – war ich wieder uninteressant für ihn.

Eigentlich ein Grund zum Feiern. Das war doch genau das, was ich gewollt hatte, oder? Gut, vielleicht nicht unbedingt, dass er vor meinen Augen mit anderen Mädchen rummachte, aber ich hatte Abstand von Dorian gewollt, und den hatte ich jetzt.

Nur, warum fühlte ich mich dann so verletzt? Warum war es jedes Mal wie ein Stich ins Herz, wenn er an mir vorbeilief, ohne mich eines Blickes zu würdigen? *Du kennst die Antwort*, wisperte diese nervige, hartnäckige Stimme in meinem Kopf, die ich schon seit Tagen zum Schweigen zu bringen versuchte. *Weil du ihn vermisst. Du vermisst es, auf diese ganz bestimmte Weise von Dorian angesehen zu werden, mit ihm zu flirten. Und ganz besonders vermisst du seine Aufmerksamkeit, das Gefühl, von ihm begehrt zu werden, an das du dich schon so gewöhnt hattest.*

Das war die traurige Wahrheit.

Dorian verstand es wie kein anderer, Mädchen um den Finger zu wickeln. Und ob sein Interesse nun aufrichtig gewesen war oder nicht, aber es hatte sich *gut* angefühlt. Wie ein Schluck warme Schokolade, die wohlig süß meine Kehle hinunterrann und einen Sturm an Glücksgefühlen in mir auslöste.

Jetzt stand ich wieder am Anfang: Dorian ignorierte mich und im *Dawson-Club* war ich unerwünscht. Nun ja, vielleicht nicht ganz am Anfang. Ich hatte immer noch Amy und ihren Bruder, die beharrlich zu mir hielten. Aber trotzdem. Es hätte nicht so hässlich zwischen Dorian und mir laufen müssen. Und wer war schuld daran? Calvin und sein erbarmungsloser Vater!

Kapitel
9

„Hat dir schon mal jemand gesagt, dass du eine ganz miese Partybegleiterin bist?“, fragte Luke mich am Freitagabend im Poolhaus.

Wir saßen an der Bar, tranken Whisky und beobachteten die Leute beim Feiern. Wie immer war das Poolhaus brechend voll, und der Alkohol floss in Strömen. Ohne dass wir uns abgesprochen hätten, gingen mein Begleiter und ich heute im Partnerlook: Schwarzes Shirt, schwarze Hose und schwarze Schuhe. Ich wusste ja nicht, wie es Luke ging, aber schwarz war neuerdings meine Lieblingsfarbe. Passte zu meiner Stimmung.

Gleichgültig zuckte ich die Schultern. „Wie kommt es überhaupt, dass du ins Poolhaus reingelassen wirst, obwohl du und Dorin euch doch nicht versteht?“

Er zwinkerte mir zu. „Nur, weil ich nicht mehr Mitglied im *Dawson Club* bin, heißt das nicht, dass mir automatisch alle Privilegien entzogen wurden. Außerdem kann er ja gern versuchen, mich rauszuschmeißen.“

Unwillkürlich sah ich zu Dorian rüber, der mit einem schwarzhaarigen Mädchen in einer Ecke stand und ihr etwas ins Ohr flüsterte. Dumme Eifersucht packte mich, als ich sah, dass seine Hände dabei auf ihren Hüften ruhten.

Das Einzige, das mich halbwegs aufmunterte, war, dass er Emma wohl endgültig abgeschrieben hatte. Sicher hatte sie geglaubt, dass Dorian wieder zu ihr zurückkehren würde, sobald er mit mir *fertig* wäre, aber er schien keinerlei Interesse mehr an der Oberzicke zu haben. Zu schade aber auch!

Ich wandte den Blick ab, bevor Dorian mich beim Starren erwischte. Außerdem wollte ich nicht sehen, wie er dem Mädchen die Zunge in den Hals steckte. Wie hatte ich nur eine Sekunde lang glauben können, dass er mich anders behandeln würde als die Mädchen vor mir? Dass er mich nicht links liegen lassen würde, sobald er meiner überdrüssig geworden wäre?

Ja, ich war vorsichtig bei Dorian gewesen, hatte mich bemüht, mir seine Schmeicheleien nicht zu Herzen zu nehmen, aber besonders zum Ende hin war mir das immer schwerer gefallen. Ich hatte angefangen, mir vorzustellen, wie es wohl wäre, wenn wir zusammen wären. Wenn ich das *einzige* Mädchen in Dorians Leben wäre.

Wie naiv von mir.

Jetzt sprachen wir seit fast einer Woche nur das Nötigste miteinander, und ich schwankte deswegen wie ein Pendel zwischen Wut und Trübsal. Zugegeben, nach dem Gespräch mit Oliver hatte ich mich Dorian gegenüber nicht fair verhalten, aber wenn er wüsste, was sein Vater zu mir gesagt hatte, würde er es verstehen.

Aber er weiß es nicht. Du hast ihm ja kein Wort verraten, sondern ihn angegiftet, obwohl er dir an dem Tag überhaupt nichts getan hatte. Seufzend trank ich einen Schluck Whisky und hustete, weil er mir in der Kehle brannte. Ich hätte mich ja bei Dorian entschuldigt, hätte er mir nur die Möglichkeit dazu gegeben. Aber was musste ich am Montag sehen, als ich die Uni betrat? Wie er am Rockzipfel eines anderen Mädchens hing – dieser Arsch!

Außer mir vor Wut hatte ich mich den ganzen Abend in meinem Zimmer verbarrikadiert. Nicht mal zur Abendbesprechung war ich gegangen, aber Dorian hatte mich auch nicht holen lassen. Dabei war meine Wut auf mich selbst noch viel größer als die auf Dorian. Schmerzlich hatte ich mir eingestehen müssen, dass ich genauso dämlich wie alle anderen Mädchen gewesen war. Wahrscheinlich konnten wir nichts dafür. Sobald uns ein attraktiver, stattlicher Junge umgarnte, setzte es offenbar bei *allen* Mädchen aus. Dumm gelaufen, konnte ich dazu nur sagen. Jetzt war es an der Zeit, sich wieder den wichtigen Dingen zu widmen: dem Studium.

„Falls du denkst, dass ich deine verstohlenen Blicke zu Dorian nicht sehe, muss ich dich leider enttäuschen“, merkte Luke neben mir an. „Es ist hoffnungslos offensichtlich, wie du ihm hinterherschmachtest. Fast schon peinlich!“

Halb verärgert, halb belustigt sah ich ihn an. Warum war ich noch mal auf diese Party gegangen? Richtig. Amy hatte mich hierher geschleift. Vorher hatte sie mir noch einen Vortrag darüber gehalten, dass ich mich nicht wieder im Zimmer verkriechen sollte, nur weil ich mit Dorian Zoff hatte. Wobei ich auch Amy die wahren Gründe meiner Wut nicht hatte nennen können – so gern ich es auch getan hätte. Ich hatte ihr dasselbe erzählt wie Dorian: dass ihr Onkel sich nach meinem Studium erkundigt und ich danach eine unliebsame Begegnung mit Calvin gehabt hätte.

Ich fand es sowieso erstaunlich, dass Amy so eisern zu mir hielt, obwohl sie und Dorian doch sonst ein Herz und eine Seele waren. Ich musste wohl Gott dafür danken, dass Dorian so ein elender Frauenheld war, denn das war das Einzige, das sie an ihm verabscheute – was sie zu meiner engsten Verbündeten machte.

„Hast du nicht gesagt, ich wäre langweilig?“, ignorierte ich Lukes spöttische Bemerkung. „Warum sitzt du dann überhaupt bei mir und suchst dir nicht ein hübsches Mädchen zum Flirten, so wie alle anderen? Ehrlich, du musst dir nicht von mir die Laune verderben lassen. Geh dich ruhig amüsieren.“

Warmherzig lächelte Luke mich an und tätschelte dann meinen Kopf, als wäre ich ein Hund. „Ach, Süße. Das würde ich doch gar nicht übers Herz bringen. Außerdem habe ich genug weibliche Gesellschaft. Den einen Abend komme ich schon ohne aus.“ Er nahm die Hand wieder runter und nickte dann zu Dorian rüber, der jetzt genau das tat, was ich befürchtet hatte: Er küsste das Mädchen. Okay, eigentlich knabberte er an ihrem Ohrläppchen, aber das war auch nicht besser. „Ich glaube, was euch beiden fehlt, ist eine Art Date-Doktor. Jemand, der euch einen kleinen Stups gibt.“

Obwohl meine Laune im Keller war, musste ich auflachen. „Was denn, und das willst *du* sein?“

„Warum nicht?“, fragte er und wackelte bedeutungsvoll mit den Brauen. „Ich mag Dorian nicht, aber ich glaube, wenn ihr zusammen wärt, würdest du ihn so richtig schön zur Weißglut treiben. Was ich außerordentlich begrüßen würde.“

Kopfschüttelnd tunkte ich den Zeigefinger ins Glas und rührte in meinem Whisky herum. „Danke, aber ich verzichte. Dorian und ich … das würde nicht funktionieren. Es ist besser so.“

An diesem Wochenende half Amy mir bei den Prüfungsvorbereitungen. Bei der Gelegenheit lernte sie auch meinen Vater kennen. Gnadenlos wies sie mich auf jede noch so kleine Schwäche in meinem Referat hin, verbesserte mich in meiner Art und Weise, vorzutragen, und ließ mich einzelne Sektionen immer und immer wiederholen, bis ich meinen Text im Schlaf konnte und nicht mehr ins Stocken geriet.

Amy war knallhart, wenn es um die Uni ging, aber am Ende zahlte sich das harte Training meiner perfektionistischen Freundin aus und ich fühlte mich so sicher, dass ich den Prüfungen in zwei Wochen nun wesentlich entspannter entgegensah.

Zum Dank bekam sie ein deftiges Abendbrot, dass wir uns mit Dad vor dem Fernseher schmecken ließen. Dazu ein kühles Bier und ein spannendes Rugby-Spiel. Was gab es Besseres?

Am darauffolgenden Montag hatte ich eine zweistündige Autofahrt vor mir. Heute war der Todestag meiner Mutter, deshalb wollte ich nach der Uni nach Peterborough fahren und ihr einen großen Strauß Lilien – ihre Lieblingsblumen – aufs Grab legen. Da mich die Hin- und Rückfahrt zusammen vier Stunden kosten würde, hatte ich meinen Wagen gestern schon vollgetankt sowie Wasserflaschen und Snacks zur Verpflegung gekauft. Niemand wusste, dass meine Mutter gestorben war. Nur Amy, aber sie hatte mir hoch und heilig versprechen müssen, es niemandem zu erzählen, besonders dem Club nicht.

Dad würde mich nicht begleiten. Er war schon lange nicht mehr auf dem Friedhof gewesen. Er machte an den Tagen lieber ausgedehnte Spaziergänge und trauerte für sich allein. Das war okay für mich. Friedhöfe waren nicht jedermanns Sache. Außerdem waren Gräber sowieso nur etwas für die Lebenden, also blieb es ihnen – meiner Meinung nach – auch frei, zu wählen, *wie* und *wo* sie den Toten gedachten.

Als ich durch den Haupteingang der Universität schritt, hatte sich vor dem schwarzen Brett in der Eingangshalle eine Menschentraube versammelt. Alle brabbelten aufgeregt durcheinander und schubsten und drängelten.

Kurz war ich verwirrt, da sonst nie so viele Studenten an der Informationstafel standen. Dann erinnerte ich mich daran, dass heute das Ballkönigs-Paar bekanntgegeben wurde. Belustigt stieg ich die große Treppe empor, die zu den Hörsälen führte. Dieser dämliche Ball. Was tat Dorian eigentlich, wenn wieder Emma gewählt worden war? Vergangene Woche hatte er einen auffallend großen Abstand zu ihr gehalten und war auch nicht auf ihre Annäherungsversuche eingegangen. Wenn sie das Ball-Paar wären, *müsste* er ihr aber zwangsläufig wieder näherkommen. Allein schon, weil das Paar den Tanz eröffnete.

Unwillkürlich musste ich daran denken, wie Amy den Ball mal als reinste Bumsveranstaltung bezeichnet hatte, und drückte den Schulordner fest an meine Brust. Sollten die beiden doch übereinander herfallen, das war mir so was von egal! *Nein, ist es nicht.* Doch. *Nein.* Klappe. *Ist es trotzdem nicht.* So ging es den ganzen Weg weiter, bis ich im Hörsaal saß und dankbar vom Vortrag meines Professors abgelenkt wurde.

Als ich nach der Vorlesung aus dem Saal kam, wartete Amy auf mich.

„Hey, was machst du denn hier?", fragte ich sie überrascht. Normalerweise sahen wir uns tagsüber nur zu den Essenszeiten. Für gemeinsame Pausen fanden wir eher selten Zeit.

Amy wirkte angespannt, als sie sich von der Säule löste, an der sie gelehnt hatte. „Ich muss dir etwas sagen, und da ich befürchte, dass du mit einem Herzinfarkt reagieren wirst, wollte lieber ich diejenige sein, von der du es erfährst."

„Okay, jetzt machst du mir Angst", sagte ich.

Amy leckte sich die Lippen. „Du bist die Ballkönigin."

Blinzelnd wartete ich darauf, dass sie mit der Nachricht rausrückte, denn das, was sie eben gesagt hatte, musste ich mir eingebildet haben. Ein, zwei Sekunden lang starrten wir uns einfach nur an, was ziemlich bescheuert aussehen musste. Dann fragte Amy: „Hast du verstanden, was ich gesagt habe?" Sie klang besorgt.

„Klar, habe ich das. Und das ist wirklich *sehr* witzig, ich lach mich tot!", schnaubte ich.

„Das ist kein Witz“, meinte sie ernst, fischte ihr Handy aus der Handtasche und zeigte mir ein Foto. Es handelte sich um das schwarze Brett in der Eingangshalle, das alle kommenden Events und Neuigkeiten digital anzeigte. Es wurde jeden Morgen aktualisiert, aber meistens holte ich mir die Infos von der Homepage.

Wie betäubt nahm ich ihr das Handy aus der Hand und starrte auf die Namen, die unter der Überschrift *Diesjähriges Ballkönigs-Paar* standen. Dorian Wilde und … Zoe Davis. Da stand eindeutig mein Name! Die Welt begann, vor meinen Augen zu verschwimmen, fokussierte sich nur auf diese beiden Namen.

„Bitte sag mir, dass das ein ganz mieser Scherz ist“, bat ich meine Freundin mit brüchiger Stimme.

„Nope. Hab‘s schon überprüft. Ihr seid das diesjährige Paar. Und jetzt wüsste ich gern, wie du das angestellt hast, obwohl du dich doch angeblich nicht beworben hast.“

„Angeblich? Ich *habe* mich nicht beworben!“, rief ich gedämpft. Vor Entsetzen klang meine Stimme ganz schrill. „Wenn du mir nicht glaubst, kannst du gern meine E-Mail-Ausgänge kontrollieren.“ Kopfschüttend gab ich ihr das Handy zurück. „Das muss ein Fehler sein. Oder ein dummer Scherz.“ Auf einmal weiteten sich meine Augen. „Oh, mein Gott! Sag mir nicht, dass Dorian dahintersteckt! Soll das irgendeine Art Rache von ihm sein?“

Mit einem ratlosen Gesichtsausdruck steckte Amy das Handy weg. „Ich glaub nicht, dass er was damit zu tun hat. Als er gestern bei mir war, hat er sich noch darüber ausgekotzt, dass bestimmt Emma die Wahl gewinnen wird, und wie wenig Lust er darauf hätte."

Nervös fuhr ich mir durchs Haar. Mein Puls raste. „Aber … wer soll bitte sonst dahinterstecken?"

„Ich gebe es zwar nur ungern zu, aber das ist tatsächlich mal etwas, dass ich *nicht* weiß. Ich schlage vor, du klärst das mit Dorian."

„Und *ob* ich das mit ihm klären werde! Es kann nur er dahinterstecken!", sagte ich überzeugt und verschränkte die Arme vor der Brust.

Schwer zu sagen, was ich in dem Augenblick fühlte. Die verschiedensten Emotionen prasselten auf mich ein. Da waren blankes Entsetzen, Ratlosigkeit, Zorn, aber auch Aufregung … und ein unfassbar intensives Bauchkribbeln. Ich als Ballkönigin. Mit Dorian! Ich durfte nicht mal darüber *nachdenken*, in was für ein Gefühlschaos mich das stürzen würde.

„Ich muss leider weiter", verkündete Amy ganz unerwartet und sah gehetzt auf ihre Armbanduhr.

„Du bist mir ja 'ne tolle Freundin", maulte ich. „Erst überbringst du mir diese Hiobsbotschaft und jetzt willst du mich damit allein lassen?"

Sie lächelte entschuldigend. „Hey, ich wollte nur Schadensbegrenzung betreiben und sichergehen, dass du dich nicht aus dem nächsten Fenster stürzt. Jetzt weiß ich wenigstens, dass du mir erhalten bleibst."

„Ich schwöre dir, Amy, sollte Dorian irgendetwas damit zu tun haben, wird *er* derjenige sein, der aus dem Fenster stürzt!"

„Das würde ich gern sehen", sagte sie lachend und gab mir einen schnellen Kuss auf die Wange. „Jetzt muss ich aber los. Ach ja, gute Fahrt später. Du meldest dich, falls irgendetwas sein sollte, ja?"

„Mach ich. Danke." Mit einem gequälten Lächeln sah ich meiner braunhaarigen Freundin nach, bis sie aus meinem Blickfeld verschwunden war, dann machte ich mich zum nächsten Hörsaal auf.

Von der Vorlesung bekam ich kaum etwas mit. Ich war in einem Strudel aus Gedanken gefangen, der sich ausnahmslos um meinen Namen auf dem Foto und um Dorian drehte. Das konnte nur ein Scherz sein. Es sei denn, es studierte noch eine zweite Zoe Davis auf der Uni, von der ich bisher noch nie etwas gehört hatte – was ich stark bezweifelte.

Die Frage war, was Dorian mit dieser Aktion bezweckte. Außer natürlich, dass Emma mich jetzt wohl endgültig im Schlaf erdrosseln würde. Sollte das ein verquerer Versuch sein, die Wogen zwischen uns zu glätten? Oder plante er, mich auf dem Ball vor aller Augen zu blamieren? Aus Rache, weil er sich von mir hintergangen fühlte? Bei Dorian war alles möglich. Im positiven wie im negativen Sinne.

Nach der Vorlesung ging ich zum schwarzen Brett und überzeugte mich selbst von der Katastrophe. Zwar traute ich Amy so einen schrägen Humor nicht zu, aber ich musste meinen Namen einfach mit eigenen Augen lesen. Mich davon überzeugen, dass er wirklich dort stand.

Insgeheim hoffte ich, dass er wie durch Zauberhand von der Liste verschwunden sein würde, sobald ich davor stand – immerhin war die Bekanntmachung schon ein paar Stunden her. Genug Zeit, um einen möglichen Fehler auszumerzen – aber nein. Es stand immer noch da. In digitalen Buchstaben. Hinter einer verglasten Scheibe, sodass ich nicht mal jemanden bezichtigen konnte, ihn dorthin gekritzelt zu haben.

Kopfschüttelnd machte ich mich zum Seminar – meinem letzten Unterrichtstermin für heute – auf. Die Mittagspause ließ ich ausfallen, da die Chancen gutstanden, dass ich Dorian sonst mit meinem Besteck attackiert hätte.

Erst am Nachmittag fand ich die Zeit, ihn zur Rede zu stellen. Mittlerweile kannte ich die Lehrpläne meiner Clubmitglieder auswendig, deshalb wusste ich auch, dass Dorian um diese Uhrzeit normalerweise in seinem Zimmer hockte.

Mit einem seltsam flauen Gefühl im Magen stieg ich die Treppe zu den Jungenschlafräumen hinauf. Ich war noch nie oben gewesen, und jetzt würde ich zum ersten Mal Dorians Zimmer betreten. Auf den ersten Blick sah ich keinen Unterschied zur unteren Etage, aber das änderte sich, als ich am Ende des Flurs eine verschnörkelte Tür entdeckte, genau dort, wo auf unserer Etage der Durchgang war.

Das musste Dorians Zimmer sein

Ohne anzuklopfen drückte ich die Tür auf. Für Höflichkeiten hatte ich jetzt keine Zeit. Vor allem, da er für mich längst als Täter feststand.

Als die Tür aufschwang und den Blick ins Innere freigab, stutzte ich. Dorians Zimmer war viel größer als meins oder das der anderen. Die prachtvollen, verschnörkelten Möbel fehlten auch hier nicht. Allerdings nannte Dorian eine Fernseh-Ecke sein Eigen. Mit Sofa und Couchtisch und allem Drum und Dran.

Ein gewölbtes, bodentiefes Fenster sorgte für genügend Helligkeit im Zimmer. Die schweren, dunkelgrünen Vorhänge waren aufgezogen und wellten sich am Boden, so lang waren sie. *Das ist also die Präsidentensuite*, dachte ich beeindruckt und wandte mich dem letzten Highlight zu: einem königlichen Bett, das mitten im Raum stand. Ein Bett, in dem schon so viele Körperflüssigkeiten ausgetauscht worden sein mussten, dass ich es nicht mal mit der Kneifzange anfassen würde.

Dann entdeckte ich Dorian. Mir halb den Rücken zugewandt saß er auf einer erhöhten Plattform, die sich über die hintere Raumhälfte erstreckte, an einem Schreibtisch. Vor ihm ein Laptop und dutzende aufgeschlagene Bücher. Eine einzelne Stufe bildete das Verbindungsglied zwischen den zwei Ebenen.

Als ich Dorian sah, vergaß ich alles, was ich hatte sagen wollen: Er war nämlich nackt.

Na gut, nicht komplett nackt, aber so weit ich es sehen konnte, trug er nur eine Boxershorts, sonst nichts. Meine Füße trugen mich wie von selbst ins Zimmer – wobei *Zimmer* der falsche Begriff war. Wir übrigen Mitglieder konnten uns ja nun wirklich nicht über fehlenden Komfort oder zu wenig Platz beschweren, aber das hier war kein Zimmer, es war ein kleines Apartment.

Erst als ich in Dorians Blickfeld trat und er zusammenzuckte, erkannte ich, dass er Kopfhörer trug. Verblüfft nahm er sie aus den Ohren, legte sie auf den Tisch und schob dann den Stuhl zurück. Ich wünschte, er wäre sitzen geblieben. Auch wenn ich Dorian schon in Badehose gesehen hatte, war eine Boxershorts doch etwas anderes. Intimeres. Hitze schoss mir ins Gesicht, als mein Blick auf seine glatte, gewölbte Brust fiel, und dann seinen vollkommenen Waschbrettbauch hinabwanderte, der wie gemeißelt aussah.

Zum Glück war Dorian viel zu überrascht, um mein Starren wahrzunehmen. „Zoe! Was machst du denn hier?", fragte er und kam langsam näher. Während meine Ohren immer heißer wurden, schien er kein Problem mit seiner Blöße zu haben. *Warum auch? Da gibt es nichts, wofür er sich schämen müsste*, dachte ich und schluckte angestrengt. „Ist was passiert?"

Kann man so sagen! DU bist passiert! Vor genau sechs Wochen! Dabei war meine Welt wunderbar in Ordnung, bevor ich dich getroffen habe! Kopfschüttelnd versuchte ich, mich wieder zu konzentrieren, aber dann fiel mein Blick auf die Beule in seiner Hose und mein Hirn erlitt einen Kurzschluss. „Ich … du …" *Oh, mein Gott, ernsthaft?! Was ist los mit dir? Das ist doch nicht das erste Mal, dass du ihn fast nackt siehst!*

Als Dorians Mundwinkel zuckten, wurde die Hitze in meinen Wangen fast unerträglich. Mit unüberhörbarem Spott fragte er: „Willst du dich vielleicht setzen? Du siehst aus, als würdest du gleich in Ohnmacht fallen."

Ich musste Dorian wohl für seine Arroganz danken, denn sie riss mich aus diesem unermesslich peinlichen Zustand, in den sein Anblick mich versetzt hatte, sodass ich wieder anständige Sätze bilden konnte. „Ich will wissen, warum du das getan hast."

„Was getan?", fragte er und kam die Stufe hinunter. Jetzt befanden wir uns auf derselben Ebene, was natürlich nichts daran änderte, dass er mich trotzdem noch überragte. Und fast nackt war! Verdammt, was für ein Körper!

„Tu nicht so!“, verlangte ich und sah angestrengt zu ihm hoch. Mein Blick wollte ständig zu seiner wohlgeformten Brust wandern, doch ich verbot es mir. „Mich als Ballkönigin einzutragen, natürlich!“

Dorian erstarrte. „Willst du mich verarschen?“

„Sehe ich aus, als würde ich dich verarschen?!“ Unbeeindruckt von seiner schauspielerischen Darbietung verschränkte ich die Arme vor der Brust und funkelte ihn abwartend an.

Hinter seiner Stirn schien es zu arbeiten, dann ging er kurz entschlossen zum Schreibtisch zurück, googelte auf seinem Laptop wohl die Homepage der Uni und stützte sich dabei mit einem Arm auf der Tischplatte ab. Obwohl ich gerade andere Probleme hatte, entging mir nicht, wie sich seine Armmuskeln anspannten. Zudem sah ich kein Gramm Fett an seinem Bauch, trotz seiner gebeugten Haltung. Er machte ein paar Klicks, dann öffnete sich die gewünschte Seite und er starrte bestimmt zehn Sekunden lang darauf.

„Scheiße“, murmelte er schließlich und richtete sich wieder auf. Autsch! Das tat schon irgendwie weh. Aber hundertprozentig von seiner Unschuld überzeugt war ich immer noch nicht. Seine Nacktheit lenkte mich jedoch erneut ab. Als Dorian wieder zu mir kam, fragte ich: „Warum lernst du eigentlich halb nackt?“

„Warum nicht?“, fragte er zurück. „Ist schließlich mein Zimmer.“

„Ja, aber … ist dir nicht kalt?" Mich fröstelte es schon vom Zusehen.

Kurz blitzte in Dorians Augen wieder diese Intensität auf, mit der er mich vorher immer bedacht hatte. Also, bevor wir so unschön auseinandergegangen waren. „Wieso? Willst du mich wärmen?"

Ich verzog das Gesicht, dann wechselte ich kopfschüttelnd das Thema. „Du musst das ändern lassen. Ich gehe nicht mit dir auf den Ball. Ich hab ja nicht mal das Formular ausgefüllt."

Dorian stand jetzt wieder vor mir. Er sah belustigt und gleichzeitig beleidigt aus. „Kann ich nicht."

„Was soll das heißen, du kannst nicht? Du bist der Neffe des Schulleiters! Wenn du es nicht kannst, wer dann?"

„Ich hab mit den Wahlen nichts zu tun, Zoe. Ich müsste schon den Vorstand ersuchen, das zu ändern, und lieber sterbe ich, als Luke um einen Gefallen zu bitten. Zumal ich mir nicht sicher bin, ob die Ergebnisse im Nachhinein überhaupt noch …"

„Warte mal", unterbrach ich ihn. „Der *Vorstand* kontrolliert die Wahlen?"

„Natürlich. Bei ihnen gehen die E-Mails ein. Sie zählen sie, werten sie aus und verkünden das Pärchen."

„Oh, mein Gott!"

„Was ist?", wollte Dorian wissen, doch seine Stimme klang seltsam fern. Luke war der Vorstandsvorsitzende! Und hatte er nicht selbst gesagt, dass

Dorian und ich einen kleinen Stups bräuchten? „Ich glaub das einfach nicht!", murmelte ich und bewegte mich bereits in Richtung Tür. In meinem Kopf drehte sich alles, als wäre ich betrunken.

„Hey, warte mal. Wo willst du hin?", fragte Dorian, doch ich ignorierte ihn. Kurz bevor ich die Tür hinter mir zuwarf, hörte ich ihn noch fluchen, aber nackt wie er war, konnte er mir nicht sofort folgen. Das war meine Chance, ihn abzuschütteln.

Gerade als ich beschloss, Luke aufzusuchen und ihn zur Rede zu stellen, fiel mir jedoch voller Schreck ein, dass ich heute noch nach Peterborough musste. Genaugenommen *jetzt*. Das hatte ich in meiner Aufregung ganz vergessen.

Na gut, dann musste das Gespräch mit Luke eben warten. Jetzt war nur meine Mutter wichtig. Aber danach … danach war Luke ein toter Mann!

Ich kam ungefähr zwanzig Schritte weit, dann stieß ich in meiner Hektik an der Treppe mit jemandem zusammen. Es handelte sich um den Koloss Jamie, und wir hatten es wohl allein seinen Rugby-Reflexen zu verdanken, dass wir nicht die 15 Stufen hinunter purzelten und uns sämtliche Knochen brachen.

„Scheiße, willst du mich umbringen?!", keuchte er und vollbrachte irgendwie das Kunstwerk gleichzeitig meinen Oberarm und das Treppengeländer zu packen. Wie in einem Zeichentrickfilm hing ich einen Moment lang auf der obersten Treppenstufe halb in der Luft, lediglich auf den Zehenspitzen, während unter mir die hinabführenden Stufen gähnten. Dann zog er mich wieder in die Senkrechte.

„Tut mir leid", murmelte ich und warf einen gehetzten Blick zu Dorians Zimmertür, als ich wieder auf beiden Füßen stand.

Jetzt, da der Schreck vorüber war, ließ Jamie mich stirnrunzelnd los. „Warte mal, was machst du hier oben überhaupt?"

„Äh … ich musste was besprechen. Mit Dorian. Aber jetzt muss ich leider los."

„Eine Besprechung mit Dorian, *aha*." Die Art und Weise, wie er das Wort betonte, sagte mir, dass ihm dabei ein ganz bestimmtes Szenario vorschwebte. Aber ich hatte jetzt keine Zeit, um das richtigzustellen. Daher ließ ich Jamie seine Fantasie und setzte meinen Weg überstürzt fort.

„Und wo willst du jetzt so schnell hin?"

„Zu meinem Auto", rief ich über die Schulter. „Wir sehen uns heute Abend, ja?" Auch wenn es mir leidtat, Jamie so einfach stehenzulassen, konnte ich jetzt keine Rücksicht auf ihn nehmen. Oder auf jemand anderen. Ich musste zu meinem Wagen, bevor Dorian mich einholte und weitere wertvolle Zeit kostete. Nur ungern wollte ich ihm erklären müssen, wohin ich noch so dringend fahren musste.

Der Weg zum Ausgang war nicht weit. Ich musste den Westflügel verlassen, einen langen Korridor durchqueren und dann die große Treppe der Eingangshalle hinunter. Doch schon auf der Hälfte des Weges nahm ich vermehrt negative Schwingungen um mich herum wahr.

Als Broschen-Trägerin war ich es ja schon gewohnt, angestarrt zu werden, aber das hier war etwas anderes. Zumal das Interesse an mir als neues *Dawson Club*-Mitglied in den letzten Wochen stark gesunken war. Positiv wie negativ. Die Leute hatten sich mittlerweile an mich gewöhnt.

Jetzt fühlte ich mich wieder, als würde ich die Brosche zum ersten Mal tragen. Welche Überraschung, aber natürlich gingen das meiste Getuschel und die meisten finsteren Blicke von den Mädchen aus. Ich musste nicht lange rätseln, um den Grund dafür herauszufinden: der Ballköniginnen-Titel. Ein Titel, um den ich nie gebeten hatte.

Das legt sich wieder. So wie alles, redete ich mir gut zu, während ich den Blick nun gesenkt hielt. Wenn es Luke gelungen war, die Wahlen zu manipulieren, konnte er das auch wieder rückgängig machen. Er musste einfach. Ich würde nämlich *auf keinen Fall* mit Dorian auf den Ball gehen. So viel stand fest.

Kaum hatte ich den Ausgang passiert, atmete ich erleichtert auf. Die Temperaturen ließen zu wünschen übrig. Es war nass, kalt und windig, sodass ich nur beten konnte, dass meine Autoheizung heute nicht wieder Faxen machen würde. Ich wollte ungern auf dem Weg zum Friedhof erfrieren. Den dicken Kragen meiner roten Strickjacke fest an den Hals gepresst, eilte ich über den rutschigen Pflasterweg zum Parkplatz. *Noch einen Monat*, dachte ich an mein Auto gewandt, *dann erlöse ich dich von deinen Qualen.* Doch noch während ich das dachte und mich meinem Audi näherte, wurde ich langsamer.

„Was zum …?!" Entsetzt umkreiste ich mein Fahrzeug, das nicht wiederzuerkennen war. Mein Audi war ja schon vorher kein Hingucker gewesen, aber jetzt war er total demoliert. Die Reifen waren zerstochen! Alle vier! Und auf der Front- und Heckscheibe stand mit rotem Lippenstift *Betrügerin* geschrieben. Ans Fahrer-Fenster hatte sogar jemand das Wort *Hure* geschmiert.

Tränen stiegen mir in die Augen. Das war unser einziges Auto! Dad hatte keins. Er fuhr mit öffentlichen Verkehrsmitteln zur Arbeit. Wie sollte ich denn jetzt bitte nach Peterborough kommen? Meine letzte Reifenerneuerung hatte mich 70 Pfund pro Stück gekostet. Außerdem müsste ich erst mal einen Abschleppdienst anrufen, der mein Auto zu einer Werkstatt brachte. Das … das war ein Albtraum!

„Scheiße! Was ist *das* denn?"

Ich war so schockiert, dass ich nicht mal zusammenzuckte, als Dorians Stimme hinter mir erklang. Vermutlich hatte Jamie ihm verklickert, wo er mich finden würde. „Hast du gesehen, wer das getan hat?"

Doch ich konnte nicht antworten. Mein Hals war wie zugeschnürt. Wie in Zeitlupe drehte ich mich zu Dorian um, der jetzt angezogen war.

Als er mein tränennasses Gesicht sah, machte er einen bestürzten Schritt auf mich zu. „Hey, komm schon. Das ist doch kein Grund, zu weinen", sagte er etwas perplex. „So reagieren diese irren Weiber jedes Mal, wenn eine Ballkönigin gewählt wurde."

Sein Blick wanderte zu meinem Auto, und er schüttelte grimmig den Kopf. „Gut, es wurden noch nie Reifen zerstochen, aber das kriegen wir wieder hin. Kein Grund, zu weinen, ja?" Anteilnehmend streckte er eine Hand nach mir aus. „Komm, ich fahr dich. Du wolltest doch bestimmt irgendwohin."

Doch ich rührte mich nicht von der Stelle. „Ich glaub nicht, dass du mich fahren willst", sagte ich mit erstickter Stimme. Eilig wischte ich mir die Augen trocken, doch die Tränen kamen immer wieder nach. „Ich … hab eine längere Fahrt vor mir."

„Ist kein Problem für mich. Ich hab für heute frei", meinte er. „Also, wo soll's hingehen?"

Ich starrte Dorian an und schwieg. Wenn ich ihm von meiner Mutter erzählte, wäre er unwiderruflich eingeweiht, und das war nicht unbedingt etwas, das ich ihm anvertrauen wollte. Aber er war vielleicht der Einzige, der mir jetzt helfen konnte. Womöglich hatte er als wohlhabender Sprössling ja Kontakte zu einer Autowerkstatt, die mir die Reifen im Handumdrehen wechselte, sodass ich heute noch zu Mom fahren konnte. Mit dem Handrücken wischte ich mir über die Wangen und sagte schließlich: „Ich muss nach Peterborough."

Wie erwartet reagierte Dorian alles andere als begeistert. Er verzog das Gesicht. „Peterborough?! Was zum Teufel willst du denn in deiner alten Heimatstadt?"

„Das Grab meiner Mutter besuchen."

Dorian starrte mich an, als hätte ich ihm eine unerwartete Ohrfeige verpasst. Vielleicht war das gar keine schlechte Idee, denn er schien eine Art Schock oder so was zu haben. Wie eine Salzsäule stand er da, dann breitete sich langsam Erkenntnis in seinen Augen aus. „Fuck, das … das ist kein Scherz, oder?" Mein ernster Blick dürfte ihm Antwort genug sein. „Fuck!", wiederholte er und fuhr sich durch das dichte Haar. „Gott, Zoe, das tut mir so leid. Ich wusste ja nicht …"

Fast bereute ich es, ihm diese Nachricht so ungeschmückt an den Kopf geworfen zu haben – das musste man erst mal verdauen – , aber je mehr Zeit wir hier verplemperten, desto später kam ich in Peterborough an, und ich musste unbedingt noch vor der Schließung des Friedhof-Blumenladens dort sein. Mein Blick irrte zu meinem demolierten Auto. Die Worte *Betrügerin* und *Hure* brannten sich in mein Gedächtnis.

Ich konnte hören, wie Dorian einmal tief durchatmete, dann sagte er: „Ich fahr dich."

Abrupt riss ich den Blick von meiner beschmierten Windschutzscheibe los und starrte ihn an. „*Was?*“

„Ich fahre dich nach Peterborough“, wiederholte er entschlossen.

„Also … ich weiß nicht, Dorian …“

Er nickte zu meinem Auto. „Willst du heute noch dorthin, oder nicht? Denn mit *diesem* Auto fährst du erst mal nirgendwo hin – das garantiere ich dir. Bis dein Wagen in der Werkstatt und repariert ist, dürfte es einige Zeit dauern.“

Zeit, die mir am Ende auf dem Friedhof fehlen würde. Ich sah wieder zu meinem Auto. „Und was soll ich damit machen? Ich kann ihn doch so nicht hier stehen lassen.“

Mit einer fließenden Bewegung zog Dorian sein Handy aus der Hosentasche. „Ich kümmere mich darum“, sagte er und wählte eine Nummer.

Stirnrunzelnd verfolgte ich die Geste. „Was meinst du damit, du kümmerst dich darum?“

„Ich rufe unseren Hausangestellten an. Er wird dein Auto abholen und zur Werkstatt bringen lassen. Morgen früh steht er mit neuen Reifen dann wieder hier.“

Mir klappte die Kinnlade runter, aber es machte nicht den Eindruck, als würde Dorian scherzen. „Das … das musst du nicht. Ich meine …“

Doch da gab er die Instruktionen schon durchs Telefon weiter. Er beschrieb der Person mein Auto, gab ihm die Adresse unserer Uni durch und steckte das Handy schließlich wieder ein.

Ich konnte Dorian nur wie bedeppert anstarren. Ein *Danke* schien mir nicht mal ansatzweise angemessen für das zu sein, was er für mich tat. Trotzdem bedankte ich mich bei ihm.

In Dorians dunklen Augen flackerte etwas auf. „Bedank dich nicht. Nicht dafür. Jetzt komm. Wir haben eine lange Fahrt vor uns."

Immer wieder wanderte mein Blick verstohlen zu Dorian. Falls er es mitbekam, ließ er sich nichts anmerken. Aber es war so unbegreiflich für mich, dass ich jetzt in seinem Wagen saß und mit ihm nach Peterborough fuhr. Zu dem Friedhof, auf dem sich das Grab meiner Mutter befand.

Nachdem er das Telefonat beendet hatte, hatte er noch eine Nachricht an Amy geschrieben, dass die Montagsbesprechung heute ausfallen würde, da er mit mir unterwegs wäre. Daraufhin hatte sie mich sofort angerufen und ich hatte ihr im Detail erklärt, was passiert war.

Jetzt fuhren wir seit geraumer Weile auf der Motorway, und ich überlegte, wie ich die Entschuldigung einleiten sollte, die ich Dorian noch schuldete. Obwohl er allen Grund dazu hatte, sauer auf mich zu sein, hatte er alles stehen und liegen gelassen, um mich nach Peterborough zu fahren. Ich fand jedoch keine Worte dafür. Zumal es mein Bild von Dorian wieder einmal komplett auf den Kopf gestellt hatte.

Letzte Woche hatte er mich noch eisern ignoriert, und jetzt entpuppte er sich als mein Ritter in einem glänzenden Porsche. Daraus sollte mal einer schlau werden.

Die leise Radiomusik, die aus den Boxen drang, entkrampfte unser Schweigen etwas, aber es war mir immer noch zutiefst unangenehm, in seinem Auto zu sitzen – zumal wir seit dem Losfahren noch kein Wort miteinander gesprochen hatten. Wartete er darauf, dass ich den Anfang machte?

Mein Blick ging zu den Wasserflaschen und den Snacks, die ich vor der Fahrt aus meinem Auto mitgenommen und in der Seitenablage verstaut hatte. Kurz entschlossen nahm ich einen Schokoriegel, dann fragte ich Dorian: „Möchtest du etwas trinken? Oder essen?“ Okay, das war echt billig, aber besser, als sich weiter anzuschweigen.

Dorian schüttelte den Kopf, den Blick konzentriert auf die Straße gerichtet. „Danke, im Moment nicht.“

Ich wickelte das Papier auf und aß den Schokoriegel eigentlich nur, um etwas zu tun zu haben. Tatsächlich wurde mir flau im Magen, wenn ich daran dachte, was sie meinem armen Auto angetan hatten. Wobei ich natürlich keine Ahnung hatte, wer *sie* überhaupt waren. Vielleicht waren es gar keine eifersüchtigen Mädchen, sondern Jungs gewesen. Schließlich war es kein Geheimnis, dass ich diese Klapperkiste fuhr. Oder es war nun endgültig mit Emma durchgegangen und sie steckte dahinter. Ihr traute ich das am ehesten zu.

Nachdem ich den Schokoriegel vertilgt hatte, trank ich ein paar Schlucke Wasser, dann stellte ich die Flasche in die Ablage zurück. Verstohlen linste ich noch einmal zu Dorian rüber und seufzte dann leise. Jetzt hatte ich wirklich keine Ausrede mehr, um das Gespräch aufzuschieben.

„Ich muss mich bei dir entschuldigen", setzte ich an und knetete meine Hände im Schoß. „Wie ich mich neulich im Hotel verhalten habe, war unfair dir gegenüber. Es tut mir leid."

Ich sah zu ihm rüber. Dorians Blick klebte weiterhin auf der Straße, aber er lächelte jetzt matt. Das zu sehen, war Balsam für mein schlechtes Gewissen. Ich konnte es nicht ertragen, wenn Menschen, die mir etwas bedeuteten, enttäuscht von mir waren. Und wem wollte ich noch länger etwas vormachen? Dorian zählte längst dazu.

„Entschuldigung angenommen."

Vor Erleichterung fiel mir ein Stein vom Herzen. Ein halber zumindest, denn das eigentliche Problem hatten wir ja noch nicht geklärt. „Ich weiß, du willst Antworten, und ich kann mir vorstellen, wie frustrierend das für dich sein muss, aber ich kann dir leider nicht sagen, worüber dein Vater und ich gesprochen haben. Glaub mir, ich würde es gern, aber ich kann nicht. Sei bitte nicht sauer."

Er schwieg, und ich biss mir angespannt auf die Unterlippe. Schließlich sagte er: „Hab ich mir schon fast gedacht." Dorian warf mir einen kurzen, abschätzenden Blick zu. „Ich will nur eins wissen: Bist du eins von Dads verschollenen Kindern oder so was? Falls ich nämlich meine Halbschwester geküsst habe, wüsste ich das gern."

Lachend sagte ich: „Ich habe einen Vater, Dorian! Er arbeitet zufällig für *deinen*. Also nein, wir sind nicht verwandt."

„Gut." Er grinste flüchtig in meine Richtung, woraufhin eine unbeschreibliche Hitze mein Herz ergriff. Ich hatte ja schon letzte Woche festgestellt, dass ich diesen Gesichtsausdruck an Dorian vermisst hatte. *Wie* sehr, wurde mir allerdings jetzt erst richtig klar. Dorians Lächeln hatte die Macht, meine negativen Gedanken und Gefühle für ihn zu neutralisieren. Dass er neulich vor meinen Augen mit dem schwarzhaarigen Mädchen rumgemacht hatte, war schon vergessen. Wie könnte ich jetzt auch noch sauer auf ihn sein, da er mich doch so selbstlos nach Peterborough kutschierte?

„Ich muss mich auch entschuldigen", kam es plötzlich von ihm.

Überrascht legte ich den Kopf schräg. Dorian war wieder ernst geworden. „Wofür?"

„Dafür, wie ich mich letzte Woche benommen habe. Ich war wütend auf dich, weil du und mein Vater Geheimnisse vor mir habt, also wollte ich dich das spüren lassen. Ich hab mir irgendwelche Mädchen geschnappt und …" Er schüttelte den Kopf, und ich lief wie eine überreife Tomate an.

„Dorian … wir sind nicht zusammen. Du musst dich nicht …"

„Trotzdem", unterbrach er mich ernst. „Das war kindisch von mir, und ehrlich gesagt, hat es auch überhaupt nichts gebracht. Weder hat es mich von meiner Wut auf dich abgelenkt, noch … sonst was."

Mir entging keineswegs, wie er kurz ins Stocken geraten war. Fieberhaft fragte ich mich, was er wohl noch hatte sagen wollen. Oder was Dorian generell über mich dachte. Was war ich für ihn? Sah er mich immer noch lediglich als Bürde an, als ein weiteres *Dawson Club*-Mitglied? Oder konnte man uns schon als Freunde bezeichnen? Irgendetwas war da jedenfalls zwischen uns.

Ich nahm seine Entschuldigung natürlich an und beobachtete dann eine Weile die Autos, die mit uns über den Motorway rasten. Dorian fuhr schnell, aber ich hatte zu keiner Zeit das Gefühl, dass er den Wagen nicht unter Kontrolle hätte. Er war ein sicherer Autofahrer.

Irgendwann ließen wir London hinter uns und anstelle von Häusern und Geschäften zogen nun weite Wiesen und Wälder an uns vorbei. Der Himmel war grau und wolkenverhangen, aber im Porsche herrschten kuschelige 25 Grad. Das sanfte Brummen des Motors war zudem wunderbar entspannend.

„Darf ich dich etwas fragen?“, unterbrach Dorian die Stille irgendwann, die ich diesmal aber als angenehm empfunden hatte. „Über deine Mutter?“

Ich sah zu ihm. „Ja. Natürlich.“

„Wie war sie? Was ist dir von ihr am meisten in Erinnerung geblieben?“ Dorians Frage überraschte mich. Die meisten Leute fragten nach der Todesursache oder wie *lange* meine Mutter schon tot war, aber noch nie hatte mich jemand gefragt, wie sie war.

Ich überlegte. „Eigentlich wie ich.“

Das entlockte ihm ein Schnauben. „Was denn? Sie war aufmüpfig, frech und schusselig?“

Ich musste lachen. „Ich meinte eher kunstbegeistert, ehrgeizig und manchmal auch etwas eigen. Dad sagt immer, dass ich eine exakte Kopie von ihr bin. Äußerlich wie charakterlich.“

Dorian lächelte traurig, aber die Frage der Fragen stellte er mir nicht. Wie so viele wollte er wohl nicht respektlos sein, aber ich wusste, dass der Gedanke in seinem Kopf herumgeisterte. Das war auch völlig normal und gar nicht schlimm.

Also erklärte ich von mir aus: „Sie ist an einer Hirnblutung gestorben. Oder besser gesagt, an der zweiten. Nach der ersten lag sie zwei Wochen im Koma. Dann wurde sie wach, erholte sich und durfte nach der Reha wieder nach Hause. Eine Woche später hatte sie die zweite Hirnblutung. Und das war's."

Dorian atmete tief durch. „Tut mir sehr leid."

„Danke." Ich sah wieder aus dem Fenster und rutschte auf dem Sitz etwas tiefer, um es bequemer zu haben. Der Himmel war heller geworden, aber die Sonne würde heute wohl nicht mehr herauskommen. Dafür sorgten die Wolken, die wie eine dicke, undurchlässige Schicht Zuckerwatte am Himmel klebten.

„Ich war sechs, als es passierte. Manchmal bin ich ganz froh, dass ich noch so klein war. Ich hab nicht mehr viele Erinnerungen an meine Mutter – das meiste weiß ich von Dad –, aber was ich noch weiß, ist, wie sie mir abends immer Geschichten vorgelesen hat. Jetzt liegt ihr Tod schon so lange zurück, dass es nicht mehr so schmerzhaft für mich ist, über sie zu reden." Ich zuckte die Schultern. „Das klingt wahrscheinlich total egoistisch."

„Finde ich nicht", meinte Dorian. „Als mein Opa starb, war Amy monatelang am Boden zerstört. Sie hatte ein viel besseres Verhältnis zu ihm, da sie oft bei unseren Großeltern zu Besuch war. Meine Beziehung zu Grandpa war eher oberflächlich. Nicht, dass wir uns nicht gemocht hätten, aber … Ich weiß nicht, ich hatte eben einfach nicht so eine enge Verbindung zu ihm. Als er dann starb, war ich natürlich traurig, aber es hat mich nicht so aus der Bahn geworfen wie Amy. Dafür war ich in gewisser Weise dankbar. Macht mich das zu einem schlechten oder egoistischen Menschen? Weil ich dankbar dafür bin, nicht so sehr gelitten zu haben? Das glaube ich nicht."

Dorian machte eine Pause, dann sagte er: „Ich hoffe, das kommt jetzt nicht falsch rüber, aber ich beneide dich dafür, dass du deine Mutter wenigstens noch kennengelernt hast. Von meiner weiß ich überhaupt nichts. Außer, wie sie heißt, und dank ein paar Recherchen auch, wie sie aussieht. Das war's." Er warf mir einen flüchtigen Seitenblick zu. „Aber das weißt du ja schon, nicht wahr?"

Erschrocken erwiderte ich Dorians Blick. Er lächelte wissend. „Amy hat's mir erzählt. Sie hat sich neulich verplappert."

Schmunzelnd schüttelte ich den Kopf. Ja, das war typisch für sie.

Vierzig Minuten vor Ladenschluss betrat ich das Blumengeschäft am Friedhof. Wäre ich mit meiner Klapperkiste angereist, wäre es knapp geworden, aber mit Dorians Porsche hatten wir sage und schreibe 30 Minuten eingespart. Er war im Wagen geblieben und hatte gesagt, dass ich mir so viel Zeit lassen sollte, wie ich brauchte, und dass er ein bisschen in der Gegend herumfahren würde.

Das Blumengeschäft hatte eine eigene Friedhofs-Abteilung, in der man zwischen wunderschönen Gestecken, Blütendekor, winterharten Pflanzen und Blumensträußen wählen konnte. Ich ging geradewegs an der Abteilung vorbei und nahm wie immer einen großen, bunten Strauß Lilien.

Ava, die grauhaarige Ladenbesitzerin, kannte mich schon seit Jahren. Ich erzählte ihr, dass ich jetzt in London lebte und dort studierte, und erfuhr, dass letzten Monat eine ihrer geliebten Katzen gestorben war. Schon seit Jahrzehnten streiften die Tiere auf dem Friedhof herum und ließen sich von ihr füttern.

Ava bat mich, Dad von ihr zu grüßen, dann betrat ich den Friedhof, legte Mom ihre Blumen aufs Grab und schüttete ihr mein Herz aus. Das tat ich jedes Mal. Ich beichtete ihr meine Sünden, ließ sie an meinen Träumen und Gedanken teilhaben und stellte mir dabei vor, wie sie neben ihrem Grab stand und mir lächelnd zuhörte.

Knapp zwei Stunden später machte ich mich – mit eingefrorenen Zehen – auf den Rückweg. Es war, als hätte uns der graue Himmel aus London verfolgt und mit Verzögerung nun auch Peterborough erreicht. Wahrscheinlich hatte ich zu lange auf einem Fleck gestanden und es war Einbildung, aber die Temperaturen schienen in den zwei Stunden noch einmal rapide gesunken zu sein.

Dorian und ich hatten vorhin Nummern getauscht, damit ich ihm Bescheid geben konnte, wenn ich fertig war. Jetzt schrieb ich ihm mit eiskalten Fingern, dass ich vor dem Blumenladen auf ihn warten würde und er die Heizung doch bitte auf eintausend Grad aufdrehen sollte.

Er musste schon eine Weile vor dem Geschäft gewartet haben, denn als ich fünf Minuten später dort ankam, stand Dorians Porsche bereits am Straßenrand. Von innen machte er mir die Tür auf, und ich stieg in das kuschelig warme Auto ein.

„Hey“, sagte er und lächelte mich fast schon vorsichtig an. „Alles okay?“

„Ja, alles gut“, sagte ich.

Dorian wartete, bis ich mich angeschnallt hatte, dann reichte er mir ein großes, belegtes Baguette. „Ich konnte nicht mehr warten, da sich mein Magen vor Hunger schon fast aufgelöst hat, aber ich hab dir auch eins gekauft. Für die Rückfahrt.“

„Vielen Dank!“ Erstaunt nahm ich das Baguette entgegen, und Dorian schnallte sich an. Ich beobachtete ihn dabei, dann fragte ich mit dem Anflug eines schlechten Gewissens: „War es wirklich okay für dich, die zwei Stunden zu warten?“

Beleidigt verzog Dorian das Gesicht. „Ich sagte doch schon, du sollst dir deswegen keinen Kopf machen. Und, hey, immerhin kann ich jetzt stolz behaupten, dass ich Peterborough gesehen habe“, fügte er augenzwinkernd hinzu.

Amüsiert zog ich die Brauen hoch. „Machst du dich etwa über meine alte Heimat lustig?“

„Würde ich doch nie wagen! Ich glaube, ich hab *alle* 20 Einwohner gesehen. War bestimmt aufregend, hier zu leben, oder?"

„Ha ha!" Ich boxte ihm auf die Schulter, und er startete lachend den Motor. Dann fuhren wir los.

Gesättigt und eingelullt von der Wärme, die aus dem Heizlüfter strömte, musste ich irgendwann eingeschlummert sein, denn als ich die Augen öffnete, bogen wir gerade auf den Uni-Parkplatz ein.

„Oh, verdammt!" Ich setzte mich auf und rieb mir die Augen. „Habe ich etwa die halbe Strecke geschlafen?"

Dorian grunzte. „Wenn du es *schlafen* nennen willst, dass du wie ein Walross geschnarcht hast, dann ja."

Leider war ich noch zu schlaftrunken, um ihm wirklich Kontra geben zu können, daher sagte ich nur lahm: „Ich schnarche überhaupt nicht!"

„Tut mir leid, dir diese Illusion nehmen zu müssen – die übrigens viele Mädchen haben –, aber doch, tust du."

Beleidigt verschränkte ich die Arme vor der Brust. „Du hättest mich doch wecken können."

„Ach, wozu denn?" Dorian hatte einen freien Platz gefunden und parkte den Wagen ein. Die

Stelle, an der heute Nachmittag noch mein Audi gestanden hatte, war jetzt mit einem anderen Auto belegt. „Ich hab leise Musik gehört, und es schien, als brauchtest du den Schlaf.“

Wir stiegen aus und gingen zum Haupteingang. Ein Blick auf die steinerne Wanduhr in der Eingangshalle verriet mir, dass es kurz vor 22 Uhr war. Um diese Uhrzeit war das Schloss meistens wie ausgestorben. Nur am Wochenende, wenn sich die aufgebrezelten Studenten auf den Gängen trafen, um auswärts in einen Pub oder Club zu gehen, herrschte hier reges Treiben.

Dorian und ich kamen in den Westflügel und durchquerten den langen, mit Gemälden geschmückten Korridor. Als wir das Ende erreichten, schwappten Stimmen aus dem nicht weit entfernten Gemeinschaftsraum zu uns herüber.

Dorian und ich mussten nur einen Blick tauschen, um festzustellen, dass keiner von uns Lust hatte, jetzt im Gemeinschaftsraum abzuhängen. Besonders ich nicht, die nur wieder feindselige Blicke von Emma und Calvin kassieren würde. Leise bogen wir in den Nebengang, bis wir uns weit genug entfernt hatten, um außer Hörweite zu sein.

„Also … ich weiß wirklich nicht, wie ich das jemals wiedergutmachen soll“, begann ich, als wir vor meinem Zimmer standen.

Seitdem wir aus dem Auto gestiegen waren, war Dorian seltsam ruhig, als würde er angestrengt über etwas nachdenken. Jetzt grinste er mich verschmitzt an. „Oh, ich wüsste da was. Du könntest mir einen Kuss geben. Als Belohnung."

Mir klappte die Kinnlade herunter. „*Wie* bitte?!"

„Einen Kuss auf die Wange", korrigierte er und tippte auffordernd auf die betreffende Stelle. Als ich zögerte, sagte er: „Komm schon. Den habe ich mir verdient."

Lachend schüttelte ich den Kopf, aber Dorian ließ sich von meinem Zögern nicht entmutigen. Abwartend, ja, eine Spur herausfordernd sah er mich an, bis es mir zu blöd wurde.

„Du bist unmöglich!", schnaubte ich und stemmte die Hände in die Hüften.

Seine Antwort war ein dämonisches und leider viel zu verführerisches Grinsen. „Erzähl mir was Neues."

„Na gut", sagte ich kopfschüttelnd und machte einen Schritt auf ihn zu. Keine Ahnung, was mich zu dieser hirnrissigen Aktion trieb. Womöglich war ich vom Schlaf noch etwas benebelt oder meine übermäßige Dankbarkeit für Dorian machte mich tollkühner. Jedenfalls hätte ich ahnen müssen, was als Nächstes geschehen würde. Als er mir nämlich die Wange hinhielt und ich Dorian küssen wollte, drehte er im letzten Moment den Kopf … und meine Lippen trafen auf seine.

Dorian ließ mir keine Zeit, meinen Fehler rückgängig zu machen. Seine Hände umschlossen meine

Hanglenke, dann schob er mich rückwärts, bis ich mit dem Rücken gegen die Tür stieß. Warm und geschickt bewegten sich seine Lippen auf meinen. Fordernd. Leidenschaftlich. Er verschlang mich regelrecht. Meine Lippen öffneten sich wie von selbst – ich konnte nichts dagegen tun.

Doch selbst jetzt, da ich ihm entgegenkam, gab er meine Handgelenke nicht frei. Sanft, aber unnachgiebig drückte er sie neben meinen Hüften an die Wand, sodass ich höchstens meine Beine bewegen konnte. Dabei wollte ich Dorian so gern anfassen. Mit den Händen durch sein Haar fahren, ihm die Arme um den Hals schlingen, ihn an mich drücken.

Ein lustvolles Geräusch entfuhr mir, als seine Zunge in mich eindrang und gekonnt mit meiner spielte. Heftige Schauer durchzuckten meinen Körper, und ich versuchte weiterhin, meine Hände freizukriegen, damit ich ihn auch endlich berühren konnte. Das machte mich ganz verrückt.

Plötzlich presste sich Dorians Körper der Länge nach gegen meinen. Ich wusste nicht, ob es Absicht oder einfach nur Reflex war, aber als sein Becken auf unbeschreiblich quälende Art gegen meines drückte und ich ihn *spüren* konnte, erstarrte ich.

Dorian hörte sofort auf, mich zu küssen, und rückte ein paar Millimeter von mir ab. „Tut mir leid“, stöhnte er und legte seine Stirn an meine. Sein Atem ging unregelmäßig, genau wie meiner. „Ich kann das bei dir so schlecht kontrollieren.“

Ich stieß ein zittriges Lachen aus und legte meine Hände auf seinen Bauch, damit er weiter auf Abstand blieb. Ich wandelte hier am Rand einer ziemlich hohen Klippe. Ein falscher Schritt, ein weiterer Kuss oder eine Berührung von Dorian, und ich würde hinunterstürzen. Der Grund, weshalb ich so plötzlich aufgehört hatte, war nicht etwa der, dass ich Dorian dort unten gespürt hatte, sondern das brennende Verlangen, das die Berührung in mir ausgelöst hatte. Ich wollte Dorian. Mit jeder Faser meines Körpers. Ich verzehrte mich nach ihm.

Hätte er weitergemacht, wäre ich mit ihm auf sein Zimmer gegangen, und ich war mir ziemlich sicher, dass ich das am nächsten Tag bitter bereut hätte. Dorian wäre mein erster, aber solange ich nicht wusste, ob ich ihm überhaupt etwas bedeutete, wollte ich diesen Schritt nicht wagen. So zumindest der vernünftige Teil in mir. Aber wie gesagt, der balancierte gerade gefährlich nahe am Abgrund.

„Wir sollten das nicht tun“, murmelte ich und warf einen ängstlichen Blick zum Ende des Gangs. Das war dumm von mir gewesen. Hätte Calvin uns gesehen … Ich wollte lieber nicht darüber nachdenken, was das für meine schulische Karriere bedeutet hätte. Oliver hatte mir zwar nicht explizit mit dem Rauswurf aus *Dawson* gedroht, aber er hätte definitiv die Macht dazu. Und Calvin schien nur darauf zu warten, mich bei seinem Vater anschwärzen zu können.

„Was? Uns küssen?“, fragte Dorian und lehnte sich zurück, damit er mir in die Augen gucken konnte. Doch ich senkte den Blick eilig, bevor ich nickte, und musterte jetzt seinen obersten Mantelknopf. „Warum nicht? Wir sind schließlich das Ballkönigs-Paar. Ich finde, wir sollten für unseren großen Auftritt *üben*.“

Mahnend sah ich jetzt doch zu ihm hoch. In Dorians Augen funkelte es amüsiert. „Ich meine es ernst, Dorian. Für dich ist das alles nur Spaß, aber ich will das nicht. So bin ich nicht, verstanden?“

Seine Belustigung verschwand genauso schnell, wie sie gekommen war. Geräuschvoll atmete er aus. „Ich weiß. Ich weiß, dass du nicht so bist. Wie gesagt, bei dir fällt es mir nur so schwer, mich zusammenzureißen. Tut mir leid.“

„Du meinst, so schwer wie bei allen anderen Mädchen?“

Etwas Bedrücktes flackerte in seinen Augen auf. „Nein, bei dir ist es anders. Das ist ja das Problem.“

Fragend legte ich den Kopf schief. Problem? Was denn für ein Problem? Doch da gab Dorian mir schon einen sanften Kuss auf die Stirn und wandte sich dann zum Gehen. Selbst wenn ich gewollt hätte, hätte ich ihn nicht aufhalten können. Ich konnte von Glück sagen, wenn meine schlotternden Beine mich überhaupt noch ins Zimmer trugen. Benebelt von unserem Kuss sah ich ihm nach, bis Dorian die Treppe hochgestiegen war, dann ging ich in mein Zimmer.

Kapitel
10

Ich hätte nie gedacht, dass ich mal zu den Mädchen gehören würde, die sich auf einen Schulball freuen. In meiner alten Schule hatte es nur einen Abschlussball für die Schulabgänger gegeben, aber das war mehr eine billige Abschiedsparty als ein Schulball gewesen, wie man ihn beispielsweise aus den USA kannte. Jetzt, da zwischen Dorian und mir wieder alles gut war, platzte ich fast vor Erwartung.

Gleich am nächsten Tag hatte ich Luke zur Rede gestellt, wobei meine Standpauke milder ausgefallen war, als noch am Tag zuvor beabsichtigt. Im Grunde hatte ich ihn nur gefragt, was er sich dabei gedacht hatte, mich zur Ballkönigin zu ernennen, aber er war sich angeblich keiner Schuld bewusst gewesen, sondern hatte mir nur augenzwinkernd erklärt, dass ich ihm später dafür danken könnte.

Tja, sah ganz danach aus, als müsste ich das wirklich tun, denn jetzt, da ich mich mit Dorian vertragen hatte, gab es von meiner Seite aus nichts mehr gegen den Ball einzuwenden.

In der Uni lief es super, die Prüfungen hatte ich mit einem guten Gefühl geschrieben und außer der Sache mit meinen zerstochenen Autorreifen – den Täter hatten wir nie ausfindig machen können –

hatte es keine weiteren Anfeindungen mir gegenüber mehr gegeben.

Dafür hatte sich zwischen Dorian und mir spürbar etwas verändert. Er war ja vorher schon zugänglicher gewesen, aber seit der Fahrt nach Peterborough fühlte es sich anders zwischen uns an. Er flirtete nicht nur einfach mit mir. Es schien, als würde er mich jetzt ernster nehmen. Respektieren.

Das machte es natürlich nicht leichter, seinem teuflischen Charme zu widerstehen. Aber genau das tat ich seit nunmehr zwei Wochen, und ich war verdammt stolz auf mich. Seit dem Kuss im Flur war nichts mehr zwischen uns vorgefallen, aber ich gebe zu, das war nicht immer meiner Vernunft zu verdanken gewesen.

Vor allem hatte ich Angst, dass Calvin uns erwischen und zu seinem Vater rennen könnte. Weder hatte ich Calvins fiese Worte vergessen, noch entgingen mir seine wachsamen Blicke, wenn ich mich mit Dorian unterhielt. Das Reden konnte er uns schlecht verbieten, aber sobald Dorian in den Flirt-Modus wechselte, wurde es kritisch.

Das war zum Verrücktwerden.

Der Person, nach der ich mich am meisten verzehrte, durfte ich nicht näherkommen. Das war, als würde man einem Esel eine saftige Karotte vor die Nase halten, die er nie ganz erreichte. Aber ich wäre wirklich ein Esel, würde ich mich auf Dorian einlassen. Abgesehen von der Beleidigung, die dahintersteckte, war es also vielleicht gar nicht so schlecht, dass Calvin mir im Nacken saß. Er verhinderte, dass ich einen großen Fehler beging.

Vorgestern hatte Amy mich zum Ballkleider-Shoppen entführt und mit ihrem knallroten Range Rover zu einer Luxus-Boutique gefahren. Clever wie meine Freundin war, hatte sie behauptet, dort ein Kleid für sich zu kaufen und dann später mit mir in ein Secondhand-Geschäft zu fahren, damit ich mich dort austoben konnte. Also hatte ich sie widerstandslos in die Luxus-Boutique begleitet, ihr beim Anprobieren geholfen und meinen Senf dazugegeben.

Nach einer Weile hatte sie vorgeschlagen, dass ich doch auch mal ein paar Kleider aussuchen sollte. Nur, um zu sehen, was meinen Geschmack traf. Das hatte ich dann auch getan und ehe ich mich versah, war ich von zwei penetranten Verkäuferinnen umringt gewesen, die mir ein Prachtkleid nach dem anderen unter die Nase gehalten hatten, sodass mir gar keine andere Wahl geblieben war, außer sie anzuprobieren.

Und dann hatte ich es gefunden: Mein Traumkleid, das selbst die *echte* Königin vor Neid hätte erblassen lassen. Wäre da nur nicht die Sache mit dem Preis gewesen. Nachdem ich zehn Minuten lang mit Amy diskutiert hatte, dass ich das Kleid nicht nehmen würde, hatte sie nachgegeben und es mir abgenommen, damit ich mich wieder umziehen konnte.

Ich hätte es eigentlich besser wissen müssen, denn als ich aus der Umkleidekabine kam, hatte Amy es heimlich hinter meinem Rücken bezahlt und mir hübsch verpackt in die Hand gedrückt.

Jetzt stand ich in einem 2.000 Pfund teuren Kleid vor dem Spiegel in meinem Studentenzimmer und konnte es immer noch nicht glauben. Weder, dass ich so ein teures Kleid für den Rest meines Lebens mein Eigen nennen durfte, noch, dass ich zugelassen hatte, dass Amy so eine Unsumme für mich hingeblättert hatte.

„Ich will ja nicht sentimental werden, aber mit dem Kleid wirst du alle anderen Ballköniginnen vor dir in den Schatten stellen", schwärmte sie zu Tränen gerührt.

Meine langen, gelockten Haare hatte Amy mit Kristallspangen in Form von glitzernden Blüten kunstvoll hochgesteckt. Einzelne dicke Locken fielen wie Wellen auf meine nackten Schultern. Amy hatte mir wunderschöne, blutrote Ohrringe geliehen, die zu meinem Kleid passten. Ein Kleid, das so unwirklich aussah, dass man meinen könnte, es sei einem Märchen entsprungen.

Es war aus rotem, schwerem Samt, der meine blasse Haut wie Marmor leuchten ließ, und weit ausgestellt. Goldene Blätter waren dezent auf das Kleid gedruckt, die je nach Lichteinfall mal gelber, mal orangefarbener schimmerten. Mein Hals und meine Schultern waren frei. Die Träger des Kleides begannen erst ab der Hälfte meiner Oberarme und bildeten eine Linie mit meinem Ausschnitt. Meine Brüste waren ins Unendliche gepuscht, aber Amy hatte darauf bestanden und mir versichert, dass das so sein müsste. Es war seltsam, da ich mich noch nie so gesehen hatte, aber die Person im Spiegel sah wunderschön aus. *Ich* war wunderschön.

Ein letztes Mal zupfte Amy, die in einem Traum aus hellblauem Tüll neben mir stand, an meiner Frisur herum, dann machte sie einen Schritt zurück und klatschte zufrieden in die Hände. „Mission erfüllt."

„Mission?", fragte ich belustigt. „Welche Mission denn?"

„Na, die schönste, auffälligste und heißeste Ballkönigin aus dir zu machen. Ich will, dass sich die Leute nach dir umdrehen, wenn du an ihnen vorbeigehst, dass alle nur *dich* angucken, und vor allem will ich, dass meinem bescheuerten Cousin verdammt noch mal der Sabber aus dem Mund läuft, wenn er dich ansieht. Damit er endlich begreift, was er an dir hat. Ich kann euer Herumscharwenzeln nämlich nicht mehr ertragen."

Lachend schüttelte ich den Kopf und sah wieder in den Spiegel. Wenn es nach Amy ginge, würde sie Dorian und mir am liebsten schon die Ringe an die Finger stecken. Ihrer Meinung nach waren wir perfekt füreinander – wie Yin und Yang –, eben *weil* wir so gegensätzlich waren. Dorian würde mehr Spannung und Unterhaltung in mein Leben bringen und ich würde aus ihm – so zumindest ihre Hoffnung – einen anständigen, jungen Mann machen. Das Fatale war, dass ich mich allmählich von Amys Geschwärme anstecken ließ, da sie ständig davon sprach.

Machten wir uns nichts vor: Dorian war mein Traummann. Ich wollte ihn. Das einzige Problem war, dass ich mir bei ihm nicht sicher sein konnte, ob ich ihn für mich allein haben würde, bei dem Frauenverschleiß, den er hatte. Denn teilen würde ich ihn ganz sicher nicht.

„Na los, Eure Hoheit“, unterbrach Amy meine Gedanken und machte einen eleganten Knicks vor mir. „Auf zu Eurem großen Auftritt. Die Jungs warten bestimmt schon.“

Als wir in den Flur traten, kam uns Rose entgegen. Sie musste etwas in ihrem Zimmer vergessen haben, denn sie kam vom Durchgang. Rose trug ein cremefarbenes, strukturgeprägtes Kleid, das bis zum Hals hochgeschlossen war und ihre Arme bis zu den Handgelenken verdeckte. Als ihr Blick auf mich fiel, blieb sie abrupt stehen und ihr klappte die Kinnlade herunter. „Oh, mein Gott, was ist *DAS* denn?“, fragte sie beinahe ehrfürchtig und wollte mein Kleid anfassen.

Amy schlug ihr auf die Finger. „Nichts da. Bring ja nicht mein Gesamtkunstwerk durcheinander."

Rose nahm die Hand zurück und starrte mich an, als wäre ich Königin Elisabeth II höchstpersönlich. Immer wieder wechselte ihr Blick von meinem Gesicht zu meinem Kleid. Schließlich sah sie mir in die Augen und schluckte schwer. „Du … du sieht wunderschön aus. Ich hab gar keine Worte dafür."

„Danke." Ihre heftige Reaktion machte mich unendlich verlegen. Und unsicher. Hatten wir es mit dem Kleid vielleicht übertrieben? Wenn Rose schon so heftig reagierte, wie würde es der Rest der Uni dann erst tun?

Aber dann fing Rose sich wieder. Mit einem Blick hinter mich sagte sie: „Ihr solltet euch besser beeilen, bevor Emma aus ihrem Zimmer kommt. Wenn sie dieses Kleid sieht, begeht sie wahrscheinlich Selbstmord! Sie ist so schon total fertig, weil sie dieses Jahr nicht gewählt wurde."

Das ließen Amy und ich uns nicht zweimal sagen. Keiner von uns hatte jetzt Lust, Emma zu begegnen. „Gute Idee. Wir sehen uns in der Halle", sagte ich zu Rose und wir gingen weiter.

Es war abgesprochen gewesen, dass unsere Begleiter an der Treppe des Westflügels auf uns warten sollten. Seit 19 Uhr waren die Türen des Speisaals für uns Studenten geöffnet, doch nichts hätte mich auf den sagenhafteren Anblick vorbereiten können, den Dorian mir bot.

Er sah aus wie der nächste Kronprinz.

In einem schwarzen Hemd, einer schwarzen Hose und gleichfarbigen Schuhen stand er am Fuße der Treppe und unterhielt sich mit Nathan, Amys Begleiter. Über dem Hemd trug Dorian eine zweireihige, zugeknöpfte Weste, doch es war das Sakko im Brocade-Stil mit dem abstehenden, verzierten Kragen, das seinen Aufzug erst so festlich machte. Das offene Sakko war etwas länger als üblich und lief spitz an seinem Hintern zusammen. Das Grundmaterial war schwarz, aber die golden schimmernden, blütenähnlichen Aufdrucke, die fast den gesamten Stoff bedeckten, passten perfekt zu meinen. Als hätten wir uns abgesprochen.

Meine Hand zitterte, als ich sie auf das Treppengeländer legte, um mich beim Hinabsteigen daran festzuhalten. Von meinen Beinen ganz zu schweigen, aber die waren unter dem ausgestellten Kleid zum Glück nicht zu sehen.

Die Jungs verstummten, als sie uns bemerkten. Es kam mir vor, als würde die Zeit stehenbleiben, als Dorian sich umdrehte und zu mir hochschaute. Seine Augen weiteten sich bei meinem Anblick. Eine Reaktion, die meinen ohnehin schon flotten Herzschlag auf ein ungesundes Tempo ankurbelte.

Er hatte seitlich an der Balustrade gelehnt, jetzt stellte er sich mir in den Weg und reichte mir die Hand, um mir die letzten zwei Stufen hinunterzuhelfen.

Nathan und Amy nahm ich nur noch am Rande wahr. Meine Aufmerksamkeit galt allein Dorian, der mich ansah, als wäre ich ein Engel. Der Ausdruck in seinen Augen machte mich super nervös. Die Schwere und Intensität darin, ließen mich wanken.

Als ich vor ihm stand, betrachtete Dorian mich von oben bis unten. Ich errötete unter seinem Blick, und noch mehr, als er schließlich sagte: „Mir fehlen wirklich selten die Worte, aber du siehst einfach nur *wow* aus! Etwas anderes fällt mir dazu nicht ein."

Grinsend biss ich mir auf die Unterlippe. „Ihr seid aber auch nicht zu verachten, *Prinz* Dorian!"

Er schenkte mir ein verschmitztes Lächeln. „*König*, wenn ich bitten darf." Dann machte er einen Schritt auf mich zu und brachte seine Lippen dicht an mein Ohr. Sein Sakko streifte meine nackten Schultern. „Im Vergleich zu deiner Schönheit bin ich nur ein bedeutungsloser, blasser Schatten."

Eine heftige Gänsehaut überkam mich, drohte mich, in die Knie zu zwingen. Trotzdem schaffte ich es, einigermaßen cool zu bleiben und mich lachend zurückzulehnen. „Du nimmst deinen Job als Ballkönig aber verdammt ernst, was? Hast du für heute Abend extra ein Handbuch studiert?"

„Das war noch gar nichts", meinte er und wackelte bedeutungsvoll mit den Brauen. „Tat es sehr weh, als du vom Himmel gefallen bist?"

Ich prustete los. „Ich glaube ja nicht, dass du das gerade wirklich gesagt hast!"

Grinsend bot er mir seinen Arm dar, damit ich mich bei ihm einhaken konnte. „Ich hab noch mehr in petto, aber der Abend ist noch jung. Ich muss mir noch ein paar Sprüche für später aufheben."

„Ich kann's jetzt schon kaum erwarten", schnaubte ich.

Wir wandten uns Amy und Nathan zu. „Hammer Kleid", sagte dieser mit einem anerkennenden Nicken zu mir.

Ich bedankte mich lächelnd.

„Na, Cousin? Habe ich dir zu viel versprochen?", fragte Amy und stupste Dorian ganz undamenhaft in die Seite.

„Keineswegs. Du hast dich selbst übertroffen."

Ich sah von Amy zu Dorian. „Du wusstest davon?"

„Er wusste, dass ich mit dir ein Kleid kaufen würde", antwortete Amy für ihn. „Nicht, dass es so königlich sein würde. Aber ich hab ihm versprochen, dass es ihn umhauen würde."

Verlegen sah ich zu Dorian, der mir von der Seite zuzwinkerte. „Das tut es. Auf meine Cousine ist wie immer Verlass."

„Wollen wir?", fragte Nathan und bot Amy seinen Arm dar. Sie hakte sich bei ihm ein, und gemeinsam gingen wir zum Speisesaal, dem diesjährigen Schauplatz des Balls.

Kaum hatten wir den Westflügel verlassen, begegneten wir mit bunten, wunderschönen Ballkleidern und eleganten Anzügen festlich gekleideten Studenten. Brennende Wandfackeln und ein ausgelegter, roter Teppich wiesen uns den Weg.

Wir schlossen uns dem Strom an, dabei entgingen mir keineswegs die verstohlenen, anerkennenden Blicke. Jap, mein Kleid war definitiv das prunkvollste, aber Dorian bewegte sich so sicher und stolz neben mir, dass ich mir nicht länger erlaubte, auch nur den Hauch von Verlegenheit zu verspüren. Wir waren das Ballkönigs-Paar. Natürlich zogen wir die Blicke auf uns. Es wäre traurig, wenn es nicht so wäre.

Der Speisesaal war nicht mehr wiederzuerkennen. Dort, wo normalerweise die Esstische standen, gähnte jetzt eine freie, *noch* leere Tanzfläche. Die Tische hatte man um die Fläche herum aufgebaut, aber sie waren mit weißen Tischdecken bedeckt, die bis auf den Boden fielen und sich dort wellten. Silberne Kerzenständer, weiße Blumenkränze und silbernes Gedeck schmückten die Tische. Die Wärme, die von den Kerzen und Fackeln ausging, gab dem Saal, trotz seiner Weitläufigkeit, ein gemütliches Ambiente. Festliche Musik mischte sich unter das aufgeregte Stimmengewirr, und Angestellte trugen Tabletts mit Häppchen und Champagnergläsern umher.

Wir gesellten uns zum Rest unserer Clubmitglieder, die unweit der Tanzfläche an einem Tisch saßen und fleißig Champagner tranken. Das Mädchen neben Calvin kannte ich nur flüchtig, und auch Jamie hatte sich an seinem unerschöpflichen Repertoire an weiblichen Eroberungen bedient.

Die ganze Zeit über blieb ich bei Dorian eingehakt. Vermutlich würde er mir heute den ganzen Abend über nicht von der Seite weichen. Ich ignorierte Calvins missbilligenden Blick, als wir am Tisch ankamen, und war froh, dass Emma noch nicht eingetroffen war. Seitdem sie mitbekommen hatte, dass ich die Ballkönigin sein würde, hatte ich sie kaum noch zu Gesicht gekriegt, als wäre sie mir absichtlich aus dem Weg gegangen, weil sie es nicht ertragen konnte, mich anzusehen.

Jamie stieß einen anerkennenden Pfiff aus und klopfte neben sich, damit ich mich zu ihm setzte. Dorian nahm zu meiner Linken Platz, Amy und Nathan uns gegenüber.

Wir unterhielten uns angenehm, tranken Champagner, aßen Häppchen und bewunderten den prunkvoll dekorierten Saal. Okay, eigentlich nur ich, die anderen hatten ja schon ein paar Bälle hinter sich – wobei Amy mir erzählte, dass die Location und das Thema des Abends von Jahr zu Jahr variierten.

Schließlich tauchten auch Emma und Rose mit ihren Begleitern auf und setzten sich zu uns. Ich mied Emmas Blick – ich wollte mir heute von niemandem den Abend verderben lassen – und konzentrierte mich stattdessen auf die kleine Bühne mit dem Pult, die nun vom Schulleiter höchstpersönlich betreten wurde. Lächelnd sah ich zu Amy, die ihren Vater gespannt beobachtete, dann setzte Hektor Wilde seine Brille auf und es folgte eine bewegende Rede über die Gründung der Universität und deren traditionellen Schulball, den wir zu Ehren von Alexander Dawson veranstalteten.

Zum Schluss wurden Dorian und ich unter tosendem Applaus auf die Bühne gebeten. Dass einige mir den Titel nicht gegönnt und meine Autoreifen zerstochen hatten, war offenbar vergessen.

Hätte Dorian mir nicht wieder seinen stützenden Arm angeboten, wäre ich auf dem Weg zur Bühne vermutlich zusammengebrochen oder gestolpert. Die Aufmerksamkeit der *gesamten* Universität lag auf uns. Für Dorian vielleicht kein Problem, weil er es gewohnt war, angestarrt und bewundert zu werden, aber ich musste das echt nicht wiederholen. Nächstes Jahr durfte gern wieder ein anderes Mädchen Ballkönigin sein. Meinetwegen auch Emma.

Neben Hektor traten nun auch einige Professoren und der Vorstand auf die Bühne. Luke persönlich setzte mir das Diadem auf, wobei ich ihm zuflüsterte, dass er nicht so dämlich grinsen sollte, was ihn selbstverständlich nur noch mehr amüsierte.

Mit einem kühlen, fast schon selbstgefälligen Ausdruck überreichte er Dorian das Zepter, dann wurden wir noch von den anderen Anwesenden beglückwünscht und Hektor bat uns schließlich auf die

Tanzfläche. Als wäre es nicht schon schlimm genug, heute Abend im Fokus zu stehen, mussten wir natürlich noch den Tanz eröffnen. Dorian hatte sich in den letzten Tagen immer wieder angeboten, mit mir zu üben – natürlich abends, in seinem Zimmer –, aber ich hatte abgelehnt und lieber Amy als Lehrmeisterin genommen. Sicher war sicher.

Nun setzte die Musik ein, Dorian ergriff meine rechte Hand, legte die andere auf meine Wirbelsäule und wir begannen, einen langsamen Walzer zu tanzen.

„Wie hältst du nur all die Blicke aus und bleibst trotzdem so locker?“, murmelte ich Dorian mit einem aufgesetzten Lächeln zu. Ehrlich. Das war mir ein Rätsel.

Er lachte über mein verkrampftes Lächeln. „Ich glaube nicht, dass sie *mich* anstarren, Zoe.“

„Na, toll! Das ist *noch* schlimmer!“, stöhnte ich leise.

Sein Händedruck auf meinem Rücken wurde fester, wie um mich zu beruhigen. „Achte nicht auf die anderen. Sieh einfach mich an.“

Wenn er wüsste, wie gefährlich das war. Doch mir blieb keine andere Wahl, wenn ich ihm vor Nervosität nicht auf die Füße treten oder ohnmächtig werden wollte. Ich blendete alles um mich herum aus, ließ mich von Dorian führen und in den Bann seiner Augen ziehen. Irgendwann bemerkte ich, dass wir nicht mehr allein auf der Tanzfläche waren.

Mehr und mehr Paare gesellten sich zu uns, vermengten sich mit uns zu einem bunten Wirrwarr aus wallenden Kleidern und eleganten Anzügen.

Ich wusste nicht, wie lange wir schon tanzten, aber irgendwann tauchte Jamie neben Dorian auf und schob ihn beiseite. „So, jetzt bin ich dran. Du hattest deinen Tanz mit Zoe."

Schmunzelnd trat Dorian beiseite, und ich musste zunächst blinzend mein Gleichgewicht wiederfinden, da wir so abrupt angehalten hatten. Als ich fragend von Dorian zu Jamie blickte, erklärte Dorian: „Ich hoffe, du hast bequeme Schuhe angezogen. Als Ballkönigin bist du heute Abend heiß begehrt. Jamie ist nur einer von vielen. Es werden heute Abend noch Dutzende mit dir tanzen wollen."

Bevor ich etwas erwidern konnte, wirbelte Jamie mich auch schon herum und tanzte mit mir davon.

Wie Dorian angekündigt hatte, folgten noch jede Menge andere Jungs nach Jamie – die Hälfte davon hatte ich noch nie gesehen. Ich war am laufenden Band damit beschäftigt, mich für ihre Komplimente zu bedanken, sodass mein Mund nach einer Weile ganz trocken wurde.

Ich brauchte ein Glas Champagner, und mich hinzusetzen und kurz meine Füße auszuruhen, wäre auch nicht schlecht. Doch gerade als ich den letzten Kandidaten endlich abgeschüttelt hatte und zu unserem Tisch gehen wollte, fing Calvin mich ab.

Ich hatte keine Zeit, zu reagieren. Schon hatte er meine Hand genommen, die andere auf meinen Rücken gelegt und wirbelte mich herum. „Was soll das?!", fragte ich verärgert und lehnte mich so weit nach hinten wie es mir möglich war.

„Keine Sorge, es dauert nicht lange", sagte Calvin mit einem eiskalten Lächeln. „Ich wollte dich nur höflich an deine Absprache mit Dad erinnern." Sein Blick wanderte zu meinem Ausschnitt und dann weiter das Kleid hinab. „Wobei es fast schon schade ist. In dem Kleid könntest du glatt als echte Adelige durchgehen."

„Ich habe mich von Dorian ferngehalten, so wie ihr es verlangt habt!", spie ich aus. „Aber ich kann nichts dafür, wenn er mir nicht von der Pelle rückt. Und dass ich zur Ballkönigin gewählt wurde, ist Lukes Schuld, nicht meine."

„Ich weiß. Sonst wärst du gar nicht mehr auf der Uni." Also hatte Oliver tatsächlich vor, mich rauszuschmeißen, dachte ich entsetzt. Calvin ließ den Blick über die Menge schweifen. Als sein Lächeln noch finsterer wurde, wusste ich, dass er die Person gefunden hatte, nach der er gesucht hatte. Ich wollte es gar nicht, aber mein Kopf drehte sich automatisch in Dorians Richtung. Mit dem Rücken lehnte er an der Bar, die Hände in den Hosentaschen vergraben, und beobachtete uns düster. Super! Es war ja auch erst zwei Wochen her, dass wir uns wieder vertragen hatten.

„Lass mich jetzt los!“, verlangte ich von Calvin. Der sah wieder zu mir und verstärkte seinen Griff um meine Hand noch, sodass er sie fast zerquetschte. Ich schnappte nach Luft, dann trat er abrupt von mir zurück, drehte sich weg und verschwand in der tanzenden Menge. Verdammter Psychopath!

Kopfschüttelnd wandte ich mich zur Bar, musste jedoch feststellen, dass Dorian gar nicht mehr an der Stelle stand. Ich blickte mich um und sah gerade noch, wie er durch die Terrassentür ins Freie trat. Er war wütend. Natürlich.

Als ich die Terrasse betrat, war die Sonne längst untergegangen und die Temperaturen kühl. Der Stoff meines Gewands war zwar dick und schwer, aber meine Schultern und mein Hals lagen frei, sodass meine Haut augenblicklich von einer Gänsehaut überzogen wurde.

Wir waren nicht die einzigen auf der Terrasse. Einige Pärchen standen knutschend in der Ecke, andere rauchten, tranken harten Alkohol oder kühlten sich einfach nur vom Tanzen ab. Weiter hinten konnte ich sogar welche im Park spazieren gehen sehen.

Ich entdeckte Dorian mit dem Rücken zu mir am Geländer lehnend und ging zu ihm. „Jetzt bist du wieder sauer", sagte ich traurig und lehnte mich neben ihn an die Brüstung. „Tut mir leid."

Dorian hielt den Blick weiter auf den beleuchteten Park gerichtet. Seine Kiefer waren angespannt. „Ich bin mir nicht sicher, ob sauer der richtige Ausdruck ist. Lustig finde ich es jedenfalls nicht, zu sehen, wie du hinter meinem Rücken gemeinsame Sache mit Calvin machst."

„Wir machen keine gemeinsame Sache", sagte ich und versuchte, seinen Blick einzufangen. Im Licht der brennenden Laterne leuchteten seine Augen, als würde ein Feuer darin tanzen. „Jedenfalls nicht so, wie du vielleicht denkst."

„Ich bin selbst schuld", seufzte er kopfschüttelnd und drehte sich jetzt zu mir. „Du vertraust mir nicht, was nachvollziehbar ist, wenn man bedenkt, wie ich mich dir gegenüber verhalten habe. Also tut es wohl eher *mir* leid. Es tut mir leid, dass du mir nicht genug vertraust, um mir zu sagen, was los ist. Denn, was auch immer da zwischen euch läuft, du scheinst nicht glücklich damit zu sein."

Wie gern hätte ich Dorian jetzt widersprochen, ihm versichert, dass es nicht an ihm lag. Aber es war besser so.

Lieber sollte er glauben, dass ich ihm in dieser Hinsicht nicht vertraute, als dass er dahinterkam, dass sein Vater mich bedrohte. Denn sollte Dorian das jemals tun, würde er Oliver zur Rede stellen und dann hatte ich *richtig* Probleme.

Wir schwiegen eine Weile, und ich betrachtete eine flimmernde Laterne in unserer Nähe. Dass Dorians Bick unverwandt auf meinem Gesicht ruhte, versuchte ich, auszublenden.

„Geh mit mir aus", bat er plötzlich.

Erschrocken drehte ich den Kopf wieder zu Dorian. Ich musste mich verhört haben. „*Wie* bitte?"

„Geh mit mir aus", wiederholte er und sah mich geradeheraus an. In seinem Blick loderte etwas Erwartungsvolles, während ich schon wieder das Gefühl hatte, zu wanken.

„Wie … wie kommst du denn jetzt *darauf*?"

„Ganz einfach. Ich will dir beweisen, dass du mir vertrauen kannst. Dass du mehr als nur ein Zeitvertreib für mich bist – was du ja offenbar denkst." Dorian lehnte sich ein Stück zu mir herüber. Den linken Arm legte er auf das Geländer. „Seit unserem Kuss kann ich an keine andere Frau mehr als an dich denken. Und das neulich im Poolhaus … wie gesagt, da wollte ich dich ärgern, aber es war mir mit dem Mädchen nicht ernst. Ich weiß, was du von mir hältst, oder gehalten hast, und ohne arrogant klingen zu wollen, aber ich weiß auch, dass sich zwischen uns etwas geändert hat. Ich hatte genug Zeit, um darüber nachzudenken, und ich für meinen Teil kann nicht länger so tun, als würdest du mir nichts bedeuten, Zoe. Als würde es mich nicht in den Wahnsinn treiben, dir immer nur ein paar Küsse stehlen zu können. Denn das tut es."

„Dorian … ich …“ Mir fehlten die Worte. Ich meine … ausgehen? Zu einem *richtigen* Date?

„Gib mir die Chance, dir zu beweisen, dass ich es ernst meine“, bat er.

„Nein.“

Das Wort rutschte mir einfach so heraus. Vermutlich war mein Gehirn von seiner Zuneigungsbekundung etwas überfordert. Ja, zwischen uns hatte sich etwas verändert und ja, insgeheim hatte ich mir immer gewünscht, dass Dorian mehr in mir sehen würde als in den anderen Mädchen. Aber jetzt, da er es offen zugab … Ich schätze, ich war schlichtweg schockiert.

Dorian starrte mich an, dann legte er den Kopf in den Nacken und lachte. „Nein? Ich schütte dir hier mein Herz aus und sagst eiskalt *nein*?“ Er fasste sich an die Brust. „Wow, das ist echt bitter.“

Gegen meinen Willen musste ich lächeln. Dorian bekam bestimmt nicht oft einen Korb. Ich konnte mir sogar gut vorstellen, dass er noch *nie* einen bekommen hatte. Dabei war es mehr die Angst vor Calvin, die aus mir sprach. Unwillkürlich sah ich mich um, ob er uns in diesem Moment nicht in irgendeiner Ecke auflauerte, doch die Zahl der Studenten auf der Terrasse war überschaubar.

Dorians Lachen ebbte ab, das Leuchten in seinen Augen hielt sich jedoch hartnäckig. Er nahm eine meiner Locken und strich sie mir sacht hinters Ohr. Dass wir Publikum hatten, schien ihn nicht zu kümmern. „Hör zu, Zoe, Ich verstehe dich. Ich verstehe dein Misstrauen mir gegenüber und deine Angst, aber gib mir eine Chance, dich vom Gegenteil zu überzeugen. Ich hab ja nicht gesagt, dass du mit mir schlafen oder mich heiraten sollst. Geh einfach nur mit mir aus. Ganz zwanglos. Ein harmloses Essen oder ein Spaziergang – das entscheidest ganz du."

Einfach. Zwanglos. Das konnte er natürlich so locker sagen. Ihm saß ja auch nicht der mächtigste Mann des Landes im Nacken. Aber dann verblüffte ich mich selbst, indem ich nickte. Einfach so nahm ich sämtliche Konsequenzen, die Oliver und Calvin mir angedroht hatten, in Kauf. Für Dorian. Um ihm oder besser gesagt *uns* eine Chance zu geben. Ich musste völlig den Verstand verloren haben.

Als Dorian mich wie ein Engel anstrahlte, setzte es vollständig bei mir aus und ich schlang meine Arme um seine Mitte. Seufzend bettete ich mein Gesicht an seine Schulter und schloss die Augen. Scheiß auf Calvin und seinen Vater. Wenigstens für diesen einen Abend. Ich wollte mir den Ball nicht länger von negativen Gedanken verderben lassen, sondern ihn mit Dorian genießen – der im Übrigen fantastisch roch. Morgen konnte ich meine Entscheidung immer noch bereuen.

Jetzt legte auch Dorian seine Arme um mich, zog sie jedoch überraschend schnell wieder weg und trat dann einen Schritt zurück. „Dir ist kalt", erklärte er auf meinen verwirrten Gesichtsausdruck hin und schälte sich aus seinem Sakko. Behutsam legte er es mir um die Schultern, und ich schloss kurz die Augen, weil mich seine Körperwärme und sein Duft jetzt einhüllten.

„Danke." Ich hielt das Sakko mit den Händen fest.

Dorian schien der Anblick zu gefallen. Zufrieden betrachtete er mich einen Moment, dann warf er einen Blick zum Park und fragte: „Lust, eine Runde zu drehen? Was wäre ein Schulball, ohne einen romantischen Spaziergang bei Nacht?"

„Ist es nicht zu kalt für dich?", fragte ich und nickte zu seiner Weste.

Schmunzelnd schüttelte Dorian den Kopf, legte einen Arm um meine Schultern und gab mir dann einen sanften Kuss auf die Schläfe, der mich heftiger erschaudern ließ, als es die kühle Nachtluft jemals könnte. „Im Moment ist mir alles andere als kalt."

Kapitel
11

Am nächsten Morgen blieb ich länger als gewöhnlich im Bett. Selbst, als meine Blase schon unangenehm drückte, konnte ich mich nicht dazu überwinden, meine kuschelige, warme Bettstatt zu verlassen. Viel lieber wollte ich weiter in Erinnerungen an den vergangenen Abend schwelgen, den ich mit Dorian erlebt hatte.

Lange waren wir durch den Park geschlendert, hatten über die Uni, Hobbys, über den Ball und was uns sonst noch in den Sinn gekommen war geredet. Dabei war die Stimmung kein einziges Mal unangenehm oder verkrampft gewesen, sondern wunderbar zwanglos.

Immer wieder waren wir stehengeblieben und hatten uns geküsst, und nie hatte ich das Gefühl gehabt, dass Dorian über mich herfallen und sich die Küsse nur stehlen würde.

Im Gegenteil: Es hatte sich angefühlt, als bräuchte er meine Lippen wie die Luft zum Atmen, als wären sie für ihn das Kostbarste auf der Welt. Ich bekam sofort eine Gänsehaut, wenn ich nur daran dachte.

Zu unseren Freunden waren wir erst viel später gestoßen, aber niemand hatte uns vermisst. Als Ballkönigs-Paar hatte man sowieso von uns erwartet, dass wir den ganzen Abend aufeinander hocken würden.

Um 22 Uhr hatte es dann eine Art After-Ball-Party mit moderner Musik und sogar einem DJ gegeben. Zu diesem Zeitpunkt hatte sich die Lehrerschaft längst zurückgezogen und uns Studenten allein weiterfeiern lassen. Also hatten wir mit unseren Freunden vergnügt Champagner getrunken, getanzt und gelacht. Was für ein unbeschreiblich schöner Abend und was für eine bedeutende Entwicklung zwischen Dorian und mir.

Ich streckte mich ein letztes Mal gähnend, dann hielt ich es nicht mehr aus, kletterte aus dem Bett, nahm meine Duschsachen und eilte ins Bad.

Dort traf ich Amy, die in ihrem Kaschmir-Morgenmantel am Waschbecken stand und sich schminkte. Selbstverständlich wollte sie nochmal alle Einzelheiten zu unserem Spaziergang hören, dabei hatte sie mich gestern schon wie eine Zitrone ausgequetscht. Gut, sie war schon ordentlich beduselt gewesen, deshalb wollte sie wohl ihr Gedächtnis auffrischen. Aber ich tat es gern.

Zum ersten Mal machte es mir überhaupt nichts aus, dass sie mich über Dorian und mich ausfragte. Vielleicht, weil ich selbst noch nicht so recht realisiert hatte, dass er mich gefragt hatte.

Beim Frühstück hing ein Großteil der Studenten merklich in den Seilen. Manche sahen so übermüdet und blass aus, dass sie gestern ein bisschen mehr als nur Champagner getrunken haben mussten. Ich tippte auf den Branntwein, der unter den Tischen die Runde gemacht hatte. Auch Jamie sah aus, als wäre er noch vom Vorabend übriggeblieben, aber von ihm hatte ich nichts anderes erwartet. Er war und blieb ein Partyhengst.

Calvin, Emma und Rose glänzten durch Abwesenheit. Ich nahm an, dass die drei noch schliefen – wobei ich mir bei Emma auch gut vorstellen konnte, dass sie das Frühstück absichtlich ausfallen ließ, um Dorian und mir aus dem Weg zu gehen. Ihr dürfte gestern nicht entgangen sein, wie *vertraut* der Ballkönig und ich gewesen waren.

Jedes Mal, wenn ich einen Blick auf Emma geworfen hatte, hatte sie ein neues Champagnerglas hinuntergestürzt – sofern Alkohol überhaupt das Einzige gewesen war, das sie gestern konsumiert hatte. Offenbar war mein Herz gerade bis zum Rand mit Glücksgefühlen vollgepumpt, denn ich empfand tatsächlich Mitleid mit ihr.

Ich widmete mich wieder meinem Frühstück – Spiegelei, Toast und gebratenem Schinkenspeck – und versuchte, mich nicht von Dorian ablenken zu lassen, der mir gegenübersaß. Ich versagte auf ganzer Linie. Immer, wenn ich ihm über den Tisch einen Blick zuwarf, zwinkerte er mir entweder zu oder lächelte verschmitzt, was meinen Herzschlag dann in ungeahnte Höhen schnellen ließ.

Musste das sein? Nur weil ich einem Date zugestimmt hatte, bedeutete das nicht, dass er vor allen Augen mit mir flirten sollte. Das war mir total unangenehm. Zumal Jamie jedes Mal angewidert das Gesicht verzog, wenn er Dorian dabei erwischte.

Irgendwann reichte es Jamie. „Es wäre schön, wenn ihr euer Vorspiel bis *nach* dem Essen verschieben könntet. Manche würden ihr Essen gern drinnen behalten."

Amy prustete los, während ich wie eine überreife Tomate anlief. Am liebsten wäre ich aufgesprungen und hätte Jamie auf den Arm geboxt.

„Lass dich nicht ärgern", verteidigte Dorian mich amüsiert. „Er ist bloß angepisst, weil er dich nicht bekommen hat." Provozierend stieß Dorian seinem Cousin die Gabel in die Seite.

Jamie schlug sie weg, musste dann aber grinsen. „Dafür, dass du so einen Kleinen hast, spuckst du ganz schön große Töne. Eine Nacht mit dir, und Zoe kommt sowieso freiwillig zu mir angelaufen."

„Oh, mein Gott!", stöhnte ich zutiefst beschämt, während Dorian sich vor Lachen wegschmiss.

„Peinlich, oder? Und mit so was bin ich verwandt!", meinte Amy, doch ihr Schmunzeln strafte ihre Worte Lügen.

Mir ging es genauso wie ihr. Ich konnte mir zwar wahrlich angenehmere Tischgespräche vorstellen, aber gleichzeitig faszinierte es mich, wie unbeschwert Dorian heute war. So kannte ich ihn gar nicht. Weder, dass er sich vor Lachen krümmte, noch, dass er nur Augen für mich hatte. Ich war süchtig nach dieser Version von Dorian, stellte ich fest. Ich wollte, dass er jeden Tag so war.

Am Samstag war es so weit: Unser Date stand an. Damit ich meinem Vater nicht erklären musste, warum es eventuell etwas später werden könnte, hatte ich ihm erzählt, dass ich das Wochenende über in der Uni bleiben würde.

Damit war ich die Einzige aus unserer Truppe. Hin und wieder blieb auch ein *D-Club*-Mitglied übers Wochenende hier, um in Ruhe zu pauken oder eine längere Auszeit von seinen Eltern zu nehmen, aber heute waren alle nach dem Frühstück nach Hause gefahren, einschließlich Dorian. Er musste etwas Wichtiges erledigen, würde mich aber um 20 Uhr abholen, sodass ich jetzt den ganzen Tag für mich hatte.

Als Erstes tankte ich meinen Audi auf, dem Dorian nicht nur *neue,* sondern auch viel zu *hochwertige* Reifen verpasst hatte, sodass es fast schon lächerlich aussah.

Danach fuhr ich in die Uni zurück und schwamm ein paar Bahnen in der Schwimmhalle. Am Wochenende war dort trainingsfreie Zone, deshalb konnten

wir Amateure das große Becken nach Belieben nutzen. Ein bisschen fühlte es sich wie Wellness-Urlaub an. Zumal die Prüfungen vorbei waren und wir die nächsten zwei Wochen nur noch Vorlesungen hatten.
Gut, mitten in den kommenden Trimester-Ferien musste ich eine wichtige Hausarbeit abgeben, aber ich kam so gut voran, dass ich mir heute ohne schlechtes Gewissen einen freien Tag gönnen konnte.

Angenehm erschöpft begab ich mich nach dem Schwimmen wieder ins Schloss, wo mich eine Überraschung erwartete: Mitten in der Eingangshalle ragte wie durch Zauberhand ein gewaltiger, noch ungeschmückter Weihnachtsbaum auf, der von einem Dutzend Arbeitern befestigt wurde. Außerdem sah ich, wie Studenten Weihnachtskränze und Mistelzweige an die Türen hängten.

Das große Weihnachts-Schmücken hatte begonnen.

In genau zwei Wochen war Heiligabend. Außer einem gemeinsamen Essen und Filme-Marathon hatten Dad und ich jedoch nichts weiter geplant. Ich mochte die familiäre, friedliche Stimmung und die deftigen Gerichte, aber ich war keine Weihnachts-Fanatikerin, die Unmengen Geschenke bekommen oder kaufen musste.

Trotzdem freute ich mich auf das Fest. Vielleicht verbrachte ich ja sogar einen Feiertag mit Dorian –

das würde meine milde Begeisterung für Weihnachten vermutlich radikal steigern.

Als es pünktlich um 20 Uhr an meiner Zimmertür klopfte, schoss mein Puls in die Höhe. Ich war später noch in der Bibliothek gewesen und hatte danach einen erholsamen Mittagsschlaf gehalten. Jetzt stand ich in einem schwarzen Cocktailkleid und mit offenen, gewellten Haaren vor dem Spiegel. Die Absatzschuhe hatte Amy mir geliehen. Sie waren todschick, nicht zu hoch und nicht zu flach, sodass man problemlos einige Stunden darin laufen konnte. Hatte sie mir jedenfalls versprochen.

Mein Ballkleid hatte Amy heute Morgen mitgenommen. Sie wollte es zusammen mit ihrem zur Reinigung bringen und mir später zurückgeben. Ich hatte Amy gesagt, dass sie mein Kleid ruhig verkaufen könnte, um wenigstens einen Teil des Geldes wiederzubekommen – ich würde es sowieso nie wieder tragen –, aber sie hatte mir nur empört auf die Schulter geboxt und gesagt, ich sollte die Klappe halten. Ich liebte dieses Mädchen.

Jetzt strich ich ein letztes Mal mein Kleid glatt, holte tief Luft und öffnete die Tür.

Dorians Augen leuchteten auf, als er mich sah, aber ich war ebenfalls unheimlich fasziniert von seinem Anblick. Diesmal war er nicht so dekadent wie auf dem Ball gekleidet, aber deswegen sah er nicht weniger überwältigend aus. Dorian trug ein weißes, eng anliegendes Hemd, eine anthrazitfarbene Anzughose und schwarze, glänzende Schuhe. Das anthrazitfarbene Sakko hielt er wie ein Model mit einem Finger über der Schulter. Er sah zum Anbeißen aus.

„Wow", sagte ich. „Hätte ich gewusst, dass du dich so schick machst, hätte ich …"

„Führ den Satz ja nicht zu Ende", warnte er mich und holte etwas hinter seinem Rücken hervor. „Du siehst perfekt aus. Genau so wie du bist." Es handelte sich um eine einzelne rote Rose, die mit irgendetwas beschichtet sein musste, denn sie funkelte, als wäre sie in Sternenstaub getunkt worden. So etwas hatte ich noch nie gesehen.

„Danke schön", hauchte ich beeindruckt.

Dorian beugte sich zu mir herunter und gab mir einen Kuss auf die Stirn, während er sie mir überreichte. Schaudernd schloss ich die Augen und öffnete sie erst wieder, als er sich zurücklehnte. Sein Blick wanderte über mein Kleid und dann zu meinen Absatzschuhen.

„Und *wie* perfekt du bist."

Lächelnd ging ich zum Schreibtisch und legte sein Präsent vorsichtig ab.

„Die Rose ist konserviert", ließ er mich wissen. „Du musst sie weder gießen, noch sonst irgendwie pflegen."

„Sie ist wunderschön." Ich kehrte zur Tür zurück und blieb etwas befangen vor Dorian stehen. „Schon eine Idee, was wir machen wollen?"

„Das überlasse ich ganz dir. Worauf hast du denn Lust?", fragte er.

Mir war alles recht. Es würde mir sogar reichen, wenn wir nur im Gemeinschaftsraum rumhängen würden. Hauptsache, ich verbrachte Zeit mit ihm.

„Ehrlich gesagt habe ich keine Ahnung", sagte ich ungewohnt piepsig. *Himmel, kannst du vielleicht NOCH nervöser klingen?!*, ermahnte ich mich. Aber ich war so furchtbar aufgeregt, dass ich kaum atmen konnte. Das war mein erstes richtiges Date. Besser gesagt, das erste, das mir etwas bedeutete. Alle vorherigen Verabredungen mit Jungs waren nur Kinderkram gewesen. Das hier war jedoch etwas Ernstes und ja, das machte mich *dezent* nervös.

Als hätte Dorian meine Gedanken gelesen, zuckten seine Mundwinkel. Wahrscheinlich war mir die Nervosität auf einen Kilometer Entfernung anzusehen. „Starten wir doch mit einem Essen", schlug er vor. „Es sei denn natürlich, du hast schon gegessen."

Ja. Schmetterlinge. Einen ganzen Schwarm. Laut sagte ich: „Essen klingt gut." Und so verließen wir das Zimmer und machten uns auf den Weg zu seinem Auto.

Dorian führte mich in ein schickes Restaurant namens *Galvin at Windows* aus. Die hochwertige Ausstattung und das anspruchsvolle Publikum weckten sofort meinen Fluchtinstinkt. War ja klar, dass er mich in einen Edelschuppen und nicht in die nächste Frittenbude schleppen würde.

Das Restaurant war brechend voll. Als Dorian sich nach einem freien Platz erkundigte, wurden wir zunächst höflich abgewiesen. Ich wollte schon erleichtert aufatmen, weil wir nun *leider* woanders essen mussten, als er der Empfangsdame seinen vollen Namen nannte und diese beinahe einen Herzinfarkt erlitt.

Plötzlich gab es doch noch einen Platz, sogar im VIP-Bereich, direkt am Fenster, mit Blick auf die Stadt. Kopfschüttelnd folgte ich der Frau, die auf einmal wie ausgewechselt war und uns nervös brabbelnd zu unseren *Ehrenplätzen* führte.

Ganz Gentleman nahm Dorian mir den Mantel ab, reichte ihn an die Frau weiter und legte seinen dann ebenfalls ab. Nachdem *Nancy* – so stellte sie sich uns jetzt vor – uns die Getränkekarten gereicht hatte und gegangen war, fragte ich Dorian: „Passiert dir das öfter? Dass die Leute, sobald sie deinen Nachnamen hören, Panikattacken kriegen?"

Er lachte. „Fast jeden Tag."

Wow! Kopfschüttelnd fragte ich: „Wie hältst du dieses … Arschkriechen nur aus? Das kann doch nicht schön sein. Ich würde mich ständig fragen, ob die Leute auch so nett zu mir wären, wen ich *nicht* Dorian Wilde wäre."

Schmunzelnd lehnte er sich zurück. „Du klingst schon wie Amy. Sie regt sich auch ständig darüber auf, selbst nach so vielen Jahren noch. Aber wir sind damit aufgewachsen. Ich schätze, ich bin es einfach gewöhnt."

Wir bestellten eine große Flasche Wasser, Dorian zusätzlich eine Cola und ich ein Glas Weißwein. Da er Auto fahren musste, verzichtete Dorian auf Alkohol, aber ich war mir sicher, dass er auch dann nichts getrunken hätte, wenn wir zu Fuß gewesen wären.

Ich hätte unser Date ja auch lieber nüchtern genossen, wäre da nicht meine furchtbare Nervosität. Nicht falsch verstehen. Ich hatte nicht vor, mich ins Koma zu trinken, aber ich war jetzt schon das reinste Nervenbündel, daher brauchte ich unbedingt ein paar Schlucke Alkohol, um wieder runterzukommen.

Gut möglich, dass Dorian ahnte, was in mir vorging – er musste ja schon einige Dates hinter sich haben –, aber er kommentierte meine Bestellung nicht. Stattdessen fragte er: „Wie sind deine Prüfungen gelaufen?"

„Gut, denke ich. Amy hat mich zwar so gedrillt, dass ich noch tagelang Albträume von unserer Lern-Session hatte, aber, hey, es hat geholfen."

Dorian lachte. „Ich weiß, was du meinst. Amy ist ein Prüfungs-Crack. Ich glaube, sie ist die einzige

Person auf diesem Planeten, die sich *ernsthaft* auf Abschlussprüfungen freut. Normal ist das nicht."

„Heißt das, sie hat dir auch geholfen? Und ich dachte immer, du wärst so neunmalklug, dass du deine guten Noten *ohne* Hilfe schreibst", stichelte ich ihn.

Dorian schenkte mir ein breites Grinsen. „Tue ich auch, aber hin und wieder lernen wir zusammen, und dann lässt sie gern das Genie raushängen." Jetzt beugte er sich vor. „Eine Sache interessiert mich jetzt aber: Woher willst du so genau wissen, dass ich gute Noten schreibe?" Oh, verdammt! Ertappt biss ich mir auf die Unterlippe, um nicht zu grinsen, und nahm die Speisekarte in die Hand. „Sind wir etwa ein kleiner Stalker, Ms. Davis?"

Jetzt konnte ich es mir nicht mehr verkneifen, hielt den Blick aber demonstrativ auf die Karte gesenkt. „Möglicherweise habe ich mich gelegentlich bei Amy nach euren Noten erkundigt, um zu sehen, ob ich mit meinen Clubmitgliedern mithalten kann", behauptete ich, was gelogen war. In Wahrheit hatte ich nur wissen wollen, ob Dorian wirklich so oberschlau war, wie er immer tat, und ob er nicht eine schulische Schwäche hatte, mit der ich ihn hätte aufziehen können. Hatte er leider nicht.

Als ich einen Blick in Dorians Richtung wagte, schmunzelte er wissend. Er glaubte mir kein Wort.

Kurze Zeit später wurden die Getränke serviert und wir bestellten das Essen: Dorian ein Rib-Eye-

Steak mit *pomme boulangère* – was sich schon so edel anhörte –, Gemüse und Rotweinsauce, und ich Parmesan-Gnocchi mit Pfifferlingen, Artischockenpüree, Brokkoli und Zitronengras. Ich konnte nur hoffen, dass Dorian genug Kleingeld mitgenommen hatte, die Preise waren nämlich zum Umfallen. Da konnte ich mit meinem Stipendiums-Geld nicht mithalten.

Ich trank einen Schluck Weißwein und ließ das Getränk kurz auf der Zunge prickeln, bevor ich es hinunterschluckte. „Und? Hast du erledigt, was du heute so dringend machen wolltest?"

Dorian verschränkte die Arme auf dem Tisch und lehnte sich etwas vor. „Ja, ich war mit meiner Familie auf einem Geburtstag, beziehungsweise, *sie* sind immer noch dort. Ich hab mich so früh abgekapselt wie ich konnte."

Überrascht stellte ich das Glas ab. „Warum hast du nichts gesagt? Wir hätte den Abend doch verschieben können."

Er machte eine wegwerfende Handbewegung. „Nein, schon okay. Die Person macht sich sowieso nichts aus ihrem Geburtstag. Ich denke nicht, dass sie mich vermissen wird."

„Und deine Familie ist immer noch dort?"

In Dorians Augen blitzte es amüsiert auf, als hätte ich etwas Lustiges gesagt. „Ja, alle sind auf dem Geburtstag: Amy, Jamie, Calvin, meine Eltern … Und erfahrungsgemäß wird die Party noch bis spät in die

Nacht dauern. Ich hab also quasi *sturmfreie Bude* im Hotel. Aber reden wir nicht über mich. Da gibt es etwas, das mich schon länger interessiert, ich dich aber nie fragen konnte, weil es mir unangemessen erschien."

Mit einer Mischung aus Stirnrunzeln und Belustigung sah ich ihn an. „Und das wäre?"

„Hattest du schon mal einen Freund?"

Ich musste lachen. „Was denn? Ist das jetzt der Moment, in dem wir uns peinliche Sünden über unsere Verflossenen beichten?"

Grinsend lehnte Dorian sich zurück und breitete gönnerhaft die Arme aus. „Wenn du etwas zu beichten hast, nur zu. Deine Geheimnisse sind bei mir sicher."

Das könnte ihm so passen! Betont langsam hob ich wieder mein Glas, trank einen Schluck und stellte es dann zurück. Unverwandt ruhte dabei Dorians Blick auf mir. Abwartend. Vielleicht sogar ein bisschen ungeduldig. Ich ließ ihn absichtlich zappeln, und das wusste er auch, wie ich seinen zuckenden Mundwinkeln entnehmen konnte.

Schließlich sagte ich: „Ich hatte mal einen Freund. Ganze drei Wochen lang. Er war ein Reinfall."

Dorian stutzte. „Was denn, das war's? *Das* sind deine peinlichen Sünden?"

„Na ja, ich könnte dir erzählen, dass ich ihm bei unserem ersten Kuss auf die Zunge gebissen habe –

vielleicht hat er ja deswegen Schluss gemacht –, aber ja, das war's. Es kann ja nicht jeder so ein aufregendes Beziehungsleben führen wie du", fügte ich eine Spur provozierend hinzu. „Ich wette, du hattest schon hunderte Freundinnen."

Zu meiner Überraschung schüttelte Dorian den Kopf. „Dates, ja, aber keine festen Beziehungen. Ich hatte erst zwei, aber es hatte sich schnell herausgestellt, dass das nichts für mich ist."

Ich konnte nicht verhindern, dass meine Stimme einen bitteren Unterton annahm, als ich sagte: „Verstehe, du bist also kein Beziehungs-Typ."

Gemächlich hatte Dorian mit dem Zeigefinger über den Rand seines Wasserglases gestrichen. Jetzt hielt er in der Bewegung inne und sah mich mit einem Blick an, den man nur als entwaffnend bezeichnen konnte. „*Eigentlich* nicht."

Die Art und Weise, wie er das Wort *eigentlich* betonte, jagte einen heftigen Schauer durch meinen Körper. Eilig trank ich einen weiteren Schluck Wein, diesmal einen großen, und war froh, als schon kurze Zeit später das Essen serviert wurde.

Die Gnocchi waren köstlich gewesen, ebenso alle anderen Speisen auf meinem Teller. Begeistert hatte ich das Essen hinuntergeschlungen und mich am Ende zusammenreißen müssen, nicht den Teller abzulecken. Auch Dorian schien das Essen geschmeckt zu haben.

Wir blieben noch eine Weile sitzen, tranken aus und redeten – wobei Dorian mich weiter über meinen Exfreund auszuquetschen versuchte. Als ob es da irgendetwas Spannendes zu erzählen gäbe. Mein bisheriges Liebesleben war nicht gerade abenteuerlich gewesen.

Schließlich bezahlte er das Essen, was mir mehr als unangenehm war. Das musste Dorian mir auch angesehen haben, denn als ich den Mund aufmachen wollte, wies er mich eilig darauf hin, wie unhöflich es ihm gegenüber wäre, würde ich jetzt Einwände erheben.

Nach kurzer Überlegung entschieden wir, noch im nahegelegenen *Green Park* spazieren zu gehen, und es war ein wundervoller Spaziergang. Locker, unterhaltsam und voller Bauchkribbel-Momente.

Irgendwann merkte ich, dass ich immer unruhiger wurde.

Dorian hatte mich den ganzen Abend über noch nicht angefasst, lief auch jetzt mit in die Taschen geschobenen Händen neben mir, und doch schlug mir das Herz bis zum Hals. Seitdem wir den Park betreten hatten, kreiste ein einziger Gedanke in meinem

Kopf: *Was wäre wenn?* Was, wenn der Abend hier noch nicht enden würde? Was, wenn Dorian, anstatt mit mir zur Uni zurückzufahren, mich mit zu sich nach Hause nehmen würde? Denn ich für meinen Teil wollte noch nicht, dass unser Date hier endete. Es war einfach zu perfekt. Der ganze Abend war es gewesen: Dorian, das Essen …

Außerdem machte es mich verrückt, dass er mich heute noch nicht geküsst hatte. Oder wenigstens umarmt. Was sollte das? Warum war er auf einmal so zurückhaltend?

Als wir uns allmählich dem Ende des Parks näherten, nahm ich all meinen Mut zusammen und fragte: „Wollen wir noch zu dir gehen?"

Dorian versteifte sich neben mir. Wäre ich nicht so aufgeregt gewesen, hätte ich über seine Reaktion gelacht. Schließlich war er derjenige mit der Erfahrung.

„Ins Hotel?", fragte er beinahe erschrocken.

„Ja, du sagtest doch, deine Familie wäre die ganze Nacht weg."

Erst als Dorian die Augen aufriss, wurde mir klar, dass man meine Frage auch anders verstehen konnte. „Ich meine, um einen Film zu gucken", fügte ich eilig hinzu. „Oder … einfach nur zu reden." Als Dorian schwieg, schüttelte ich peinlich berührt den Kopf. „Du hast recht, das ist eine blöde Idee. Und es ist schon spät. Lass uns einfach zur Uni zurückfahren."

„Ich hab nicht gesagt, dass ich die Idee blöd finde. Ich war nur … überrascht“, meinte Dorian nach kurzem Zögern. Fragend sah ich ihn an – überrascht weswegen? –, aber da legte er plötzlich einen Arm um mich und verkündete: „Ich hoffe, du willst keine Liebesschnulze oder so gucken, denn ich garantiere dir, dabei werde ich *auf jeden Fall* einschlafen.“

Die Fahrt zum Hotel dauerte genau drei Minuten. Im Grunde hätten wir auch laufen können. Dorian parkte seinen Porsche an der üblichen Stelle neben dem Haupteingang, dann betraten wir die Lobby, die um diese Uhrzeit nur noch mäßig besucht war. Am Empfang standen zwei Mitarbeiter, und an der Bar saßen eine Handvoll Gäste, das war’s auch schon.

Wir gingen zum Fahrstuhl und Dorian grüßte im Vorbeigehen eine braunhaarige, junge Empfangsdame, dann stiegen wir ein und fuhren in die 5. Etage.

Unwohlsein überkam mich, als sich der Fahrstuhl sanft in Bewegung setzte. Ob es doch keine so gute Idee gewesen war, herzukommen? Was, wenn Dorians Familie früher zurückkam und Oliver oder Calvin mich hier erwischten? Meine Gedanken endeten abrupt, als sich die Fahrstuhltüren öffneten und den

Blick auf den Eingangsbereich des Apartments freigaben.

„Na, ganz toll!“, hörte ich Dorian hinter mir stöhnen, doch da betrat ich auch schon das Apartment, den Blick auf die Wand gegenüber geheftet. Zunächst irritiert und dann fassungslos. In silbernen Buchstabenballons prangten dort die Worte: *Happy Birthday, Dorian.* Auf der Kommode darunter standen unzählige Geschenke und Blumensträuße in Vasen. „War ja klar, dass einige es wieder nicht raffen und ihre Post-Geschenke hierher anstatt zum Landsitz schicken“, meckerte Dorian und kam hinter mir ins Apartment. „Und das Personal hat sie dann natürlich hier hoch gebracht.“

Langsam drehte ich mich zu ihm um. „*Du* hast heute Geburtstag?! Das ist *deine* Party, auf der deine Familie heute feiert?!“

Er breitete die Hände aus und schenkte mir ein unschuldiges, engelsgleiches Lächeln. „Ist es schon zu spät, um dir noch eine Lügengeschichte aufzutischen?“

Fassungslos schüttelte ich den Kopf. „Ich glaube es einfach nicht, dass du die ganze Zeit nichts gesagt hast! Ich meine … warum verbringst du deinen Geburtstag mit mir, anstatt mit deiner *Familie* zu feiern?“

Sein Lächeln verrutschte etwas, als er jetzt neben mich trat. „Würdest du meine Familie kennen, würdest du dir diese Frage nicht stellen. Die Einzigen, die mir etwas bedeuten, sind mein Cousin und meine Cousine. Ehrlich, Zoe. Das ist okay. Ich wollte es so. Ich bin ein paar Stunden auf meiner Party geblieben und hab mich dann abgekapselt. Amy und Jamie sind eingeweiht. Und glaub mir, außer denen wird mich dort niemand vermissen. Die meisten Gäste sind sowieso Geschäftspartner meines Vaters."

„Warte mal!", sagte ich. „Amy wusste davon? Sie wusste es und hat mir kein Wort gesagt?"

Dorian nickte schmunzelnd. „Ich hab die anderen gebeten, meinen Geburtstag dir gegenüber nicht zu erwähnen. Ehrlich gesagt bin ich überrascht, dass Amy es nicht doch noch rausgesucht ist."

Als ich nichts darauf erwiderte, schlang Dorian seine Arme um mich und zog mich an sich. Ein Stromstoß jagte durch meinen Körper.

„Aber … es ist dein *22.* Geburtstag!", beharrte ich weiterhin, wenn jetzt auch etwas atemlos.

Er legte sein Kinn auf meinen Kopf und atmete tief durch. „Ich weiß. Einen schöneren 22ten hatte ich noch nie."

Lachend lehnte ich mich zurück, um ihn anzusehen. „Ist ja auch dein *erster* 22. Geburtstag!"

„Siehst du? Also gleich zwei Highlights an einem Tag. Ich bin zum ersten und letzten Mal 22 geworden und du bist mein Geburtstagsgeschenk. Was will man mehr?"

Wir machten es uns in seinem Zimmer gemütlich, das viel moderner eingerichtet war als das in der Uni und ein Masterbad sowieso ein separates Ankleidezimmer beherbergte. Sein riesiges Boxspringbett war mit einer schwarzen Tagesdecke überzogen und die weißen, unterschiedlich großen Kopfkissen so akkurat angeordnet, dass es nur das Hotelpersonal gemacht haben konnte. Die Wände seines Zimmers waren ringsum schwarz oder dunkelblau – so genau konnte ich das nicht sagen – und trotzdem war es hell. Dafür sorgten die weißen Möbel, Bilder, der beige Teppich und die vielen hellen Akzente im Raum.

Hier musste ein Raumausstatter seine Finger im Spiel gehabt haben, so perfekt wie das Zimmer aussah. Gleichzeitig fehlte es aber auch nicht an Persönlichkeit. Schulbücher und Ordner waren im Zimmer verteilt, über seinem Bürostuhl lag ein grauer Pullover und auf einer Kommode stand ein halbvolles Glas Sprite, in dem eine Fliege schwamm. Das typische Zimmer eines jungen Erwachsenen eben. Mit dem Unterschied, dass Dorian superreich war.

„Setz dich“, bot er an und deutete auf sein gemachtes Bett. Ein bisschen steif nahm ich darauf Platz – Jacke und Schuhe hatte ich schon in der Garderobe draußen abgelegt – und beobachtete dann, wie er die Fernbedienung nahm und den Fernseher einschaltete. „Möchtest du was trinken? Cola? Fanta? Wasser?“

„Fanta bitte."

Dorian ging zu dem Minikühlschrank neben seinem Schreibtisch – so ein Ding musste ich auch unbedingt haben –, nahm zwei kleine Flaschen Fanta heraus und kehrte zu mir zurück. Er gab mir eine, dann setzte er sich schwungvoll zu mir aufs Bett.

Als Dorian bis ans Kopfteil nach hinten rutschte und lässig die Beine übereinanderschlug, machte ich es mir auch bequemer und winkelte meine Beine zu einem Schneidersitz an. Meine Aufregung war lächerlich. Als ob Dorian hier und jetzt über mich herfallen würde!

Nicht, dass du was dagegen hättest, du kleines Flittchen, meldete sich eine amüsierte Stimme in meinem Kopf. Sofort schlug mein Herz schneller. Es stimmte. Ich hätte wirklich nichts dagegen – glaube ich. Ach, ich wusste es selbst nicht. Feststand, dass ich mir keinen besseren Jungen als Dorian für mein erstes Mal vorstellen konnte. Und es war ja nicht so, dass ich ihn erst seit gestern kannte. Gut, zwei Monate waren jetzt keine Ewigkeit, trotzdem hatte ich in der Zeit schon so starke Gefühle für ihn entwickelt, dass es mich jetzt innerlich förmlich zerriss. Und war das nicht das Wichtigste? Gefühle füreinander zu haben, egal, wie schnell man sie entwickelt hatte? Manche heirateten ja auch schon nach einem halben Jahr.

„Hätte ich gewusst, dass du dich für Aliens interessierst, hätten wir auch ins Kino gehen können. Da läuft nämlich gerade ein neuer Teil“, riss Dorians Stimme mich aus meinen Gedanken.

Blinzelnd drehte ich den Kopf zu ihm. „Was?“

Mit der Flasche wies Dorian zum Fernseher. „Aliens. Du starrst seit gefühlt einer Minute regungslos auf den Bildschirm. Und die Szene ist nicht gerade lecker.“ Ich folgte seine Geste und musste mit ansehen, wie ein Mensch soeben von einem dieser Viecher zerfleischt wurde. Das Blut spritzte in alle Richtungen. Als ich angewidert den Blick abwandte, schaltete Dorian lachend um. „Wusste ich doch, dass du vor dich hinträumst. Darf man fragen, worüber du so angestrengt nachgedacht hast?“

„Über die Fanta“, improvisierte ich und hob die Flasche an, um sie ihm zu zeigen.

In Dorians Augen blitzte pure Erheiterung auf. „Verstehe.“

„Ja, ich hab nämlich grad eine Fliege reinklettern sehen und überlegt, ob es sehr eklig wäre, wenn ich trotzdem einen Schluck nehme.“

Dorians Lachen wurde lauter, klangvoller, dann klopfte er auf die freie Fläche neben sich. „Willst du dich nicht lieber anlehnen? Ist doch viel gemütlicher, als da vorne zu sitzen.“

Da hatte er recht, nur war ich mir nicht sicher, inwieweit es meine Selbstbeherrschung beeinträchtigen würde, wenn ich nur noch eine Armlänge von Dorian entfernt wäre. In seinem *Bett* wohlbemerkt. Aber dann krabbelte ich zu ihm nach hinten. Allein schon, um mir meine Unsicherheit nicht anmerken zu lassen – also nicht *noch* mehr.

„Irgendwelche Vorschläge?", fragte Dorian und rief die Netflix-Seite auf.

Ich nahm einen Schluck Fanta und überlegte. „Harry Potter?" Als er missbilligend das Gesicht verzog, lachte ich auf. „Kleiner Scherz. Schlag du was vor."

Daraufhin zappte er eine Weile durch das Programm, und fragte dann: „Wie wäre es mit *Der Pate*?"

„Oh, Gott, bitte nicht!", stöhnte ich. „Mein Vater ist ein riesiger Pate-Fan. Jedes Jahr muss ich mir zu seinem Geburtstag mindestens *einen* Teil mit ihm angucken!"

„Apropos. Da ich heute Geburtstag habe, darf genaugenommen *ich* über den Film entscheiden", neckte Dorian mich.

„Schon, aber ich bin dein Gast. Und Gäste haben Sonderrechte, was die Sache wieder ausgleicht."

Am Ende einigten wir uns auf etwas völlig anderes: nämlich *Suicide Squad*.

Der Film gehörte zu meinen Lieblingsfilmen, aber schnell wurde klar, dass ich mich keinen Deut darauf würde konzentrieren können. Dorian hatte sich neben mir ausgestreckt, eine Hand unter dem Hinterkopf, die andere auf dem Bauch, wo er an einem Hemdknopf herumspielte. Das lenkte mich total ab. Immer wieder wanderte mein Blick verstohlen zu seinem Bauch, und jedes Mal rutschte ich ein bisschen unruhiger hin und her. Kam es mir nur so vor oder waren die Temperaturen in den vergangenen 10 Minuten rapide angestiegen?

„Ich will ja nicht rummeckern, aber es gibt Leute in diesem Zimmer, die den Film noch nicht gesehen haben und sich gern darauf *konzentrieren* würden … was bei deinem Gezappel unmöglich ist“, bemerkte Dorian irgendwann und sah spöttisch zu mir.

Verdammt. War das so offensichtlich? „'Tschuldige“, murmelte ich verlegen und suchte nach einer passenden Ausrede. „Es ist nur ganz schön warm hier.“ Was so nicht ganz stimmte, denn die Hitze ging eindeutig von mir aus, aber das musste Dorian ja nicht wissen.

„Soll ich die Klimaanlage einschalten?“, fragte er und setzte sich bereits auf.

„Ja, bitte.“

Sportlich schwang er sich aus dem Bett, ging zur Zimmertür, um den Temperaturregler zu betätigen, und kam dann zu mir zurück. Die Matratze federte leicht, als er wieder ins Bett stieg, doch gerade als er sich hinlegen wollte, verharrt Dorian ganz plötzlich. Auf Knien ragte er jetzt neben mir auf und starrte mich ganz eigenartig an. Etwas in meinem Blick musste ihn zum Innehalten bewogen haben.

„Was ist?“, fragte ich, und schluckte schwer.

„Das sollte ich wohl lieber dich fragen. Deine Nervosität färbt langsam auf mich ab.“

„Ich mach doch gar nichts“, piepste ich.

„Das stimmt so nicht ganz. Du zappelst zwar rum, als würdest du am liebsten aus meinem Bett flüchten, aber dein Blick … sagt mir was anderes." Forschend sah Dorian mich an, dann kam er zu mir, beugte sich über mich und stützte die Hände seitlich von meinem Kopf auf das Bett. „Also, was *willst* du, Zoe?"

Wortlos starrte ich Dorian an. Da seine Arme ausgestreckt waren, war sein Abstand zu mir noch annehmbar. Trotzdem durchströmt mich sofort neue Hitze. Selbst wenn ich gewollt hätte, hätte ich kein Wort rausgekriegt. Mein Herz pochte so heftig, dass es mir jeden Augenblick aus der Brust springen musste. Was ich wollte? Verdammt, das wüsste ich selbst gern.

Abwartend blickte Dorian auf mich herunter, dann sagte er: „So wie ich das sehe, weißt du im Moment selbst nicht, was du willst. Deshalb solltest du entweder aufhören, mich *so* anzugucken, oder aus meinem Bett verschwinden." Seine Stimme war rauer geworden.

„Okay", flüsterte ich, doch ich tat weder das eine noch das andere. Ich konnte nicht. Unsere Blicke hatten sich aneinander festgesaugt und machten ein Entkommen unmöglich.

„Zoe", murmelte Dorian, es klang gequält. „Meine Selbstbeherrschung ist nicht endlos." Fast schon hungrig wanderte sein Blick zu meinem Kleid hinunter und dann wieder zu meinem Gesicht. „Du kannst mich nicht in meinem Bett liegend auf *diese* Weise angucken und von mir erwarten, dass ich mich zusammenreiße. Das grenzt an Folter."

„Dann tu es nicht", platzte es aus mir heraus. Im ersten Moment war ich entsetzt. Das war doch nicht ich, die da gerade gesprochen hatte, die ihn aufgefordert hatte, seine Selbstbeherrschung aufzugeben. Doch meine Zweifel verpufften, als Dorians Blick von ungläubig in verlangend wechselte.

Angestrengt atmete er jetzt ein und aus. *Bist du dir sicher?*, schienen seine Augen mich zu fragen, aber ich hatte meine Entscheidung längst gefällt. Als ich meine Hände auf Dorians Gesicht legte, um ihn zu einem Kuss heranzuziehen, löste sich sein letzter Funke Selbstbeherrschung in Luft auf.

Mit einem spürbaren Schaudern, das durch seinen Körper ging, legte er sich auf mich. Dorian war schwer, da er quasi nur aus Muskeln bestand, entlastete meinen Brustkorb aber, indem er sich sofort auf die Ellenbogen stützte. Jetzt lag sein Körper der Länge nach auf meinem, und es fühlte sich fantastisch an. Kein bisschen falsch oder beängstigend.

Mit einem leidenschaftlichen Kuss drückte er mich in die Matratze, dann küsste er meine Wange, mein Ohr und meinen Hals, wobei seine Lippen heiße, prickelnde Spuren auf meiner Haut hinterließen.

Ich verlor mich in dem berauschenden Gefühl, unter ihm begraben zu sein, und schlang meine

Beine um seine Hüften, wodurch mein Kleid hochrutschte. Als sich unsere Becken berührten, hielt ich die Luft an. Das Gefühl war … unbeschreiblich.

Dorian musste es ähnlich ergehen, denn seine Finger krallten sich neben meinem Kopf ins Bettlaken und seine Armmuskeln spannten sich spürbar an. Er begann, die Hüften zu bewegen, quälend rieben sie gegen meine empfindliche Stelle und entlockten mir Laute, für die ich mich sicher geschämt hätte … wäre ich noch genug bei Sinnen gewesen – was ich nach *dieser* Aktion definitiv nicht mehr war. Meine Vernunft wurde von dem brennenden Verlangen versengt, das erst in meiner Brust und dann in meinem Becken aufflammte.

Irgendwann ließ er von mir ab, richtete sich auf und knöpfte sein Hemd auf. Dorians Blick ließ mich dabei keine Sekunde lang los. Er schien es zu genießen, wie erwartungsvoll ich ihn beobachtete und mein Blick dann über seinen stählernen, perfekten Oberkörper glitt. Seine Hose musste ebenfalls dran glauben. Schließlich kniete er nur noch in Boxershorts über mir, und ich musste wohl nicht erwähnen, dass *ein* Körperteil meine Aufmerksamkeit ganz besonders erregte.

Bebend zwang ich den Blick zu seinem Oberkörper zurück, streckte die Hände aus und fuhr über seine Arme, seine gewölbte Brust und schließlich über seinen straffen Bauch. Meine Hände zitterten. Das Gefühl seiner glatten, weichen Haut, die sich über seine Muskeln spannte, war überwältigend. Erneut ging ein Schaudern durch Dorian. Kurz presste er die Lider zusammen, als müsste er sich davon abhalten, es zu überstürzen. Als sich seine Augen wieder öffneten und auf mich herabsahen, funkelten sie wie polierte Onyxe.

„Ich nehme alles zurück", sagte er mit rauer, tiefer Stimme. „Ich *liebe* es, wie du mich anguckst." Dorian kam wieder über mich, teilte meine Lippen und kostete mich mit einer Innigkeit, die meine Sinne dahinschwinden ließ. Halb nackt wie er jetzt war, brannte seine Haut förmlich auf meiner. Seine Hände wanderten zu dem Reißverschluss seitlich an meinem Kleid und zogen ihn auf.

Der Stoff klaffte auseinander, dann zog Dorian mir das Kleid Zentimeter für Zentimeter vom Körper, bis ich nur noch in Unterwäsche vor ihm lag. Ich gab es zu: Als ich mich vorhin für das Date fertiggemacht hatte, hatte ich absichtlich meine aufreizendste Unterwäsche angezogen. Nur für den Fall. Es handelte sich um schwarze Spitze, die im Grunde ein Hauch von Nichts war.

Dorian erstarrte und schluckte dann schwer. Als er mir wieder ins Gesicht sah, lag ein ungläubiger und gleichzeitig hungriger Ausdruck in seinen Augen.

„Was ist?", fragte ich belustigt und wegen der Intensität seines Blickes gleichzeitig schaudernd. „Ich hab nie behauptet, dass ich eine Nonne wäre."

Schnaubend warf er mein Kleid auf den Boden. „Sieht so aus, als hätte ich dich gründlich unterschätzt. *Damit* habe ich ehrlich gesagt nicht gerechnet."

„Ist das ein angemessenes Geburtstagsgeschenk?", fragte ich und biss mir grinsend auf die Unterlippe.

Als Antwort legte Dorian sich wieder auf mich, küsste erst meinen Hals und wanderte dann mit den Lippen zu meinem Spitzen-BH. Als er einen Kuss direkt auf Höhe meiner Brustwarze drückte, biss ich mir fest auf die Lippe.

„Mehr als angemessen", murmelte er und widmete sich auch der anderen Seite. Stöhnend bog ich den Rücken durch, und Dorian nutzte die Gelegenheit, um eine Hand unter meinen Rücken zu schieben und das Häkchen meines BHs zu öffnen. Es gelang ihm natürlich auf Anhieb, doch dann erstarrte ich plötzlich.

Dorian bemerkte es und zog sofort die Hand zurück.

„Tut mir leid", murmelte ich etwas verlegen. „Ich habe nur noch nie …"

„Ich weiß. Ist okay", sagte er und küsste mich wieder. Vorsichtig teilte er meine Lippen und neckte mich mit sanften Zungenstößen. Die Behutsamkeit, mit der er mich jetzt küsste, brachte mich sofort wieder auf andere Gedanken. Als ich mich wieder entspannt hatte, wanderten seine Hände erneut zu meinem BH, zogen mir erst die Träger von den Schultern und streiften ihn dann komplett von mir ab. Dorians Lippen wanderten zu meinem Ohr. „Wenn du willst, dass ich aufhöre, musst du es nur sagen, und ich tue es“, flüsterte er mir zu. Dann setzte er sich langsam auf.

Starr war mein Blick auf Dorian gerichtet. Ich beobachtete genau, was sich in seinen Augen abspielte, als er mich betrachtete, die ich jetzt entblößt unter ihm lag. Doch ich sah nur Wärme in seinem Blick. Wärme und unbändiges Verlangen. „Es gibt nichts, wofür du dich schämen müsstest. Du bist wunderschön.“

Und das zeigte Dorian mir dann auch, indem er jetzt dasselbe wie zuvor tat, nur, dass diesmal keine Spitze zwischen seinem Mund und meinen Brüsten war. Dann tat er etwas Neues: Seine Hände fuhren zu meinen Hüften, packten sie fest, während sein Mund langsam zu meinem Bauch hinabwanderte.

„Warte!“, sagte ich erschrocken, da ich nicht sagen konnte, wie lange ich noch bei halbwegs klarem Verstand sein würde. „Hast du … hast du überhaupt Kondome?“

Dorian hob den Kopf und schenkte mir ein dämonisches Lächeln. „In der Schublade, aber die brauchen wir jetzt noch nicht.“ Und damit wanderten seine Lippen weiter abwärts, und meine Gedanken lösten sich in Luft auf.

Kapitel
12

Dorian hatte darauf bestanden, dass ich bei ihm übernachtete, doch ich konnte ihn dazu überreden, mich zur Uni zurückzufahren. Es hatte mich sehr viel Überredungskraft gekostet, aber das Risiko, dass Oliver oder Calvin mich am nächsten Morgen in ihrem Apartment entdeckt hätten, war mir zu groß gewesen.

Wir hatten noch eine ganze Weile eng umschlungen im Bett gelegen, und ich hatte mich im Nachklang dieses unbeschreiblichen Erlebnisses gesuhlt. Irgendwann war es mir aber zu riskant geworden und ich hatte Dorian gedrängt, mich zurückzufahren.

Es war ihm sichtlich schwergefallen, sich von mir zu verabschieden, und mir war es genauso ergangen. Aber schließlich hatten wir uns voneinander trennen können und Dorian hatte versprochen, nach dem Brunch mit seiner Familie morgen in die Uni zu kommen.

Jetzt fühlte ich mich wie neu geboren und schwebte schon den ganzen Morgen auf Wolke sieben. Das Einzige, woran ich denken konnte, war diese sagenhafte vergangene Nacht, die einfach nur perfekt gewesen war. Genau so, wie ich es mir immer vorgestellt hatte. Damit war ich wohl offiziell süchtig nach Dorian. Ich konnte es jetzt schon kaum erwarten, dass wir das wiederholten.

Nachdem ich ein ausgiebiges Bad genommen hatte, telefonierte ich mit Dad. Das taten wir immer, wenn ich übers Wochenende in der Uni blieb. Danach ging ich frühstücken, wobei der Speisesaal sonntags immer angenehm leer war.

In meinem Kopf war nur Watte. Ständig erwischte ich mich dabei, wie ich sinnlos vor mich hin grinste – das war schon richtig peinlich. Ich machte einen Abstecher in die Bibliothek, um ein Buch zu lesen und die Zeit so schneller rumzukriegen.

Ich musste mich beschäftigen, ablenken, und vor allem musste ich wieder runterkommen, damit ich Dorian nachher nicht wie ein zappelndes Huhn um den Hals fiel. Gott, ich konnte es kaum erwarten, dass er endlich kam.

Je weiter der Vormittag voranschritt, desto schlechter konnte ich mich auf die Lektüre konzentrieren. Mittlerweile starrte ich alle 5 Minuten auf mein Handy, in Erwartung, dass Dorian sich endlich bei mir meldete. Ich wollte ja nicht ungeduldig sein, aber wie lange dauerte so ein Brunch bei den Wildes denn?

Die Stunden krochen dahin und ich wurde immer angespannter. Ich wollte keines von den Mädchen sein, die ihrem Freund hinterher telefonierten, nur weil er sich mal ein paar Stunden nicht meldete, aber so langsam wurde ich unruhig. Wobei … waren wir jetzt eigentlich zusammen?

Ich wusste es nicht, aber auch nach vier weiteren Stunden hatte Dorian sich nicht bei mir gemeldet. Als allmählich der Abend hereinbrach, gab ich das Warten auf und legte mein Handy entschlossen weg. Ihm musste etwas dazwischengekommen sein. Vielleicht waren überraschend Verwandte gekommen, um Dorians Geburtstag nachzufeiern, oder es gab eine andere plausible Erklärung dafür, dass er sich nicht meldete. Spätestens morgen würde er sowieso in die Uni kommen. Die wenigen Stunden bis dahin hielt ich auch noch aus.

Am nächsten Morgen sah ich als Erstes auf mein Handy. Kalte Ernüchterung breitete sich in mir aus, als weder eine ungelesene Nachricht noch ein verpasster Anruf darauf blinkten. *Okay, das muss nichts bedeuten*, sagte ich mir und machte mich im Badezimmer fürs Frühstück fertig.

Auf dem Gang konnte ich Rose und Emma hören, die wohl soeben aus dem Wochenende zurückkamen. Angestrengt lauschte ich, ob sich vielleicht auch Dorians Stimme darunter befand, aber die beiden waren allein. Beim Frühstück traf ich dann auf Amy, Jamie, Calvin, Rose und Emma. Alle Mitglieder saßen am Tisch, nur von Dorian fehlte jede Spur. Dafür war Calvin heute ungewöhnlich gut drauf und grinste permanent vor sich hin.

Voller Ungeduld wartete ich darauf, dass die Schulglocke vom Ende des Frühstücks kündete – mein Essen bekam ich kaum runter. Als endlich alle mit Essen fertig waren und sich jeder zu seinem Hörsaal aufmachte, heftete ich mich an Amys Fersen.

„Erzähl doch mal, du Schwindlerin: Wie war Dorians Party vorgestern?“, fragte ich sie und hakte mich bei ihr ein.

Amy grinste mich an. „Du hast es also herausgefunden. Tut mir wirklich leid. Dorian hat mich angefleht, dir nichts zu sagen. Er wollte seinen Geburtstag unbedingt mit dir verbringen, hatte aber befürchtet, dass du ihm absagen würdest, wenn du davon wüsstest.“

Neckisch knuffte sie mich in den Arm. „Aber ich kann mir gut vorstellen, dass du schnell über seine Lüge *hinweggekommen* bist. Jetzt sag schon: Hattet ihr Sex?“

Ich hob die Brauen. „Ich dachte, das wüsstest du längst. Hat er gestern beim Brunch nichts durchsickern lassen?“

„Nein, er war gar nicht da.“

„Was? Wo war er denn?“

Verwundert sah Amy mich an. „Ich dachte, er wäre bei dir.“

Ein flaues Gefühl breitete sich in meinem Magen aus. „Nein, war er nicht. Ich hab gestern den ganzen Tag auf ihn gewartet. Wir waren in der Uni verabredet. Als er sich nicht gemeldet hat, dachte ich, er hätte Besuch von Verwandten bekommen oder etwas in der Art."

„Hm", machte Amy stirnrunzelnd. Dann blieb sie stehen, zog ihr Handy aus der Jackentasche und wählte seine Nummer. Schon nach dem zweiten Klingeln ging Dorian ran. „Hey, Cousin. Wo treibst du dich rum? Eine gewisse Ms. Davis sucht nach dir." Amy lauschte kurz, dann fragte sie: „Ist alles okay?" Wieder eine Pause. „Oh, alles klar. Willst du Zoe spre…?"

Sie brach ab, was mir sagte, dass er aufgelegt hatte, dann nahm sie wie in Zeitlupe das Handy vom Ohr. Meine Hände wurden ganz klamm. Hatte er gerade ernsthaft *aufgelegt*, bevor sie ihn an mich hatte weiterreichen können? Laut fragte ich: „Was ist los?"

„Keine Ahnung. Er meinte, er würde heute nicht kommen."

In meinem Hals bildete sich ein Kloß. „Und warum nicht?"

Ratlos zuckte Amy die Schultern. „Hat er nicht gesagt. Er meinte nur, ich soll das Schwimmtraining für ihn absagen. Mehr nicht."

Wir starrten uns bestimmt zehn Sekunden lang an. „Er wollte mich nicht sprechen", stellte ich schließlich das Offensichtliche fest.

Sich in ihrer Haut merklich unwohl fühlend schüttelte Amy den Kopf. „Den Eindruck hatte ich auch. Ist denn gestern irgendwas vorgefallen?“

„Du meinst, abgesehen davon, dass wir miteinander geschlafen haben?“, schnaubte ich bitter.

Auf einmal lag Amys Hand auf meinem Unterarm. „Hey, das muss nichts bedeuten. Dorian zieht öfter solche Aktionen ab.“

„Was denn? Er schläft mit Mädchen und meldet sich dann nicht?“ Ich hatte bissig klingen wollen, doch dafür war ich viel zu aufgewühlt. In meinem Kopf drehte sich alles.

„Na ja, *das* weniger …“

„Also ist es nicht normal, dass er so was macht.“

Amys Schweigen riss mir den Boden unter den Füßen weg, denn es war mir Bestätigung genug. Ich wusste nicht, was für ein Gesicht ich machte, aber es schien sie zutiefst zu beunruhigen. „Nach der Uni fahre ich zu ihm, okay? Und du kannst nach der Vorlesung ja mal versuchen, ihn zu erreichen.“

Ich schüttelte den Kopf. „Nein. Wenn er sich bei mir hätte melden wollen, hätte er das längst getan.“

Auch darauf konnte Amy nur schweigen, denn sie wusste, dass ich recht hatte. Sie warf einen Blick auf ihre Uhr und sah mich dann entschuldigend an. „Tut mir leid, ich muss zur Vorlesung. „Wir reden nachher weiter, ja?“

Ich merkte, wie ich nickte, aber es fühlte sich seltsam träge an. *Ich habe mit Dorian geschlafen und jetzt geht er mir aus dem Weg.* Das war das Einzige, woran ich denken konnte. *Bitte Gott*, flehte ich inbrünstig. *Lass nicht das passieren, von dem ich denke, dass es gerade passiert!*

Wieder mal bekam ich kaum etwas von der Vorlesung mit. Es war wie neulich, als ich erfahren hatte, dass ich die Ballkönigin sein würde, mit dem Unterschied, dass ich mich diesmal abgrundtief verraten und verletzt fühlte.

Immer wieder ermahnte ich mich, nicht vorschnell zu urteilen, dass es immer noch eine plausible Erklärung für Dorians Verhalten geben könnte. Doch meine Gefühle waren stärker als mein Verstand, und so wurde meine erzwungene Besonnenheit zusehends unter Schmerz und Fassungslosigkeit begraben.

Da ich mich auch nach der Vorlesung weigerte, Dorian anzurufen, versuchte Amy es noch mal, aber er ging nicht mehr ans Telefon. Meine Freundin hielt ihr Versprechen und fuhr direkt nach der Uni ins Hotel, und ich verschanzte mich in meinem Zimmer und vertrieb mir die Zeit damit, Serien zu gucken. Zu etwas anderem wäre ich jetzt sowieso nicht fähig.

Die Zeit kroch vor sich hin. Nachdem Amy sich auch zwei Stunden später nicht bei mir gemeldet hatte, gab ich meine Hoffnung, dass etwas Gutes dabei herauskommen könnte, endgültig auf. Was war nur los mit Dorian? Warum tat er mir das an? Selbst wenn er seine Gründe hatte, warum schrieb er mir nicht wenigstens eine kurze Nachricht, damit ich nicht *komplett* im Dunkeln tappte? Doch es kam nichts von ihm, und das fraß mich von Stunde zu Stunde mehr auf.

Ich hatte mich bettfertig gemacht und wollte gerade meine Nachttischlampe ausschalten, als jemand an meine Zimmertür klopfte. Mein Herz machte einen schmerzhaften Satz, und ich richtete mich so plötzlich auf, dass mir schwindelig wurde.

„Ich bin's. Kann ich reinkommen?" Es war Amy. Nicht Dorian. Meine Enttäuschung darüber war so mächtig, dass ich ein paar Sekunden brauchte, um mich zu sammeln. „Zoe?", drang es alarmiert durch die Tür.

„Ja … ich … komm rein", stammelte ich und schob mir das Kopfkissen hinter den Rücken, damit ich mich daran anlehnen konnte.

Ich zog die Beine an, schlang meine Arme darum und beobachtete mit angehaltenem Atem, wie Amy mein Zimmer betrat, die Tür hinter sich schloss und zum Bett kam. Sie trug noch ihren roten Mantel, also musste sie eben erst von Dorian wiedergekommen sein.

Beunruhigend vorsichtig – als könnte ich bei der kleinsten, hektischen Bewegung hochschrecken –, setzte sie sich zu mir aufs Bett. Kein gutes Zeichen.

Außerdem war ihr Gesicht in höchstem Maße angespannt. Was auch immer sie mir zu sagen hatte, es würde mir nicht gefallen.

„Also … ich war bei Dorian“, begann sie und strich sich bedacht eine Haarsträhne hinters Ohr. Ich brachte keinen Ton heraus, aber mein Herz würde wohl jeden Moment Reißaus nehmen, so stark pochte es. „Er … ähm … meinte, dass er morgen wieder in die Uni kommt.“

„Okay, und was genau ist jetzt mit ihm? Ist er krank?“, hakte ich ungeduldig nach.

Sie schüttelte den Kopf und knetete ihre Hände. „Nein, aber ich denke, das wird er dir morgen selbst erklären.“

Blinzelnd sah ich meine Freundin an. Einen Moment lang wusste ich nicht, was ich dazu sagen sollte. „Amy, du warst fast *fünf* Stunden weg!“, platzte es schließlich aus mir heraus. „Und alles, was du mir sagen kannst, ist, dass er morgen mit mir *reden* wird? Er muss dir doch irgendwas erzählt haben. Dir Gründe genannt haben.“

„Hat er nicht“, sagte sie und erwiderte meinen Blick unglücklich. „Ich hab ihn gefühlt stundenlang bearbeitet, aber er ist mir immer nur ausgewichen.“ Als ich schwieg, holte Amy bebend Luft. „Zoe … ich bin hier, um dich vorzuwarnen.“

„Vorwarnen?“, wiederholte ich verständnislos.

„Es klang nicht so, als ob Dorian dir morgen *gute* Nachrichten überbringen will.“

Das war wohl der Moment, in dem kurzzeitig mein Herz stehen blieb. „Also hat er *doch* geredet. Du weißt, was los ist, oder?“

Übereilt stand Amy auf und kratzte sich am Arm. „Hör mal, ich weiß wirklich nicht, was los ist – das musst du mir glauben –, aber Dorian ist mein Cousin und du bist meine beste Freundin. Ehrlich gesagt behagt es mir überhaupt nicht, mich da einzumischen. Hör dir am besten einfach an, was Dorian dir morgen zu sagen hat, okay?“

Als ich nur sprachlos den Kopf schüttelte, schloss Amy kurz die Augen. Es sah gequält aus. „Tut mir wirklich leid, Zoe.“ Und damit ging sie.

Der Dienstagvormittag zog sich zäh wie Kaugummi hin. Es hatte mich zunächst große Überwindung gekostet, heute Morgen überhaupt einen Schritt vor die Zimmertür zu setzen. Einerseits brannte ich darauf, Antwort von Dorian zu bekommen, andererseits – und daran war Amys Besuch gestern schuld – fürchtete ich mich davor, denn jetzt wusste ich, dass mir seine *Antworten* nicht gefallen würden.

Im Grunde wusste ich ja schon, was er mir sagen würde. Es konnte nur *das* sein. Warum sonst sollte Dorian sich, nachdem wir miteinander geschlafen hatten, derart benehmen? Aber ein Teil von mir –

ein naiver, absolut dämlicher – hoffte wohl immer noch, dass er nicht mit mir Schluss machen würde – sofern man es denn so nennen konnte.

Meine letzte Selbstachtung zusammenkratzend ging ich also zum Frühstück … aber Dorian war nicht dort. Auch beim Mittagessen glänzte er durch Abwesenheit. Dafür bemerkte ich, dass sich neben Amy jetzt auch ihr Bruder sonderbar verhielt. Als wüsste er etwas. Das machte mich wahnsinnig und offenbar auch ein bisschen paranoid.

Ich glaubte Amy, dass Dorian nicht mit der Sprache rausgerückt war, aber ich konnte auch nicht verhindern, dass sich mehr und mehr Zweifel in mein Herz schlichen. Ich fühlte mich schlecht deswegen – wie eine Verräterin. Ich *wollte* ihr ja bedingungslos vertrauen, aber nachdem Dorian meins so erschüttert hatte, fiel mir das gerade unheimlich schwer.

Nachdem ich die letzte Vorlesung für heute hinter mich gebracht hatte, reichte es mir.

Meine überfüllte Schultasche unter den Arm geklemmt marschierte ich über das matschige, verregnete Gelände zur Schwimmhalle. Von Amy wusste ich, dass Dorian seit heute Morgen in der Uni war, aber auch zum Mittagessen hatte er sich nicht blicken lassen. Das ließ ich nicht länger mit mir machen. Verarschen konnte er jemand anderes!

Klitschnass und mit Straßenschuhen betrat ich schließlich das Hallenbad. War mir so was von egal, ob ich deswegen Ärger bekam. Meine Verletztheit war inzwischen Wut gewichen, die mich wie ein wütender Stier nur noch rot sehen ließ. Es brauchte nur einen Blick, um Dorian am Beckenrand stehend auszumachen.

An der Art und Weise, wie schnell sich sein Brustkorb hob und senkte, erkannte ich, dass er eben aus dem Wasser gekommen war. Sein perfekter Körper triefte nur so vor Nässe, als er die Schwimmbrille von den Augen nahm und um seinen Hals baumeln ließ.

Ich hatte vielleicht zehn Schritte in die Halle gemacht, als seine Schwimmtrainerin mich entdeckte. „Was zum Teufel machen Sie da?“, rief sie mir über das Becken empört zu. „Das ist eine *Schwimmhalle*! Straßenschuhe sind hier tabu!“

Ich beachtete sie gar nicht, denn nun hatte ich auch Dorians Aufmerksamkeit. Unsere Blicke trafen sich, doch selbst aus der Entfernung erkannte ich die Kälte darin.

„Schon gut. Ich mach das“, hörte ich ihn sagen, dann kam er um das riesige Becken herum. Im Vorbeigehen nahm er ein Handtuch von der Bank und wickelte es sich um die Hüften.

Indessen brausten in meinem Inneren die Gefühle wie auf stürmischer See. Wie er mich angesehen hatte! Völlig unbeeindruckt! Als hätte er mich die letzten eineinhalb Tage nicht eiskalt ignoriert. Oder als hätten wir nicht vor wenigen Stunden erst miteinander *geschlafen*.

Dorian lief an mir vorbei, ohne mich anzusehen. Energisch stieß er die gläserne Schwingtür auf und bedeutete mir, ihm zu folgen. In einem verlassenen Nebengang blieb er schließlich stehen, lehnte sich, nass wie er war, mit verschränkten Armen an die Fliesenwand und sah mich dann aus kalten Augen an. „Bringen wir's hinter uns. Ich hab nicht lange Zeit."

Fassungslos schüttelte ich den Kopf und legte meine Tasche auf den Boden. „Bringen wir's *hinter uns?* Willst du mich verarschen? Wo warst du am Sonntag?", fuhr ich ihn an.

Er hob die Schultern. „Zu Hause."

„Und warum bist du nicht in die Uni gekommen? Wir waren doch verabredet gewesen."

Dorian seufzte schwer, als hätte er ein naives Kind vor sich, das noch viel lernen musste. Ich raffte das einfach nicht. Wie er dort mit seinem makellosen Körper stand, der sich vorgestern noch auf so himmlische Weise auf mir bewegt hatte, und dann dieser … dieser nichtssagende Blick dazu. Das war meinem Spatzenhirn schlichtweg zu hoch.

„Du bist offenbar eine von der begriffsstutzigen Sorte, deshalb will ich es dir schonend erklären", sagte er und stieß sich jetzt von der Wand ab.

Mit drei Schritten war Dorian bei mir, sodass ich den Blick heben musste. Wasser perlte auf seiner Brust, die sich immer noch unregelmäßig hob und senkte. Am liebsten hätte ich meine Hände darauf gelegt und … Ich wusste es auch nicht, ihn einfach berührt, doch der abweisende Ausdruck in seinen Augen hielt mich davon ab.

„Ich wollte mit dir schlafen. Das ist der einzige Grund, warum ich mich an dich rangemacht habe, warum ich auf einmal so *nett* zu dir war, mich an deine Fersen geheftet habe. Normalerweise gebe ich mich mit erfahreneren Mädchen ab – das gibt weniger Probleme und erspart mir großes Geheule hinterher –, aber ich gebe zu, dass es mich bei dir gereizt hat. Du warst eine Ausnahme."

Verständnislos starrte ich Dorian an. „Du willst mir also weismachen, dass *alles,* was du in den letzten Wochen zu mir gesagt hast – auf dem Weg nach Peterborough, auf dem Ball, bei unserem Date –, nur dazu gedient hat, mich ins Bett zu kriegen?!"

Emotionslos erwiderte er meinen Blick. „Ja."

„Das glaube ich dir nicht", sagte ich kopfschüttelnd. Obwohl Dorian keinen Grund hatte, zu lügen, weigerte ich mich, zu glauben, dass das alles nur gespielt gewesen war. So ein guter Schauspieler konnte er gar nicht sein. Immerhin hatte er mir mehrmals versichert, dass er *ernst* mit mir meinen würde. „Du wolltest zuerst gar nicht mit mir schlafen. Ich hab gesehen, wie du mit dir gerungen hast. Wie du versucht hast …"

Dorian starrte mich an, als wäre ich die dümmste Person auf diesem Planeten. „Bist du wirklich so naiv? Das war *Taktik*, Zoe! Gehörte alles zu meinem

Plan, dich rumzukriegen. Ich wusste, dass du noch Jungfrau bist. Hätte ich dich bedrängt, hättest du vermutlich einen Rückzieher gemacht, also habe ich mich an dem Abend zurückhaltend gegeben, und voilà, du bist drauf angesprungen."

Seine Worte waren wie gezielte Messerstiche in meine Brust, aber obwohl ich Dorians Worte klar und deutlich verstanden hatte, wollten sie einfach nicht in meinen Schädel. Nicht vollständig jedenfalls.

Wie betäubt schüttelte ich den Kopf. „Ich … kann das einfach nicht glauben."

„Glaub, was du willst", meinte er ungerührt, „ich muss jetzt weitertrainieren."

Als Dorian um mich herumging, begriff ich, dass er es tatsächlich ernst meinte. Ungläubig drehte ich mich mit ihm mit. „Das war's also?"

Er blieb stehen, drehte sich um und sah mich aus lieblosen Augen an. Keine Ahnung, warum, aber dieser Blick – dem seines Vaters so ähnlich – erschütterte mich mehr als seine Worte. Ich erkannte Oliver darin, die Macht und Überlegenheit der Wildes. Nur, dass Dorian dazu noch ein begnadeter Schauspieler war, wie es schien.

Aber was hatte ich eigentlich erwartet? Als Dorian Interesse an mir entwickelt hatte, hatte er Emma einfach links liegen gelassen. Emma, mit der er seit Monaten eine Affäre geführt hatte. Und jetzt tat er dasselbe mit mir – so einfach war das.

„Ja, Zoe. Das war's", antwortete Dorian auf meine Frage. Er legte den Kopf schräg. „Es sei denn, du bist an einer Freundschaft Plus interessiert. Darüber ließe sich natürlich reden."

Das gab mir den Rest. Schneller als ich gucken konnte, hatte ich ausgeholt und Dorian eine Ohrfeige verpasst. Das Klatschen hallte in dem leeren Gang wider. Überrascht taumelte Dorian einen Schritt zurück, doch er gab keinen Mucks von sich.

„Wie konntest du mir das antun?!", flüsterte ich, und Tränen brannten jetzt in meinen Augen. „Du wusstest, dass ich nicht so eine bin, und hast trotzdem …"

Ich schüttelte den Kopf und wischte mir eine Träne weg. „Wie konntest du nur?"

Kurz flackerte in Dorians Blick etwas auf. Ohne mich aus den Augen zu lassen, betastete er seine Wange und stieß gleichzeitig mit der Zunge gegen die Innenseite – womöglich, weil er sich gebissen hatte. Dann senkte er die Hand wieder und der Ausdruck aus seinen Augen verschwand. „Sind wir dann fertig?"

Als Antwort starrte ich nur zurück. Heiße, dicke Tränen liefen mir jetzt über die Wangen. Meine schlimmsten Befürchtungen hatten sich bewahrheitet: Dorian hatte nie eine Beziehung gewollt. Er hatte mich flachlegen wollen, und ich Idiotin war – wie so viele vor mir – auf seine schönen Worte und sein charmantes Lächeln hereingefallen.

Mit dieser schmerzhaften Erkenntnis ließ Dorian mich stehen, und selbst, als seine Schritte längst verklungen waren, verharrte ich noch in dieser Position. Fassungslos. Benommen. Verraten.

Vom Rückweg in die Uni bekam ich kaum etwas mit. Meine Füße trugen mich, ohne, dass ich ein bestimmtes Ziel im Sinn hatte. Ich wollte einfach nur von Dorian weg, am liebsten ans andere Ende der Welt, wo ich mich gleichzeitig verkriechen und alles kurz und klein schlagen wollte.

Hatte ich mich gestern tatsächlich gefühlt, als hätte ich Watte im Kopf? Jetzt war es wohl eher ein Specht, der von innen gegen meine Schädeldecke hämmerte. Immer und immer wieder auf dieselbe Stelle, während ich mich fragte, wie es so weit hatte kommen können.

Von Anfang an hatte ich Dorian als Schürzenjäger eingestuft. Er war mir schon von der ersten Begegnung an nicht geheuer gewesen, mit seinem perfekten Zahnpasta-Lächeln und seinem teuflisch guten Aussehen. Also war ich ihm gegenüber wachsam gewesen, und als er sich an mich rangemacht hatte, hatte ich es mir zunächst nicht zu Herzen genommen.

Also, *was* war schiefgelaufen?

Wann zum Teufel hatte ich angefangen, die Warnsignale zu ignorieren und mich entgegen jeder Vernunft auf Dorian einzulassen? Wirklich, ich verstand es nicht. Ich fühlte mich beraubt. Und damit meinte ich nicht mal meine Jungfräulichkeit, denn die hatte ich Dorian ja freiwillig geschenkt, sondern dem letzten kläglichen Rest Vertrauen, den ich für Jungs ohnehin nur übriggehabt hatte.

Plötzlich lag eine Hand auf meiner Schulter und ich wurde brüderlich an jemandes Seite gedrückt. „Hey, da ist ja meine Freundin *aka* Schnapsleiche. Ich wollte gerade in den Westflügel, dich suchen gehen", begrüßte Luke mich strahlend.

Etwas irritiert sah ich zu meinem Kumpel hoch, und da wurde ich mir erst meiner Umgebung bewusst. Wir standen in der Eingangshalle, dabei konnte ich mich beim besten Willen nicht daran erinnern, wie ich hierhergekommen war.

„Hey", gab ich lahm zurück und rang mir ein Lächeln ab. Dorians Worte hallten immer noch in meinem Kopf, umwaberten mich wie dicklicher, zäher Nebel, deshalb war ich mir auch sicher, dass mein Lächeln nur halb so überzeugend aussah, wie es sich anfühlte.

Aber Luke schien viel zu gute Laune zu haben, um mir etwas anzumerken. Mit einem sanften Stups auf meine Nase sagte er: „Ich muss dich mal kurz in mein Zimmer entführen, wenn du nichts dagegen hast. Dauert auch nicht lange."

Mir blieb keine Zeit, zu widersprechen, geschweige denn, überhaupt den Mund aufzumachen, denn da zog er mich auch schon mit sich. Eigentlich wollte ich ja lieber allein sein, aber dann sagte ich mir, dass ein bisschen Gesellschaft jetzt gar nicht so schlecht wäre. Mit seiner immer guten Laune lenkte Luke mich vielleicht eine Weile von meinen finsteren Gedanken ab. Zumindest so lange, bis ich nachher allein in meinem Bett liegen würde.

Also ließ ich mich von Luke in sein Zimmer führen, während ich seinem heiteren Gebrabbel mehr oder weniger aufmerksam lauschte.

Seit jener Nacht im Poolhaus, als Dorian mich geküsst hatte, war ich nicht mehr in Lukes Reich gewesen. Es roch angenehm frisch, als wäre es erst vor Kurzem gereinigt worden, und penibel aufgeräumt war es auch. Luke schloss die Tür hinter uns, dann machte er das Licht an, zog seine Jacke aus und legte sie über die Lehne des Bürostuhls.

Ich ging in die Mitte des Zimmers, setzte meine Tasche ab und schlang die Arme um den Oberkörper. Obwohl es in Lukes Zimmer nicht kalt war, hatte ich das Bedürfnis, mich in irgendetwas einzukuscheln. Vielleicht brauchte ich auch nur das Gefühl, von jemandem gehalten zu werden. Jedenfalls spendete mir meine eigene Umarmung erbärmlicher Weise etwas Trost.

„Alles okay mit dir?“, erkundigte sich Luke mit einem forschenden Blick, während er sich halb auf seinen Schreibtisch setzte. „Du wirkst heute so abwesend."

„Alles gut", log ich und senkte die Arme. „Also, hier bin ich. Was wolltest du mir zeigen?"

Er sah mich noch einen Moment lang abschätzend an, dann sagte er: „Ich brauche etwas von dir. Etwas, das nur du mir besorgen kannst."

„Okay. Was ist es?"

Luke beobachtete meine Reaktion genau, als er erklärte: „Etwas, das mir gehört und das Dorian in seinem Besitz hat."

Meine Gesichtszüge entgleisten, als ich Dorians Namen hörte. „Was?"

„Dorian hat Fotos von mir, die ich zurückhaben will. Das Problem ist, dass er sie nicht rausrückt. Deshalb musst du sie mir beschaffen oder dafür sorgen, dass er sie ein für alle Mal vernichtet."

Verständnislos guckte ich Luke an. Anscheinend war mein Gehirn noch etwas angeschlagen von dem Gespräch mit Dorian, denn ich verstand nur Bahnhof. „Was für Fotos? Warum fragst du ihn nicht selbst?"

Mit den Händen umklammerte Luke die Tischkante. „Wie gesagt: Dorian will sie nicht rausrücken. Er hat sie jetzt schon seit über einem Jahr. Vermutlich bewahrt er sie bei sich im Hotel auf, wo es unmöglich für mich ist, an sie ranzukommen."

„Und warum denkst du, dass *ich* sie dir besorgen könnte?", fragte ich halb lachend. Wenn er wüsste, was Dorian mir vor wenigen Minuten an den Kopf geworfen hatte!

Luke breitete die Hände aus. „Ganz einfach: Weil du und Dorian euch mittlerweile nähergekommen seid. Ich hab euch beobachtet. Seit dem Ball weicht er dir nicht mehr von der Seite, woraus ich schließe, dass sich zwischen euch was Ernstes angebahnt hat. Oder seid ihr vielleicht sogar schon zusammen?"

Ich erstarrte. Lukes Frage war wie eine kräftige Ohrfeige. „Sind wir nicht!"

Das entlockte ihm ein Stirnrunzeln. „Echt nicht? Ihr verhaltet euch aber so. Alle reden schon darüber, dass ihr das neue Traumpaar von *Dawson* wärt."

Als ich Luke nur anstarrte, schenkte er mir sein typisches, charmantes Lächeln, das mich schon so manches Mal aufgemuntert hatte. „Komm schon, *mir* kannst du es doch sagen. Oder ist es dir etwa peinlich, Gefühle für Dorian zuzugeben? Das muss es nicht. Ich sehe, dass ihr was am Laufen habt. Jeder, der nicht blind ist, sieht das."

Jetzt stieß Luke sich vom Schreibtisch ab und kam zu mir. „Das ist auch der Grund, weshalb ich mich an dich wende. Du bedeutest Dorian etwas, und genau deshalb hast du den nötigen Einfluss auf ihn, um mir diese Fotos zu besorgen."

Mein Herz zog sich krampfhaft zusammen, und ein bitteres Lachen entfuhr mir. „Ich muss dich enttäuschen, ich bedeute Dorian *gar nichts*! Und jetzt würde ich gern gehen." Ich hatte keine Lust mehr, über Dorian zu sprechen, und schulterte entschlossen meine Tasche. „Ich kann dir leider nicht helfen."

Um Fassung bemüht ging ich um Luke herum, und er ließ mich kommentarlos gehen. Ich drückte die Klinke herunter und wollte die Tür aufziehen, als ich erstarrte: Sie war abgeschlossen! Wie in Zeitlupe drehte ich mich zu Luke um. Mein Hals war mit einem Mal ganz trocken. „Warum hast du die Tür abgeschlossen?"

Luke sah mich an und atmete tief durch. „Du musst mir glauben, dass ich das nicht gern mache … aber Dorian lässt mir keine andere Wahl."

Mit angehaltenem Atem beobachtete ich, wie er sein Handy aus der Hosentasche zog. „Wovon redest du?", fragte ich alarmiert.

Er winkte mich zu sich. „Komm her. Ich zeig's dir." Doch ich rührte mich nicht vom Fleck. Egal, was es war, ich wollte es nicht sehen.

„Ich möchte jetzt gehen", sagte ich ruhig. Aber das war nur gespielt. In meinem Kopf überschlugen sich die Gedanken.

Als Luke mich jetzt ansah, blitzte eine ungewohnte Kälte in seinen Augen auf. „Glaub mir. Das hier *willst* du dir ansehen."

Ich zögerte noch einen Moment, dann holte ich tief Luft und ging zu ihm. Ich hatte zwar kein gutes Gefühl dabei, aber wenn er etwas versuchen sollte, würde ich einfach laut losschreien. Ohne Schlüssel kam ich sowieso nicht aus seinem Zimmer.

„Okay, was …?“ Weiter kam ich nicht, denn Luke hatte das Handy bereits in meine Richtung gedreht. Erschrocken prallte ich einen Schritt zurück, denn, was ich dort sah … konnte einfach nicht wahr sein. Das war *ich*, die in nichts weiter als Unterwäsche in seinem Bett lag! In einer *sehr* zweifelhaften Pose! „Was … was ist das?!“, keuchte ich, aber Luke war noch nicht fertig.

Seelenruhig, als würde er mir Hundefotos oder etwas ähnlich Harmloses zeigen, wischte er zum nächsten Bild, in dem ich sogar ohne BH da lag. „Ich denke, du weißt, was das ist“, sagte er und senkte das Handy.

Ich starrte Luke an, als hätte er mir gerade offenbart, ein Serienmörder zu sein. „Lösch das! Sofort!“, verlangte ich am ganzen Körper zitternd, doch er schüttelte nur den Kopf. „Erst, wenn du mir die Fotos von Dorian besorgt hast.“

Ich öffnete den Mund, doch kein Ton kam über meine Lippen. Dafür senkte ich den Blick wieder auf das Handy.

Luke folgte meinem Blick. „Das sind übrigens nicht die einzigen Bilder von dir. Ich hab noch andere, weitaus freizügigere, aber ich denke, die Botschaft ist klar: Besorg mir Dorians Fotos und ich lösch deine von meinem Handy.“

„Und wenn ich das nicht kann?“, rief ich aufgelöst. „Was, wenn … wenn Dorian sich nicht überreden lässt?!“

Lukes Blick verhärtete sich. „Dann hast du ein Problem, fürchte ich."

Oh, Gott! Ich konnte mir schon vorstellen, wie dieses *Problem* aussehen würde! Vor Entsetzen wurde mir übel.

„Das ist doch ein Scherz", sagte ich mit bebender Stimme. „Du willst mich doch verarschen, oder?"

„Sehe ich so aus, als ob ich dich verarschen wollte?", fragte Luke mit hochgezogenen Brauen.

Kopfschüttelnd starrte ich wieder auf sein Handy. „Aber wie … wie hast du …?"

„Wie ich die Fotos gemacht habe? Das war nicht schwer. Du warst an dem Abend so betrunken, dass du nichts mitbekommen hast."

Es kostete mich mehrere Anläufe, um den Kloß in meinem Hals hinunterzuschlucken, aber schließlich schaffte ich es, und fragte: „Hast du mir an dem Abend Drogen gegeben?"

Luke schnaubte. „Nein. Das mit den Drogen habe ich nur gesagt, um dein Misstrauen gegenüber Dorian zu wecken. Damit du mit mir mitkommst."

„Warum ich?", flüsterte ich. „Warum tust du mir das an?"

Kurz flackerte so etwas wie Bedauern in seinen Augen auf. „Ich würde sagen, du warst zur falschen Zeit am falschen Ort. Ich hatte nie geplant, dich zu erpressen. Ich kannte dich ja nicht mal. Aber nachdem du mir erzählt hattest, dass Dorian dich geküsst hätte, und er später rauskam, um nach zu dir zu sehen, habe ich meine Chance gewittert. Wie gesagt, ich bin seit über einem Jahr hinter diesen Fotos her, aber den Neffen des Schulleiters kann man nur schwer erpressen. Meine Position als Vorstandsvorsitzender verschafft mir zwar einen gewissen Einfluss, aber gegen Dorian Wilde habe ich keine Chance. Ich brauchte etwas, mit dem ich ihn unter Druck setzen konnte. Und dann bist du aufgetaucht, bist mir buchstäblich in die Arme gestolpert."

Fast schon versöhnlich breitete Luke die Hände aus. „Wie gesagt, ich hab in dir einfach nur eine Chance gesehen, endlich an die Fotos zu kommen. Natürlich hatte ich keine Ahnung, ob sich wirklich etwas Ernstes zwischen euch entwickeln würde, aber den Versuch war es wert. Also habe ich dich auf mein Zimmer gebracht, dir eine harmlose Beruhigungstablette gegeben, damit du nicht überraschend wach wirst, und die Fotos gemacht. Danach hieß es abwarten, wie es zwischen dir und Dorian läuft."

Ich bekam keinen Ton heraus. Die Erkenntnis, heute gleich zweimal verraten worden zu sein, und das auf so entsetzliche Art, sorgte dafür, dass ich nicht mehr richtig Luft bekam. Ich wankte.

„Falls es dich tröstet: Es war nie etwas Persönliches", fügte Luke hinzu, offenbar nicht ahnend, dass ich gleich umkippen würde.

Ungläubig, ja, hasserfüllt riss ich den Blick hoch. „Nichts Persönliches?", rief ich. „Du Arschloch machst *Nacktfotos* von mir und willst mir sagen, dass es nichts Persönliches ist?!" Ich hyperventilierte fast, doch Luke zuckte nicht mal mit der Wimper.

Warum auch? Körperlich hatte er von mir halbem Würstchen nichts zu befürchten, außerdem hatte er mich mit den Fotos in der Hand. Sollten sie veröffentlicht werden – und es war klar, dass sie auch in *Dawson* die Runde machen würden –, konnte ich mich von meiner schulischen Karriere verabschieden. Keine renommierte Universität wollte derartig schlechte Publicity haben.

Und dann hatte ich es nicht mal mit eigenen Mitteln nach *Dawson* geschafft, was vermutlich ein gefundenes Fressen für die Medien wäre. Ich konnte mir die Schlagzeile jetzt schon vorstellen: *Kleinstadtmädchen schläft sich in Elite-Universität hoch.*

Irgendwie lustig. Oliver verlangte von mir, dass ich mich von Dorian fernhielt, und Luke wollte, dass ich von ihm nun diese Fotos besorgte, was das genaue Gegenteil von *fernhalten* voraussetzte. Offenbar würde ich so oder so von der Uni fliegen. Ich hatte nur die Wahl zwischen kurz und schmerzlos und einem riesigen Skandal, der mir wahrscheinlich mein Leben lang nachhängen würde.

Ich vergrub das Gesicht in den Händen und konnte nichts dagegen tun, dass ein irres Lachen in meiner Kehle aufstieg. Diese Uni wollte mich ganz offensichtlich fertigmachen! „Was sind das überhaupt für Fotos, die Dorian von dir hat?", fragte ich, als ich mich halbwegs wieder eingekriegt hatte.

Luke antwortete auch jetzt wieder ruhig und gelassen. Als würden wir uns ganz zwanglos über die Uni unterhalten. Bis vor wenigen Minuten hatte ich diese Gelassenheit immer an ihm geschätzt, jetzt wollte ich sie am liebsten aus ihm herausprügeln. „Polaroid-Fotos. Von mir und ein paar Mädchen."

„Ich vermute, es handelt sich nicht um jugendfreie Fotos?", fragte ich kühl.

Luke lächelte genauso kühl zurück. „Richtig vermutet."

Die nächste Frage fiel mir schwer, denn ich wusste, dass ich die Antwort in Wirklichkeit gar nicht wissen wollte. „Warum hat Dorian die Fotos?"

„Weil er sie selbst geschossen hat. Ich hab auch ein paar von ihm gemacht, aber es war *seine* Kamera, deshalb besitzt er auch diese Fotos." Luke begann, in seinem Zimmer auf und ab zu laufen. „Weißt du, es würde mich ja gar nicht stören, dass er die Bilder hat. Bedauerlicherweise sind Dorian und ich nicht im Guten auseinandergegangen, und es gefällt mir nicht, dass er mich mit den Fotos in der Hand hat. Er könnte sie jederzeit veröffentlichen, dem Vorstand vorlegen und damit meine Karriere hier beenden. Oder er veröffentlicht sie irgendwann später, in 10 oder 20 Jahren, wenn ich ein erfolgreicher Geschäftsmann bin oder in irgendeiner Führungsebene sitze."

Abrupt drehte Luke sich zu mir um, und als er mich nun ansah, fiel etwas von seiner gewohnten

Gelassenheit ab. „Er hat mich damit in der *Hand*, Zoe. Du verstehst doch, warum ich sie ihm nicht so einfach überlassen kann? Warum ich zu diesen Mitteln greifen muss, oder?"

Ich starrte Luke einfach nur an. Wenn er ernsthaft glaubte, dass er für diese Aktion auch nur einen Funken Verständnis von mir bekommen würde, musste er gestörter sein, als er es in meinen Augen ohnehin schon war.

Schnaubend schüttelte er den Kopf. „Wie dem auch sei, du weißt jetzt Bescheid. Besorg mir diese Fotos. Wie du es machst, ist mir egal, aber ich will spätestens am Montag diese Bilder auf meinem Tisch haben."

Die ganze Zeit war ich wie erstarrt gewesen, doch nun erwachte mein Selbsterhaltungstrieb. Mit drei Schritten war ich bei Luke und ergriff seinen Arm. „Bitte tu mir das nicht an, Luke!", flehte ich. „Das mit Dorian und mir ist anders gelaufen, als du vielleicht denkst. Er hat mich benutzt und mir vorhin erst klar gemacht, dass ich ihm absolut *nichts* bedeute. Er wird sich nicht von mir überreden lassen, egal, was ich ihm sage."

Mühelos befreite Luke sich aus meinem Griff. „Netter Versuch, Zoe, aber völlig sinnlos. Ich hab mich nicht monatelang als dein Kumpel ausgegeben, nur, damit ich am Ende mit leeren Händen dastehe."

Als ich verzweifelt und wütend zugleich einen Schritt zurückmachte, lachte er hart auf. „Was dachtest du denn, warum ich die ganze Zeit so nett zu dir war? Warum ich dich zur Ballkönigin gemacht habe? Ich wollte einzig und allein, dass du und Dorian euch näherkommt, dass du ihm etwas bedeutest. Und jetzt habe ich ihn an den Eiern. Dank dir. Also besorg mir diese verschissenen Fotos, oder deine Bilder werden nächste Woche in der ganzen Uni aushängen, inklusive Tageszeitung! Und glaub mir, jeder Skandal in *Dawson* ist wie ein gefundenes Fressen für die Medien. Du wirst in London eine *Berühmtheit* sein.“

Das war‘s. Luke meinte es ernst. Es gab nichts mehr, was ich noch tun oder sagen konnte, um ihn umzustimmen. Ohne mich aus den Augen zu lassen, ging er zur Tür und schloss sie auf. Meine Beine fühlten sich taub an, als ich ihm folgte. Von meinem Kopf ganz zu schweigen. Bevor Luke mir die Tür öffnete, drehte er sich noch einmal zu mir um und versperrte mir damit den Weg.

„Ach ja, für den Fall, dass du jetzt vorhast, zur Polizei oder zum Schulleiter zu gehen, solltest du noch eins wissen: Sobald du durch diese Tür spazierst, werde ich deine Fotos von meinem Handy löschen. Du findest sie auch nicht auf meinem Laptop oder bei mir zu Hause oder sonst irgendwo anders, falls du vorhast, mein Zimmer durchsuchen zu lassen.“

Er beugte sich zu mir herunter, bis ich seinen Atem auf dem Gesicht spürte. „Ich hab sie einem technikbegeisterten Kumpel geschickt, der außerhalb dieser Mauern sitzt, und nur auf mein Zeichen wartet, sie zu veröffentlichen. Solltest du mich also an irgendjemanden verpfeifen, sei dir gewiss, dass die Fotos so oder so ihren Weg an die Öffentlichkeit finden werden. Und du wirst mir nicht mal was nachweisen können."

Entsetzt starrte ich Luke an. Ich wollte ihm sagen, dass ich ihm kein Wort glaubte, dass ich mich von seiner Drohung nicht einschüchtern lassen würde, aber die Entschlossenheit in seinem Blick gab mir die nötige Gewissheit, dass er sie wahrmachen würde. Seine jüngsten Taten bewiesen, dass er vor nichts zurückschreckte, um an seine Fotos zu kommen. Und ich war sein Mittel zum Zweck.

Kapitel *13*

Es war mir ein Rätsel, wie ich diesen Horror-Tag überstand, ohne einen Nervenzusammenbruch zu erleiden. Erst Dorian und jetzt Luke. Das war wie ein doppelter Schlag ins Gesicht – wobei *Schlag* eindeutig zu milde ausgedrückt war, für das, was ich empfand, als ich Lukes Zimmer verließ. Erstaunlicherweise vergoss ich keine Träne, als ich mich später ins Bett legte. Wahrscheinlich war es der Schock, und das würde erst später kommen.

Amy wich mir den darauffolgenden Mittwoch nicht von der Seite. Nach jeder Vorlesung wartete sie vor dem Hörsaal auf mich, vermutlich, um sicherzugehen, dass ich keinen Selbstmord beging.

Zudem entschuldigte sie sich immer wieder, als könnte sie etwas dafür, dass Dorian so ein Arschloch war. Aber ich verstand auch, dass sie sich schlecht fühlte, da sie mich zum Ende hin ja förmlich *angebettelt* hatte, mit Dorian zusammenzukommen. Vermutlich versicherte sie mir deshalb gefühlt alle 5 Minuten, dass sie kein Wort mehr mit ihrem Cousin sprechen würde. Aber das war natürlich nur ein schwacher Trost. Außerdem war die Sache mit Dorian – und ich konnte es selbst kaum glauben –, gerade mein geringstes Problem.

Von Luke erzählte ich ihr nichts. Einerseits, weil ich hoffte, dass ich die Angelegenheit mit Dorian diskret klären konnte, und andererseits, weil ich mich schämte. Ja, genau, *ich*, das Opfer, schämte mich für das, was Luke mir angetan hatte. Und das ergab überhaupt keinen Sinn, weil mein einziges Verbrechen an dem Abend darin bestanden hatte, mich von Dorian küssen zu lassen und dann mein betrunkenes Herz vor einem Fremden auszuschütten.

Wie konnte so ein simpler, unbedeutender Akt zu solch katastrophalen Ausmaßen führen?

Und jetzt sah es so aus, als würde am Montag jeder meine Brüste zu sehen kriegen … denn Dorian ließ sich den ganzen Mittwoch über nicht blicken. Auch am Donnerstag kam er nicht in die Uni, was mich immer verzweifelter werden ließ. Luke hatte mir ein Ultimatum bis Montag gestellt. Eigentlich genug Zeit, seine Fotos zu besorgen … wenn Dorian denn nur anwesend wäre!

Verzweifelt wie ich war, schrieb ich Dorian am Donnerstagnachmittag schließlich eine Nachricht, dass er sich doch bitte bei mir melden sollte und es wichtig wäre.

Es hatte mich große Überwindung gekostet, die Nachricht abzuschicken, musste sie für Dorian doch klingen, als wollte ich ihn verzweifelt zurückgewinnen. Aber irgendetwas *musste* ich ja tun. Ich konnte nicht einfach nur tatenlos herumsitzen und warten, weil ich mir dann nämlich vorstellte, wie Luke mich aus- und wieder angezogen haben musste, und das weckte jedes Mal das Bedürfnis in mir, mir die Haut von den Knochen zu schmirgeln.

Als Dorian am Freitagmorgen im Speisesaal erschien, war ich verblüfft. Offenbar hatte meine Nachricht etwas bewirkt, auch wenn er nicht darauf reagiert hatte. Meine Überraschung hielt jedoch nur so lange an, bis ich Emma an seiner Seite entdeckte. Hand in Hand kamen sie an unseren Tisch geschlendert, und mir klappte die Kinnlade herunter.

Ich hatte in den letzten Tagen viel ertragen müssen: Olivers Drohung, die wie ein Damoklesschwert über mir geschwebt hatte, Dorians schwerer Verrat, Lukes Erpressung und die Angst, dass am Montag alle meine Nacktbilder zu sehen kriegen könnten. Aber Dorian und Emma nun wieder so vertraut zu sehen – *ausgerechnet* Emma –, ich wusste auch nicht, aber das gab mir den Rest.

Übereilt schob ich den Stuhl zurück, brachte mein kaum angerührtes Tablett zur Ablage und hastete den Tränen nahe aus dem Saal. Dabei war mir weder Emmas selbstgefälliger Blick, noch mein Name entgangen, den Amy mir hinterhergerufen hatte.

Eine Sache brannte sich jedoch in mein Gedächtnis, und das war Dorians versteinerter Gesichtsausdruck, die Art und Weise, wie er mir mit zusammengepressten Kiefern nachgeschaut hatte. Ein lächerlicher Gedanke, aber es hatte fast gewirkt, als hätte es ihm seelische Schmerzen bereitet, mich so gehen zu lassen.

Jetzt lag ich seit geraumer Zeit in meinem Bett und schaute eine Serie, ohne wirklich hinzugucken. Heute war Freitag. Der letzte Tag, bevor wir alle ins Wochenende gehen würden, und somit meine letzte Chance, diese beschissenen Fotos von Dorian zu bekommen.

Ich musste ihn heute fragen. Mir blieb keine andere Wahl, wenn ich am Montag nicht Gesprächsthema Nummer Eins sein wollte. Also riss ich mich ein letztes Mal zusammen, donnerte mich für die Pool-Party auf und gesellte mich – als ich ihre Stimmen hörte – zu den Mädchen auf den Gang.

Rose und Amy guckten nicht schlecht, als ich die Tür hinter mir schloss. „Zoe!“, sagte Amy überrascht. „Du kommst mit?“

„Klar doch“, antwortete ich übertrieben lächelnd und hakte mich bei ihr ein. „In einer Woche sind schließlich Trimester-Ferien. Da will ich mir doch nicht die letzten Pool-Partys entgehen lassen.“

Unglücklich betrachtete Amy mich von der Seite. Sie dachte wahrscheinlich, dass ich meinen Kummer ertränken wollte, was zum Teil auch stimmte. Denn bevor ich Dorian nach den Fotos fragte, würde ich mir ordentlich die Kante geben.

Emma verschränkte die Arme vor der Brust, wodurch ihre extrem gepuschten Brüste ihr beinahe aus dem Oberteil fielen, und starrte mich aus verengten Augen an. „Falls das ein lächerlicher Versuch werden soll, Dorian zurückzugewinnen, bist du armseliger als du aussiehst."

Mein Lachen war nicht gespielt. „Oh, keine Sorge, Emma. Ich will dir Dorian nicht ausspannen. Glaub mir, ihr beide seid wirklich das *perfekte* Paar." Damit zog ich die immer noch perplexe Amy in Richtung Ausgang und ließ Emma und Rose stehen.

Wie immer war die Pool-Party schon in vollem Gange, als wir dort ankamen. Ich hätte nicht gedacht, dass ich mich mal derart auf unsere Freitags-Party freuen würde, aber heute brauchte ich sie scheinbar wie die Luft zum Atmen. Ich genoss es, wie der laute Bass durch meinen Körper pulsierte, als wir das Haus betraten, und konnte es kaum erwarten, meine Sorgen und Ängste im Alkohol zu ertränken.

„Ich weiß nicht, ob ich deine gute Laune erfreulich oder besorgniserregend finden soll", bemerkte Amy, als ich an der Bar zwei *Whisky sour* für uns bestellte. „Du hast doch irgendwas vor!"

Amüsiert bediente ich mich an dem Glas Salzstangen und steckte mir eine in den Mund. „Keine Sorge, ich hab keinen Auftragsmörder für Dorian bestellt, falls du das befürchtet. Und wäre es dir lieber, ich würde im Bett bleiben und Trübsal blasen?"

Amys wachsamem Blick nach zu urteilen, wäre ihr das wohl tatsächlich lieber. „Ich will nur nicht, dass du etwas Unbesonnenes anstellst. Was Dorian dir angetan hat, ist schrecklich. Ich kann mir nicht vorstellen, dass du das einfach so weggesteckt hast. Aber du bist mir wichtig. Also mach keine Dummheiten, hörst du?"

Sie meinte so etwas wie, Dorian mein Vertrauen zu schenken und mit ihm zu schlafen? Aber ich verstand Amys Sorge, und ich war dankbar dafür. In diesen finsteren Zeiten war es schön, zu wissen, dass man nicht *allen* Menschen auf dieser Uni egal war. Dass es noch jemanden gab, dem ich etwas bedeutete. „Keine Sorge, ich stelle nichts an", versprach ich.

Dann wurden unsere Getränke serviert, und wir stießen an.

Zwei *Whisky sour* später hatte ich meinen gewünschten Pegel erreicht. Ich fühlte mich fantastisch. Genau so, wie ich es gehofft hatte. Natürlich hatten sich meine Probleme damit nicht in Luft aufgelöst, aber zumindest wurden sie jetzt von einem Alkoholschleier abgeschirmt, der es mir leichter machte, sie zu ertragen. Abwechselnd saß ich mit Amy an der Bar oder rockte mit ihr die Tanzfläche. Zu unserem Club-Sofa, auf dem Dorian und Emma die ganze Zeit hockten, hielt ich bewusst Abstand.

Dafür warf ich ihnen immer wieder prüfende Blicke zu, in der Hoffnung, dass Emma endlich von seiner Seite weichen würde. Tat sie leider nicht. Es schien, als ließe sie Dorian absichtlich nicht allein, aus Angst, ich könnte ihm sofort auf den Schoß springen, wenn sie mal nicht hinguckte. Also tanzte ich weiter. So lange, bis ich ganz verschwitzt und außer Atem war, dann trank ich noch etwas an der Bar.

Als Amy sich auf die Toilette zurückzog, ging ich nach draußen, um frische Luft zu schnappen. So wie Dorian offenbar Emma am Hals hatte, so verhielt es sich bei mir mit Amy. So ganz traute sie mir offenbar nicht über den Weg, denn sie war mir nicht einmal von der Seite gewichen.

Jetzt genoss ich die frische Luft, die meine Lungen durchströmte, und die kühle Nachtluft, die über meine nackten Arme und Beine strich. Mehr wankend als laufend bewegte ich mich am Pool entlang und setzte mich auf eine freie Liege. Oder ich hatte es vorgehabt, denn plötzlich saß ich auf jemandes Schoß. Dem Schoß eines Jungen, wie ich im nächsten Moment erkannte.

Huch! Wie war das denn passiert?

Hände packten meine Hüften, drehten mich so, dass ich jetzt seitlich auf dem Schoß saß, und zogen mich an eine fremde, warme Brust. „Sieh an, was mir da ins Netz gegangen ist."

Kristallblaue Augen, die von einem ovalen Gesicht eingerahmt wurden, blickten mich an. Der satte

Glanz darin sagte mir, dass der Junge alles andere als nüchtern war, aber meine Augen dürften auch nicht besser aussehen. Es konnte natürlich am Alkohol liegen, aber der Junge sah gar nicht mal so schlecht aus – auch wenn sein Gesicht etwas verschwommen war.

Der plötzliche Schwindel in meinem Kopf ermahnte mich, dass es nicht klug gewesen war, an die frische Luft zu gehen, aber die stickige Luft im Poolhaus war kaum auszuhalten gewesen.

Der blonde Junge legte den Kopf schräg und grinste mich an, als könnte er sein Glück kaum fassen. „Wie heißt du, Süße?"

Doch ich war viel zu sehr damit beschäftigt, meine Sicht auf scharf zu stellen – was mir natürlich nicht gelang. Was tat ich hier? Ich müsste drinnen bei Dorian sein und ihn endlich um diese dämlichen Fotos erleichtern. Aber in meinem jetzigen Zustand aufzustehen, erschien mir gerade unausführbar. Hinzu kam, dass seine Hände wie zentnerschwere Fesseln auf meinen Hüften lagen.

„Ist eigentlich auch egal", meinte der Junge, als ich nicht antwortete. Er hob eine Hand und strich mir ein paar verirrte, klebrige Haarsträhnen aus dem Gesicht. „Bock auf ein bisschen Spaß?"

Bevor ich überhaupt antworten konnte, lagen seine Lippen schon auf meinen. Ich reagierte automatisch und drückte mich mit den Händen von seiner Brust weg, doch dann umschlangen seine Arme meinen Rücken, was mich ihm wieder näher brachte und meine Flucht unterband. Seine Lippen bewegten sich auf meinen, aber betrunken wie ich war, spürte ich sie kaum. Kurz flackerte die Stimme der Vernunft in mir auf, die mir zurief, sofort aufzuhören. Aber sie war unendlich weit entfernt und viel zu leise, um ihr wirklich Beachtung zu schenken.

Außerdem wollte ich jetzt nicht vernünftig sein. Wenn ich es geschafft hatte, meine Ängste im Alkohol zu ertränken, vielleicht gelang es mir dann ja auch, mit diesem Jungen meine Sehnsucht nach Dorian zu stillen. Denn trotz allem, was er mir angetan hatte … vermisste ich ihn. Und wie war es mir auch zu verdenken? Es war erst wenige Tage her, dass ich Dorian mein Herz und sogar mehr als das geschenkt hatte. Nur, weil er mich verraten hatte, lösten sich meine Gefühle für ihn ja nicht einfach so in Luft auf.

Also öffnete ich dem Jungen – dessen Namen ich nicht einmal kannte – meine Lippen und stellte mir vor, dass es Dorian wäre, den ich küsste.

„Willst du mich verarschen?"

Erschrocken löste ich mich von dem Jungen und drehte mich zu der Person um, die uns so rüde unterbrochen hatte. Es war Dorian! Mir blieb nur eine Sekunde, um mein Entsetzen auszukosten, dann hatte er mich auch schon am Oberarm gepackt und vom Schoß des Jungen heruntergerissen. Als wäre ich ein ungezogenes Kind und er mein verdammter Vater.

Dorian wirbelte mich so schnell zu sich herum, dass der Schwindel in meinem Kopf übermächtig wurde. Vielleicht kam es mir aber nur wegen des Alkohols so heftig vor. „Was zum Teufel soll das werden?“, fuhr er mich wütend an.

Ich versuchte, ihm meinen Arm zu entreißen, aber Dorian hielt ihn eisern fest.

„Wonach sieht es denn bitte aus? Ich amüsiere mich, Arschloch!“

Er stutzte, dann wurde sein Blick bohrend. „Du bist betrunken!“

„Und du ein mieses Schwein! Erzähl mir was Neues!“ Ich rüttelte an meinem Arm, aber Dorian lockerte seinen Griff nicht.

Stattdessen glitt sein Blick nun hinter mich, zu dem Jungen, und er hätte nicht tödlicher sein können. Ich verstand nicht, warum Dorian so wütend war. Er schien richtig außer sich vor Zorn. Was ging es *ihn* an, mit wem ich rummachte? Es sollte ihn freuen, dass ich ihm nicht hinterherweinte. Genau das hatte er doch gewollt.

„Hey, Mann, ich wollte keinen Ärger. Ich wusste nicht, dass sie zu dir gehört“, vernahm ich eine unterwürfige Stimme hinter mir. Ich drehte mich nicht zu dem Jungen um, als ich fauchend klarstellte: „Ich gehöre nicht zu ihm!“

„Aber zu meinem Club“, gab Dorian genauso kalt zurück und sah mir wieder in die Augen. *Also verhalte dich auch so!*, schien sein Blick zu sagen. Jetzt nahm seine Stimme einen spöttischen Unterton an. „Was soll das, hm? Warum benimmst du dich auf einmal wie …?"

„Wie, *was*?", unterbrach ich ihn schwer atmend. „Eine Schlampe? Verzeihung, ich wusste nicht, dass du ein Patent darauf hast, oder dachtest du, du bist der Einzige, der so was abziehen darf?"

Es war mir egal, dass wir Zuschauer hatten. Mittlerweile waren alle Gespräche um uns herum verstummt, aber benebelt und wütend wie ich war, hätte mir das im Moment nicht gleichgültiger sein können. Was mir dagegen sehr wohl etwas ausmachte, war Dorians Hand auf meinem Oberarm. Er hatte kein Recht dazu, mich anzufassen. Ich ertrug das nicht, nach allem, was er mir an den Kopf geworfen hatte.

„Also machst du das aus Trotz, verstehe", gab er jetzt wieder zornig zurück. „Was bist du? Zwölf?"

„Was hat das bitte mit meinem Alter zu tun?", keifte ich und gab es auf, mich aus seinem Griff befreien zu wollen. „Du hast mich benutzt! Und dann hast du mich wie ein gebrauchtes Taschentuch einfach weggeworfen, also wage es ja nicht, mir jetzt vorzuwerfen, dass ich mich davon ablenken will. Dazu hast du kein Recht. Genaugenommen bist *du* derjenige, der hier nichts wert ist!"

Ich hatte mich so in Rage geredet, dass ich fast schrie. Schwer atmend wandte ich den Blick ab und starrte in die Gesichter ringsum, die uns gespannt lauschten. „Und damit darf sich gern *jeder* von euch elenden Typen angesprochen fühlen!" Okay, den letzten Satz hätte ich mir sparen können, aber ich hatte gerade einfach auf alles und jeden einen Hass.

Endlich ließ Dorian mich los, vermutlich, weil er erst jetzt bemerkte, dass wir im Zentrum der Aufmerksamkeit standen. Jedoch ließ er mich nicht einfach so los, sondern *schmiss* meine Hand förmlich weg. Als wäre *ich* hier diejenige, die ihn verraten hätte.

„Mach doch, was du willst!", knurrte er und marschierte wieder ins Poolhaus.

Als er mir den Rücken zukehrte, war es, als würde mir jemand ein Messer ins Herz rammen. „Schön! Das … das mache ich auch!", rief ich ihm hinterher.

Selbst durch den Alkoholschleier hindurch wurde mir klar, dass ich dringend wieder runterkommen sollte. Aber alles war besser, als Dorian nachzuweinen, denn die Tränen brannten mir bereits verdächtig in den Augen.

Etliche Sekunden stand ich einfach nur da, unentschlossen, was ich jetzt tun sollte. Mich zurück auf den Schoß des Jungen setzen? Nein, das konnte ich nicht. Noch immer waren alle Augen auf mich gerichtet. Reingehen und Dorian dabei zuzusehen, wie er mit Emma rummachte, wollte ich allerdings auch nicht. Außerdem hatte ich ihn noch immer nicht wegen der Fotos gefragt.

Die Entscheidung wurde mir abgenommen, als Jamie jetzt aus dem Poolhaus kam. Die Zielstrebigkeit, mit der auf mich zusteuerte, ließ darauf schließen, dass Dorian ihn zu mir rausgeschickt haben musste. Es konnte gar nicht anders sein. Woher sollte Jamie sonst gewusst haben, dass ich genau hier in der Ecke stand?

„Komm, Sweetie. Wir machen 'nen Abflug", sagte er, als er bei mir war, und streckte eine Hand nach mir aus. In seinem Blick lag eine ungewohnte Strenge.

„Einen Abflug, wohin?", fragte ich argwöhnisch.

„Was glaubst du wohl?" Blitzschnell ergriff Jamie meine Hand und zog mich von dem Jungen fort. „Ins Bett natürlich. Ich finde, du hast für heute genug *gefeiert*."

Erschrocken taumelte ich hinter ihm her. „Sag mal, geht's noch? Du bist nicht mein Vater! Lass mich sofort los!", verlangte ich, doch Jamie zog mich weiter, und niemand unternahm etwas dagegen.

„Das ist richtig, aber da du dir offenbar den Verstand weggesoffen hast, entscheide *ich* jetzt für dich. Außerdem ist der Typ nichts für dich."

Trocken lachte ich auf, während ich mich gleichzeitig schwer machte. Leider hatte ich gegen den Koloss Jamie keine Chance. Wahrscheinlich bemerkte er meinen Protest nicht mal. „Findest du es nicht ein bisschen absurd, dass ausgerechnet *du* mir verbieten willst, mit jemandem rumzumachen?"

Als wir uns einige Meter vom Poolhaus entfernt hatten, blieb Jamie stehen und drehte sich zu mir um. „Ich will dir nichts *verbieten*, Zoe, ich will dich nur vor einem Fehler bewahren“, erklärte er.

„Ist ja lustig! Wenn ich mich richtig erinnere, habe ich den größten Fehler schon gemacht, indem ich mich auf Dorian eingelassen habe!“

Daraufhin lockerte Jamie seinen Griff betroffen, was ich sofort ausnutzte, indem ich meine Hand wegzog. „Versuch’s erst gar nicht. Ich fang dich sowieso wieder ein“, warnte er mich, während ich mir das Handgelenk massierte.

„Was soll das überhaupt?“, fragte ich vor Anstrengung ganz außer Atem. „Hat Dorian dich etwa geschickt? Oder Amy?“

„Spielt doch keine Rolle. Aber ich bin mir sicher, dass du mir morgen dafür danken wirst.“

Oh, für mich spielte es sehr wohl eine Rolle. Sollte Dorian nämlich dahinterstecken, wüsste ich gern, warum er mir Jamie als Bodyguard geschickt hatte. Er hatte doch selbst gesagt, dass ich machen sollte, was ich wollte. Oder fürchtete er tatsächlich um den Ruf seines ach so tollen *Dawson Clubs*? War er ihm wirklich so wichtig?

Ich öffnete den Mund zu einem weiteren Protest, aber da langte es Jamie offenbar. Bevor ich reagieren konnte, war er an mich herangetreten … und warf mich dann einfach über seine breite Schulter.

Erst in meinem Zimmer ließ Jamie mich wieder herunter. Wäre ich wegen seines Kidnappings nicht so außer mir, hätte ich vielleicht seine Kraft bewundert, denn er hatte mich mühelos den ganzen Weg und sogar die Treppen hinaufgetragen.

Einen Moment lang standen wir uns schweigend gegenüber. Er hatte die Tür hinter sich geschlossen, damit ich nicht abhauen konnte, und stand nun mit verschränkten Armen vor mir. Ich wollte Jamie anbrüllen, weil er einfach so über meinen Kopf hinweg entschieden und mir damit die Möglichkeit genommen hatte, mit Dorian zu reden, aber dann wurde mir klar, dass sich meine Wut im Grunde nicht gegen ihn richtete, sondern gegen Luke und natürlich gegen Dorian, denen ich dieses Dilemma überhaupt erst zu verdanken hatte.

Mit einem Mal verpufften all der Zorn und Kampfgeist in mir, und ich sackte entkräftet auf meinem Bett zusammen.

Und als hätte es erst den Alkohol gebraucht, um meine mentalen Mauern endgültig niederzureißen, brachen nun auch die Tränen aus mir heraus, und ich weinte Rotz und Wasser.

„Warum hat er mir das angetan, Jamie?", schluchzte ich. „*Warum?*"

Betreten ging er vor mir in die Hocke und strich mir behutsam eine Haarsträhne hinters Ohr. „Tut mir leid, Süße. Ich wünschte, ich könnte dir irgendwie helfen."

Mir die Tränen wegwischend sah ich auf. „Das kannst du! Indem du auf meine Frage antwortest. Du weißt doch etwas, oder?"

Langsam nahm Jamie die Hand runter und atmete tief durch. Dann stemmte er sich in die Höhe. „Schlaf jetzt, Zoe. Morgen wirst du wahrscheinlich so einen Kater haben, dass du nicht aus dem Bett kommst. Schreib mir, wenn du wach bist, dann bringe ich dir Frühstück und was gegen die Kopfschmerzen ans Bett."

„Nein!", sagte ich schniefend, aber entschieden. „Du hältst zu Dorian, obwohl du weißt, was er mir angetan hat!"

„Zoe", seufzte Jamie unglücklich, doch ich schüttelte den Kopf. Ich war vielleicht betrunken, aber *das* war mir noch klar.

„Ich wusste immer, dass ich nicht hierhergehöre", sagte ich leise. „Weder in diese Uni, noch in euren Club. Und jetzt weiß ich auch, warum. Aber das ist schon in Ordnung. Blut ist eben dicker als Wasser, das verstehe ich. Ich kann nicht von dir erwarten, dass du dich gegen deinen Cousin und besten Freund stellst."

Obwohl die Tränen mir in den Augen brannten, sah ich Jamie jetzt ohne zu blinzeln an. „Aber dann versteh bitte auch, dass es vielleicht besser ist … wenn wir erst mal nicht so viel Kontakt haben. Es … es ist nur gerade schwer zu ertragen, dich und Dorian so zu sehen, so, als wäre nie etwas gewesen."

In Jamies Augen spiegelten sich unendlich viele Emotionen wider. Noch einmal atmete er tief durch, dann nickte er, gab mir einen Kuss auf die Stirn und ging wortlos aus meinem Zimmer.

Wie Jamie es prophezeit hatte, fühlte ich mich ordentlich gerädert, als ich am nächsten Morgen erwachte. Doch so gern ich auch im Bett geblieben wäre, ich hatte noch etwas zu erledigen. Gestern hatte ich es nicht geschafft, Dorian auf die Fotos anzusprechen, aber jetzt hatte ich noch eine allerletzte Gelegenheit dazu. Nach dem Frühstück würden wir alle ins Wochenende fahren, ich musste ihn also vorher abfangen.

Den Schwindel in meinem Kopf ignorierend sprang ich aus dem Bett, zog mir einen Morgenmantel über und eilte ins Bad, um mir dort Wasser ins Gesicht zu spritzen und mir die Zähne zu putzen. Es war erst kurz nach 10 Uhr. Da wir am Samstag immer alle etwas länger schliefen, standen die Chancen gut, dass ich Dorian noch in seinem Zimmer erwischte. Mir war, als hätte Amy gestern Nacht noch kurz nach mir gesehen, aber vielleicht hatte ich das auch bloß geträumt.

Mit jeder Treppenstufe, die ich zur Jungenetage erklomm, flammte Schmerz in meinem Schädel auf, aber auch das ignorierte ich. Nur zu gern hätte ich jetzt Jamies Angebot mit dem Frühstück und der Tablette angenommen, aber ich hatte auch nicht vergessen, was ich gestern zu ihm gesagt hatte. Gern hätte ich es auf meinen betrunkenen Zustand geschoben, aber ich empfand auch jetzt noch so. Ich hasste Jamie nicht. Ich machte ihm nicht einmal Vorwürfe, aber um Wunden zu heilen, brauchte es Zeit, und die musste er mir jetzt geben.

Diesmal wartete ich auf Dorians „Herein“, bevor ich sein Reich betrat. Einmal in sein Zimmer zu platzen und ihn fast nackt zu sehen, genügte mir. Ich hegte keinerlei Interesse, diese Szene zu wiederholen, zumal sich seitdem ja *einiges* zwischen uns geändert hatte.

Dorian hatte in seinem Bett gelegen und sich mit seinem Handy beschäftigt, war aber schon komplett angezogen. Als er mich sah, kam er überrascht hoch und legte das Handy weg. Er schwang sich aus dem Bett, und kurz wirkte es so, als wollte er zu mir kommen. Aber schon nach einem Schritt hielt er inne und sein Blick klärte sich, wurde wieder abweisend. „Ich bin nicht interessiert, Zoe“, begrüßte er mich kühl. „Egal, worum es geht.“

Seine Worte ignorierend schloss ich die Tür hinter mir und kam trotzdem in sein Zimmer. „Es dauert nicht lange.“

Kurz schloss er die Augen, als flehte er Gott stumm um Beistand an, dann kam er mir entgegen, sodass wir uns wieder auf einer Ebene befanden. „Also gut, was willst du?“

„Ich muss mit dir über Luke reden.“

„Luke?“ Sofort wurde sein Blick wachsam. „Was ist mit ihm?“

Als ich zögerte, ermahnte ich mich, dass jetzt nicht der richtige Zeitpunkt für Schamgefühle war. Meine Karriere stand auf dem Spiel. Ich sollte mit der Sprache rausrücken und es hinter mich bringen.

„Zoe!“, drängte Dorian jetzt alarmiert und machte einen Schritt auf mich zu. „Was ist mit Luke?“ Lustig. Es klang fast, als würde er sich Sorgen um mich machen.

„Er erpresst mich“, gestand ich schließlich zittrig. „Mit Fotos.“

Alle Kälte war auf einmal aus Dorians Blick verschwunden. Mit zwei Schritten war er bei mir und berührte meinen Arm. „*Was?!*“

Und dann sprudelten die Worte nur so aus mir heraus. „An dem Abend, als du mich im Club geküsst hast, bin ich doch mit Luke mitgegangen und hab bei ihm geschlafen. Vor ein paar Tagen stellte sich heraus, dass er mir Beruhigungstabletten untergejubelt und Bilder von mir gemacht hat, während ich in seinem Bett lag.“

Dorian, der jetzt unmittelbar vor mir stand, versteifte sich. „*Was* für Bilder, Zoe?“

Ich sah ihm fest in die Augen, musste den Kopf dazu ein Stück in den Nacken legen. „Nacktbilder.

Er hat sie mir vor ein paar Tagen auf seinem Handy gezeigt und von mir verlangt, dass ich ihm die Polaroid-Fotos besorge, die du von ihm aufbewahrst. Deshalb war ich gestern auch im Poolhaus, um mit dir darüber zu reden. Wenn ich es nicht tue … veröffentlicht er meine Bilder am Montag in der Uni. Und in der Tageszeitung."

Zittrig holte ich Luft und wartete dann mit angehaltenem Atem auf Dorians Antwort, doch der sah mich nur völlig schockiert an. So lange, bis ich mich dazu genötigt fühlte, hinzuzufügen: „Falls du denkst, dass ich mit Luke geschlafen habe …"

„Hast du nicht, ich weiß", unterbrach er mich sofort. Die Art und Weise, wie er das sagte, ließ mich erstarren. Natürlich wusste Dorian das. Er hatte mich ja schließlich entjungfert. Mir wurde schlecht bei dem Gedanken, was ich mit Dorian geteilt hatte. Und dass ich eben jenen Jungen, der mich so verraten hatte, jetzt um Hilfe bitten musste. Meine Umgebung verschwamm und in meinem Kopf drehte sich wieder alles.

Ich merkte erst, dass ich gewankt hatte, als auf einmal Dorians Hände auf meinen Schultern lagen.

„Zoe!", sagte er erschrocken und zog mich ein Stück zu sich heran.

„Fass … mich nicht an", verlangte ich, doch meine Stimme war dünn wie Papier.

Dorian ignorierte mich und führte mich mit zusammengepressten Kiefern zu seinem Bett, wo er mich in eine sitzende Position drückte. Kaum hatte ich mich hingesetzt, zog er seine Hand zurück, als hätte er sich an mir verbrannt.

„Stimmt es?“, fragte ich leise, nachdem der Schwindel nachgelassen hatte, und schaute zu ihm auf. „Hast du die Fotos?“

Dorian sah lange auf mich herunter, seine Kiefer mahlten. Schließlich sagte er: „Ja.“

Ein Schnauben entfuhr mir, dabei sollte ich eigentlich erleichtert über seine Antwort sein. „Ich nehme an, das andere war dann auch nicht gelogen. Du bist auch auf einigen Fotos, oder?“

Wieder eine Pause. Dann: „Ja.“

Kopfschüttelnd vergrub ich das Gesicht in den Händen und lachte dann bitter auf. „Gott, ich kann nicht glauben, dass ich auf dich reingefallen bin. Ich wette, ich bin nicht die Erste, von der ihr Nacktbilder gemacht habt. Wahrscheinlich habt ihr die Mädchen auch gleich vergewaltigt, was?!“

Als ich wieder aufschaute, sah ich, dass Dorians Gesicht regungslos war. Nur in seinen Augen flackerte etwas auf, aber es war so schnell verschwunden, dass ich es mir auch eingebildet haben könnte.

„Ich sage dir das jetzt nur einmal“, hob Dorian an, wobei sein Blick sich nun wieder verhärtete. „Ob du mir glaubst oder nicht, ist deine Sache, aber nur um das klarzustellen: Wir haben niemanden vergewaltigt, und ich hab auch keine Nacktbilder von irgendwelchen Mädchen gemacht. Luke und ich waren früher gut befreundet. Er war clever, ambitioniert, und wir alle waren uns einig, dass er gut in unseren Club passen würde. Luke und ich freundeten uns schnell an. Wir liebten es, gemeinsam Party zu machen, und wir teilten dasselbe Hobby – Frauen. Am Anfang war das mit den Fotos nur ein Gag. Wir hatten die Idee, unsere *Eroberungen* auf Polaroid-Fotos festzuhalten, alles völlig harmlos. Also schossen wir die ersten Fotos. Und dann noch mehr und immer so weiter. Das soll keine Ausrede sein, ich will mich vor dir nicht rechtfertigen", stellte Dorian klar „aber ich gebe zu, dass ich früher *anders* drauf war. Wilder, ungezwungener, und Luke tickte genauso. Bedauerlicherweise stiegen ihm sein Status und Einfluss, den er als *D-Club*-Mitglied hatte, irgendwann zu Kopf. Er begann, die Mädchen abzufüllen und in Posen zu fotografieren … die keine Frau von sich sehen will. Ich wollte, dass er damit aufhört, und wir gerieten immer wieder aneinander. Dann eskalierte die Sache und wir prügelten uns gegenseitig krankenhausreif, was unglücklicherweise an die Presse gelangte."

Dorian schnaubte und schien dann mehr zu sich selbst zu sagen: „Seitdem hat Dad mich, wenn das überhaupt möglich ist, *noch* mehr gefressen." Er schüttelte den Kopf. „Jedenfalls durfte Luke auf *Dawson* bleiben. Als Vorstandsvorsitzender machte er einen zu guten Job, als dass Onkel Hektor ihn rausschmeißen wollte. Also behielt ich die Bilder, um Luke zu erpressen und so sicherzustellen, dass er so was nicht noch mal mit einem Mädchen abzieht. Seitdem hasst er mich."

Dorian machte eine Pause und sah mich an. „Das ist die Wahrheit. Ob du sie mir glaubst oder nicht, ist deine Entscheidung. Aber jetzt bleibt mir wohl nichts anderes übrig, als Luke diese Fotos zu geben."

Überrascht riss ich die Augen auf. „Also hilfst du mir?" Hoffnung stieg in mir auf, sickerte in meinen Magen und legte sich dort wie warmer, köstlicher Honig nieder. War ich Dorian vielleicht doch nicht so egal, wie er mich glauben machen wollte? Aber dann zerstörte er diese Hoffnung wieder.

„Bleibt mir denn eine andere Wahl? Ich bin dein Club-Präsident, also für dich verantwortlich. *Dawson* kann so schlechte Publicity nicht noch mal gebrauchen. Die Medien würden deine Story bis ins Letzte ausschlachten, und das würde dann auf den *Dawson Club* und schließlich auch auf mich zurückfallen. Also ja, Zoe, *natürlich* helfe ich dir!"

Im Geiste verpasste ich mir eine Ohrfeige. Natürlich! Es ging ihm einzig um seinen Ruf. Was hatte ich denn gedacht? Vorsichtig stand ich auf. Automatisch wollte Dorian mir helfen, aber dann besann er sich offenbar und senkte die Hand wieder.

„Ich glaube, es ist besser, wenn ich jetzt gehe. Danke", presst ich hervor.

Dorian nickte knapp und biss dabei fest die Kiefer zusammen. Es kam mir vor wie Stunden, die ich brauchte, um seine Zimmertür zu erreichen, und die ganze Zeit über spürte ich seinen sengenden Blick auf mir. Kurz bevor ich die Tür hinter mir zuzog, warf ich noch einen Blick ins Zimmer und war irritiert, als Dorian, der sich bereits vor mir abgewandt hatte, seine Hände in die Haare krallte und fluchend auf sein Bett sank.

Es war eigenartig, aber ich fühlte mich kein bisschen erleichtert, als ich am Nachmittag nach Hause kam. Oder eigentlich doch, denn Dorian würde sich nun um meine Nacktbilder kümmern, aber gleichzeitig war ich es auch wieder nicht. Das kurze Aufwallen von Hoffnung hatte mir gezeigt, dass ich noch lange brauchen würde, um über Dorian hinwegzukommen. Vielleicht würde ich es auch nie. Genauso wenig wie ich Luke niemals verzeihen würde, was er bereit gewesen war, mir anzutun.

Und man bedachte nur, dass sich all diese furchtbaren Dinge im *ersten* Trimester abgespielt hatten. Wer wusste, was in den nächsten Jahren noch alles auf mich zukommen würde.

Ich schob eine Lasagne in die Mikrowelle, schaltete den Fernseher ein und antwortete dann auf Amys Nachricht. Beim Frühstück vorhin hatte ich kaum etwas runtergekriegt, was ihr natürlich nicht entgangen war. Jetzt erkundigte sie sich, ob alles in Ordnung war, was ich unwahrheitsgemäß mit *ja* beantwortete.

Gar nichts war in Ordnung.

Das Problem mit meinen Fotos war vielleicht aus der Welt geschafft, aber besser fühlte ich mich dadurch nicht. Die jüngsten Ereignisse hatte mein Herz wie mit Teer befleckt, der sich nicht mehr abschrubben ließ. Und so stellte sich mir die Frage: Warum überhaupt noch weitermachen? Warum beendete ich diesen Albtraum nicht einfach, fing irgendwo neu an, wo mich niemand kannte, niemand verurteilte und vor allem niemand *verletzte*?

Alles, was ich dafür tun müsste, wäre *Dawson* zu verlassen. Mal ehrlich. Brauchte ich diese Elite-Universität wirklich? Klar, ein Abschluss in *Dawson* würde mir Türen öffnen, die ich als Normalsterbliche vermutlich nicht mal von außen zu sehen bekommen würde, aber lebensnotwenig war er nicht.

Ich konnte es genauso gut aus eigener Kraft schaffen. Mich nächstes Jahr einfach an öffentlichen Unis bewerben und bis dahin arbeiten gehen und Dad finanziell unterstützen. Dann müsste ich Dorian, Emma und Calvin nie wieder sehen und könnte in aller Ruhe über die Geschehnisse hinwegkommen.

Lediglich wegen Amy würde es mir leidtun. Sie hatte mich so toll unterstützt, und sie war mir als Freundin unheimlich ans Herz gewachsen. Andererseits würde ich ja weiterhin in London leben. Wir könnten uns also jeden Tag sehen, jedes Wochenende etwas unternehmen, nur eben nicht mehr zusammen studieren.

Als Dad am Abend von der Arbeit kam, herrschte in meinem Inneren ein Tauziehen der Gefühle. Einerseits wollte ich *Dawson* und seinem verfluchten Club nur noch den Rücken zukehren, andererseits hatte ich mir zu Beginn des Trimesters ja vorgenommen, mich von nichts und niemandem auf der Uni mehr unterkriegen zu lassen. Aber da war ich ja auch noch nicht erpresst, betrogen und von Oliver und Calvin so niedergemacht worden.

Ich wusste einfach nicht, was richtig wäre. Über mein gebrochenes Herz hinwegsehen, mich zusammenreißen und die drei Jahre hinter mich bringen? Oder mich exmatrikulieren, das angeschnittene Jahr nutzen, um mich wieder zusammenzuflicken, mein Selbstwertgefühl aufzubauen und dann mit neuer Kraft in ein neues Studium zu starten?

„Hey, Schatz“, begrüßte Dad mich, schälte sich aus seinem zerfledderten Mantel und setzte sich zu mir an den Küchentisch. Er sah erschöpft aus, wie immer, wenn er von der Arbeit kam.

„Hi, Dad.“ Ich rang mir ein Lächeln ab und klappte eilig den Laptop zu, auf dem ich mir, rein aus Neugierde, ein paar staatliche Unis in London angeguckt hatte. Sie hatten keinen schlechten Eindruck gemacht. Mit einem festen Job könnte ich genügend

Geld zusammensparen, um mir die vergleichsweise geringen Studiengebühren leisten zu können. Es wäre also machbar.

„Zoe?“, holte Dads Stimme mich ins Hier und Jetzt zurück.

„Hm?“, machte ich und schaute auf.

Stirnrunzelnd kam er zu mir. „Ich hatte dich gefragt, wie es in der Uni gelaufen ist?“ Oh. Das war mir wohl entgangen. Dad blieb vor mir stehen und sah forschend auf mich herunter. „Alles in Ordnung?“

Ich nickte fieberhaft. „Ja. Ja, alles gut.“ Doch mein Vater wäre nicht mein Vater, wenn er sich so einfach abwimmeln lassen würde. Zumal er eine viel zu ausgeprägte Menschenkenntnis besaß. Er merkte sofort, wenn ich ihm etwas vormachte.

„So siehst du aber nicht aus.“

Ich hielt seinem Blick nicht länger stand und senkte ihn auf meinen Laptop. Tränen, von denen ich mir selbst nicht erklären konnte, woher sie auf einmal kamen, stiegen in mir hoch. Erschrocken riss ich die Augen auf, in der Hoffnung, dass sie wieder darin versinken würden, doch dann musste ich sie wegwischen.

Plötzlich lag Dads Hand an meiner Wange und er setzte sich halb auf den Tisch. „Liebling, was ist denn los?“ Leider kitzelte seine Frage nur noch mehr Tränen in mir hervor. Ich schüttelte den Kopf und wischte sie weg, aber sie kamen sofort wieder nach.

„Ist etwas passiert? In der Uni?“

Kann man so sagen!, dachte ich schnaubend. Es dauerte eine Weile, bis ich mich wieder gesammelt hatte. Die ganze Zeit über streichelte Dad mit dem Daumen über meine Wange und wartete geduldig auf meine Erklärung. Dass er mich nicht dazu drängte, rechnete ich ihm hoch an, aber eigentlich war von ihm nichts anderes zu erwarten gewesen. Mein Vater war eben die Einfühlsamkeit in Person.

Als ich mir sicher war, dass keine neuen Tränen nachkommen würden, schaute ich mit nassen Augen zu ihm hoch.

„Es hat mit einem Jungen zu tun, oder?“, vermutete er.

Ich musste lachen. „Um genau zu sein, hat es mit *Dorian Wilde* zu tun!“

Schlagartig war es mit Dads Gelassenheit vorbei, und er senkte die Hand. „Was hat der Junge dir getan?“

Doch ich schüttelte den Kopf und pulte dabei an meiner transparenten Laptop-Hülle herum. „Sei mir nicht böse, Dad, aber ich will nicht darüber reden. Sag mir nur eins.“ Entschlossen sah ich ihn jetzt an. „Warum hat Oliver mich wirklich nach *Dawson* geholt? Dafür muss es doch noch einen anderen Grund geben.“ Denn nach allem, was Oliver mir an den Kopf geknallt hatte, glaubte ich keine Sekunde mehr daran, dass er es aus reiner Herzensgüte getan hatte.

Unglücklich sah mein Vater mich an. „Olivers Sohn hat dir wehgetan, oder? Ich sehe es in deinen Augen."

„Nicht körperlich", gab ich schniefend zu. „Aber ja." Dann nahm ich seine Hand. „Bitte, Dad, ich muss es einfach wissen. Warum ich? Was hat Oliver damals dazu gebracht, mich auf diese Uni zu holen?" *Und mir diesen Albtraum einzubrocken. Obwohl er doch in Wahrheit so wenig von mir hält, wie er mir selbst gesagt hat.*

Seufzend stand mein Vater auf, sodass ich ihn loslassen musste, und nahm dann mir gegenüber Platz. Allerdings antwortete er nicht sofort, was mich unruhig machte.

„Dad", drängte ich ihn angespannt. „Bitte sag es mir."

Sich sichtlich unwohl fühlend benetzte er seine Lippen. Dann sagte er: „Ich musste Mr. Wilde versprechen, es niemandem, *absolut* niemandem zu erzählen. Nicht einmal dir." Mein Herzschlag beschleunigte sich. Was meinte er damit?

„Es gibt tatsächlich einen *anderen* Grund, weshalb er dir das Stipendium geschenkt hat. Und der ist …", Dad schnaubte, „nicht gerade ehrenwert. Vor ein paar Monaten habe ich Oliver mit einem Dienstmädchen erwischt. Es war kurz vor meinem Feierabend. Ich war der letzte in meiner Schicht und wollte gerade meinen Reinigungswagen wegbringen, als ich Licht in einem Personalraum gesehen hatte, in dem niemand sein sollte. Ich hatte mir nichts dabei gedacht, nahm an, dass mein Kollege vielleicht etwas vergessen hätte. Und als ich die Tür öffnete … sah ich Mr. Wilde mit einer Kollegin von mir. Ich erspare dir jetzt die Einzelheiten, aber das ist der Grund. Am nächsten Tag rief er mich in sein Büro, um mit mir zu reden. Noch bevor ich den Mund aufgemacht hatte, hatte er mir schon eine Gehaltserhöhung angeboten, und mich gefragt, was denn nötig wäre, um sich meine Diskretion zu sichern. Ich wusste, dass sein Bruder eine Elite-Universität in London leitet, und ich hatte ja schon länger mit dem Gedanken gespielt, hierherzuziehen. Also habe ich an dich gedacht, wie toll es doch wäre, wenn du dort studieren könntest ..."

„Wow!", stieß ich halb lachend aus. „Deshalb habe ich also den Studienplatz bekommen. Weil Oliver seine Frau betrogen hat. Und ich hab mich ständig gefragt, warum er so großzügig mit uns war, warum er ausgerechnet *mir* diese Chance ermöglicht hat." Gott, jetzt ergab alles einen Sinn.

„Es tut mir leid, Schatz. Ich konnte es dir nicht sagen. Das war seine Bedingung, wenn er dich nach *Dawson* holen sollte. Absolut niemand durfte davon wissen. Vor allem seine Söhne nicht. Ich bin mir nicht mal sicher, ob überhaupt sein Bruder Hektor eingeweiht ist. Es tut mir leid."

„Nein", sagte ich und schüttelte den Kopf. „Es gibt nichts, wofür du dich entschuldigen musst. Das … das war eine großartige Chance für mich."

Mein Vater blinzelte irritiert, dann fragte er: „Was meinst du mit *war*?“

Über den Tisch hinweg sah ich ihn an, und holte dann bebend Luft. „Ich überlege, ob ich *Dawson* verlassen soll, Dad.“

Mein Vater neigte sonst nicht dazu, die Stimme zu erheben, aber meine Worte schockierten ihn offenbar so sehr, dass er es jetzt doch tat. „*Was?!*“ Es hätte mich nicht gewundert, wenn er von seinem Stuhl aufgesprungen wäre. „Etwa wegen Dorian?“

Ich blieb ganz ruhig, als ich erklärte: „Nicht nur seinetwegen. In den letzten Monaten ist einiges passiert, das mich daran zweifeln lässt, ob *Dawson* wirklich etwas für mich ist. Versteh mich nicht falsch. Ich bin dankbar für die Chance, die ich dort bekommen habe, aber … Ich weiß nicht, ob es noch das ist, was ich will. Ich kann auch woanders studieren. Irgendwo, wo ich glücklicher bin.“

Daraufhin kam erst mal eine Weile gar nichts mehr von meinem Vater. Diese Information musste er wohl erst verdauen. „Es tut mir leid, dass Dorian dich so sehr verletzt hat, Liebling“, sagte er schließlich. „Wenn du willst, kann ich mit Oliver reden. Er könnte …“

Doch ich schüttelte den Kopf. „Nein, das ist eine Sache zwischen Dorian und mir. Und es muss dir nicht leidtun. Wir alle müssen irgendwann unsere Lektionen lernen.“ Ich zuckte mit den Schultern. „Und vielleicht ist es besser so. Ich gehöre einfach nicht dorthin, Dad. Habe ich noch nie.“

Kapitel
14

Dorian

Ich schulterte meine schwere Sporttasche und betastete dann vorsichtig die geschundene Haut meiner rechten Hand.

Noch am Freitag hatte ich die Sache mit Zoes Fotos geklärt. Ich war ins Hotel gefahren, hatte die Polaroid-Fotos geholt und sie Luke in die Uni gebracht. Jetzt hatten wir Montag, und nur mit mäßiger Genugtuung dachte ich daran zurück, wie ich Luke einen Kinnhaken mitgegeben hatte, bevor ich aus seinem Zimmer spaziert war. Ich hatte einfach nicht widerstehen können. Nicht, nach dem, was er Zoe angetan hatte.

Als ob du so viel besser wärst als er!, dachte ich bitter.

Aber ich hatte wenigstens meine Gründe, während Luke einfach nur … Ich schüttelte den Kopf. Es hatte keinen Sinn, weiter darüber nachzudenken. Zoes Fotos waren gelöscht und die Sache damit ein für alle Mal geklärt.

Jetzt musste ich mich beeilen, wenn ich noch was vom Frühstück abbekommen wollte – auch wenn mir jetzt schon übel bei dem Gedanken wurde, wieder in meine Rolle des herzlosen Bastards schlüpfen zu müssen, sobald ich Zoe im Speisesaal gegenübersaß.

Ich wollte gerade in Richtung Tür gehen, als Amy in mein Zimmer platzte. „Was hast du ihr jetzt schon wieder angetan, du Arschloch?", spuckte sie mir ins Gesicht.

Perplex blieb ich stehen. Seitdem Amy bei mir im Hotel gewesen war und mich erfolglos wegen Zoe ausgequetscht hatte, hatte sie nicht mehr mit mir geredet. Sie kam auch nicht mehr zu unserem Brunch samstags. Sie behandelte mich wie Luft, und wenn sie mich doch mal ansah, triefte ihr Blick nur so vor Hass. Das tat weh – Amy war in dieser Familie immer wie ein Rettungsanker für mich gewesen –, aber insgeheim war ich auch froh, dass sie zu Zoe hielt, ihr als Freundin beistand.

Allerdings hatte ich keinen Schimmer, was sie jetzt von mir wollte. „Wovon redest du?"

Schwer atmend stand Amy in der Tür, die Hand noch an der Klinke. Mein Zimmer betrat sie nicht. „Von Zoe, natürlich. Von wem sonst?! Sie verlässt uns!"

Ich erstarrte zu einer Salzsäule. „Was?!"

Amys Augen funkelten vor Wut. Diesmal war so gar nichts Niedliches daran. „Zoe packt gerade ihre Koffer. Ich hab versucht, sie aufzuhalten, aber es ist zwecklos. Sie hat ihre Entscheidung getroffen, und daran bist allein *du* schuld!"

Fuck!, dachte ich nur und ließ die Tasche von meiner Schulter rutschen. So war das aber nicht geplant gewesen. Zoe sollte nicht gehen. Deshalb benahm ich mich doch überhaupt wie das größte Arschloch auf Erden. Damit sie weiter hier studieren konnte. Das war Dads Bedingung gewesen. Entweder ich brach ihr gründlich das Herz und hielt mich von ihr fern, oder er würde sie von der Uni schmeißen.

Kopfschüttelnd lief ich zur Tür und schob meine aufgebrachte Cousine beiseite. Das konnte Zoe vergessen! Ich hatte ihr nicht umsonst das Herz gebrochen!

„Wo willst du hin?", fragte Amy und drehte sich mit mir mit.

„Zu Zoe. Du bleibst hier."

Ohne anzuklopfen schneite ich in Zoes Zimmer, woraufhin sie erschrocken zu mir herumfuhr. Sie erstarrte, als sie mich erkannte, aber genauso schnell drehte sie sich wieder weg und packte weiter ihren Koffer.

„Was machst du da?" Ich bemühte mich um Fassung, aber diesmal gelang es mir nicht ganz. Hätte sie genau hingehört, hätte sie registriert, dass meine Stimme zitterte, doch Zoe war zu beschäftigt dafür.

„Sieht man doch, ich packe meinen Koffer", antwortete sie, ohne mich anzusehen.

Ich schluckte schwer und machte einen Schritt ins Zimmer. Dabei fiel mein Blick auf die silberne Brosche und ihre Schulbücher auf dem Tisch. „Die Trimester-Ferien sind aber erst *nächste* Woche."

Schnaubend drehte Zoe sich nun doch zu mir um. Die Hände stemmte sie in die Hüften, und für einen Moment verhakten sich unsere Blicke ineinander. „Ich gehe aber nicht in die *Trimester-Ferien*! Ich lasse mich exmatrikulieren, Dorian. Herzlichen Glückwunsch. Jetzt bist du mich endlich los."

Die Frage *warum* brannte mir auf der Zunge, aber ich glaube, wenn ich sie ausgesprochen hätte, hätte sie ihren Koffer nach mir geworfen. Außerdem kannte ich die Antwort bereits. Sie ging meinetwegen. Wegen all der Dinge, die ich ihr angetan hatte. Und vielleicht auch wegen der Sache mit Luke. Dabei hatte ich mich extra darum gekümmert.

„Falls es um deine Fotos geht: Ich habe das mit Luke geklärt. Er hat …"

„Das spielt jetzt keine Rolle mehr. Ich gehe sowieso", unterbrach sie mich mit einem eiskalten Blick.

Einen Moment lang starrte ich Zoe einfach nur hilflos an. Das durfte nicht passieren. Das hier lief so was von *nicht* nach Plan. Also versuchte ich es ein letztes Mal auf die fiese Tour. In der Hoffnung, dass es ihren Trotz hervorkitzeln würde.

„Das ist also deine Art, Probleme zu lösen? Ein Junge bricht dir das Herz und du schmeißt sofort alles hin? Die Uni? Deine Zukunft? So naiv kannst du nicht sein. *Dawson* ist das Beste, was dir jemals passiert ist.“

„Naiv?!“, rief sie und warf den Pullover, den sie in der Hand gehabt hatte, jetzt wütend aufs Bett. „Ich hatte mich in dich *verliebt*, Dorian! Ich hatte dir nicht nur meine Jungfräulichkeit, sondern auch mein Vertrauen, mein verdammtes *Herz* geschenkt! Und du hast es zerfetzt und mich dann links liegen gelassen. Ja, vielleicht bin ich naiv. Aber ich kann nicht einfach so tun, als wäre nichts gewesen, und mit dem Jungen, der mir das angetan hat, weiter auf einer Uni leben! Ich erwarte gar nicht, dass du das verstehst.“

Sie lachte trostlos, nahm den Pullover und packte weiter. „Tue ich wirklich nicht! Aber ich bin eben nicht so abgebrüht wie du und deine Clubmitglieder. Ihr hattet von Anfang an recht: Ich gehöre nicht hierher. Ich bin nicht wie ihr. Also gehe ich dorthin, wo ich *hingehöre*, wo man mich nicht wie einen Straßenköter behandelt. Falls du hier bist, weil du Angst hast, dass ich ein schlechtes Wort über deinen Club verlieren könnte, keine Sorge. Das werde ich nicht.“

„Zoe“, protestierte ich, doch sie hatte ihren Koffer fertig gepackt, zog energisch den Reißverschluss zu, schulterte ihre Handtasche und kam zur Tür.

Wie betäubt machte ich ihr Platz, drehte mich dann zu ihr um. So hilflos hatte ich mich das letzte

Mal gefühlt, als ich vor meinem Vater gestanden hatte. Sonst war ich immer so schlagfertig, aber jetzt wusste ich einfach nicht, was ich noch sagen sollte, um sie umzustimmen. Dass sie freiwillig gehen würde, damit hätte ich im Leben nicht gerechnet.

Zoe war schon an mir vorbeigegangen, blieb dann aber abrupt stehen, als hätte sie eine Eingebung, und drehte sich noch mal zu mir um. „Nein, weißt du was? So leicht mache ich es dir nicht. Ich ertrage den Gedanken nicht, hier heraus zu spazieren und deine Familie einfach so davonkommen zu lassen. Dad sagt immer, dass die vornehmsten Leute die dreckigste Wäsche haben, und das trifft auch auf deine Familie zu!“ Zoe lachte kalt, während ich sie nur verwirrt anstarrte.

„Du wolltest doch immer wissen, warum dein Vater mich nach *Dawson* geholt hat, und jetzt, da ich gehe, gibt es keinen Grund mehr, es dir vorzuenthalten. Dein Vater hat deine Stiefmutter *betrogen*. Mit einer Angestellten aus dem Hotel, und mein Vater hat die beiden in flagranti erwischt. Ich hab es selbst erst vor Kurzem erfahren, aber ich will, dass du das weißt. *DAS* ist der Grund, Dorian. Der Grund, warum dein Vater alle Hebel in Bewegung gesetzt und mich nach *Dawson*, in *deinen* Club geholt hat. Er hat sich damit die Diskretion meines Vaters gesichert, weil es ihn sein Vermögen gekostet hätte, wenn deine Stiefmutter davon erfahren hätte. Und jetzt kannst *DU* mit dieser Information anfangen, was du willst!“, warf sie mir meine eigenen Worte vom Freitag an den Kopf.

Ich konnte nicht antworten. Nicht mal richtig atmen. Alles, wozu ich imstande war, war, Zoe verdattert nachzusehen.

Zoe

Den 2. Weihnachtsfeiertag verbrachte ich allein. Dad hatte sich nur an Heiligabend freigenommen. Feiertags gab es doppelten Zuschlag, und da wir das Geld dringend gebrauchen konnten und wir sowieso nur vor dem Fernseher gehockt hätten, war er arbeiten gegangen.

Für mich war das okay. Hätte ich schon einen Job gehabt, hätte ich jetzt auch lieber gearbeitet, anstatt hier Trübsal zu blasen. Vergangene Woche hatte ich bereits fleißig Bewerbungen abgeschickt, und einen Probearbeitstag im Supermarkt hatte ich auch schon hinter mir. Im Grunde war mir jeder Job recht. Ich würde mich auch mit mehreren Nebenjobs zufriedengeben. Hauptsache, ich verdiente gutes Geld und tat etwas, das mich von meinen Gedanken ablenkte.

Dorian die Wahrheit über seinen Vater ins Gesicht zu schleudern, hatte mir eine gewisse Genugtuung verschafft, aber natürlich hatte es nicht meinen Kummer gelindert, den er mir zugefügt hatte. Das würde wahrscheinlich noch ganze Ewigkeiten dauern.

Jetzt saß ich mit den Resten meines selbst gemachten Plumpuddings vor dem Fernseher und sah mir die Wiederholung der gestrigen Weihnachtsansprache der Queen an. Leider ein kurzes Vergnügen. Danach wollte ich mir *Disney's Eine Weihnachtsge-*

schichte angucken. Bloß nichts mit Herzschmerz, aber festlich sollte es trotzdem sein.

Mit den Fingern dippte ich gerade die letzten Krümel von meinem Teller auf, als es an der Tür klingelte. Verwundert stellte ich den Teller weg und überlegte, ob ich mir schnell etwas über den Pyjama werfen sollte, in dem ich heute schon den ganzen Tag herumlief. Aber dann ging ich zur Tür und öffnete sie.

Im ersten Moment fühlte es sich an, als würde mein Herz stehen bleiben, aber dann beschleunigte es auf ein ungesundes Tempo.

Ich starrte Dorian an, und er starrte zurück.

Während ich hier im gestreiften Pyjama stand, sah Dorian wie ein britischer Gentleman aus. Er trug ein weißes Hemd, darüber eine beige-graue Weste im typischen Glencheck-Muster, dazu eine passende Anzughose und polierte Lederschuhe.

Ich zwang meinen Blick wieder in sein Gesicht, das nicht weniger atemberaubend aussah, und merkte, wie sich sämtliche Flüssigkeit aus meinem Mund zurückzog. Eine Woche hatte ich Dorian jetzt nicht mehr gesehen, und sein Anblick traf mich wie ein Hammerschlag.

„Was willst du hier?“, brachte ich mit Mühe heraus, während der Plumpudding drohte, sich wieder einen Weg nach oben zu bahnen.

„Ich muss mit dir reden.“

„Nein.“

Ich wollte die Tür wieder zudrücken, doch er hielt mit der Hand dagegen. Er starrte mich noch einen Moment lang an, dann schob er sich einfach an mir vorbei und betrat das Haus.

„Tut mir leid“, meinte Dorian. „Aber ich gehe erst wieder, wenn du dir angehört hast, was ich zu sagen habe.“

Fassungslos machte ich einen Schritt zurück und beobachtete mit angehaltenem Atem, wie er die Tür hinter sich schloss. Meine Gedanken überschlugen sich. Hatte Oliver ihn geschickt, weil er befürchtete, dass jetzt, da ich die Uni geschmissen hatte, sein Seitensprung herauskommen könnte? Oder war noch etwas wegen der Fotos von Luke?

Dorian ging ins Wohnzimmer und bewegte sich dabei so bedacht, als könnte ich bei der kleinsten, hektischen Bewegung Reißaus nehmen. Die Idee war gar nicht so schlecht, denn ich wollte ihn nicht in meiner Nähe haben. Nie wieder.

„Darf ich mich setzen?“, fragte er und deutete auf die Wohnzimmercouch. Ich starrte Dorian einfach nur an, also setzte er sich langsam und wartete dann, bis ich dasselbe getan hatte. Ich wählte das Möbelstück, das am weitesten von ihm entfernt war, und ließ mich langsam in den Sessel sinken.

Kurz blieb Dorians Blick dabei an meinem gestreiften Pyjama hängen, und ich bildete mir ein, wie ein Muskel in seiner Wange zuckte, aber dann atmete er tief durch und sah mir in die Augen.

„Ehrlich gesagt habe ich keine Ahnung, wo ich anfangen soll, also starte ich einfach bei einem: *Es tut mir leid.*" Dorians Blick bohrte sich in meinen, und mit einem Mal war da nichts mehr von der Kälte, mit der er mir in jüngster Vergangenheit noch begegnet war. Er sah einfach nur fertig und unsagbar traurig aus.

„Es tut mir leid, dass ich dir das Herz gebrochen habe, dass ich all diese schrecklichen Dinge zu dir gesagt habe, aber du sollst wissen, dass … dass ich nichts davon jemals so gemeint habe."

Ich starrte Dorian weiterhin an, in dessen Augen so viel Reue und Schmerz lagen, dass es entgegen jeder Vernunft etwas in mir berührte. Doch was er da sagte, ergab keinen Sinn für mich. Kurz zweifelte ich an meiner geistigen Verfassung. Vielleicht bildete ich mir das alles nur ein, und Dorian war gar nicht hier. Möglicherweise war ich ja vor dem Fernseher eingeschlafen und dieser Wunschtraum hier nur eine besonders furchtbare Art der Selbstfolter. Als Strafe dafür, dass ich auf diesen Jungen hereingefallen war.

Aber dann fragte ich mit einer Stimme, die kaum mehr ein Flüstern war: „Was meinst du damit, du hast nichts davon jemals so gemeint?"

Dorian lehnte sich vor, legte seine angewinkelten Arme auf die Knie und verschränkte dann die Hände. „An unserem Date sind wir doch abends noch ins Hotel gegangen", eröffnete er, und ich verspürte sofort einen schmerzhaften Stich bei der Erinnerung. „Und ich sagte dir, dass meine Familie auf dem Landsitz wäre, um meinen Geburtstag zu feiern. Zu dem Zeitpunkt wusste ich noch nicht, dass mein Vater dich bedroht und Calvin auf dich angesetzt hat.“ Er machte eine Pause, und ich weitete überrascht die Augen. Jetzt wusste er es also.

„*Hätte* ich es gewusst, hätte ich dich niemals durch den Vordereingang gebracht, aber so habe ich mir natürlich nichts dabei gedacht. Nancy, unsere Empfangsdame, hat uns beide gesehen. Vielleicht erinnerst du dich an sie.“ Das tat ich. Dorian hatte eine braunhaarige, junge Frau gegrüßt, bevor wir in den Fahrstuhl gestiegen waren.

„Tja, wie es der Zufall will, ist Nancy eine von Calvins *Spielgefährtinnen*, und da sie wusste, dass wir an dem Tag alle meinen Geburtstag auf dem Landsitz feiern, hat sie sich natürlich gewundert, wer du bist und vor allem, was ich mit dir an meinem Geburtstag allein im Hotel mache. Sie hat Calvin darauf angesprochen, und nachdem sie dich beschrieben hat, war ihm sofort klar, dass es sich nur um dich handeln kann. Er hat natürlich nicht lange gefackelt und es unserem Vater gesteckt, der mich gleich am nächsten Morgen in sein Büro zitiert hat. Deshalb war ich auch nicht beim Brunch.“

Meine Gesichtszüge entgleisten mit jedem Wort, das Dorian sprach, mehr. Ich hatte so eine Ahnung, was jetzt kommen würde. Aber das machte es nicht einfacher, es zu begreifen.

Wieder machte Dorin eine Pause und fuhr sich mit den Händen durchs Haar. „Zoe … mein Vater hat mich erpresst. Er hat von mir verlangt, dass ich das mit dir sofort beende. Hätte ich es nicht getan, hätte er dich von der Uni geschmissen, und das konnte ich nicht verantworten. Ich will ehrlich zu dir sein: Im ersten Moment war es mir scheißegal, ob er dich rausschmeißen würde oder nicht. Die Vorstellung, dich nur einen Tag nach unserem Date, nachdem wir miteinander geschlafen haben, derart verletzen zu müssen, war unerträglich für mich."

Mit einem harten Auflachen schüttelte Dorian jetzt den Kopf. „Aber mein Vater, dieser Scheißkerl, ist gut! Nachdem er dich mir erfolglos schlechtreden wollte und begriff, dass es mir egal war, aus welchen *Verhältnissen* du kommst, hat er angefangen, mir ein schlechtes Gewissen zu machen. Ob ich denn wirklich dafür verantwortlich sein wollte, deine Zukunft, deine Karriere zu zerstören. Wie gesagt, mein Vater ist gut in so was … wie du ja selbst weißt. Er hat mich einfach so lange bearbeitet, bis ich nachgegeben habe. Danach musste ich mich erst mal zwei Tage zurückziehen. Ich konnte dir nicht gleich am nächsten Tag gegenübertreten und dir das antun. Als ich dann am Dienstag wieder in die Uni kam, bin ich dir zunächst aus dem Weg gegangen, aber dann kamst du in die Schwimmhalle … und da gab es dann kein Zurück mehr." Geräuschvoll stieß Dorian den Atem aus und starrte mich über den Couchtisch hinweg an.

„Ist dir klar, worauf ich hinauswill, Zoe? Was ich dir damit sagen will?“ Ehrlich gesagt war ich mir jetzt *erst recht* sicher, dass ich träumen musste. Als ich Dorian nur stumpf anguckte, sprudelten die nächsten Worte nur so aus ihm heraus. „Dad konnte mich nur so lange erpressen, wie du in der Uni studiert hast. Aber als du freiwillig gegangen bist, hat seine Drohung an Wirkung verloren. Nach unserem Gespräch am Montag bin ich sofort in Dads Büro gefahren und hab ihn wegen des Seitensprungs zur Rede gestellt. Es war fast schon lustig, ihn so bleich zu sehen, denn auf einmal war es andersherum: Ich hatte *ihn* in der Hand. Indem du *Dawson* verlassen hast, hast du meinem Vater einen Strich durch die Rechnung gemacht, Zoe, denn damit hatte er weder dir noch mir gegenüber länger ein Druckmittel. Wäre es nicht so absurd, würde ich sagen: *Gut gemacht.*“

Meine Gefühle spielten Pingpong. Dorians Worte erweckten so viele verschiedene Emotionen gleichzeitig in mir, dass ich damit schier überfordert war. Ich wollte weinen, lachen und schreien zugleich. *Du hast seine Drohung unwirksam gemacht. Ich habe jetzt IHN in der Hand,* hallten seine Worte in meinem Kopf wider.

Scheinbar hatte Dorian sich die ganze Zeit über zusammenreißen müssen, aber als ich offenbar nicht wie erwünscht reagierte – was einfach daran lag, dass ich zu geflasht war – stand er auf, überwand in wenigen Schritten den Abstand zu mir und fiel dann regelrecht vor mir in die Knie. Bevor ich überhaupt wusste, wie mir geschah, hatte Dorian seine Hände auf meine Hüften gelegt, den Kopf gesenkt und die Stirn an meinen Bauch gepresst. Überrascht hielt ich den Atem an.

„Ich verstehe, wenn du mich nie wiedersehen willst. Vielleicht glaubst du mir auch nicht, und es ist vollkommen egal, was ich dir hier erzähle." Jetzt schaute Dorian auf und sah mich mit diesen faszinierenden, aber unendlich traurigen Augen an. „Aber ich musste es dir wenigstens gesagt haben. Du sollst wissen, dass ich jetzt Bescheid weiß. Über das, was Dad und Calvin zu dir gesagt haben, dass sie dich hinter meinem Rücken *bedroht* haben. Ich weiß es jetzt. Und du sollst wissen, dass ich dich liebe, Zoe, und dass es mir einfach nur schrecklich leidtut, was ich dir angetan habe."

„Dorian", hauchte ich, um eine feste Stimme bemüht. Dann wurde mir erst klar, was er mir gerade gestanden hatte, und meine Augen weiteten sich ungläubig. Er … er hatte gesagt, dass er mich *liebte*. Er! Dorian Wilde! Bis vor ein paar Minuten hatte ich noch geglaubt, dass ich ihn nie wieder sehen und bis an mein Lebensende hassen würde, und jetzt kniete er wie ein Häufchen Elend vor mir und offenbarte mir, dass er mich liebte! Ich glaubte, gleich in Ohnmacht zu fallen.

„Es tut mir leid", wiederholte er und drückte seine Stirn noch einmal gegen meinen Bauch, bevor er sich zurücklehnte und den Kopf hob. Seine Hände blieben an meinen Hüften, doch sein Blick war jetzt abwartend. Bangend.

So viele Gedanken und Fragen kreisten in meinem Kopf, dass ich einen Moment brauchte, um sie zu ordnen. Aber dann interessierte mich nur noch eins: „Warum kommst du erst jetzt zu mir?"

Dorian lächelte traurig. „Glaub mir, das ist mir nicht leichtgefallen. Nachdem ich Dad gesagt hatte, dass wir ab sofort nach *meinen* Regeln spielen, wollte ich nichts mehr, als zu dir zu fahren und dich um Verzeihung zu bitten. Aber die Wunden waren zu frisch. Ich hatte Angst, dass du mir sofort die Tür vor der Nase zuknallen würdest, also wollte ich ein bisschen Gras über die Sache wachsen lassen."

Ich musste lachen. Es brach einfach so aus mir heraus. „*Eine* Woche? Das nennst du *Gras über die Sache wachsen lassen*?"

Als er mich lachen sah – das erste Mal, seitdem er durch meine Haustür gekommen war – zerbrach etwas in Dorians Blick … und dann lagen seine Lippen einfach auf meinen. Ich war zu überrascht und dann zu überwältigt von meinen Empfindungen, um ihn zurückzuweisen. Dorians wunderbarer Eigengeruch, vermischt mit seinem Parfüm, umhüllte mich. Ein Cocktail der Gefühle explodierte in mir – Sehnsucht, Verlangen, Hoffnung, Freude … es war überwältigend. Genauso wie sein Kuss, der viel zu stürmisch war und trotzdem genau das, was ich jetzt brauchte.

Ich wusste nicht, wie lange wir uns küssten – Zeit hatte keine Bedeutung mehr –, aber als wir uns voneinander lösten, atmeten wir beiden schwer.

„Tut mir leid", sagte Dorian sofort und sah mich erschrocken an. „Es … hat mich einfach so überkommen. Ich weiß, dazu habe ich kein Recht. Nicht nachdem …"

Wieder musste ich lächeln. Diesmal runzelte ich die Stirn dabei. Ich legte einen Finger auf seine Lippen, damit er verstummte.

„Dorian, dir ist schon klar, dass ich den Kuss erwidert habe, oder?"

Er hielt inne, und dann weiteten sich seine Augen. „Stimmt, hast du", flüsterte er überrascht.

Grinsend biss ich mir auf die Unterlippe und legte meine Hände auf seine Wangen. Ich fühlte mich trunken vor Glück. Das letzte Mal hatte ich mich so gefühlt, nachdem ich mit Dorian geschlafen hatte, aber dann waren all die schrecklichen Dinge passiert und ich hatte nicht mehr daran geglaubt, mich überhaupt jemals wieder so fühlen zu können. Aber Dorian jetzt vor mir zu sehen, die Reue in seinem Blick, ihn alle diese Dinge sagen zu hören, seine Lippen auf meinen gespürt zu haben … das war Heilung pur für mein geschundenes Herz.

„Also … verzeihst du mir?", fragte er zögernd, während sein Blick zwischen meinen Augen hin und her huschte. Offenbar traute er dem Frieden nicht ganz. Vielleicht dachte er ja, dass er träumte.

Wie von selbst formte mein Mund ein breites Grinsen. „Ja“, sagte ich. „Ich verzeihe dir.“

Dorian schloss kurz die Augen, stand auf, zog mich in derselben Bewegung mit und nahm dann meinen Platz auf dem Sessel ein. Danach zog er mich auf seinen Schoß, schlang fest die Arme um mich und lehnte seine Stirn diesmal an meine Schulter. Tief atmete er ein.

„Wenn du wüsstest, wie es mich innerlich zerfressen hat, all diese Dinge zu dir zu sagen und mich dann von dir fernhalten zu müssen.“ Er hob den Kopf und sah mich jetzt mit funkelnden Augen an. „Ich bin dir noch eine Erklärung wegen Emma schuldig …“

Kopfschüttelnd legte ich ihm wieder einen Finger auf die Lippen. „Nein. Ich will jetzt nicht über Emma reden.“

„Zoe“, sagte er gequält, doch wieder schüttelte ich den Kopf.

„Ich weiß, warum du es getan hast. Was du damit erreichen wolltest.“

Er schnaubte bitter. „Und es hat auch wunderbar funktioniert! Gott, ich konnte sowieso nicht fassen, dass du mir das alles abgekauft hast, und dann auch noch so schnell! Nach allem, was ich dir in den vergangenen Wochen erzählt hatte. Nachdem ich dir versichert hatte, dass ich es *ernst* meine! Aber du hast es einfach so geschluckt. Das war echt hart mit anzusehen.“

Ich senkte den Blick auf seine Weste. Als ich nichts sagte, hob Dorian mein Kinn an und sah mir tief in die Augen. „Warum hast du mir das so schnell geglaubt, Zoe? War ich wirklich *so* überzeugend?“

Ich zuckte die Schultern und wollte den Kopf wieder senken, doch er ließ mich nicht. Hielt ihn sanft, aber bestimmt aufrecht. „Vermutlich, weil ich genau das insgeheim immer befürchtet habe. Schon von Anfang an habe ich nicht verstanden, wie jemand wie du …“

„Wage es ja nicht, diesen Satz zu beenden“, unterbrach Dorian mich. „Jemand wie ich? Zoe, jemand wie *ich* hat dich überhaupt nicht verdient! Du bist viel zu gut für mich. Und ganz nebenbei bist du das schönste, lustigste und verständnisvollste Mädchen, das ich kenne. Wie könnte ich mich *nicht* für dich interessieren? Mich *nicht* in dich verlieben?“

Er schüttelte den Kopf. „Es war nur eine Frage der Zeit, bis das passieren würde. Schon als ich dich das erste Mal gesehen habe, wusste ich, dass du mir nur Ärger einbringen würdest. Und das meine ich in Bezug auf meine Gefühle und meine bescheuerten Prinzipien, die ich zu dem Zeitpunkt noch hatte. Du warst für mich von Anfang an nicht nur irgendein Mädchen. Du warst und bist etwas Besonderes.“

Als ich mir grinsend auf die Unterlippe biss, legte er den Kopf schräg. „Was ist?“

„Kannst du das noch mal wiederholen?“

„Was? Dass du etwas Besonderes bist?“

Ich schüttelte den Kopf. „Das andere.“

Er wusste, was ich meinte. Er erkannte es in meinem Blick. „Ich liebe dich, Zoe Davis. Und wenn du willst, werde ich das noch hundert Mal sagen. Den ganzen Tag lang.“

Wir küssten uns wieder, wobei er mich so fest an sich drückte, dass es fast schon wehtat. Doch es machte mir nichts aus. Für mich waren das keine Schmerzen, sondern Glücksgefühle pur.

„Nur, damit ich das richtig verstehe“, sagte ich, nachdem wir uns wieder voneinander gelöst hatten. „Hätte ich am Abend unseres Dates nicht darauf bestanden, noch ins Hotel zu gehen, wäre nichts von all dem passiert, oder? Nancy hätte uns nicht gesehen, Calvin und dein Vater hätten nicht davon erfahren und dein Vater hätte dich nicht erpressen können.“

„Doch“, erwiderte Dorian. „Calvin hätte sowieso irgendwann mitbekommen, dass wir zusammen sind. Du musst bedenken, dass ich zu dem Zeitpunkt noch nichts vom Inhalt deines Gesprächs mit Dad wusste. Es gab für mich also keinen Grund, mich vor den anderen zurückzuhalten. Ich hatte ja sogar vorgehabt, es am nächsten Tag im Club anzusprechen, damit alle im Bilde darüber sind und es keine weiteren Streitigkeiten gibt – wobei ich natürlich besonders Calvin und Emma im Sinn hatte. Sie sollten wissen, dass wir jetzt zusammen sind. Spätestens da wäre es also sowieso rausgekommen.“

Tröstend berührte Dorian meine Schulter. „Und du darfst dir auch keine Vorwürfe machen, weil Dads Drohung im Grunde nur leere Worte waren. Er *konnte* dich überhaupt nie rausschmeißen. Hätte er es getan, hätte er den Zorn deines Vaters auf sich gezogen und dann wäre herausgekommen, dass er Tante Jenna betrogen hat. Dass Dad dich rausschmeißen würde, war also nichts als ein Bluff. Aber das wussten natürlich weder du noch ich. Wir hatten ja keine Ahnung, dass dein Vater meinen in der Hand hat."

Dorian hatte recht. Hätte ich damals schon von Dads und Olivers *Übereinkommen* gewusst, hätte ich mich nie von Oliver einschüchtern lassen. Und Dorian auch nicht.

„Was wird jetzt aus deinem Vater und deiner Stiefmutter?", fragte ich und malte gedankenverloren Kreise auf Dorian Wange.

Er schloss kurz die Augen und schauderte. Dann sagte er: „Gar nichts." Und als ich ihn überrascht anschaute: „Denkst du, ich stecke meiner Stiefmutter, dass Dad sie betrogen hat und verspiele damit meinen einzigen Trumpf ihm gegenüber?"

„Du willst also einfach so darüber hinwegsehen?", fragte ich erstaunt.

Dorian schnaubte abfällig. „Meine Eltern interessieren mich einen Scheiß. Sollen sie sich weiter die Köpfe einschlagen. Mir ist das egal, solange Dad uns beiden nicht mehr im Weg steht. Ihm bleibt jetzt nichts anderes übrig, als dich als meine Freundin zu akzeptieren. Lieber verliert er seinen Sohn an eine – wie er so schön sagt – *Bürgerliche* als sein halbes Vermögen. Ich schätze, wir sollten dankbar sein, dass ihm sein Geld wichtiger ist als ich, denn dadurch werde ich ihn ein Leben lang in der Hand haben."

So langsam taute ich wieder auf, und damit auch mein Humor. „Wer sagt überhaupt, dass ich mit dir zusammen sein will?", neckte ich ihn.

Dorian lachte, dann legte er seine Hand auf meinen Nacken, drückte meinen Kopf an seinen und küsste mich. Sanft und innig. „*Das* sagt mir, dass du mit mir zusammen sein willst."

Und dann schenkte er mir sein charmantes, verwegenes Lächeln, von dem ich gedacht hatte, es nie wieder zu sehen, und in das ich mich so verliebt hatte.

Epilog

Wir saßen auf der Zuschauertribüne und feuerten Jamies Rugby-Team an. Zwei Monate waren seit Dorians Besuch bei mir vergangen, seit unserer *Aussprache*, und noch immer fühlte es sich an, als wäre ich in einem Traum gefangen. Einen Traum, aus dem ich niemals wieder aufwachen wollte.

Emma hatte den Club vor drei Wochen verlassen. Sie hatte versucht, gute Miene zum bösen Spiel zu machen, aber nachdem wir immer wieder aneinandergeraten waren, weil sie es einfach nicht ertrug, dass Dorian sich für mich entschieden hatte, war sie schließlich freiwillig gegangen.

Ich weinte ihr keine Träne nach.

Auch Calvin musste in den sauren Apfel beißen, war doch nun sein schlimmster Albtraum wahrgeworden: Ich war jetzt Teil seiner Familie. Falls es ihn tröstete, ich war auch nicht gerade davon angetan. Seine Mutter war – nach allem, was Amy mir erzählt hatte – eine Giftschlange, sein Vater ein Fremdgeher und Tyrann und er selbst ein Trinker und Psychopath. Nicht gerade die harmonischste Familie, aber das war auch nicht wichtig. Für mich zählte nur, dass ich alle Menschen, die mir etwas bedeuteten, wieder um mich hatte: Dorian, Amy und natürlich Jamie, der das heutige Spiel einfach nur rockte und einen Punkt nach dem anderen holte.

Dorian saß zu meiner Rechten und hatte einen Arm um mich geschlungen, meine Hand lag auf seinem Knie und streichelte es. Amy saß zu meiner Linken, hatte die Arme auf die Knie gestützt und sah eigentlich die ganze Zeit *uns* anstatt das Spiel an.

Seitdem Dorian und ich verkündet hatten, zusammen zu sein, und ich wieder auf *Dawson* studierte, sprang sie wie ein glücklicher Hund um uns herum. Ständig teilte sie uns mit, wie froh sie über unser Happy End wäre und wie sehr sie sich für uns freute – was mir jedes Mal das Herz aufgehen ließ, weil es mir vor Augen führte, dass es die Wirklichkeit war. Nicht nur ein Wunschtraum. Wie gesagt: Am liebsten würde sie uns sofort verheiraten.

„Wenn du uns noch länger so anstarrst, bin ich versucht, dir meine Cola ins Gesicht zu schütten", bemerkte Dorian mit einem genervten Blick in Amys Richtung.

Sie strahlte nur noch mehr und stützte jetzt, um ihn noch weiter zu provozieren, den Kopf auf die Hände. „Lass mich doch. Ich freue mich eben so für euch."

„Oh, ich freue mich auch für uns", meinte Dorian mit einem eindeutig *zweideutigen* Blick zu mir. „Nur zeige ich das auf *andere* Weise."

„Okay, das will keiner wissen", sagte ich und drückte warnend sein Knie.

Amy war ganz meiner Meinung und verzog das Gesicht, was Dorian aber offenbar erst anspornte.

„Was denn?“, fragte er amüsiert. „Amy will doch sonst immer alle Einzelheiten wissen. Und es ist ja nicht so, dass unser Sexleben langweilig wäre. Wenn ich so darüber nachdenke, kann ich mich nicht erinnern, wann wir das letzte Mal *keinen* Sex hatten. Ist schon 'ne Weile her, glaube ich.“

Ich boxte Dorian gegen die Schulter, aber er lachte nur und deutete dann auf Amy, die sich angewidert zurücklehnte und aussah, als wollte sie sich die Ohren zuhalten.

„Siehst du? Und schon gibt sie Ruhe“, raunte Dorian mir zu.

Jamies Team gewann haushoch. Wir warteten, bis er geduscht und sich umgezogen hatte, dann schlenderten wir vier gemeinsam zur Uni zurück.

„Eine Idee, was wir jetzt machen wollen?“, fragte ich, da es Samstagvormittag und damit Wochenende war. Wir könnten etwas unternehmen. Ins Kino oder shoppen gehen.

„Auf jeden Fall was Essen gehen“, meldete sich Jamie zu Wort. „Ich sterbe vor Hunger.“

„Bin dabei“, sagte Amy.

„Und was willst du?“, fragte Dorian mich. Er hatte die ganze Zeit einen Arm um mich geschlungen. Das tat er ständig. Seitdem wir uns vertragen hatten, wich er mir nicht mehr von der Seite. Er las mir jeden Wunsch von den Augen ab, und ständig musste er mich umarmen oder berühren. Nicht, dass ich mich darüber beschweren wollte, aber es tat mir leid, zu sehen, wie sehr er litt, dass er sich immer noch solche Vorwürfe machte. Denn ihn traf keine Schuld. Dorian war genauso ein Opfer von Olivers Manipulation gewesen wie ich. Es gab nichts, wofür er sich schuldig fühlen müsste, und doch tat er es.

„Ich schließe mich den anderen an", sagte ich und fügte dann etwas leiser hinzu: „Und hör auf damit!"

Dorian wusste natürlich, was ich meinte. Es war nicht das erste Mal, dass ich ihn ermahnte, sich *normal* zu benehmen. Mit einem amüsierten Leuchten in den Augen fragte er: „Was genau meinst du?"

„Mich so zu behandeln. Mich auf *Händen* zu tragen. Das ist peinlich!", zischte ich.

„Hey, was gibt's da zu tuscheln?", wollte Amy mit verengten Augen wissen.

Plötzlich waren Dorians Hände an meinen Kniekehlen und er hob mich schwungvoll auf die Arme. Mit einem überraschten Aufschrei klammerte ich mich an seinem Hals fest. „Zoe hat mich gebeten, sie auf Händen zu tragen", verkündete er und sah mich dann spöttisch an. „Offenbar kriegt sie nicht genug davon, dass ich ihr zu Füßen liege."

Gegen meinen Willen musste ich lachen. „Ich schwöre dir, sobald wir allein sind, bist du dran!"

Schneller als ich gucken konnte, hatte Dorian mir einen innigen Kuss geraubt. Als er mich jetzt ansah, blitzte es erwartungsvoll in seinen Augen auf. „Ist das ein Versprechen?"

Schokolade zum Verzaubern

Jeremy Benner hat nicht nur die ozeanblausten Augen, die Grace jemals gesehen hat, er ist vor allem wohlhabend, begehrt und legt eine aufstrebende Karriere als Arzt hin. Natürlich ahnt die 28-Jährige davon noch nichts, als sie ihm in einer Bar begegnet und sich – betrunken – ein Wortgefecht mit ihm liefert. Oder davon, dass sie sich am nächsten Morgen in seinem Bett wiederfinden wird. In der Hoffnung, ihn nie wiedersehen zu müssen, schleicht sie sich unbemerkt aus seinem Haus ... und trifft Jeremy Tage später auf ihrer neuen Arbeitsstelle, dem örtlichen Krankenhaus, wieder.
Oder soll sie ihn von nun an *Doktor* Benner nennen?

Der beste Freund meines Bruders

Die 17-jährige Ariana hat alles, was man sich wünschen kann. Gute Noten, tolle Freunde und einen verständnisvollen großen Bruder. Nur mit der Liebe will es nicht so recht klappen und daran ist nur Caleb Ferguson schuld. Der beste Freund ihres Bruders ist genauso gutaussehend wie unerreichbar. Zumindest solange, bis er eine spontane Entscheidung trifft und Ariana damit zur Zielscheibe der ganzen Schule macht. Doch den besten Freund seines Bruders sollte man nicht zu oft um Hilfe bitten …

Der letzte Versuch

Carrie ist Single und steht kurz vor ihrem dreißigsten Geburtstag: ein persönlicher Albtraum. Besonders, da ihre gescheiterten Beziehungen ihr ein paar hartnäckige Extrapfunde auf der Waage beschert haben. Ein Fitnessstudio muss her, damit sich Carrie für das große Dating-Event fit machen kann, auf dem sie hoffentlich endlich ihren Traummann finden wird. Blöd nur, dass ihr im Studio ein Missgeschick nach dem anderen unterläuft und sich ausgerechnet ihr Fitnesstrainer Wesley mit seinem stahlharten Waschbrettbauch und den türkisgrünen Augen als wahrer Traummann entpuppt

.

Zuckersüßes Chaos

Studienzeit ist die schönste Zeit des Lebens. Davon ist auch Claire überzeugt, als sie in die Nachbarstadt zu ihrer Cousine zieht. Bis sie zwei Männern begegnet, die unterschiedlicher nicht sein können und ihr Leben ziemlich auf den Kopf stellen. Da ist zum einen der Uni-Liebling Taylor, der sich als absoluter Traummann entpuppt und auf der anderen Seite der unnahbare Frauenheld Jason, der sie mit seinen anzüglichen Sprüchen in den Wahnsinn treibt. Und in dem ganzen Durcheinander muss sich Claire auch noch mit ihrer chaotischen Cousine, dem Studium, einem Job und jeder Menge anderer Probleme herumschlagen.

Eine Zugfahrt ins Glück

Um endlich von ihrer störrischen Mutter wegzukommen, zieht die 25 Jährige Sophia nach Berlin und möchte dort ein neues Leben anfangen. Leider stellt sich die Fahrt dorthin als absolute Katastrophe heraus, denn sie muss sich die Kabine mit einem unverschämt arroganten aber leider auch gutaussehenden Geschäftsmann teilen, der sie fortwährend provoziert. Während der Fahrt lassen die beiden ordentlich die Fetzen fliegen, und als sie Berlin endlich erreicht und den Albtraum hinter sich glaubt, sieht sie den Mann bei ihrem ersten Arbeitstag wieder … als ihren neuen Chef.

Schokolade zum Verführen

Große Klappe, weite Klamotten, ständiger Heißhunger auf Schokolade und ein notorisches Desinteresse an Männern. Das ist Rebecca Lark, die eigentlich ganz zufrieden mit ihrem Leben war. Bis ihr der selbstverliebte Wanderpokal und Ex-Knacki Shane Rowboldt über den Weg läuft und ihr Selbstbewusstsein mit einer einzigen gemeinen Bemerkung zerschlägt. Fest entschlossen, diesen Unruhestifter zu ignorieren, lebt Rebecca ihr Leben weiter. Oder versucht es zumindest, denn Shane stellt sich nicht nur als ihr persönlicher Schutzengel heraus, er wird auch immer häufiger Objekt ihrer Träume ...

Der letzte Tag - Lucan

Als die 17-Jährige Elena ein halbes Jahr nach ihrem Unfall an die Schule zurückkehrt, hat sich nicht nur ihr Leben verändert, sie hat auch einen neuen Klassenkameraden bekommen. Lucan. Ein Schüler, der nicht nur unheimlich attraktiv ist, sondern auch reifer und düsterer scheint als die anderen. Was Elena jedoch nicht ahnt: Lucan ist kein gewöhnlicher Junge und ehe er sich versieht, hat er ihr schon zweimal das Leben gerettet.
Dabei gibt es eine Regel: Misch dich niemals ein …

31791495R00291

Printed in Poland
by Amazon Fulfillment
Poland Sp. z o.o., Wroclaw